Afterwards

昏　迷　指　數　3

羅莎蒙・盧普頓
Rosamund Lupton

陳柑樵 譯

媒體好評

「《昏迷指數3》情節設定大膽，突破類型界線，融合心理懸疑、犯罪推理、文學及超自然，實在引人入勝。」

——《西雅圖時報》（*The Seattle Times*）

「《昏迷指數3》既有茱迪·皮考特式的親情大戲，又有露絲·藍黛兒式的犯罪推理情節，必受讀者喜愛。」

——《書頁》雜誌（*BookPage*）

「盧普頓將《昏迷指數3》寫得懸疑緊張，讀者莫不看得忐忑心焦。」

——《書單》雜誌（*Booklist*）

「故事離奇卻能讓人信以為真，劇情百轉千迴且角色生動，種種元素完美結合，刻畫出一個家庭面對惡意威脅及痛心抉擇的悲苦。」

——《出版人週刊》（*Publishers Weekly*）

「《昏迷指數3》既是布局巧妙的懸疑作品、也是感人肺腑的文學小說，完美融合茱迪・皮考特及詹姆絲兩大作家的創作風格，故事耐人尋味，翻過最後一頁仍久久不能忘懷。」

——《圖書館學刊》（*Library Journal*）

「勁道十足的懸疑推理小說，劇情以母愛為主軸……一頁接一頁，新的元素及主題不斷出現，與舊的交織結合……非讀不可，在在證明盧普頓是天縱英才。」

——《柯克斯書評》（*Kirkus*）

「《昏迷指數3》之出色言辭難以形容。故事牽扯一樁神祕犯罪事件，而追查凶手的卻是兩名昏迷不醒的主角。」

——布客隆讀書網（Bookloons.com）

「盧普頓寫出一流犯罪小說，還在劇情裡布下諸多疑陣，即使經驗最老到的讀者也得反覆推敲縱火者身分。不過，《昏迷指數3》最迷人的特色當屬細膩的情感描繪，一家人共享歡樂與傷痛、父母不願子女長大卻又不得不放手的掙扎皆刻畫入微。」

——書櫃意識讀書網（Shelf Awareness）

「《昏迷指數3》是本出色的懸疑作品，內容令人痛心且久久不能自已。書中包含各種元素：百轉千迴的情節、可怕的犯罪事件、美好的愛情故事、那段戀情所織就的家庭以及摧毀這個家庭的沉重背叛。」

——暢銷作家雪薇・史蒂文斯（Chevy Stevens）

「《昏迷指數3》處處可見大師筆觸，行文情感豐沛、詩意盎然、引人入勝，令讀者得以享受絕妙文學體驗。我保證，這本小說絕對能使每個人感動。」

——暢銷作家傑佛瑞・迪佛（Jeffery Deaver）

「《昏迷指數3》作者匠心獨具，探討為人母親最害怕的課題：子女生命受威脅而妳卻無能為力時，該怎麼辦？小說刻畫出一名母親的哀傷與大無畏，再次證明羅莎蒙・盧普頓筆功確實了得、作品不容錯過。」

——小說家卡拉・巴克萊（Carla Buckley）

序章

我無法動彈，就連彎一下小指或眨一下眼睛都是難事。我想大叫，卻開不了口。

即使費盡全力掙扎，試圖移動自己龐大而沉重的軀體，我還是被壓在發生船難沉入海底的巨船下，卡得死死的。

我雙眼睜不開、耳膜受損且聲帶斷裂。

昏暗，闃寂，沉重。我在一哩深的漆黑水底。

但我告訴自己，現在唯一能做的事情就是想你。於是我脫離破船般的軀殼，往黑色海水游去。

全力游向上方光亮處。

結果水深不及一哩。

霎時，我置身於一白色房間內，光線充足，還有刺鼻的消毒水味。耳邊傳來些許聲音及我的名字。

我看到「我」的身體躺在醫院病床上，有位醫生掰開我的眼皮、用光照射我的雙眼，另一位正安裝背墊，還有一位則在為我裝點滴。

你絕對不會相信，畢竟你築過河壩、爬過高山，是個通曉自然及物理定律的人。一旦電視上有人談論超自然現象，你總會說：「一派胡言！」雖然對妻子的態度較為寬容，不至於把我的話全扔去餵豬，但依舊不可能置信。然而靈魂出竅這種事確實會發生，你在文章裡讀過，也在ＢＢＣ[1]第四廣播電台聽人討論過。

倘使我真的靈魂出竅了該怎麼辦？擠到醫生身邊，將正在為我剃頭髮的護士推開嗎？「不好意思！借過！抱歉！這是我的身體，呃，我就在這裡啊！」

害怕，因而思緒狂亂。

噁心、雞皮疙瘩、顫抖的恐懼。

懼怕之餘我想起來了。

炙熱、烈焰、嗆人煙氣。

學校陷入火海裡。

---

[1] ＢＢＣ（British Broadcasting Corporation）為英國廣播公司，旗下擁有數個電視、廣播頻道，在傳媒界具有高知名度。

一

這天下午你人在BBC重要會議中，因此感受不到強勁的暖風。家長們彼此說著：「這真是上帝賜給運動會的禮物。」但我認為，若真有上帝，祂光拯救非洲飢民以及東歐棄兒就忙不過來了，怎麼還會費心為席德利館小學的跳布袋競賽提供免費空調。

陽光灑在草地白線上，老師脖子掛著的口哨和孩子們的頭髮閃閃發亮。細瘦的兩腿底下連接大得令人憐惜的腳丫，在草地上蹦蹦跳跳，一下百米賽跑，一下跳布袋，一下障礙賽。夏天裡，修剪過的大橡樹擋住校園，但我知道小學學前班[2]的學生還在上課，這群最小的孩子沒辦法到戶外享受夏日午後，真是可惜。

今早亞當將我們替他寫的「我八歲！」名牌別在胸口——這不過是今天早上的事而已。他衝到我面前，小臉蛋堆滿笑意，因為他馬上要去學校拿蛋糕！由於羅溫娜得去拿獎牌，便與亞當同行。這個羅

---

2 reception class。根據英國學制，此階段為小學教育第一年，學童年齡為四至五歲。而reception class之後則升上Year One（一年級）。

溫娜就是好久以前和珍妮一起在席德利館小學念書的女孩。

他們一離開，我便四處張望，想看看珍妮是否來了。她A-level[3]考得糟糕透頂，我認為應該立刻準備重考，然而她卻想繼續在席德利館小學打工，賺取前往加拿大的旅費。真奇怪，我何必如此在意。臨時教學助理這份工作對年僅十七歲的珍妮來說已十分具挑戰性，遑論她還得擔任今天下午時段的學校護士。今早用餐時，我們才爭論過此事。

「妳還不夠大，不該擔那麼多責任。」

「媽，那只是小學運動會，又不是高速公路車禍。」

現在珍妮值班的時間即將結束，若沒有什麼意外發生，待會兒她就會來找我們。相信她一定很想離開學校頂樓那間又小又悶的醫護室。

吃早餐時，一見到珍妮穿著紅色蓬蓬裙搭配緊身衣，我立刻告訴她這樣看起來很不專業，但她何時採納過我的穿搭建議？

「我沒穿超低腰褲，妳就該謝天謝地了。」

「妳是說像男生穿的那種垮褲？」

「沒錯。」

「我每次看到都想過去幫他們把褲子拉起來。」

---

[3] A-level乃英國學制，為兩年課程，相當於台灣的高中。此階段的學生可自由選擇修習之科目，多半以未來想申請的大學校系為考量，至少三科，最多無限。

珍妮聽了放聲大笑。

在又短又薄的裙子襯托下，她那雙長腿的確十分漂亮。雖然她的長腿遺傳自你，我還是感到有點驕傲。

在運動會會場時，梅西來了，湛藍的雙眼閃閃發亮，臉上還掛著大大的微笑。儘管有些人討厭梅西，覺得她是個穿著既可笑（她與眾不同地一身長袖上衣）又過度熱情的倫敦上流人士，但多數人對她其實很有好感。

「格蕾絲，」梅西邊說邊給我一個擁抱：「我來接羅溫娜回家。她剛傳簡訊給我，說地鐵出狀況，所以老媽司機立刻出動！」

「羅溫娜去拿獎牌了。」我告訴梅西：「亞當和她一起去拿蛋糕，他們很快就會回來。」

梅西笑道：「今年是什麼蛋糕？」

「Marks&Spencer超市的巧克力蛋糕。亞當先用湯匙挖出一條溝後，我們再將巧克力球換成玩具士兵，於是有了第一次世界大戰蛋糕。聽起來有點暴力，但很適合中高年級的孩子，所以我想沒人會有意見。」

梅西笑著說：「真是太棒了。」

「我覺得還好，但他倒是這麼認為。」

「媽，她是妳最好的朋友嗎？」亞當最近曾這麼問我。

「應該是吧。」我說。

梅西交給我一個「小東西」要送亞當，那東西包裝精美，裡面絕對是禮物。梅西很擅長挑選禮物，這也是我喜歡她的原因之一。另一個原因是，羅溫娜就讀席德利館小學期間，梅西每年都會參加媽媽賽跑，而她不但最後一名，還落後其他人一大截，可是她從不以為意！梅西沒買過萊卡材質的運動衣，也不像這間小學裡大多數的媽媽一樣上健身房。

我知道，我淨扯些與梅西在灑滿陽光的運動場上的事。我很抱歉。只是接下來要講的事情委實太過沉重。

梅西轉身前往學校去找羅溫娜。

看看手表，快三點了。

還是不見珍妮或亞當的身影。

體育老師吹了哨子，示意最後一場比賽——接力賽——即將開始。他透過擴音器吼著要大家各就各位。我則擔心亞當會因沒待在指定位置而出差錯。

回頭朝學校望去，我仍堅信他們馬上就會出現眼前。

煙霧從學校大樓冒出來，那煙又濃又黑，不禁讓人聯想到營火。我最記得的是自己當時很冷靜，全然不知驚慌為何物，只曉得那煙霧正鋪天蓋地朝運動場加速飄來。

我得找個躲避之處，動作要快。不對，有危險的不是我，該擔心的不是自己，我的小孩才是命在旦夕。

這簡直是晴天霹靂。

眼前是場火災，而他們就在裡頭。

他們在裡頭。

我火速朝學校衝去，幾乎快喘不過氣。

在找到兩個孩子之前，我不停奔跑大叫。

正當我衝過馬路之際，聽見橋上鳴笛聲響大作，消防車被堵住了。紅綠燈底下塞滿人們遺棄的車輛，擋住消防車來路。動彈不得的女駕駛也紛紛下車，飛奔過橋趕往學校。只是所有孩子的媽媽都在運動會會場了，這些女人跑來做什麼？來這裡甩開腳上的高跟鞋、讓夾腳拖給絆倒、跟我一樣邊跑邊叫嗎？接著，我在人群中認出一個人，她是學前班學生的媽媽。原來這些女人是四歲學童的母親，本要來接小孩回家。一位媽媽甚至不惜將才剛學步的幼兒留在休旅車裡，只見那孩子在車內拍打車窗，望著媽媽參與這場駭人的媽媽賽跑。

其他母親還在馬路、車陣中狂奔時，我已率先抵達學校。

四歲的學前班學童整整齊齊地排成一列，隨老師緩步遠離火場，而這名驚懼全寫在臉上的老師則由梅西摟著。位於兩人後方的校舍，猶如工廠煙囪般冒出黑煙，染髒蔚藍的夏日天空。

亞當在外面——**在外面！**——他就在銅像旁、依偎著羅溫娜啜泣著。她緊緊抱住他。就在心裡大石頭落下的這一刻，我對亞當以及安慰他的女孩萌生滿溢的愛。

看到亞當安然無恙，我給自己一兩秒的時間放下重擔，然後開始找尋珍妮。金色短髮、纖細身形，學校外頭沒有看起來像珍妮的人。鳴笛聲響仍自橋上持續傳來。

此時，媽媽們紛紛從車道口朝這邊飛奔而來，這群四歲學童見到媽媽後哭成一片。只見這些媽媽臉上掛著兩行淚，兩隻手伸得直直的，等著抱住自己孩子的那一刻。

我轉身面向燃燒中的建築物，黑煙從三、四樓的教室中竄出。

珍妮。

二

我拾級而上跑進學校，過門來到前廳，當下感覺一切如常。廳內的牆上依舊是那幅表框照片，影中人是席德利館小學第一屆學生，各個在鏡頭前露齒微笑。（羅溫娜比其他孩子漂亮，珍妮則像隻笨小鴨。）還有圖文並茂的本日午餐菜單，是鮮魚派佐綠豌豆。這種彷彿每天早晨進入學校的感覺讓我頓時放鬆許多。

當我試圖從前廳再往裡面走時，第一次發現那扇防火門如此沉重。不斷顫抖的雙手根本無法好好握住發燙的門把，於是我拉下原本捲起來的袖子，包裹住手掌後，順利打開門。

我聲嘶力竭地喊著珍妮的名字，每一次開口，濃煙便灌進嘴巴、喉嚨直達肺部，最後迫使我沒辦法再叫下去。

火勢熊熊燃燒的聲音伴隨悶燒的嘶嘶聲以及火舌竄出的聲響，學校彷彿被一條巨大火蛇盤繞。

有東西自上方突地塌下，我聽見砰的一聲，同時感覺到那撞擊的力道。

一瞬間，火勢在新鮮氧氣的助長下，變得愈發炙烈。

火在上面。

珍妮在上面。

來到樓梯口，我往上爬，空氣愈來愈熱，煙也愈來愈濃。

抵達二樓。

熱氣霎時朝我臉部及全身侵襲。

什麼都看不見——黑漆漆一片。

我必須到四樓。

到珍妮身邊。

濃煙鑽進肺裡，使我呼吸感到刺痛。

我忽然想起以前在學校參加防火演習時，曾提到氧氣在低處，於是我趴到地上，並奇蹟地恢復正常呼吸。

匍匐前進的我像個沒有枴杖的盲人，只能靠手指敲觸前方，找尋通往上一個樓層的階梯。此時，我應該正爬過鋪有亮色系大地毯的閱覽室，指尖感覺得到下方的地毯，尼龍材質正遇熱而融化卷曲，並刺燙我的指尖，我不禁擔心起手指可能很快就會失去感覺。亞當的神話故事書裡有個男人，憑藉愛瑞雅德妮公主給的線而走出迷宮，而如今我跟他一樣，差別只在於我手中的線是融化中的地毯。

爬到地毯末端時，我摸到不同材質的物體，然後便碰到第一階樓梯。

接著，我匍匐爬上三樓，臉壓低呼吸氧氣。

直到此刻，我依舊不敢相信會發生這種事情。學校是孩子的天地，一個個臉頰胖嘟嘟的學生在樓梯間玩耍，穿越教室間的吊衣繩上，掛滿孩子們如旗幟般的畫作，以及隨處可見的故事書、圖畫書、豆豆袋和準備在點心時間享用的水果拼盤。

這該是個安全的地方。

爬上另一階。

周遭傳來爆裂聲響，我當下明白珍妮和亞當的童年回憶也灰飛湮滅了。

再爬上一階。

我被濃煙裡的某種有毒物質熏得好暈。

再爬上一階。

這是場戰爭，我正對抗試圖殺死我孩子的熊熊大火。

再爬上一階。

我意識到自己不可能抵達四樓，大火會在我找到珍妮前殺死我。

我感覺到珍妮在樓梯上方，她已經往下爬了一段階梯。

珍妮，我的小女孩，我在這裡，一切都會安然無恙。現在沒事了。

「珍妮？」

她沒回話，動也不動，火勢逐漸逼近，讓人快不能呼吸。

我試圖抱起珍妮，一如她還小的時候，但她實在太過沉重。

我拖珍妮下樓，用自己的身體為她阻擋熱氣和濃煙。我不敢想像珍妮傷得有多嚴重，現在還不是時候，我得先下樓帶她到安全的地方。

我無聲地呼喊你，彷彿想透過心靈感應召喚你前來幫忙。

我一階一階拉著珍妮下樓，並為她遮擋高溫、烈焰與濃煙，此時我只想到愛，我緊緊抓住這信念，它帶來沁涼、清新與寧靜。或許我們之間真有心電感應，因為當時你絕對正在和ＢＢＣ組稿編輯討論新系列〈敵意環境〉的節目內容。介紹過炎熱潮濕的叢林以及高溫乾燥的沙漠後，你想在新系列中探索完全不同的主題——南極洲冰凍荒地。以至於在我拖著珍妮下樓時，或許是你讓我想像出一大片靜謐而雪白的愛。

沒想到，還沒抵達樓梯底層，某個物體便砸了過來，將我往前推下，接著眼前一片漆黑。

失去意識時，我對你說了些話。

我說：「你知道未出生的嬰兒完全不需要空氣嗎？」我想你大概不清楚。懷珍妮時，我盡可能了解各種事情，而你則無心於這段醞釀期，僅迫不及待地想迎接她的出世。因此你不曉得未出生的嬰兒在羊水裡游泳，一呼吸反而會溺死。珍妮身上沒有暫時性的腮，讓她呱呱墜地前能像魚一樣游泳。不需要，小嬰兒靠連接母體的臍帶獲取氧氣，我覺得自己像台供應機，為我們迷你又勇敢的潛水員提供氧氣。

但出生之後，供應氧氣的臍帶被剪斷，她接觸到新類型的空氣。最初那瞬間是一陣靜默，她彷彿站在生命的邊緣準備做出某種決定。以前人們拍打嬰兒讓他們嚎啕大哭，以確保空氣進入孩子肺部。如今，則仔細觀察嬰兒胸口細微的起伏、傾聽他們輕弱的呼吸聲，藉此確認全新的呼吸行為已開始執行。

接著，我哭了，你笑了——真的笑了！護士推走生產設備推車，現在已不需要了，畢竟生產順利，嬰兒也很健康，她和地球上數十億人一樣下意識地呼吸著。

你的姊姊隔天送來一束玫瑰花搭配滿天星，這種漂亮的白色小花又叫作「嬰兒的呼吸」，但其實新生嬰兒的氣息比被吹飛到空中的蒲公英還輕柔。

你曾說，意識喪失的過程中，聽覺最慢停止運作。

黑暗中，我想，我聽到珍妮發出蒲公英飄落般的氣息。

三

我已對你說過自己醒來時發生什麼事情——我被困在海底的失事巨船裡。然後，我脫離破船般的軀體，游進黑色海水，朝上方光亮處游去。接著看到「我」的身體躺在病床上。我感到害怕，並因恐懼而想起一些事情。炙熱、烈焰、嗆人煙氣。

珍妮。

我連忙跑出病房尋找珍妮，你認為我該先靈魂歸體嗎？但倘使又被困在裡面，什麼事也做不成，而且沒辦法再脫離軀體的話，怎麼辦？到時我要怎麼找她？

學校陷入火海時，我在黑暗及煙霧中尋找珍妮，而眼前則是明亮的白色走廊，急切的心依舊沒變。驚慌失措之餘，我忘記自己其實還躺在病床上，隨意抓個醫生就問珍妮在哪裡：「珍妮佛·柯維。十七歲。她是我女兒，被困在火場裡。」醫生調頭便走，我跟在他後面咆哮：「我女兒在哪裡？」但他還是離我而去。

我打斷兩名護士對話，問道：「我女兒在哪裡？她被困在火場裡，名字叫珍妮．柯維。」

她們卻只是繼續交談。

一次又一次，我不斷被忽視。

我使足全力大叫，幾乎快要將整間醫院震垮，只是四周的人既聾又盲。

隨後我才想起自己才是那位無聲且隱形的人。

沒有人能幫我找到珍妮。

我離開自己的身體所在之處，穿越走道前往其他病房，持續不斷地瘋狂尋找。

「想不到妳竟然把她搞丟了！」我腦袋裡的保母說。這位隱形保母就在我生下珍妮之前搬進我的腦袋裡住下，她嚴厲的言語取代老師向來的讚美：「現在可好，得這樣焦急地找她了吧。」

她說得沒錯，驚慌將我變成進行布朗運動[4]的分子，像無頭蒼蠅般四處亂衝。

我想到你，想你會怎麼做，並且要自己放慢腳步。

你會從最低樓層的最左邊開始，每每家裡有東西不見了，你總這麼做，一路找到最右邊，然後再往

[4] 布朗運動（Brownian motion）：一八二七年，英國植物學家Robert Brown所發現的微粒不規則運動。

下一個樓層，如此條理地進行地毯式搜尋，找出遺失的手機、耳環、牡蠣卡[5]，還有《聖獸戰士》[6]第八集。

一思及《聖獸戰士》和失蹤的耳環這些生活瑣事，總算帶給我小小鼓舞，讓我稍微冷靜下來。

於是，我放慢速度，儘管想忽略標示直接往前衝，仍要自己逐一看清楚。標示包括緊急懸吊設備、腫瘤科、門診部以及小兒科——簡直是座擁有病房、診所、手術室與相關支援服務的小王國。

我瞥見通往太平間的指示，腳步不覺停了一下，但我並不打算過去，甚至連考慮都沒有。急診部的指示接著出現在眼前，或許珍妮還沒被轉送到一般病房。

接著，我以最快速度跑向急診部。

一走進裡頭，只見一位血流不止的女人躺在移動病床上被推進來；一名醫生迅速跑過去，以致脖子上的聽診器不停撞擊他的腹部；通往救護車停靠處的大門被推開，白色走廊瞬時充斥刺耳鳴笛聲響，恐懼就在牆上來回反彈。這真是個充斥著緊張、壓力與痛苦的場所。

藍色薄簾子在此處劃出許多隔間，探頭望進去，裡面情況各不相同，但都同樣怵目驚心。羅溫娜近乎失去意識地躺在其中一個隔間內，梅西在一旁啜泣，然而，我一確認那不是珍妮便走開了。

走廊盡頭有個房間，那顯然不是一般隔間，我留意到所有醫生進去之後，就沒有再出來。

---

5 Oyster card，為倫敦地鐵儲值卡。

6 《聖獸戰士》：原書名 *Beast Quest*，英國青少年小說，作者為 Adam Blade。

我走進裡面。

醫生圍在房間正中央的病床旁，躺在上面的人傷勢嚴重到令人目不忍睹。

我不曉得這人就是珍妮。

打從她出生沒多久，我便能分辨珍妮和其他嬰兒的哭聲。她喊媽媽的語調如此獨特，絕不可能與其他孩子混淆。不管舞台上擠了多少小孩，我也能馬上認出她，我了解珍妮更甚於自己。

珍妮還是小嬰兒的時候，我熟悉她身體每一吋肌膚。出生後幾天，眉毛像鉛筆畫的一樣，一根一根慢慢出現，所以我連她的眉毛有幾根都知道。之後幾個月裡，我餵她母乳，而這段期間，我時時刻刻、日復一日地盯著她瞧。珍妮於二月的一個夜晚出生，在春去夏來之間，我對她的認識亦逐漸加深。

珍妮在我體內九個月，我們的心曾一起撲通撲通跳著。

我怎麼會認不出眼前躺在病床上的人是她？

轉身準備離開。

下一瞬間，我注意到那名傷勢慘重的患者的涼鞋，上頭鑲有閃閃發亮的寶石，我也曾在Russell & Bromley買過同一款式，並送給珍妮當作聖誕禮物，只可惜送的時機太早又不合流行。

這款涼鞋相當暢銷，很多人都有，Russell & Bromley絕對生產了幾千雙同樣的鞋子，所以躺在那裡的不見得是珍妮。拜託，千萬不要是珍妮。

她亮麗的金髮燒焦了，臉不但變腫還被嚴重灼傷，兩名醫生提到ＢＳＡ，我這才意會到他們談的正是珍妮身上的燒燙傷比例。百分之二十五。

「珍妮？」我大叫。但她沒有睜開眼，難道她也聽不到我的聲音？還是只是失去意識？我希望她沒有意識，否則那苦痛想必難以承受。

我不得不離開房間一下，如同溺水的人浮出水面吸足一口氣後，再重新面對乍見她時內心的洶湧。站在走廊上，我閉上雙眼。

「媽？」

無論身在何處，我都聽得出珍妮的聲音。

我的眼光不自覺向下望著一名雙手環抱膝蓋、蜷縮在旁的女孩。

這名即使在千萬人群中我仍能一眼認出的女孩。

我體內的另一道心跳。

我雙手懷抱著她。

「媽，我們是什麼？」

「親愛的，我不知道。」

或許很奇怪，但我完全不想去思考這件事。大火已將我認為平常的事物燃燒殆盡，如今所有事情皆失去意義。

珍妮的軀體躺在移動病床上，醫護人員推過我們身邊。一塊形狀像帳篷的布蓋住她的身體，以避免接觸到患部。

我感覺到珍妮的畏懼。

我問道：「妳看見自己的身體了嗎？我是指在他們蓋上布之前。」

我試著輕描淡寫，但說出口的話語卻重重地砸到地上，成為笨拙粗魯的問句。

「有啊。大概跟《芝加哥打鬼》[7]這部電影差不多慘，不是嗎？」

「珍妮，我的寶貝……」

「今早我還在擔心鼻子上的黑頭粉刺，黑頭粉刺耶，媽，這是不是很荒謬？」

我很想安慰珍妮，可是她搖著頭，乞求我裝作沒看見她臉頰上的淚水，並相信她的故作輕鬆是發自內心。珍妮希望我相信她仍是那個風趣、活潑又開朗的女孩。

一名醫生走過我們面前，對身旁的護士說：「家屬父親已經在路上，可憐的傢伙。」

我們趕忙去找你。

---

[7] *Return of the Living Dead*為好萊塢殭屍片，由Dan O'Bannon執導，一九八五年上映。

四

醫院內的寬敞前廳擠滿記者，他們全是衝著你主持《敵意環境》的知名度而來。「格蕾絲，知名度這字眼不適當。」你曾如此糾正：「應該說他們知道有我這個人，就像知道每天早餐吃的罐頭豆子一樣。」

只見一名打扮整齊的男人來到前廳，一出現便把原本到處拍、四處訪問的相機、麥克風全吸引過去。不知珍妮面對這麼一大群人是否也會覺得不舒服，畢竟這景象猶如赤裸裸地站在他們面前。然而，即使這麼覺得，珍妮也不會表現出來，她向來和你一樣勇敢。

「本人在此簡單說明。」眼前這群記者著實令穿著西裝的男人感到不悅，他說道：「格蕾絲．柯維及珍妮佛．柯維於本日下午四點十五分重傷入院，目前正在專科接受治療。此外，羅溫娜．懷特也因輕微燒傷與吸入濃煙嗆傷住院。截至目前為止，我們尚未獲得任何進一步消息。煩請各位移駕到醫院外頭，不要在此佇留。」

「火災是怎麼發生的？」有位記者問穿西裝的男人。

「這問題得由警方回答，恕我們無可奉告。不好意思。」

記者繼續厲聲提問，我們則從前廳的玻璃牆望出去，尋找你的身影，我殷切等待的守護星。而後，珍妮先看見你。

「他在那裡。」

你從一輛我從未見過的車裡走出來，看來是BBC特地派車送你來的吧。

有時，盯著你的臉，總覺得像在看鏡子——熟悉到彷彿是自己的一部分。然而，你今天一臉焦慮，顯得極其陌生，霎時我才發覺你以往總面帶微笑。

你走進醫院，這處忙亂、嚇人又消毒水味十足的場所實在不是你該來的地方。你應該在廚房裡拿冰箱內的酒、在院子裡對付蝸牛或者開車載我出去吃晚餐，一路上順便抱怨交通壅塞、稱讚衛星導航系統很方便。你應該和我一起坐在沙發上、睡在右邊的床上，隨著夜色漸深慢慢移動到我身旁。電視上，你身處世界另一邊的叢林裡，我和孩子們則坐在柔軟的沙發上觀看，透過熟人了解異國天地。

你不屬於這裡。

珍妮立刻跑過去抱著你，然而你完全沒察覺到她的存在，只是跨著不自然的步伐、滿臉震驚，半跑半走地趕往櫃檯。

「我太太和女兒在這裡，她們叫格蕾絲．柯維及珍妮佛．柯維。」

櫃檯人員想必曾在電視上看過你，她花了一些時間反應，接著便是兩眼流露出憐憫之情。

「我這就呼叫葛旺德醫師，他馬上就會出來帶你。」

你的手指不停敲打櫃檯，雙眼四處游移，猶如困獸。

記者尚未發現你，或許是滿臉焦慮的你致使他們根本認不出來。沒多久，我在《里其蒙郵報》的惱人同事泰拉面帶微笑地走了過來。**面帶微笑**。

「我是泰拉．康納，您太太的朋友。」

你並未理會，只顧著掃視四周，終於，一名年輕醫師急急忙忙地朝你走來。

「請問是葛旺德醫師嗎？」你說。

「是的。」

「她們現在狀況如何？」你平穩的聲音流露出激動的情緒。

其他記者發現你的身影，頓時全擠了過來。

「會診醫師會向你清楚說明。」葛旺德醫師表示：「你的太太目前正在接受核磁共振掃描，稍後會返回急性神經科病房。你的女兒目前人在燒燙傷中心。」

「我想見她們。」

「當然沒問題。我先帶你探視女兒。至於柯維太太那邊，核磁共振掃描大約還需二十分鐘，完成後便可前往探視。」

你與年輕醫師一同離開大廳時，所有記者意外地富同情心，並未立刻追上，然而，泰拉卻厚臉皮地跟在後頭。

「請問您對席拉斯．海曼有何看法？」她問道。

你轉身稍作回應便倉卒離開。

年輕醫師和你迅速穿越空無一人又黑漆漆的門診部，而空蕩蕩的候診室內的電視仍開著，你忍不住停下腳步觀看。

螢幕上，ＢＢＣ《NEWS 24》採訪記者正站在某間學校大門口。我曾告訴亞當，那棟校舍本來蓋在海邊，後來愈蓋愈大，才移來內陸。粉藍色灰泥外牆如今成了焦黑一片，乳白色窗框燃燒殆盡，露出內部祝融肆虐後的慘況。那間舒適的老建築促使我聯想到亞當第一天上學的情形，這天早上，他溫暖的手緊緊牽著我，及至這天放學時，他奔向我，小臉蛋上如釋重負的神情。這些回憶也同樣被殘酷地消滅了。

你神情震驚，而那感覺我懂，一如地毯在我手底下融化、四周石造建築不斷崩落所帶給我的感受。要是大火能將磚塊、塑膠蹂躪到這種地步，更遑論對一名活生生的女孩會造成多大的傷害？

「我們是怎麼離開火場的？」珍妮問。

「不知道。」

一名記者在電視上報導事件始末，但螢幕畫面過於駭人，我只能承受一些零碎的資訊。相信你也一樣，只是盯著學校的殘垣斷壁。

「……倫敦一所私立小學……起火原因尚待調查。所幸大多數學童當時都在運動會會場，否則死傷人數將……消防人員無法順利抵達火場，這是因為心急如焚的家長……另一尚待釐清的事情是，為何媒體記者比消防人員更早抵達現場……」

下一幕，希莉校長成為攝影機焦點。多虧她的出現，後方的慘狀才被擋去大半。

記者表示：「一個小時前，席德利館小學校長莎莉．希莉接受本台訪問。」

你和年輕醫師繼續往前走，珍妮與我則多看了希莉校長好一會兒。她身穿粉紅色亞麻襯衫搭配乳白色長褲，修剪得宜的指甲偶爾跑進畫面裡，整體來說非常完美。我還注意到她的妝容簡直無可挑剔，想必上鏡頭前已好好修飾過。

「火災發生時學校裡有學生嗎？」記者問道。

「有，但我在此強調，孩子們都沒有受傷。」

「想不到她會化妝。」珍妮說。

我告訴珍妮：「她好像法國某位國會議員，塗珠光唇膏宣讀公文的那位，妳記得嗎？表面的妝只為掩飾底下的愁容。」

珍妮微微一笑，真是甜美、勇敢的女孩。

希莉校長繼續說道：「起火時，校內有二十名學前班學童，他們的教室位在一樓。」

她彷彿議員，語氣威嚴卻又可親。

「學前班學生和其他孩子一樣接受過火災演習，才得以在事發之後的三分鐘內便逃離火場，所幸另一班學生適逢期末校外教學而前往動物園。」

「是否造成任何重大傷亡？」記者繼續問道。

「我不便置評，抱歉。」

幸好校長不打算提到珍妮和我，然而，我不確定她是真的不知情，或是想保持低調，或者只是打算維持一身粉紅色的美好外觀，致使所有人以為一切都在掌握中。

「目前清楚起火原因了嗎？」記者再次提問。

「目前還不清楚，但我可以保證，我們的消防設施運作正常，熱源及煙霧探測器皆直接與消防局連線，而且——」

記者插嘴道：「但消防車無法抵達火場，對吧？」

「我不清楚消防人員如何規畫路線，只知道消防局即時收到火災警報。兩週前，其中幾名消防員至敝校演講，還讓學前班學生參觀消防車。誰也沒料想到……」

校長的聲音愈來愈微弱，珠潤雙唇與議員般的語調失去作用，仔細拼裝好的外表逐漸分崩離析。我喜歡她退出鏡頭的方式。而攝影機的焦點亦從她身上緩緩移回焦黑一片的校園，最後定焦在一座未遭祝融蹂躪的兒童銅像上。

我們在前往燒燙傷中心的走道上再次跟上你的腳步。我完全看得出你一臉緊張，並盡力作好心理準備，但我很清楚，面對病房裡的景象，再怎麼樣的準備都無濟於事。此時，一旁的珍妮退卻了。

「我不想進去。」

「我想也是，不進去沒關係。」

眼前，你和醫師穿過自動門，進入燒燙傷中心。

「妳應該陪在爸身邊。」珍妮對我說。

「但是……」

「某種程度上，他會感覺到妳的存在。」

「但我不想丟下妳一個人。」

「我不用人照顧，真的。記得嗎？我現在可是保母耶，更何況妳也得去了解一下狀況，看看目前有什麼新發展，或者有什麼我不知道的資訊。」

「好吧，那妳待在這裡，我去一下就回來。」

我無法再一次承受四處找尋她。

「好，」她說：「我也不會跟陌生人說話，我保證。」

幸好他們處理事情慢條斯理，使我得以在你步入辦公室時找到你。一位醫師和你握手打招呼，他看起來健康得令人羨慕，棕色皮膚在辦公室白色牆壁的襯托下格外耀眼，深色雙眸更是炯炯有神。

「我是山胡醫生，負責你女兒的診治事宜。」

握手時，山胡醫師的另一隻手拍了拍你的臂膀，我想他絕對也有小孩。

「請進來坐。」

然而，你只是站著，沒有坐下，這是你緊張時的慣有反應，你曾說過這是隔代遺傳，牽扯到生物本能，表示自己隨時能夠逃離或展開搏鬥，直到現在我才了解你的意思，可是我們能逃到哪裡？要對抗誰？總不會是雙眼有神、語調輕柔且儀表威嚴的山胡醫師吧。

「我先從好消息講起。」醫師邊說，你邊猛點頭，他說話方式與你相似。

「不管情況有多麼惡劣，」你在這個上帝遺棄的角落說道：「總有辦法撐過去的。」

你還沒看到珍妮，但我已親眼目睹，因而對我來說，所謂「從好消息講起」意味著在我們即將墜落的懸崖底下鋪幾塊軟墊。

「從大火中逃出並且生還是最困難的事，」山胡醫師繼續說道：「可是，你女兒辦到了，她必定是無比堅強的女孩。」

「沒錯。」你口氣中帶著驕傲。

「這樣的性格使她得以在這場競賽中占優勢，她體內正在進行的搏鬥也將會改變所有事情。」

我轉頭望向你，發現你眼周的笑紋仍在，過往快樂時光劃下深刻紋路，即使面臨眼前的困境仍難以抹除。

「我想確實描述你女兒的狀況，只是你一時半刻可能無法明白專業醫學用語，因此我先簡單說明，日後再深入討論，我們一定還會見面的。」

我注意到你的腿微微晃了一下，彷彿是在壓抑想奪門而出的本能，無奈我們必須聽下去。

「珍妮的身體與臉部遭受大面積燒傷，進而壓迫到體內器官，同時，濃煙所造成的嗆傷，迫使呼吸道及部分肺葉無法運作。」

她體內同樣傷痕累累。

毫無二致啊。

「我得告訴你，目前珍妮的存活機率不到百分之五十。」

我朝山胡醫師嘶吼：「不！」

然而，四周空氣絲毫不為所動。

我伸出雙手，我必須抱住你，而你微微轉身，彷彿感覺到我的存在。

山胡醫師繼續說明道：「我們替珍妮施打大量鎮靜劑，讓她不感到痛苦。此外，還替她安裝呼吸器來幫助呼吸。我們擁有相當專業的醫療團隊，將盡可能替她進行各種適當的治療。」

「我現在想見她。」你如此說道，語氣好陌生。

*

此刻，我與你並肩看著珍妮。

在她小時候我們也會這樣做，派對結束後，一回到家總到珍妮房裡觀察她的睡相。粉嫩腳丫露在棉質睡衣外頭，絲般頭髮披散在伸得直直的雙手上，那兩隻短短的小手還沒長到可以高舉過頭，我們各自在心裡想著彼此創造出她，我們一起創造了眼前這漂亮的孩子。你戲稱這段時光為巧克力時間，用以彌補珍妮半夜吵鬧、為了照顧她使得我們筋疲力竭，還得逼她吃花椰菜。我們會各自給她一個擁抱和親吻，心裡沾沾自喜（我承認我的確如此），然後才回房間。

我為你感到慶幸，因為眼前的珍妮整張臉塗滿藥膏，僅露出紅腫的眼瞼和受了傷的雙唇，燒傷的四肢也被裹在某種塑膠殼裡。

看著珍妮，山胡醫師的話像條毒蛇般鑽進我們的心坎裡。「目前珍妮的存活機率不到百分之五十。」你讓自己直挺挺地站著，並以強而有力的語氣說道：「珍妮，一切都會沒事的。我保證，妳會慢慢恢復。」

這是一句誓言，身為父親，保護珍妮是你的職責所在，照護不周時便得改善困境。

接著，山胡醫師向你解釋靜脈內導管、監測器及臉上藥膏的作用，雖是無心，但倘若珍妮能夠脫離險境，功臣顯然是他而非你。

然而，你沒有因此感到挫折，並未打算就此將女兒交由他保護。於是你開始提問。這條管子的作用是什麼？那條呢？為什麼要這樣做？你從中學習醫界用語和技術，而如今這是女兒的世界，所以也是你的，你得學習並通熟這世界的規則。眼前這個男人，十六歲時曾拆解過汽車引擎，再依指導手冊重新拼裝——他可是個務求徹底了解自己所信賴的事物的人。

我十六歲時只知道讀喬治．艾略特的小說，不過現在這跟引擎手冊一樣無用武之地。

「她身上會留下多少傷疤？」你問道。

你的樂觀真令人激賞！你面對這一切的勇氣真令人讚歎！我知道你只在乎珍妮能不能活下去，她身上的疤完全不重要。這麼問只是想表明相信珍妮會度過難關的意志。可是話說回來，傷疤這個問題很實際，畢竟她有朝一日仍得重新面對外面的世界。

你向來樂觀，而我總是悲觀的那一方（我要更正為務實），然而此刻，你的樂觀彷彿救生圈，我也只能緊緊抓住它了。

仁慈的山胡醫師回答問題時並未提及讓人失望的事實。

「她受到二度燒傷，這類傷勢可能造成淺層或者深層創傷，前者不會損及血液供應且皮膚也會痊癒；後者則會留下疤痕。但我們得多觀察幾天，之後才能確定她的傷勢屬於哪一類。」

此時，一名護士前來告知說：「我們已準備了家屬休息室好讓你今晚留守。柯維太太已被帶回走道對面的急性神經科病房。」

「現在能見我太太嗎？」

「請跟我來。」

珍妮在走廊等我。「情況如何？」

「妳會沒事的。接下來有好長一段路要走，但是妳會沒事的。」

我緊抓著你的樂觀，不忍告訴她山胡醫師的診斷。

我繼續說道：「他們還不確定是否會留下疤痕，得先確認妳的傷勢屬於哪一級。」

「所以可能不會有疤嘍？」珍妮的語氣中透露著希望。

「沒錯。」

「我還以為自己以後都是那副樣子了。也許沒像萬聖節面具那麼醜，但也差不了多少。真的不會有疤嗎？」她看起來很開心。

「醫師是這麼說的。」

珍妮總算放下心中大石，顯得神采飛揚。

由於她這時面對著我，未留意到你從燒燙傷中心走出來。你面朝牆壁狠狠搥了一拳，彷彿這樣就能忘記適才見到、聽到的景象。此刻我才明白你花了好大的心力保持樂觀。而這一切，珍妮完全沒注意到。

接著，走道另一頭傳來沉重的腳步聲。是你姊姊飛奔過來，身上的警用無線電還不時發出嘶嘶聲響。

我頓時感到不自在。如果帕夫洛夫的狗[8]有莎拉這樣的姊姊，那麼這種不自在感大概會是標準的情緒反射吧。我知道這很不公平，但負面情緒反而能幫助我更快回到日常。更何況這是理所當然的，不是嗎？從你十歲開始到遇見我之前，莎拉一直是你生命中最重要的女人，她既是你的姊姊也是你的母親，我當然會有壓力。

莎拉氣喘吁吁地說：「我剛才在巴恩斯與其他單位一起處理一件跟毒品有關的案件——噢，天啊，我在哪裡根本不重要，不是嗎？抱歉，小克。」

一直以來，她都是以小名稱呼你，但上一次是什麼時候？

莎拉緊緊抱住你。

她沉默半晌，我看見她露出一臉毅然決然的表情，堅強地告訴你：「是縱火。」

---

[8] 帕夫洛夫的狗（Pavlov's dog）：生理學家帕夫洛夫曾以狗的唾液分泌來研究制約（conditioning）。實驗中發現，只要有適當的連結，狗便會對直接或間接的刺激有所反應（即流口水）。

五

莎拉的一字一句宛如利刃。

有人蓄意縱火。天啊，蓄意！

「但為什麼？」珍妮禁不住問道。

四歲時，我們曾為她取了個「為什麼小姐」的綽號。

「但為什麼月亮不會掉到我們身上？但為什麼我是女生不是男生？但為什麼小泰山要吃螞蟻？但為什麼爺爺生病不會好了？」（答案是重力、基因、牠們香味撲鼻又營養、人生總會走到盡頭。親愛的，生命皆然，雖然令人沮喪，但這就是答案。）

只是，眼前這個為什麼沒有答案。

我問道：「珍妮，妳還記得當時的情況嗎？」

「忘了，我只記得伊佛在兩點半傳了封簡訊給我，接下來一點印象也沒有，想也想不起來。」

這時，莎拉輕拍你的手臂，你便湊到她身邊說：「不管這是誰幹的，我一定要親手殺了他。」

我從未見過你這麼生氣，彷彿為生存搏鬥。然而，我更高興看到你如此憤怒，這情緒正好呼應莎拉所帶來的情報。

「我現在得去了解格蕾絲的情況，等我確認格蕾絲的傷勢後，妳一定把知道的消息全告訴我。一字不漏。」

我連忙折返自己的病房，想早你一步了解自己目前的狀況，彷彿這樣就能讓你有心理準備。

我身上裝了很多管子和監測器，但還不至於必須靠機器才能呼吸，這或許是件好事。沒錯，我失去意識，看起來幾乎沒什麼外傷，不過是頭部抹了一層均勻的藥膏，狀況或許沒那麼糟。

「我到外面等妳。」珍妮說。

以前她從不會給我們私人空間，說不定甚至沒想過我們也需要獨處。當我們擁抱或親吻時，從廚房衝出去的總是亞當。「羞羞臉！討厭啦！」然而，珍妮身上的雷達從未偵測到這類尷尬的夫妻情愛。或許她和大多數青少年相同，已認為父母間早已不存在愛情，因此就算撞見也會當作若無其事。對此，我很感謝。

我等著你進來，耳畔同時傳來手推車與醫療儀器的聲響，以及護士腳下膠底帆布鞋所發出的輕軟腳步聲。但我最想聽到的，是你的腳步聲與你的言語。

時間分秒過去，我想和你在一起。立刻！請你快來。

接著，你從光滑的亞麻地板那頭跑到我床邊，護士為此特地推開手推車。

你強壯的手臂緊緊抱住我的身體，身上那件重要會議才穿的襯衫是如此柔軟，和我皺巴巴又硬邦邦的病人罩袍形成對比。一時間，寶絲洗衣粉和你的氣味取代了醫院的味道。

你親吻了我，你吻了我的雙唇，又在緊閉的雙眼上各吻一下。當下，我以為自己是珍妮小時候的故事書裡的公主，你以三道吻解開魔咒、讓我甦醒，使我得以感受你的吻——那種鬍碴在皮膚上又扎又癢的感覺。

可惜，三十九歲的睡美人可能有點老了。

更遑論頭部受創的嚴重性可比巫婆的咒語還棘手。

然後，我想起珍妮還在病房外等著（我怎能忘記，就算是被王子親了三下也不該忘掉這件事情）。

我知道自己不能就此甦醒，連試也不該試，現在還不是時候，我不能丟下她獨自一人。

你可以理解，對吧？身為父親，你必須保護自己的孩子，在她受傷時幫助她復原，而我這個母親的工作便是陪在她身邊。

「我勇敢的老婆。」你說。

剛生下珍妮時，你曾這麼對我說過，當時我感到好驕傲，感覺自己不再是以前那個平凡的格蕾絲，而是一名從月亮上下凡來的女人。

可惜，我配不上這句讚美。

「我並未及時找到珍妮，」我語帶罪惡感地朝你大吼：「我早該發現情況不對勁，我應該早一步去救她。」

然而，你聽不見。

我們就這樣靜默無語——我們之間，是否曾面對彼此無言的景象？

「怎麼了？」你問我，聲音有點粗啞，好似倒帶回到青少年時期。「到底怎麼了？」

諒解就好像能讓情況好轉一般，於是，我從運動會場上那股強勁的暖風說起。

＊

你雙眼緊閉，彷若這樣就能與我相會。而我，已將所知告訴了你。

可惜，你當然聽不到我的聲音。

「既然如此，何必開口？」跋扈的隱形保母說：「簡直浪費時間！浪費氣力！」如果當下認知治療師在場，這名保母勢必會被趕走，所幸我早已習慣了，更何況，有這般頤指氣使的人在身邊，對一名母親來說也算是件好事，多少有助於了解當下情況。

而且她說的有道理，不是嗎？

你又聽不見，何必開口？

因為言語是我們之間溝通的氧氣，是婚姻賴以呼吸的空氣；因為我們彼此交談十九年了；因為若不和你說說話，我會非常寂寞。所以世界上沒有任何一位治療師能藉由任何道理來阻止我傾訴。

此時，一名女醫師走近，五十幾歲的年紀以及散發出的專業氣息頓時令我感到安心。樸實的海軍藍長裙底下趿著亮紅高跟鞋。我知道，在這種情形下還去注意她的鞋子是滿蠢的。你注意的是她的名字與身分這些更重要的事。「安娜瑪莉亞．拜斯特隆姆醫師。神經科專科醫師。會診醫師。」

那雙紅鞋是心中屬於安娜瑪莉亞的那個自我精心挑選的嗎？

「我以為她的狀況會更糟，」你告訴拜斯特隆姆醫師，這位神經科專科醫師、會診醫師。「但她的傷勢其實沒有很嚴重，對不對？而且她還能靠自己呼吸，對吧？」

壓力抒放致使你講起話連珠炮般。

「她頭部傷勢恐怕很嚴重。根據消防人員描述，她被崩落的天花板砸到。」

醫師的話語有一絲緊繃的氣息。

「她瞳孔收縮不對等，對刺激也毫無反應。」醫師繼續以鐵絲圈般緊繃的語調說明：「核磁共振掃描顯示她腦部受到重創。我們之後還會再進行一次掃描。」

「她會沒事的。」你語氣激動，雙手緊抓住我說：「親愛的，妳會沒事的。」

我當然會沒事！我還背得出中世紀詩歌，還能告訴你安基利軻[9]的生平或歐巴馬的醫療改革計畫，要我一一細數《聖獸戰士》裡的英雄也沒問題——這可不是每個人都做得到的。就連那跋扈的保母也沒消失，依然那麼頤指氣使。掌管思考的我不在身體內，但就站在這裡，親愛的，我的腦袋沒有受傷。

「我們得提醒你，她有可能永遠無法恢復意識。」

你轉身迴避她的眼神，藉由肢體語言反駁說：「一派胡言！」

而我也認為你是對的。我堅信，一旦感到疲憊了，便可回到身體裡，然後甦醒（也許不是馬上，但不會拖太久）。套句拜斯特隆姆醫師的話，這叫恢復意識。

---

9 Fra Angelico，為文藝復興初期知名義大利畫家。

光滑的亞麻地板上，拜斯特隆姆醫師趿著亮紅高跟鞋倉促離去，她大概是想給你一些時間接受事實。同樣是醫師的父親向來深信，事實得靠時間來消化。

我說太多話了。「靈魂出竅」的缺點在於講話不用顧及呼吸，自然也就沒有停頓。

你好安靜，可能已經打算不再對我說話了。我好害怕，忍不住對你大吼大叫。

你說：「親愛的，珍妮的傷勢很嚴重。」一想到你，我便什麼都不怕，因為你說她會脫離險境、我也會好轉。我們會康復。

你說話時我看著你的手臂，那強壯的臂膀幾年前曾幫我扛起三大箱的書，一口氣從學生宿舍一樓走到我位於頂樓的房間，這星期二還將珍妮的新衣櫃搬到樓上臥室。

你的個性也是如此堅強嗎？我是否能像眼前的你一樣勇敢、對事情抱持樂觀？

你提到風波平息後再一起去度假。

「我們到蘇格蘭的蘇凱島露營，亞當一定會很喜歡。我們生火、釣魚當晚餐，珍妮和我可以去爬奎凌山，亞當應該能爬這種小山了。妳還可以帶一大堆書，在湖灣旁閱讀。這計畫如何？」

這景象聽起來猶如我從未到過的人間仙境。

每當我無所適從時，你總能找出前進的方向並付諸實行。

一如方才在珍妮病床邊，我緊抓住你帶來的希望，讓它引領我繼續走下去。

接著，莎拉走入病房，同時還在講電話，真是忙碌又有效率的莎拉。記得你初次介紹我們認識時，我總覺得自己一副犯了什麼無心之錯而被審問的樣子，只是我到底做錯什麼事？難道愛上你是一種罪，更別說是計畫把你從她身邊奪走？還是我不過是個感情騙子，其實沒有那麼愛你，這種更嚴重的惡行？又或者是我配不上你，我不夠風趣、不夠美麗、不夠優秀，根本沒資格搶走她弟弟，進而成為家族一分子（我個人認為這是真正原因）？

在此之前，我總覺得自己如同在養鴨池內划著小橡皮艇到處轉，而莎拉則擁有清楚的人生目標，快速且直接地朝其邁進。如今我在這裡，不能說、不能看、不能動，更遑論幫助你、珍妮或亞當。我身穿醜陋的病人罩袍，頭髮還被剃掉一部分，而這時莎拉走進病房，如此幹練又果決。

如果我像莎拉，我的隱形保母或許會比較開心吧。但你曾向我保證，說你不會因此感到高興，這讓我很感動。

一名護士跟在莎拉身邊，兩人爭論著使用電話的正當性，儘管莎拉亮出證件，護士態度仍舊堅定，最後她只能無奈離開。你雖看著這一幕，卻仍待在我身邊。

不如讓我們回到蘇凱島營地，回到那藍灰色天穹、藍灰色流水與藍灰色山脈。這幾抹柔和的色調幾乎融合在一起，沒有分別。不如讓我們回到珍妮、亞當、你和我的世界，我們色調柔和，彼此不分離。是一個完整的家庭。

走出病房與蘇凱島，我見到珍妮在走廊守候。

「妳的情形怎樣？」她語氣焦慮地問我。

「他們替我進行掃描之類的檢查。」我回道。

頓時我意識到珍妮並非特地讓我們有情人獨處的機會，只是想給我一些病人的隱私，一如我帶她去看家庭醫師時，我也會待在診療室外等候。

「就這樣？」珍妮反問。

「目前的確就只是這樣。」

她沒有進一步提出問題，或許是害怕得知太多難以承受的細節。

她說：「莎拉姑姑在家屬休息室，她一直在跟警局的人通電話。雖然這麼說有點可笑，但我覺得她感覺得到我的存在，一直朝我的方向瞄，一副瞥見什麼東西的樣子。」

如果莎拉是唯一感受得到珍妮和我的人，那真可算是應驗了莫非定律。

一定是很晚了，家屬休息室裡，有人（誰？）為你帶來牙刷與睡衣，並整齊擺放在單人床邊。

莎拉一見到你便掛斷電話。

她說：「亞當目前在同學家，格蕾絲的媽媽已經從牛津郡出發去接他。我想，他今晚待在家裡比較好。還有，他和格蕾絲的媽媽感情是不是很好？」

發生這一連串的意外，莎拉仍費心替亞當設想，這份心意讓我對她萌生未曾有過的感激之情。

然而，我和珍妮已讓你夠操心了，實在不該把亞當也扯進來。

「剛才是和警方通話？」你問莎拉。

她點頭，而你等著她開口。

「專案負責人員正在錄口供，他們知道受害者是我姪女，一旦案情有任何進展，會立刻通知我。警方也派出偵查小組前往火場進行調查。」

她以警察的口吻說話，同時伸出手，你則一把握住。

「他們說起火點是三樓的美術教室，由於學校建築老舊，天花板、牆壁和屋頂都是空心的，而這些縫隙連接著其他教室、廳堂，致使濃煙大火得以快速延燒，就連防火門與其他消防措施也發揮不了作用。這是大火之所以在短時間內便吞噬整座學校的原因之一。」

「有任何與縱火案情相關的消息嗎？」你咬牙切齒繼續問道。

「火災很可能由某種促燃劑引火而起，或許是白精油，趕往滅火的消防人員在現場發現這類液體燃燒所產生的特殊煙霧。由於起火地點在美術教室，理所當然會存放一些白精油，但偵查小組認為火勢是大量白精油燃燒所引起。美術老師坦言，白精油她確實鎖在教室右邊的櫃子裡，而我們認為起火點在教室左邊。偵查小組明天將使用油氣感測器進行調查，屆時會有更多資訊。」

「所以真的是人為縱火？」你進一步問道。

「麥克，很遺憾，但的確是人為縱火。」

「其他還有什麼消息嗎？」你再次問，你想獲得所有情報，通盤掌握目前狀況。

莎拉解釋道：「火災偵查小組證實當時頂樓窗戶全被打開了，這是人為縱火的另一項證據，藉此才能保持通風，讓火舌迅速在校舍內流竄，加上今天的風勢強勁，更是一大助力。校長表示，為了避免學童墜樓，這些窗戶從來不會開太大。」

「還有嗎？」你一再追問，莎拉由此了解你想獲得更多資訊。

她繼續說道：「我們認為凶手是刻意選擇美術教室的，一方面是因為外人或許看不出這是起縱火案，畢竟凶手是以美術教室慣有的材料當促燃劑；另一方面則是因為所有材料美術老師都一一記錄了，因此這裡是最不可能發生火災的地方。

「美術教室內有成堆的紙以及手工藝材料，這意味火勢能輕易延燒、擴散。此外，各種不同的塗料與黏著劑既毒且易燃，正好這段期間，老師還為了美術拼貼課帶來舊壁紙樣本，這些樣本上皆塗有具強烈毒性的亮光漆。」

莎拉一邊描述毒霧濃煙所形成的地獄，我則想著孩子們製作熱氣球以及紙糊恐龍拼貼的景象。

你點頭示意她繼續說下去，她便照做。

「美術教室內還有許多噴霧罐，遇熱會產生壓力，進而爆炸。罐中氣體沿著地面大幅擴散，並成為火源迴路往回延燒。美術教室旁有個比櫥櫃還小的房間，清潔用品全堆放在裡面，這些物品同樣可燃又具毒性。」

莎拉停了一會兒，看了看你蒼白的面孔。

「你吃過飯了嗎？」

這問題惹惱你。「還沒，但是……」

「餐廳離這裡不遠，我們到那再繼續談。」

去餐廳當然不是為了談話。以前她也會為了哄你吃東西而給你些好處嗎？比方說，吃完牧羊人派[10]才能看最喜歡的電視節目？

「為防萬一，我會向院方交待你的去處。」莎拉這麼說是為了避免你斷然拒絕。

她有辦法讓你開口吃些食物，這點令我感到欣慰。

---

10 Shepherd's Pie，英式鹹派。原料通常為羊絞肉、蔬菜及馬鈴薯泥。

接著，莎拉提醒急性神經科的醫護人員你要去餐廳，你則親自前往燒燙傷中心報備。

你們離開後，珍妮轉身告訴我：「希莉校長說窗戶不會全開是真的。自從發生過意外後，學校非常擔心學童墜樓受傷這類事件，因此她經常親自檢查窗戶。」

珍妮停頓了一下，我看得出她表情怪怪的，一臉困窘。

「爸到醫院之前，我去病床邊探望過妳，妳知道嗎？」她說。

「嗯。」

「妳看起來好……」珍妮沒有繼續講下去，但我明白她想說什麼。為什麼我的傷勢和她比起來顯得如此輕微？

我連忙解釋道：「我身陷火場裡的時間沒有妳久，離火源也不是很近，更何況我身上有比較多的防護物。」

我沒直接提到自己穿的是長袖棉質襯衫、厚丹寧牛仔褲、襪子與運動鞋，而非短裙、緊身衣和羅馬鞋。但她還是想到了。

「也就是說，我是最慘的時尚受害者。」

「珍妮，我不覺得好笑。」

「好啦。」

「樂觀或者天真都沒關係，那種思維模式很好。黑色幽默也還算可以接受。可是建築在病痛、死亡之上的幽默就不行了。」

「媽，我懂妳的意思。」

感覺好像餐桌前的對話。

我們隨著你們走進「棕櫚」這家店名愚蠢的咖啡店，桌面鋪著的富美家美耐板映射出天花板上的長燈管。

「氣氛真棒。」珍妮當下脫口而出，而我一時無法確定她如此反應是繼承自你的無比樂觀，還是我的幽默感。可憐的珍妮，無論是樂觀或幽默，皆會被認為是遺傳自父母。

莎拉端了盤食物過來，你卻看也沒看一眼。

「凶手是誰？」你問她。

「還不知道，但我們會揪出凶手的，我保證。」

「一定有人見過凶手，對不對？」你再次強調：「一定有人見過。」

莎拉的手搭在你的臂膀上。

「妳絕對知道什麼事情。」你說道。

「我知道的不多。」

「我剛才去燒燙傷中心時，妳曉得他們在替珍妮做什麼嗎？」

「珍妮，請妳離開一下。」我要求珍妮，可惜她動也不動。

「他們在幫她裝眼部排泄袋，用以處理眼睛分泌物。眼部排泄袋，我的天啊。」

一旁的珍妮完全震懾住，莎拉則是熱淚盈眶，我從未見過她哭。

在此之前，莎拉還沒問過珍妮的狀況，眼前她試著提起勇氣開口，但我好希望她別問了。

「院方有沒有告訴你珍妮能不能……」莎拉的聲音愈來愈微弱，最後完全消逝，一輩子都在審問他人，面對眼前的問題，她卻怎麼也問不下去。

「珍妮的存活機率不到百分之五十。」你把山胡醫師的話完整重述一次，這樣或許比轉換成自己的用字遣詞容易吧。

莎拉臉色頓時慘白，我知道她真的很愛珍妮。

「你怎麼不早點告訴我？」莎拉忍不住反問你，而珍妮大概也想這麼問我吧。

「因為她會沒事的，她會復原的。」你近乎憤怒地對莎拉嚴正說明。

她說：「運動會這天，除了珍妮以外，只有兩名職員不在現場，但我們認為，凶手是其中之一的可能性很低。」

學校大門裝有密碼鎖，祕書透過辦公室的對講機開門讓校外人士進入。家長與學童皆不知道密碼，只能靠祕書按鈕開門。雖然職員也曉得密碼，可是他們今天全在運動會現場。因此，校外人士才是我們的搜查對象。」

「那麼他們是怎麼闖進去的？」你問道。你直想著揪出凶手，然而此刻卻不希望那個人得其門而入，一副只要證明校外人士不可能進到校園裡就能改變現狀的樣子。

莎拉回答：「他可以提早潛入，學校裡有很多人來來去去，是個繁忙的場所，凶手也許跟在某個被允許入內的人後頭，也或許混在人群中沒被發現，家長以為凶手是職員，或者職員以為凶手是家長。另一個可能性是，縱火犯事先窺看職員輸入密碼，暗自記下後，待所有人都去參加運動會後再折返。」

「難道過了大門之後，就暢行無阻了嗎？」

「過了大門就沒有其他維安措施了，前門既沒有鎖，校內也沒有監視器之類的設備。」

「麥克，這真的是我們目前掌握到的所有訊息了。雖然社會大眾還不知道這是起縱火案，但調查行動依舊迫在眉睫，警方已盡可能調派人馬處理。負責此案的是貝克督察，我會設法安排你們兩人見面，但他這個人心腸滿硬的。」

「我只希望警方能盡快揪出凶手，他得嘗嘗我的家人所受的傷痛。」

六

「妳對於『沒事』的定義是死亡機率超過百分之五十嗎？」珍妮問我，語氣聽來像在說笑，一旦她想這麼做也不是不可能吧？

「即使我不想親眼目睹，但至少我要了解當下的情況。請說實話，好嗎？如果我說想知道，那就表示我能承受結果。」

「抱歉。」

我點了點頭，停頓片刻後，決定坦承一切：

「關於疤痕的事情，我說的都是真的。」

珍妮鬆了口氣，反而安慰起我：

「我會沒事的，爸爸也說了，我知道我會度過難關，妳也一樣，我們一定會好起來。」

一直以來，我不時擔心，珍妮的樂觀是不是因為不想面對現實。

「媽，就某種層面來說，這是件好事。」眼下她指的是A level科目被當：「與其浪費三年時間換來一大筆債，不如現在就清楚意識到自己不適合念大學。」

「我們當然會好起來。」我向她強調。

這時，泰拉在走廊另一頭，正朝你走近。我記得之前在一大群媒體記者中也有她的身影，而如今她還跟著你到這裡來，就連珍妮也注意到她了。

「她不就是認為《里其蒙郵報》足以媲美《華盛頓郵報》的那位記者嗎？」珍妮立刻問道，顯然她還記得我們曾說過的笑話。

「就是她。」

只見泰拉來到你面前，你滿是疑惑地望著她。

「麥克？」她的語氣聽起來十分愉悅。

泰拉少女般的紅潤臉龐、修長身材與亮麗秀髮是能讓男人神魂顛倒的典型，可惜對一個妻子昏迷不醒、女兒受重傷的男人來說並不具魅力。你不自在地往一旁閃躲，試著認出她是誰。而此時莎拉也加入對話。

「這位女士先前曾問過我席拉斯．海曼的事情。」你向莎拉說道。

「你認識她嗎？」

「不認識。」

「我是格蕾絲的朋友。」泰拉不疾不徐地插進話來。

「是嗎？」你怒氣沖沖地反駁道。

「呃，應該算是同事。我和格蕾絲在《里其蒙郵報》共事。」

「所以是記者嘍。」莎拉表示：「妳可以走了。」

泰拉毫不讓步，於是莎拉出示警察證件。

「麥克布萊德偵察佐。」泰拉一一讀出證件上的稱謂，一臉很是得意：「看來警察已經介入了。我猜你們也準備偵訊席拉斯．海曼先生，對吧？」

「請妳馬上出去。」莎拉以警察的口氣命令道。

珍妮和我目睹莎拉近乎強迫地將泰拉推進電梯裡。

「她很棒吧？」珍妮禁不住讚賞道，而我只能在一旁點頭如搗蒜。

「可是她之前的說法不對，」珍妮表示：「又或者希莉校長對於大門密碼這件事提供了錯誤資訊。她不是提到，沒人曉得密碼嗎？部分家長其實知道，我就親眼見過由於對講機那頭的安涅特太久沒有回應，結果那些家長便自行開門進入。此外，有些學童也在無意中得知大門密碼。」

我不知道密碼，也和可能記得密碼的那些媽媽不熟。

「也就是說，家長是可能自由進出學校的。」我說。

「但所有家長都在運動會會場。」

「也許有人提早離開。」

我試著回想今天下午的景象，是否見過什麼可疑事物？

而我腦海裡憶起的第一件事，是開場短跑競賽為亞當加油。當時他神色既緊張又專注，細長的雙腳以最快速度奔跑，拚命不讓綠隊失望。我滿腦子只擔心他會最後一名、你沒來運動會、珍妮得重考，全然忘了我們健康平安地活著，忘了這個重要的事實。倘使我曾意識到這個事實，我便會在場上四處狂奔，為生命的美好與奇妙高聲歡呼，直到嗓子啞掉。那是個藍天、綠地與白線織就的生活，如此遼闊、如此井然有序、如此完好無缺。

然而，我必須專注、再專注。

我記起亞當班上有某些家長曾問我是否報名參加媽媽賽跑。

「格蕾絲，參加嘛！妳不是很愛運動嗎？」

「是啊，一名慢手慢腳的運動愛好者。」我答道。

我在腦海中再次審視他們的笑臉，其中有誰之後沒多久便潛入校園？也許他把裝有白精油的容器放在後車廂，打火機則塞在口袋中。他們的微笑真能一派輕鬆且發自內心，並掩蓋住不良意圖？

過了一會兒，亞當跑來跟我說，他要去拿蛋糕！羅溫娜正好也得去拿獎牌，於是一起同行。他們離開後，我心想羅溫娜一身亞麻牛仔褲及俐落白短衫出落得像個大人，感覺好像一分鐘前她和珍妮都還是淘氣小女孩。

抱歉，我完全離題了。我得更專注地回憶。

我試圖將注意力從亞當及羅溫娜移轉到運動會場四周，可惜記憶沒辦法如此倒帶，因此徒勞無功。然而，我當時的確為了尋找珍妮而掃視過整個會場，若再專注一些，或許會有重大發現。

掃視會場的同時我心想，珍妮獨自在醫護室裡大概很無聊，一定很希望早點結束工作。

會場邊有道身影，半掩在齊胸高的杜鵑花叢後。

這身影靜立不動，引起我的注意。

然而，確認對方不是珍妮後，我便轉移焦點。如今，我試著看得更仔細點，卻只是白費心思，那道身影依舊模模糊糊地定在場邊，我的記憶至多提供這些資訊。

接下來，可疑的身影便縈繞在我腦中，我想像著他闖進學校頂樓教室，打開所有窗戶，想像吊在曬衣線上孩子們的畫作被風吹得飄來盪去。

而後，我的思緒再次回到會場，梅西來找羅溫娜，我告訴她羅溫娜在學校，並看著她離開會場。回憶在此卡住了，我注意到會場外圍有個人，行跡可疑。然而，我就是想不起來，愈想揪出回憶，景象就愈模糊。

不過，釐清這疑點其實沒有太大意義，因為此時縱火犯已打開窗戶、灑好白精油，並將噴霧罐擺放在適當位置了。不久後，上帝恩賜的強風便會讓四樓陷入火海。

體育老師吹起哨子，雖然不是立刻，但一分鐘後我會看見黑煙，濃濃的黑煙好似營火。

當下，我拔腿狂奔。

「媽？」

珍妮焦慮的呼喚將我的思緒帶回明亮的醫院走道。

她說：「我剛試圖回想是否見過可疑的人事物，可是一想到火災我就沒辦法……」

珍妮沒再說下去，只是不斷顫抖。我趕緊握住她的手。

她繼續說道：「回想自己在醫護室的片段沒有問題，我當時正和伊佛互傳簡訊，這我說過了，對吧？最後一封簡訊的寄出時間是兩點半，我記得很清楚，因為當時巴貝多是早上九點半，伊佛說他才剛起床。可是這之後的細節……我只能感受卻無法回想。」

恐懼痛苦盤據珍妮心頭。

我試著安撫她：「妳不必回想，莎拉的同事會釐清真相。」

我未向珍妮承坦自己曾瞥見會場邊一道半掩的灰暗人影，畢竟他真的不太重要，是吧？

我輕聲說道：「我當時還擔心妳在醫護室很無聊，沒想到妳其實可以和伊佛傳簡訊聊聊天。」

若是將他們至今所有簡訊串起來，內容絕對有《戰爭與和平》那麼長了吧。

我在珍妮這個年紀時，男孩不會對女孩說太多，更何況是寫東西，豈料手機改變了遊戲規則。縱使有些人覺得無時無刻的簡訊實在太緊迫盯人了，但伊佛倒熱中於透過電波傳送情詩愛句。

而事實上，認為伊佛的詩句毫無男子氣概的只有我，你卻是出乎意料地認同他。

之後珍妮去找你，我回病房探查自己目前的狀況（彷彿只是順道去超市拿份免費刊物一般）。

眼前，是梅西坐在病床邊握住我的手，並且說了些話，她覺得我聽得到，這點讓我很感動。

她說：「而且珍珍會沒事的，當然會沒事。」

珍珍……在她還小的時候，我們總是這麼親暱地稱呼她。有時，依然會不經意地脫口而出，一如現在。

「她一定會沒事的！等著看吧。妳也一樣，格蕾絲，看看妳，其實傷勢也沒多嚴重啊。妳們都會沒事的！」

梅西的鼓勵讓我油然生起一股舒服的暖意，同時想起今天在運動會場時一段生動的回憶。雖然這段回憶與案情無關，卻令人備感安慰，於是我容許自己稍作回想，藉此緩和疼痛的意識。

身穿可笑襯衫的梅西急忙穿越閃亮亮的青草地，她腳下是畫好的白線，頂上是湛藍的天空。

「格蕾絲……」梅西邊喊我邊給我一個擁抱，大大的擁抱，而非只是敷衍。

梅西笑容滿面地說：「我來帶羅溫娜回家，她不久前傳簡訊給我，說地鐵出狀況，所以老媽司機立即出動！」

我轉告她羅溫娜去拿獎牌，亞當則去取蛋糕，那塊巧克力蛋糕可是在Marks & Spencer超市買的，還被我們裝飾成第一次世界大戰蛋糕。

「棒極了！」她笑著說。

我從沒想過梅西會變成我的好友。我們女兒的個性天差地遠、從未深交，梅西和我的感情卻那麼好，有時還會單獨見面，聊一些兒女的生活瑣事：羅溫娜曾因未能成為籃網球隊隊員而落淚，梅西於是找柯賓老師商量，只要能讓羅溫娜擔任翼鋒，她願意為球隊添購新球衣，甚至和柯賓老師上床（事後梅西還得向他解釋，上床這提議只是玩笑話）。我則提到珍妮裝牙套時不肯進食也不願意笑，這問題直到她換上鮮藍色牙套才解決。梅西聽了便告訴我，羅溫娜討厭大牙齒，甚至要求牙醫改裝小顆一點的。

珍妮七歲的生日派對上，我第三次流產，當時你在外地拍攝節目，梅西便成為我求助的對象。

「孩子們，聽我說，珍妮的媽咪現在得去拜訪聖誕老人，沒錯，距離聖誕節還有三個月！但聖誕老公公必須早點知道誰是最棒的乖小孩。而且，因為你們今天下午都非常乖，珍妮的媽咪想確認聖誕老公公會在你們的襪子裡多放一個特別的禮物。」

梅西站在我身邊悄聲道：「所有問題通常都能靠禮物和聖誕老人來解決。」

「所以現在換我來跟大家玩大風吹，好嗎？你們準備好了沒？」

事情一切順利，沒人發現我流產。當我前往醫院時，梅西正帶著二十個孩子玩得開開心心地，那天晚上，還讓珍妮留宿她家。

三年後，她細心照顧我十二個星期，直到確定亞當能在我體內安全成長為止。梅西如同我的家人，她很明白亞當是多麼珍貴、多麼得來不易。

如今，梅西坐在我身旁，我這位摯友在哭泣。她很愛哭，唱聖誕頌歌時也哭，她不禁嘲笑自己：「我這麼多愁善感，真是愚蠢！」但此時梅西流下的是痛苦的淚，邊哭邊緊握我的手。

她說：「都是我的錯，警報器響的時候我在學校廁所裡，但我不曉得珍妮也在學校，因此沒有去找她，只顧著四處找羅溫娜和亞當，沒想到他們兩人反而安然無恙，一失火沒多久便逃到室外。」

在會場時，我曾告訴梅西，亞當與羅溫娜在學校裡，如果我曾提到：「珍妮也在。」她當下一定會去找珍妮，確認她在火勢蔓延開前已逃到室外。

不過四個字。

可是，我卻喋喋不休地吹噓著亞當的蛋糕。

梅西低語道：「然後我看見妳往學校跑，心裡想著，當妳看到亞當平安無事後，便會鬆一口氣。」

我記得梅西當時在外頭安撫學前班的老師，羅溫娜則在兒童銅像前安慰亞當，而濃煙隨風捲動，染黑蔚藍的天空。

「隨後妳大喊珍妮的名字，我才意識到她一定在學校裡，接著妳便衝進火場。」面色蒼白的梅西停了一下才繼續開口：「可是我沒有去幫妳。」她的聲音斷斷續續，滿是愧疚。

梅西怎麼認為我會責怪她？她曾打算隨我衝進火場，即使這不過瞬間閃過的念頭，仍令我感動。

梅西繼續說：「我知道自己應該立刻去幫妳，我當然該這麼做，但我不夠勇敢，只能跑到當時還卡在橋上的消防車邊，這和火場完全是反方向。我連忙通知消防人員火場內還有人，我心想，一旦情況更加緊急，他們會試圖盡速抵達學校。而事實的確如此，我的意思是，消防人員得知狀況後便駕駛消防車將停在路上的汽車強行推往人行道，後方的車主見狀，不約而同全跑出車外，消防人員立即朝這些人大喊學校內還有人，接著，所有人便一起試著將停在路上的車輛推向路邊，好讓消防車順利通過。」

看得出梅西腦中滿滿的記憶至今仍歷歷在目，甚至還聞得到、聽得到，我想像著柴油味、人們的吶喊聲、警笛鳴叫聲，以及自火場飄到橋邊的臭氣。

我希望將梅西從幻境裡拯救出來，並問她羅溫娜有沒有受傷（因為當我急著尋找珍妮時，曾見到她在急診部）。我記得一位穿西裝的男人向記者表示羅溫娜也在醫院裡，未料我直到此刻才思及她的安危，在這之前，我只是自私地全心為自己的孩子擔憂。

可是，我明明看見她和亞當安全地待在銅像旁，為何還會受傷？

足蹬紅色高跟鞋的拜斯特隆姆醫師進入病房，梅西只得離開了。她似乎還有話想說，以至於態度顯得不太情願。

天色已晚，讓人愈來愈想家，自己的床、自己的房子、回到自己的生活，明天醒來，一切如往昔。

你和亞當正在通話，我則畏畏縮縮地躲在一旁，一副待會兒就輪到自己跟他講話的樣子，而後我才趕忙湊近，好想聽聽他的聲音。

「我今晚要在這裡陪媽媽和珍妮，但會盡快回去，好嗎？」

我聽得見亞當的呼吸聲，既短又急促。

「亞當，這樣好嗎？」

依舊只有呼吸聲，充滿驚恐的呼吸聲。

「亞當，拜託你，現在得像個士兵一樣勇敢，好嗎？」

你應該鼓勵他當騎士，而不是士兵，他不想當士兵。

他還是沒有回應，我聽得出你們之間的隔閡，那道曾讓我感傷，如今令我恐懼的缺口。

「晚安吧，好好睡，幫我跟喬奶奶說我愛她。」

我好想立刻抱住亞當，感受他溫暖的小身軀，摸弄他柔軟的頭髮，告訴他我有多愛他。

「我相信喬奶奶明天會帶亞當來看妳。」彷彿讀出我的心思般，珍妮對我說：「我可能會嚇到他，但至少妳看起來還好。」

你想待在我和珍妮身邊過夜——你多想能夠將身體分成兩半，同時照顧我們兩人。

一名護士試著勸你到他們騰出來的床上休息，她說我意識不清，感覺不到你是否在身邊，而珍妮則由於接受大量麻醉，同樣不省人事。護士邊說服你，珍妮邊對她做鬼臉，我禁不住笑了出來。即使處境危急，我們仍有很多機會上演居家笑鬧劇的戲碼，而且珍妮勢必會搶在我之前表演。

那名護士保證道，只要我或珍妮的情況惡化，一定會立刻通知你。

她還強調，就算我們兩人沒有你的陪伴也不會死。

前一刻我才認為這病房裡有許多上演喜劇的時機，也許我話說得太早了。

你還是不願意休息。

莎拉語氣堅定地說：「麥克，很晚了。你體力已經透支，明天還得繼續為珍妮及格蕾絲奮鬥。」

我想，明天還要繼續奮鬥這番話打動了你——上床休息代表樂觀，並意味著你相信我們明早仍會活著。

家屬休息室與燒燙傷中心相鄰，珍妮和我在單人床邊陪你。你不時雙手握拳，睡了又醒、醒了又睡。

我想到睡在上下鋪上的亞當。

我忍不住告訴你：「亞當的絨毛玩偶動物園內有許多隻獅子，但亞斯蘭是他的最愛，每次睡覺總要有它陪伴。若亞斯蘭從床上掉下來，你就得撿起來，要是掉在靠近牆壁的那邊，還必須將整張床拉出來。」

珍妮說：「媽，爸睡著了。」

這一刻我有種錯覺，似乎只要你醒來，便能聽見我說話。

她繼續說：「總之，他一定知道亞斯蘭這隻獅子。」

「真的嗎？」

「當然。」

其實我不太確定你是否知道，畢竟你總認為亞當已經八歲了，不該再玩絨毛玩具。可是，他才八歲。

珍妮安慰我：「再過不久，你就能自己哄亞當入睡，只要找到亞斯蘭。」

此時我只想握住亞當的手，凝視著他慢慢入睡。

「沒錯。」

因為「當然」，我一定會再次回到家。絕對會。

「我心情很亂，可以出去走走嗎？」她問。

「好啊。」

可憐的珍妮，妳這麼外向，如今卻被關在醫院裡，真是太慘了。

眼下只有我們兩人，我看著你的睡臉。

記得我們在一起沒多久，我就習慣看你入眠，每每還會聯想到《米德鎮的春天》[11]裡的一段話。我知道，這不公平！但我現在就可以把那段話念給你聽，你不想聽也不行！總之，那段話是關於可憐的女主角意識到她那年邁的丈夫腦子裡只有塵封的走廊與破舊的閣樓，然而，我想你腦中存在的應該是高山、河流與大草原——那遼闊的自然與微風、天空。

---

11 *Middlemarch*：英國作家George Eliot的作品。內容描寫十九世紀初的英國小鎮，由於環境改變，人們面臨必須守舊或改革的故事。

你還沒說愛我，但你的情感無庸置疑，不是嗎？一切盡在不言中，一如過去那些年，剛在一起時，你刮完鬍子後會在滿是霧氣的鏡子上寫下字句，留給隨後刷牙的我。你有時打電話給我，就只為了跟我說說話。你也曾更改我的電腦螢幕保護程式，於是「我愛妳」這三個字便在螢幕上飄來飄去。你未曾對任何人這麼做，彷彿是在不斷找我演練。

我知道心不是儲放情感之處，只是愛的感覺一定潛藏在我們身體某處。在某人愛上你之前，那地方又尖又刺，及至那個某人如朝聖者般以指尖碰觸粗糙的石頭，用十九年的光陰將那地方磨得又平又滑。

有人經過家屬休息室，並在門上的玻璃及底下的門縫留下短暫身影，我最好出去看看。

只見那道身影匆匆忙忙地走進燒燙傷中心，我不禁聯想起運動會場邊的灰暗人影。

他的目的顯然是珍妮。

對方一進入燒燙傷中心，大門半啟，我瞥見他朝她彎身。

我直覺大吼，周圍卻是一點聲音也沒有。

一名護士此時朝珍妮的病房走去，橡膠底帆布鞋在亞麻地板上不時發出聲響，因而驚動對方，於是他轉身溜走。

護士正在檢查珍妮的狀況，我未見任何異狀，然而，這並非表示我看得懂醫療儀器上的各種數據，我只是覺得珍妮外表看起來沒什麼差別。腳穿橡膠底帆布鞋的護士正在確認儀器上的數據。

走廊外，那個人已消失無蹤。

我並未走近看清楚對方的長相，至多記得他身穿深藍色長大衣的大致外形。不過，燒燙傷中心大門深鎖，絕對有人同意讓他進入。他一定是醫師或護士，由於下班了，所以套了件大衣，而沒穿白袍或護士服。或許他只是想在回家前再檢查一下珍妮的狀況。

珍妮回來了，我對她微微一笑。

然而，我心裡有點忐忑。

畢竟，有誰會在七月中仍一身深色長大衣？

七

刺眼的人造光芒四處亂射；所有醫生隨時待命並成群移動；手推車不時撞擊發出巨大聲響；每一位護士不約而同匆匆丟下早餐托盤，拿出藥物圖表。天啊，心神不夠鎮定還真無法應付醫院的早晨。然而，至少吵吵鬧鬧的忙碌氛圍已將昨晚瞥見的身影化為無關緊要的事情。

回到自己的病房，我看見母親和拜斯特隆姆醫師待在隔間裡。一天之內，她老了好幾歲，臉上亦因悲傷而多了些許深刻紋路。

「格蕾絲小時候很愛講話、很活潑，」她說話的速度比平常還快：「我當時就認為，她長大後會是個聰明伶俐的人。而事實也是如此，她A-level拿了三個A，還獲得獎學金進入劍橋專攻藝術史。校方為了延攬她，更提供英文系做為第二選擇。」

「媽，拜託，夠了！」說了也沒用，我猜她只是想讓他們知道我擁有何等聰明的頭腦——一如爸所說的，第一流的腦袋！——那彷彿參考圖像，好讓醫師釐清該如何修復。

母親繼續說道：「期末考前格蕾絲意外懷孕，無奈之下，只好辦休學。她有點失落，我們何嘗不是，不過，至少小珍妮令她感到開心。」

至此之前，我從未聽過他人流水帳般地描繪我的過往。我感到些許惶恐，不確定自己的人生是否真的那麼單純？

母親接著說：「我把格蕾絲形容成只會讀書的女孩，但事實並非如此。她很可愛，我很清楚，格蕾絲雖然快四十歲了，但她在我眼中仍是小女生，願意為別人做任何事。我曾提醒她不要對其他人太好，可是當她爸爸過世後，我才發現他人的善意在必要時有多珍貴。」

印象中，母親說話從未如此急促，更不會一口氣講兩三句。而眼前的她，卻連珠炮地說了這麼多，彷若一旁有人在計時。我也希望真的有人在計時，因為這些過往聽了之後委實感覺不自在。

「格蕾絲是我的生活重心，失去她，真不知該怎麼辦。我的意思不是要她為了我才康復，千萬別這樣認為。我比你想像中還愛她，但真正需要她的是孩子們以及麥克。你或許會覺得麥克是個堅強的人，他看起來的確如此，然而真正堅強的是格蕾絲，她是整個家的核心。」

母親好不容易停頓了一會兒，拜斯特隆姆醫師乘機插話。

「我保證我們會竭盡所能，但是，腦部重創有時是束手無策的事。」

母親盯著她。

當年，告知父親罹患卡勒氏病的，同樣是拜斯特隆姆醫師。

「但是一定有辦法治好！」母親說。

這一回，她沒這麼說，因為當父親過世時，不可能且難以想像的事情發生了，對她而言，已沒有什麼事是絕對無法想像的。

我的眼光從母親的臉龐移到拜斯特隆姆醫師那雙紅色高跟鞋上，我敢說醫師自己偶爾也會多瞄那鞋子幾眼。

「結束下一階段的檢查後，我們會告知結果。」拜斯特隆姆醫師表示：「待會兒各科醫師也將一同討論格蕾絲的病況。」

若是以前的母親，她會告訴對方，父親也是醫生，因為她認為，這麼說能改善現狀。

而這一次，她只是謝謝拜斯特隆姆醫師——母親從小備受寵愛，經常不知如何適當表達感謝之意。

此時，亞當趴在我的病床邊。

母親急忙跑過去。

「亞當，你不是該待在護士阿姨身邊嗎？」

只見亞當和我面對面，緊握住我的手嚎啕大哭。

我忍不住抱著他，安慰他別哭，說我沒事，他卻怎麼也聽不見。

亞當邊哭，我邊撫弄他柔軟的細髮，不斷不斷地跟他說沒事、我愛他、別再哭了。他還是聽不到，我受不了了，現在我就要醒過來。

我奮力往身體裡鑽，通過層層血肉，瞬間到達體內。

我掙扎著移動龐大的身軀，卻再度被困在海底的巨船下動彈不得。

可是，亞當就在那兒為我哭泣，我必須為他睜開眼睛，勢在必行，然而眼皮卻黏得死死的。

黑暗中，某段詩句迴盪著：

一個靈魂高吊著，

為神經、動脈與靜脈所捆縛。[12]

我拋下珍妮獨自一人，天啊，一旦我沒辦法再次出竅的話，怎麼辦？

我聽到驚慌的心跳。

耳鼓嗚嗚而聵。

而此刻，我能輕易脫離身體，僅需游進黑色的海洋，拚命往上頭的光亮處前進。

母親雙手抱住亞當，為他變幻出一抹微笑及鼓勵的神色。

「小子，我們過一段時間再回來好嗎？先回家，等你有空再來。」

她為我照顧我的小孩。

母親帶著亞當離開了。

幾分鐘後，珍妮來到我身邊。

「妳曾試著回到身體裡嗎？」我問她。

她搖搖頭。我真是笨蛋，她連自己的身體都未敢直視了，怎麼可能會試圖鑽回去。我想說抱歉，又覺得那只會把事情弄得更糟。套用一句珍妮的口頭禪：真是笨腦袋。

她沒問我是否嘗試過回到體內，我想，她是害怕知道答案——不管我能不能回去，其實沒有太大差別。

---

12 英國詩人Andrew Marvell（1621-1678）的作品“A Dialogue Between the Soul and Body”。

完全沒有差別。

那首與目前狀況相呼應的駭人詩句依舊迴盪在沉默中。

……是骨的束縛，足的羈絆，手的禁錮。

「媽？」

「我剛想到玄學派詩人。」

「天啊，妳還希望我重考 A-level 嗎？」

我對她笑了笑。「當然。」

你和莎拉的上司約在樓下辦公室見面，於是我和珍妮連忙趕過去。

珍妮說：「莎拉姑姑原來的上司目前正請產假，她叫蘿絲瑪麗，記得嗎？那個怪人。」

我不記得怪人蘿絲瑪麗，對這名字完全不熟。

「而莎拉姑姑討厭這個叫貝克的傢伙，覺得他是白痴。」珍妮繼續說，她六歲起，便十分嚮往莎拉警察生活中緊張刺激的一面。這不難理解，畢竟我為《里其蒙郵報》撰寫藝評的兼職工作怎能與警察局偵察佐一職相比？電影、書本與展覽怎麼可能比駕駛直升機掃蕩販毒集團拉風？那可是掃蕩！或許你被迫行動前放棄，但他們不會取笑同事，那是我和珍妮才會做的事情。好吧，所以莎拉並未在珍妮面前嘲諷過怪人蘿絲瑪麗和貝克（不管他是誰），但她顯然對珍妮說過這些閒話。

我們和你與莎拉同時來到約定的辦公室。

你到底為什麼要帶著報紙？我曾抱怨過，你週末只顧看報紙，也不願與家人互動，你卻認為這樣做就如同山頂洞人直盯著火瞧，目的只是要沉澱這一整週的心情。可是，現在？在醫院裡？
我們隨著你及莎拉進入辦公室，低矮的天花板致使熱氣無法消散，室內沒窗戶，連用來吹動沉滯空氣的電風扇也沒有。

＊

只見貝克督察安坐在椅子上自我介紹，汗涔涔的濕黏臉龐並未展露任何情緒。
「我先解釋一下目前的調查狀況。」貝克督察說，語氣及身形一樣死氣沉沉：「校園縱火案時有所聞，英國每週平均發生十六起，但通常不會造成死傷，起火時間也甚少在白天。」
你逐漸失去耐性——老兄，講重點！
「這一次的縱火犯或許以為運動會當天校內不會有人。」貝克督察繼續說道：「又或者對方是故意放火傷害特定人物。」
貝克督察說完後往前傾，聚酯纖維襯衫因汗濕而稍微黏在塑膠椅背上。
「你知道有誰會想傷害珍妮佛嗎？」
「當然不知道。」你怒氣沖沖地回應道。
「真是莫名其妙，」珍妮語氣激動顫抖地對我說：「我只是剛好在學校裡，媽，一切只是巧合。」
我赫然想起昨晚那道身影，他走近珍妮，還朝她彎身。
「媽的，她只是個十七歲的女孩，好嗎？」你怒吼道。

莎拉不覺握緊你的手。

「媽的！」你又咒罵了一次，你絕對不會在莎拉以及孩子們面前說出這些字眼。

「她不是曾收過恐嚇信嗎？」貝克督察的口氣亦按捺不住地激動了起來。

「那可是幾個月前的事了。」你提醒他：「和這場火沒有任何關聯。」

我身旁的珍妮頓時僵住。

恐嚇者以婊子、蕩婦、妓女以及其他更難聽的字眼謾罵珍妮，甚至在郵箱裡留下狗屎和使用過的保險套。她從沒向我們表達內心真實的感受，只對伊佛及其他朋友吐露心聲，而將我們排除在外。

「親愛的，她都十七歲了，當然只把心事告訴他們。」

你說得一副自己很明白事理、很了解青少年的樣子，我忍不住動怒了。

「可是，我們是她的爸媽。」我這麼回答，因為父母比任何人都還重要。

「那幾乎是五個月前的事了，」你對貝克督察表示：「恐嚇事件早已平息。」

貝克督察翻閱眼前的筆記本，彷彿想找出證據反駁你。

我還記得當時我們有多希望恐嚇事件能盡快落幕。那些不堪入目的字眼實在是太駭人、太噁心了。醜陋又邪惡的世界鑽進我們的郵箱、干擾珍妮的生活。你當下反應之所以如此激烈，大概是覺得自己沒有盡到父親的責任，保護好珍妮。

你當時花了好幾個小時檢查那幾張橫格線信紙，試圖釐清那些文字是從哪些資料上剪下來的——哪份報紙？哪本雜誌？你甚至分析部分信件上的郵戳，也因對方曾親自送過一些信而大為光火——他來過，就在家門外，可是，天啊，你竟沒當場逮住他。

之後我才明白，你想成為抓到凶手、要他住手的那名英雄。你這麼做無非是想彌補珍妮，還是想向自己證明什麼？在我看來，大概兩者皆是吧。

兩個星期後──兩個星期，麥克──就在裝有用過的保險套的信封被凶手親自送到我們家那天，你終於向莎拉和盤托出這整件事情。一如你所料，她希望我們報警──為什麼我們一開始沒這麼做？於是我們依她所建議，然而，又如你所料，警方（除了莎拉以外）認為這件事並不重要，情況不如我們兩人所想的嚴重。至少沒有人會因此喪命。他們沒查到任何蛛絲馬跡，我們不清楚周遭有誰會對珍妮做這種事，也不曉得對方的動機，所以根本幫不上忙。

可憐的珍妮，警方為此偵訊她的朋友與男友令她感到既怒又羞，一心認定大人只會與年輕人唱反調。

不過，這些朋友你幾乎一一詢問過了，每每珍妮趕著帶他們進房間時，你便乘機找他們談。顯然這些身材修長的長髮笨女孩不像是會寫恐嚇信的人，但凶手有沒有可能是珍妮的男性友人？其中有誰心懷怨恨嗎？有沒有可能是由愛生恨，最後轉化為一封封惡毒的信件？

更遑論還有伊佛，我不信任他──我並非懷疑他是凶手，反而認為他不像男人，不過是個男孩子。這或許是因為他和你實在截然不同，伊佛身形單薄、長相清秀，年僅十七歲卻喜歡奧登的詩更甚於汽車引擎手冊。我覺得他缺乏男子氣概，但你不同意，反倒認為他是個心思細膩的好伙伴。你會這麼認為，是否因為不想成為厭惡女兒被其他男人搶走的父親？還是你不想破壞自己與珍妮的關係？不過無論理由是什麼，你支持珍妮和伊佛在一起，而我反對。

即便我對伊佛有偏見，還不致認為他是凶手，更何況他們是交往中的情侶，珍妮很愛他，他沒道理反目成仇。

「你們什麼時候收到最後一封恐嚇信？」貝克督察問你。

「二月十四日。好幾個月前了。」你回答。

情人節，星期三，亞當心思全在乘法運算競賽上，珍妮則一如往常地在最後一刻才下樓吃早餐。而我們已經起床一個小時，正等著郵箱蓋關上的金屬聲響，那聲音令我感到不舒服。

那封信上有個大大的C字，我不確定這字與珍妮是否有關。收到那封信後，一整天沒有發生其他事，接下來一星期也沒再收到恐嚇信，之後是半個月。直到四個月過去，昨天我拿信時已經不再留意是否有類似信件了。

「你確定二月十四日之後不再有任何異狀？」貝克督察這麼問。

「沒錯，我說過了——」

他打斷你的話：「珍妮是否可能有所隱瞞？」

「絕對不可能，」你一副受挫地說：「這場火和恐嚇事件凶手無關，我想，你還沒看過這篇報導。」

你一把將手中的報紙放在貝克督察面前。是《里其蒙郵報》，標題上清楚寫著：「縱火犯火燒當地小學！」

報導記者為泰拉。

然而，貝克督察卻無視這份報紙。

他追問道：「你是否漏提了其他不同形式的恐嚇訊息？譬如手機簡訊、電子郵件或社交網站上的留言。」

你不滿地瞪視他。

「我問過珍妮，她沒收過這類恐嚇。」莎拉在一旁補充道。

接著，你在辦公室內踱起步來，從牆的這邊到另一邊僅五步距離，彷彿藉此擺脫緊追你不放的東西。

「她曾向你提起嗎？」貝克督察問道。

「只要碰到麻煩，她都會告訴我或她的父母。」莎拉答道。

而事實上，我們不僅止於聽她的一面之詞，還四處搜索過了。為此你違反養育青少年守則內的每條規定，而我向來與一般的母親沒有什麼不同。

「那麼，部落格或臉書呢？」貝克督察如此反問，一副我們根本不知道什麼叫「社交網站」似的，此時你按捺不住地打斷他的問題。

「恐嚇事件凶手跟這場縱火案無關，天啊，我還要說幾次？」你指著報紙不住強調：「你們該調查的是這個叫席拉斯．海曼的老師。」

莎拉說：「麥克，我們還沒看過報導，給我們一點時間。」

我想莎拉絕對是在遷就你，畢竟，泰拉怎麼可能掌握得到你這位警察姊姊所不知道的情報呢？

一張燒成廢墟的學校照片在報紙首頁占了最大篇幅，而前方那座離奇地絲毫未損的兒童銅像依舊清晰可見。這幀學校照片底下則是珍妮的照片。

珍妮看著照片說：「這是臉書上的照片，復活節那天，我和伊佛參加泛舟課程時，他特地幫我拍的。想不到泰拉竟會做出這種事，她一定是從網頁印下來，或者直接掃圖，這不是跟小偷沒兩樣嗎？」

珍妮的憤怒令我讚賞，經歷了這些折難，她依然介意自己的照片被恣意使用。

然而，躺在燒燙傷中心裡的她與照片中那名外向、健康又漂亮的女孩卻形成令人心痛的對比。

或許珍妮也感受到了，她旋即朝門口走去。

「火不是恐嚇事件凶手放的，但一口咬定是席拉斯・海曼所為也太過荒謬。我要出去走走。」

「好。」

「我並不是在徵求妳的同意！」珍妮生氣地回應，接著便離開了，而「恐嚇事件凶手」這個字眼再次讓膽戰心驚的回憶湧上心頭。

珍妮離開後，莎拉攤開報紙，足見長達兩面的報導，標題甚至橫跨兩頁。

校園慘案

左邊那頁則包括副標「蓄意縱火」及另一幀「受歡迎又美麗」的女孩的照片。

眼前，是泰拉恣意將個人快樂建築在珍妮痛苦上的報導。「美麗的十七歲少女……與死神搏鬥……嚴重燒傷……嚴重殘缺。」這不是新聞，而是腥羶色的報導、挑動人心的垃圾。

泰拉將我塑造成衝進火場的超人媽媽，可惜我這個超級英雄來得太晚，未能及時拯救出漂亮的女主角。

文章末段，泰拉並強調：「警方目前仍持續追查可疑的縱火犯，這名凶手可能已背上兩樁謀殺罪。」

顯然，珍妮和我的死足以為她的報導增添可看性。

泰拉更新自己在三月時所撰寫的報導，同時刊登在右頁，如今，又多加了一段新引言：

> 僅僅四個月前，本報曾刊登過三十歲的席德利館小學教師席拉斯．海曼因孩童受重傷而遭解聘的報導。該名七歲學童自逃生窗口跌至遊樂場上，造成兩腿骨折，校方當時宣稱整起事件為一樁「意外」。

與這篇報導第一次刊登時一樣，泰拉未提及海曼老師當時根本不在遊樂場附近，且還特地強調「意外」二字——表示根本不認為那是樁意外。然而，有誰會因為標點符號而告她？她就像狐狸一樣狡猾。汲汲於在新聞界闖出名號的泰拉，在報導中同時寫道：

> 這座學校位於倫敦近郊一處宜人之地，自三十年前創建之後，每年開支高達一萬兩千五百英鎊。校方以優良教育環境、「歡迎所有孩子、重視每位學生」為號召。然而，四個月前，校園安全開始遭受質疑。
>
> 記者當時曾訪問學童家長。
>
> 一名八歲女孩的母親透露：「學校本應照顧小孩，但這位老師顯然沒盡到責任，我們正打算為孩子辦理轉學。」

另一位家長則表示：「我很生氣，這種意外不該發生，太不應該了！」

三月時，泰拉為這篇報導所下的標題是「遊樂場墜落意外」，如今卻改成「遭解聘的教師」。報紙右邊是「遭解聘的教師」，左邊則是「蓄意縱火」，兩篇報導隱然相呼應——遭解聘的教師挾怨報復。

與此同時，貝克督察接起手機。

《里其蒙郵報》擱在桌上，眼前景象猶如進入拳擊場的挑戰者——你的席拉斯．海曼對戰貝克督察的恐嚇事件凶手。

我很清楚你對海曼老師從未有好感，在被解聘前的幾個星期，他連續成為我們言辭交鋒的起火點。你認為我完全過分誇大海曼老師對亞當的影響。

「誇大這個詞不需和『完全』以及『過分』一起使用。」我冷冷地說。

「並不是每個人都拿英文系學位。」你諷刺回道。

「我只拿到**一半**的學位，記得嗎？」

我們並不常爭吵，如今竟然為海曼老師動氣。

我說：「在海曼老師之前，亞當的狀況很不理想，你忘了嗎？」

他不但被欺負、無法專心讀書，還很自卑。

「現在他克服了。」你說道。

「沒錯，但那都是因為海曼老師。他安排特定同學坐在亞當旁邊，挑選可能與亞當成為朋友的孩子，他們現在的確也成為好友，還會找亞當出去玩。這週末他就要去朋友家過夜。他以前有這樣的朋友嗎？而且，戶外教學時都得搭巴士，以前他總是擔心沒人願意坐他旁邊，海曼老師連這方面都顧慮到了。還有，他現在對數學和英文充滿信心。」

「他只是在盡老師的責任。」

「他稱亞當為『柯維爵士』，聽起來很棒，不是嗎？那可是名騎士，不是嗎？」

「搞不好其他小孩會因此嘲笑他。」

「才不會，海曼老師替所有孩子都取了綽號。」

你為什麼就不能對他多加讚賞？

一名年輕、有魅力的教師，雙眼洋溢光彩，你那麼討厭他是不是因為他在第一學期的家長座談會上親了我的臉頰？「太不應該了！」你這麼反應，卻忽略這不過是海曼老師喜歡與人肢體互動，像是走過課桌時，不經意地撫弄孩子們的頭髮，或是放學時給他們深深的擁抱。沒錯，我們這些媽媽對他特別有好感，但絕對不是那方面的情感。

海曼老師遭到解聘的那天，我回到家時仍為他抱不平，你看在眼裡很不是滋味。你抱怨說學費是你辛苦攢來的，隔天還將展開另一趟艱辛的拍攝行程，以致不想再聽到與某個被解聘的不適任教師有關的事情。

我們一直爭論到第二天下午，套句珍妮的話，太荒謬了！豈料過去我堅信理所當然的事情如今全燒成灰燼，我現在誰也不相信，就連海曼老師也一樣，沒有一個人值得信任。

眼前貝克督察掛斷電話，目光移到《里其蒙郵報》上。

他對莎拉說：「有件事我想不通，記者為何能在短時間內抵達火場？甚至比消防人員更早一步。我們必須弄清楚是誰通知那些記者，或者他們是如何得到消息的，也許這與縱火案有關。」

他直接岔開話題，惹得你火冒三丈。

「不只是這份報導。」你當下提醒他，可惜貝克督察的無線電響起，而當他與對方通話之際，你仍繼續堅持道：「海曼被解聘後的某個星期正好是學校頒獎典禮的日子，我親眼目睹他粗暴地闖入會場，還口出威脅。」

八

亞當問：「媽咪，妳覺得我會得獎嗎？什麼獎都可以。」

頒獎典禮那天早上，亞當當時才七歲，他一邊吃巧克力麥片球，一邊盯著電視上播著的《湯姆與傑利》。

海曼老師被解聘後的這三個星期多以來，亞當很抗拒上學，而我只能試圖做些彌補。那段日子，你出門在外錄製節目，我索性讓他好好任性一下，等你回來再進行男人之間的對談。亞當的狀況令我十分擔心，那情緒甚至超越對你的思念。

即使確定根本不可能，我還是說：「你會得獎的，就算沒得獎也不用失望。還記得希莉校長在週會時說的？每個人都有獎，這次沒有，以後一定有。」

「鬼扯。」珍妮禁不住反駁，我們十分鐘之內就要出門，眼前的她依然穿著浴袍：「根據學生人數、獎項總數，以及頒獎典禮次數，算一算就知道根本不可能！」

「而且那些獎總是被同樣的人拿走。」亞當附和道。

「我保證不——」

亞當打斷我的話，挫折萬分地說：「是真的！」

「亞當說得沒錯，我知道他們宣稱所有孩子都會受重視諸如此類的，但那些全是空話。」珍妮表示。

「珍妮，別幫倒忙。」

「她沒有。」亞當反駁道。

珍妮一邊倒麥片一邊說：「席德利館小學必須協助一些學生申請上西敏男子中學或者聖保羅女子中學之類的名校，否則明年就不會有家長送四歲的小孩來就讀。也就是說，最聰明的人才有機會得獎，這樣也才能讓他們得以申請上頂尖學校。」

亞當灰心地說：「安東尼已經拿了班級資優獎，還有數學獎及領導獎。」

「他才八歲，到底是要領導誰啊？」這個諷刺的問題把亞當逗笑了。珍妮，謝謝妳。

「我那時候得獎的是羅溫娜．懷特，她幾乎包辦所有獎項。」珍妮說著，無精打采地站起身，隨後又問：「典禮還是在聖史威屯教堂嗎？」

「沒錯。」

「噩夢一場！我的座位一直被排在柱子後面，他們為什麼就是不肯借用學校旁邊那座新教堂？那裡很適合啊。」

亞當瞥了一眼時鐘後不覺緊張了起來。「我們要遲到了！」他連忙衝去拿書包，害怕遲到的念頭在這一刻遠遠超越對學校的恐懼。

珍妮說：「我很快就好，麥片我上車再吃，只要媽開得比上次穩就沒問題。」轉身回房之際，珍妮停下腳步：「對了，還有那些獎杯、獎牌，家長看了還真以為學校歷史悠久、制度健全，心裡也就滿意。」

「妳太憤世嫉俗了。」我提醒道。

「我可是曾經在那裡工作過，別忘了，以至於我變得很會挖苦人。這跟做生意沒什麼兩樣，頒獎典禮算是其中一部分。」

「妳才待三星期啊。而且別忘了還有進步獎。」我有點心虛地說。

收拾書包的亞當倏地抬起頭，臉上掛著和珍妮一樣的神情：「媽咪，進步獎根本沒什麼，大家都知道。」

「但你還是想得到吧？」珍妮反問他。

亞當尷尬地點點頭。「可是我不可能得到，我從來就沒贏過什麼獎。」

珍妮對亞當笑了笑。「我也是啊。」

八分鐘過後，我們已在車內，亞當是唯一能夠催促珍妮加快手腳的人。

我們一如往常提早到學校，你認為我們不該牽就亞當的焦慮性格。我當然很清楚，但提早五分鐘抵達這種細節是照顧亞當時必須注意到的原則。一直都是如此。

「妳什麼時候才會再來學校工作？」接近席德利館小學時，亞當突然問珍妮。

珍妮去年夏天在席德利館小學擔任教學助理，雖然負責的不是亞當的班級，仍讓他感到十分驕傲。

「等我考完A-level。也就是幾個月後。」
「那也快了。」意識到考試日期逼近致使我感到驚慌：「妳今晚一定要把重考進度表規畫好。」
「我要去達芙妮家。」
「可是爹地今天要回來。」亞當說。
「他不是要和你一同參加頒獎晚會嗎？」珍妮答道。
「大概吧……」亞當不全然相信你會趕回來，這並非抱怨，畢竟每個人出席與否都令他擔憂。
「別去了。」我對珍妮說：「就算妳今晚不打算複習，至少也該把進度表訂好。」
「媽……」
她正對著遮陽鏡塗睫毛膏。
「現在努力點，以後才有更多選擇。」
「我寧願活在當下也不要為了將來而複習好嗎？」
不好，我心想，一點也不好。面對考試時，珍妮的反應若能跟回嘴時一樣靈活就好了。
我們一如往常地步行通過最後那段路，橡樹成排列於兩側，亞當緊緊握著我的手。
「亞當，你還好嗎？」
雙眼含淚的亞當盡力不讓淚水流出來。
「他真的非去不可嗎？」珍妮問道。我心裡也這麼想。此時亞當若無其事地放開我的手，朝學校大門走去。他摁了摁門鈴，接著祕書便開門讓他進入。

自從海曼老師被解聘的第二天起，你便在外地拍攝節目，因而並未親眼目睹這件事所引發的後果。我們曾通過幾次電話，在收訊不良的匆促交談中可見，你反而較擔心珍妮，並不斷確認是否還有新的恐嚇信（感謝老天，沒有），對於亞當則較少關心，而我也沒主動告訴你，也許是擔心我們又吵起來吧。總之，你不知道亞當有多沮喪。喜歡的老師離開了，更領悟到大人世界既殘酷又不公平，與故事書裡描寫的南轅北轍，無論是《聖獸戰士》、《哈利波特》、亞瑟王傳奇或《波西傑克森》，都不是這樣的結局。亞當可以接受壞結局，但無法忍受不公平的結局——他的老師因為沒做過的事慘遭解聘。

學校又變回海曼老師來之前那個令人討厭的地方。

五點四十五分，在「亞當，吃快點」以及換上乾淨制服之後，我們提早抵達頒獎典禮會場。他的鞋子擦得晶亮、上衣也很整齊，絕對不會被找麻煩。而我則穿著一條原本便破洞的褪色牛仔褲，藉此表達我的抗議，亞當很喜歡這點子。「媽咪，妳這樣很酷！」他體內藏著叛逆的血液。

其他媽媽不外乎名牌服飾搭配昂貴又時髦的長靴。

我們提早了十五分鐘，部分原因是亞當為合唱團成員，必須準時，還有亞當過去三個星期以來，漸行嚴重的遲到焦慮症。

我留意到梅西在前排座位向我招手，看來她比我們還早到。亞當獨自前往休息室等待其他團員，我則走向梅西。

「我幫妳和麥克占了個好位置。」她邊說邊騰出一些空間：「羅溫娜說她不能來，覺得很抱歉，畢竟快考試了，不是嗎？」

即使羅溫娜已獲得牛津大學理科的條件式入學資格，幾乎是篤定錄取，此刻她仍為考試認真準備。反觀沒有學校願意錄取的珍妮卻在朋友家。小時候，珍妮曾抱怨羅溫娜愛比較、事事都想拿第一，我當時很希望珍妮能多學學她，時至今日，這想法仍未改變。

梅西問：「亞當今年也參加合唱團嗎？我很想聽他唱歌。」

梅西心思敏銳，從不會問：「妳覺得亞當會拿獎嗎？」只會稱讚他所做的微小貢獻。

我望著梅西整理咖啡色棉質洋裝，整平上衣在肚腹部分的縐褶，眼裡含淚。

「妳覺得我穿這樣像頭母豬嗎？」她悄聲問我，這完全不是梅西會問的問題，以致我一時無法會意過來。

「親愛的，當然不像！」下一瞬間，我連忙回應道：「妳看起來漂亮極了，根本就是性感尤物。」

梅西聽了咯咯笑道：「像閃亮媽咪嗎？」

閃亮媽咪這詞是我們獨創的，藉以形容那些足蹬亮面窄管靴、身穿昂貴絲質上衣、頭頂專業造型師設計的髮型的媽媽們。

「比她們還閃！」我說。

我趕緊讓梅西見識一下這件老舊牛仔褲上的破洞，一邊思忖，是否該問她母豬是怎麼一回事。

「格蕾絲，妳是世界上心地最好的女人。」

接著，唐納來到會場，手上還捧著待會兒要送出去的獎盃。

「我剛去擦拭這些銀器。」和藹的唐納滿臉笑意。

記得珍妮剛上學時，我們和大部分家長一樣，認為自己的孩子上私立小學不甚光彩，也覺得唐納刻意頒送獎盃這件事相當愚蠢可笑。然而現在不一樣了，唐納年復一年頒獎給學生，不致讓這儀式成為絕響，這份心意總令我感佩。我與梅西通常在白天碰面，此時唐納在上班、羅溫娜去上課，所以我和他並未深交。不過，梅西說過，他很愛家。

唐納坐在梅西身旁，兩人手牽手，親近地依偎著。眼前這一幕讓我好嫉妒，真希望你也在我身邊。

在狹小而瀰漫汗味的辦公室內，貝克督察終於結束無線電對話。

「頒獎典禮在距離學校一哩遠的聖史威屯教堂舉行。」你進一步解釋道：「班機誤點導致我直到六點十五分左右才抵達會場。會場大門沒有招待人員，我逕自走入場內，可見學校在安全防護措施方面很糟。」

你沒提到速戰速決的晚餐以及整平過的衣服，腦子裡沒半點跟家裡有關的瑣事。

你繼續說道：「我發現校長有點緊張，而且在海曼闖進來之前就那樣了。」

我也認為希莉校長當時看起來異常焦躁，但或許是因為當晚節目繁多，她希望典禮進行順利？

「她一副在等什麼事情發生的樣子。」你進一步說明道。

貝克督察的對講機又響了，你感到非常憤怒，但又能怎樣？

我瞥見你和一群同樣遲到的爸爸站在會場後方，此時你部分心思還在喧囂的機場與沉重的公務上，因此臉上那抹微笑並非發自內心。

希莉校長正在頒發獎盃，過程中還有配樂。這間學校宣稱「培養每個小孩的自信心」，但重要獎項卻只頒給最優秀的學生。

或許珍妮是對的，這些獎盃是日後十一歲時附加考試[13]的點綴品，幫助頂尖學生進入頂尖中學。此時學校花錢製造獎盃，將來新進學生花錢進來就讀。那個春天夜晚，我情非所願地將這整個頒獎典禮與商業行為畫上等號。

我在一群穿著相同的孩子中找尋亞當的身影，並觀察他的表現，以在他今晚哀嘆沒得任何獎項時能夠出言安慰。此外，我也注意到其他像我一樣的媽媽（如賽巴斯汀和葛瑞格的媽媽），她們看起來有些坐立不安，手中緊抓著節目表，思忖著待會兒要如何安慰孩子沒得獎沒關係，他們依然是媽媽的寶貝。相反地，校園裡有些風雲人物（表現優秀的孩子，股長或隊長之類的，早已拿過本週傑出運動選手、本週傑出音樂家等獎項），這些孩子的媽媽各個容光煥發，彼此心照不宣，從不會想了解我們這群媽媽的忐忑。

當然了，風雲人物的爸爸絕對準時抵達會場。

噢，我不是在挖苦你，你是因為飛機誤點，抱歉。

貝克督察終於再次結束無線電對話。

你說：「六點半左右，席拉斯．海曼闖進會場，一路上還推開擋路的家長。」

---

13 Eleven-plus：在英國部分地區，年屆十一歲的學童得參加此考試，考試成績為學校分發之依據。

海曼後方的教堂大門碰一聲關起來，頓時受到驚嚇的豎笛手沒再吹奏下去，所有人緊盯海曼推開家長往前進。我留意到他一身筆挺西裝、閃亮皮鞋，稚氣的臉孔上，鬍子刮得乾乾淨淨。只是他通過走道時步伐極其不穩、滿頭大汗。

海曼被寂靜包圍，顯得十分孤單。

你繼續說道：「他來到校長面前，對她咆哮，指責她是『婊子』，把他當作『他媽的代罪羔羊』。

「海曼接下來說的話我記得清清楚楚，他對校長說：『妳不能這樣對人，知道嗎？混帳。』說完又指著在座所有家長：『還有你們所有人，一個都跑不了，聽到了吧？』。」

他字字句句充滿絕望，或說是處於崩潰邊緣，並選擇以憤怒代替哭泣。

「而後，兩名父親走上前抓住海曼，將他從校長面前拉走。」

之後只傳來他們將他拖出教堂的扭打聲，眼前兩百八十名學童盡皆靜默無語。

接著，我在靜默中聽見一個小孩的聲音。「放開他。」

是亞當。

我倏地轉頭望向他，沒想到他在這麼一大群學童、老師面前挺身而出，而且愈講愈大聲。

「放開他！」

教堂內依舊鴉雀無聲，所有人盯著亞當，我感覺得出亞當的恐懼，但只見他雙眼注視海曼。「不公平！老師沒做錯任何事。被解聘太不公平了。根本不是海曼老師的錯。」

太棒了，這是英雄的作為。向來靦腆的小男孩此際卻不畏眾多身穿深色西裝的父親、老師以及校長，勇敢地站在他們面前。這個總是擔心作業寫不完或者遲到五分鐘便會惹上麻煩的男孩，如今站出來為自己敬愛的老師辯駁。我知道亞當是好孩子（他的好，並非裝模作樣），但他此時的舉止仍令我大為震撼。

下一瞬間，亞當與海曼老師之間猶如心靈相通，抑或是他的表現致使老師意識到自己舉止失當，海曼旋而甩開那兩名父親，朝大門走去。經過亞當身邊時，海曼溫柔地對他微笑，示意要他坐下。

英勇的亞當頓時消失了，但我明白他現在的心情絕對澎湃洶湧。不過，他們班上的同學都很喜歡海曼老師，應該會支持亞當適才的舉動吧？

到了門口，海曼老師轉身說：「我沒傷害過任何學生。」

坐在我身旁的梅西面色蒼白，露出我從未見過的表情。

「絕對不能讓那個人接近我們的小孩。」她言詞極為激動，透露出溫柔又善良的梅西有多厭惡海曼老師。

*

「那根本就是暴力威脅。」你向貝克督察強調說：「可以想見他有多恨校長及所有人。」

「可是，你當時並不認為這件事情嚴重到必須報警處理，對不對？」貝克督察忍不住嘲弄道。

「我低估了海曼的施暴能力，所有人都失算了，否則這場大火就不會發生。你打算逮捕他？」

你的口氣不若詢問，反而像是聲明。

「我們昨晚已約談過海曼先生。」貝克督察如此反駁，語氣透露出他的不快。

「你也覺得他可疑才約談他？」你問道。

「事實上，我們約談所有不滿席德利館小學的人。」莎拉連忙解釋道。

貝克督察直瞪莎拉，要求她別洩漏機密，莎拉卻逕自繼續：「校長及董事事後馬上向我們透露相關情報。」

貝克督察表示：「海曼先生接受約談時並未偕同律師同行，也樂意配合警方DNA採樣，依照我的經驗，凶手不會這樣做。」

「但是或許——」

貝克督察當即打斷你的話。「硬是將海曼先生與縱火案扯在一起實在太牽強了。這篇報導既沒水準又偏頗，不足以採信。再者，你對於他在頒獎典禮會場的所作所為也添加了太多個人見解。

「但我能理解你希望盡快揪出凶手的心情。柯維先生，看在你碰到這種慘事的分上，我這就問問同仁最新進度，好讓你安心。」

於是，貝克督察大動作拿起對講機，雖然沒有直接說出口，卻清楚傳達出你麻煩到他的訊息。

你起身說道：「我會陪著珍妮。若有進一步消息，可以到那裡找我。」

步出辦公室後，廉價又單薄的門板隨後砰一聲關了起來。

走道上，我跟隨在後並望著你寬實的背，好希望你此時能抱我；我憶起頒獎典禮那晚，闊別三個半星期再次見到你，我心中情感依舊澎湃。

你剛步入教堂時並未直視我，我連忙回想這趟行程中，是否有任何聰明美麗的女同事隨行。過去這三個多星期我經常懷疑，但我知道整組拍攝團隊都是男性。

我並非懷疑你，只是感到些許不安罷了。我從沒在你面前提起這件雞毛蒜皮的小事，跋扈的隱形保母總是及時命令我：「安份一點！」她有時真能提供必要協助。

走出教堂後，我試圖在一大群家長中尋找你的身影。遲到的爸爸們率先離開教堂，此時大多忙著使用手機。昏暗夜色中，我找不到你。而孩子們則還在教堂內。

我擔心亞當會碰上麻煩，更想親自告訴他，他的勇氣令我感到驕傲。周圍的家長無一不在低聲討論剛剛發生的插曲。

唐納及梅西在不遠處，我以為他們在爭執，然而他們的音量又低又平和，應是我誤會了，更何況梅西曾說過他們從不吵架。「有時我反而覺得我們該大吵一架，鬧得天翻地覆，可惜唐納脾氣太好了。」

唐納抽著菸，深深吸氣，菸頭隨之燃起熾亮的火光。梅西不曾提起唐納會抽菸這件事。隨後，他將菸蒂直接扔到地上踩熄。

眼前，亞當朝我走來，小小臉蛋上不帶任何表情，彷彿想脫離這個世界。經過唐納身邊時，他正好在點第二根菸，打火機的火花致使亞當猝地嚇退到一旁。

「不要怕，年輕人。」唐納一邊熄滅打火機，一邊安慰道。

「亞當，你還好嗎？」梅西關心問道。

亞當點點頭，我立刻抱著他。「我們去找爸爸。」

我現在尋找的不是自己的另一半，而是亞當的爸爸，身為父母的使命感總是凌駕夫妻之情。

最後，我發現你站在遠離大部分家長的地方，你握住我的手，同時以另一隻手擁抱亞當。「哈囉，小子。」

我們毋需開口，神情便足以傳達所有訊息，多數家長常在小孩犯錯時如此因應。

「你們先回家。」你無視我的表情訊號，直接說道：「我待會兒就回去。」

你好不容易回來了，我們竟然沒有親吻對方，對亞當的事更持不同意見，這樣的你使我備感不安。

「我會盡早回家。」你以大男人的口吻再次強調。拍攝團隊中沒有年輕漂亮又聰明的女同事著實讓我感到慶幸，只是跟一大群男人相處太久的缺點就是莫名變得大男人，而要擺脫這種沙文氣質所需時間大概與調時差一樣。

你回到家時，我正在準備遲來的晚餐。亞當半小時前已經入睡。

你總算過來親吻我，嘴裡帶著啤酒味，我們此時就像情侶重逢。

「珍妮不在家？」你問道。

「達芙妮的爸爸剛打電話來，說他正開車載珍妮回來。」

「真是有禮貌的人。」

你擁抱我。「抱歉，回來晚了，但我必須想辦法將傷害降到最低。我在教堂旁的酒吧裡和一些老師聊天，還特別與校長長談，其實我今晚大可什麼都不做的。」

你說話時並未看著我。

「我請校長不要處罰亞當，由我們自己面對，她也答應了。」

我轉過身，爭執於此展開。

你認為亞當捍衛海曼老師的行為並非出於忠誠與膽識，只是「被那個男人洗腦」所致，還認為席拉斯．海曼對亞當有超乎想像的負面影響。

下一瞬間，珍妮走進廚房，爭執因而告終。我們是不是從未在孩子面前吵過？他們猶如免戰金牌，一意識到他們的存在我們便住嘴。

你曾說：「聯合國根本可以解散了，國與國之間的戰事只需派一位少女站在中間就能輕易解決。」

抵達燒燙傷中心後，你和莎拉按部就班地清洗雙手，護士才准許你們通過那道向來上鎖的大門。進入珍妮病床旁的隔間之前，我力圖鎮定，你則悍然對莎拉強調：「這場火災絕對不是恐嚇事件的凶手所為。」

你的語氣過於激動，莎拉不禁嚇到。

一名護士正在清除珍妮臉上最後一層敷藥。

她滿臉水泡，讓人認不出來，眼前的狀況竟比在急診部時嚴重。我目不忍睹，連忙將視線轉向其他地方。可是忽地想起待會兒得向珍妮轉述她的狀況，匆匆一瞥所獲得的印象無法持久，不是嗎？不多看幾眼真的妥當嗎？

然而你眼神毫不閃避。

護士看得出你很哀傷。她向你解釋：

「皮膚遭燒傷後通常都會起水泡，這不表示病人狀況惡化。」

你彎身與珍妮面對面，隔空親吻她，好似這道吻會兀自往下沉，貼到珍妮臉上。

這道吻點醒我，當下明白了你為何如此堅信縱火者不是恐嚇事件凶手。

倘使是恐嚇事件凶手，那就表示你沒有善盡保護珍妮的責任，你未能阻止他傷害珍妮，而這便意味著錯在你。眼前的珍妮滿臉水泡、必須靠外力維持眼睛與嘴巴清潔、四肢被一些莫名其妙的醫療用品包覆住、呼吸道嚴重受創，你得為這一切負起責任。

還有，她可能就此失去生命。

這是你無法扛起的重擔。

「這不是你的錯，」我心疼地走向你，擁你入懷：「真的，親愛的，不管凶手是誰，這都不是你的錯。」

我終於理解為什麼你一口咬定海曼老師就是縱火犯，你一心企望著犯人不是恐嚇事件凶手。

而且搞不好你的推斷是正確的。

此時我又想起梅西說過的話：「那個人絕對不能離我們的孩子太近。」以及她當下的神情。她對每個人都很好，對犯錯的人更是包容，唯獨對海曼老師滿心厭惡。

梅西絕對在他身上看到了某種邪惡特質。

「妳就是太天真了。」隱形保母指責道。

或許我過去太盲目了。

九

在珍妮病床邊等待貝克督察的進一步消息時，我回憶起頒獎典禮以及當晚回家的其他片段。縱使這些舊回憶對案情幫助不大，卻是我的避風港，讓我有暫時喘口氣的空間。

珍妮在樓下用電腦、玩臉書。你外出的這段期間，她剪去一頭長髮，彎腰時臉龐總算不再被頭髮遮住。

「羅溫娜今晚在家準備考試。」我經過她房間時提醒她道。

「她不是已經確定能上牛津了嗎？」珍妮無視我話中含意，漫不經心地回答。

「她想盡可能得到最好的成績，畢竟這不止對申請大學很重要，對以後寫履歷也很重要。」

「嗯，她真厲害。」珍妮淡然回答。你上樓，她順口問候道：「晚安。」

「晚安，親愛的王子。」自從珍妮五歲起，你總是如此回應她，差別只在於如今先上床休息的人是你。

隨後我和你一起回到臥房。

「她一個多月後要參加英文測驗，至今卻還不清楚這句台詞出自何處。真希望她能懂。」

「指定範圍不是《奧賽羅》嗎？」[14]

「這不是重點，重點在於她該清楚自己目前的窘境。」

你忍不住笑了起來。

「我只是希望珍妮能有好成績，這樣至少還有機會上大學。」

「我知道。」你深情款款地說道，並給我一個吻。婚姻所帶來的幸福超越我們彼此之間的差異。只可惜，亞當依舊是我們爭執的焦點，一如他此刻在隔壁臥室裡通體溫暖地熟睡著一樣真實。亞當令我操心的程度與珍妮一樣，她寧願瀏覽社交網站也不願專心念書，這點使我煩躁。但至少你回來了，我也因此感到高興。

你描述起這趟行程，我則聊起這段時間所發生的大小事情，只是我刻意忽略海曼老師與亞當有關的一切，我知道這部分很重要，然而此時我只希望你屬於我。

一會兒過後，你到浴室享受「不必用水桶舀的熱水澡」，而潛藏在這棟房子內令人焦躁的瑣事再次湧上我心頭。我想到羅溫娜，她在席德利館小學就讀時，幾乎包辦所有競賽的第一名，可說是年級風雲人物，如今她準備前往牛津攻讀理科學位，反觀我的女兒卻連能否通過A-level都成問題。

焦躁漸次演變成嫉妒。梅西說過的話讓我明白唐納有多愛家，倘使今晚在教堂內勇敢挺身而出為海

14「晚安，親愛的王子。」出自莎士比亞名劇《哈姆雷特》。

曼老師辯護的是羅溫娜，唐納絕對會表達支持並以她為榮。他們真是個完美的家庭。

卸下先前仔細上好的妝，這些年來，你的臉愈來愈為大眾所知，而我卻逐漸衰老，每每久別重逢總讓我意識到這個事實。

我赫然想起梅西對自己外貌所下的驚人評論。而如今，我會記起這件事是因為我正面對著鏡裡的自己嗎？抑或是我企圖找出那個完美家庭所隱藏的瑕疵？無論如何，我想起梅西所說的「母豬」，這兩個字在我腦海中亂竄，最後連結到其他更為瑣碎的事情上——梅西會在學校大廳的鏡子前端視自己的外貌，隨後不期然撇過頭去。她總抱怨：「天啊，我看起來真像老太婆！打肉毒桿菌也沒用！」臉上的瘀青是因為「太過笨拙，以致走向後院棚子時傷到臉」，手腕摔斷則是「穿高跟鞋在結冰的人行道上奔跑。竟然會犯這種錯，真愚蠢」。

這些回憶感覺不過是瑣事，卻在我的梳妝鏡前凝聚為某種濃重、黑暗而又邪惡的不明物體。

我強迫自己就此停住。我本意只是想找碴，腦中浮現的卻是更令人不堪的畫面。而這一切當然只是想像。

我嚴厲告誡自己：「夠了。」醜惡的嫉妒只會帶來醜惡的想像。真的夠了！

一開始，我冀望回憶能為我帶來些許喘息的空間，豈料事與願違，那段與梅西有關的不快往事縈繞心頭，好似意識不肯讓我將它安放在記憶一隅。猶有甚者，往事竟也導引出另一段記憶——一幕我先前未能及時想起、愈努力嘗試就愈模糊的景象。

當時，正動身離開運動會會場的梅西停下腳步，拿起手提包中的隨身鏡自照，我在不知不覺中將那舉止與梅西連結在一起，並藉此理解到她缺乏自信，與過去那位毫不在乎賽跑墊底的活潑梅西南轅北轍。

這一幕如此瑣碎，一點也不重要，我卻耿耿於懷。

貝克督察進入病房，一見到珍妮霎時面露怯色。難道，這便是你希望他親自走一趟病房的原因嗎？讓他目睹珍妮的慘狀？

若真如此，那麼你是對的，我也希望貝克明白實際情況。

「我們已派人調查海曼先生的不在場證明，」貝克督察以和藹卻惱人的語氣說道：「火災發生時他不可能在學校附近。希望你因此多少對他消除一些疑慮。」

你頓時火冒三丈。

「他的不在場證明是哪來的？」

「恕我無可奉告，但接下來我會指派家庭聯絡員，隨時向你回報案情進展。」

「我不需要家聯員。」你直覺使用警方術語讓貝克督察感到不悅：「我只想知道你們什麼時候要逮捕海曼。」

貝克督察沉默了一會兒，然後整個人轉過身，背對珍妮。

「我們將密切追查恐嚇信件凶手與縱火案的相關性，並且把這場大火視為犯人意圖謀殺珍妮。」

莎拉抓住你的手臂，卻被你甩開。

「我得去參加一場會談。」你說。

你以只有珍妮才聽得到的音量對她喃喃說了些話，語畢便離開病房。

緊接著，貝克督察面向莎拉。

「我們已約談過她所有朋友，可惜鑑識工作沒什麼進展，至多分析了他們採集到的保險套裡的精液DNA。此案與妳有關，我想妳應該對案情知之甚多。」

「是沒錯，但我們目前尚未找到任何符合的比對結果。」

「是否亦同時採集珍妮的男友或其他朋友的精液樣本？」貝克督察問道。

「沒有——」

「那麼，專案小組會立刻處理這件事。另外，恐嚇信郵戳地是否可找到任何蛛絲馬跡？」

「寄信地點是隨機的，不過全在倫敦市內。正好有一個郵筒在監視器旁，所以兇手寄信時或許無意間被側錄下來。但我們目前無從得知——」

「我會派人處理。」

珍妮散心後回到走道上。

此時此刻，她刻意找了個不甚緊要的話題：「我剛遇見泰拉，她在一樓四處徘徊。」

我批評道：「懶惰的記者追新聞的慣用手法，坐等新聞自己上門。」

「莎拉姑姑認為犯人是恐嚇信件的凶手嗎？」珍妮結束瑣碎的話題直接問道。

「我想她下判斷前會先全盤考量一番。說到恐嚇信件，妳有沒有——」

「拜託，別問我。妳跟爸那時候已經把我問得夠煩了。」

「我只是——」

「我認識的人不會對我做那種事。」珍妮的回答與當時她在餐桌旁所給的答覆一樣。

「我從未懷疑是妳的朋友做的，真的，我只是想知道妳有沒有隱瞞什麼。」

珍妮倏地別過臉，我無法看清她的表情。

「我們一心一意只想掌握妳的一舉一動，讓妳很受不了。」我坦誠道。

珍妮糾正道：「妳簡直是監控，爸爸則是跟蹤我，天啊，還被我逮個正著。」

「他只是想確保妳的安全。當妳拒絕讓他載妳去——」

「我已經十七歲了。」

沒錯，只有十七歲，而且那麼漂亮、那麼沒有警覺。

珍妮繼續抗議：「你們甚至不准我參加瑪莉亞的派對，理由竟然是派對九點才開始。九點耶！所有人都參加了，只有我因為自己沒做過的事而被禁足。」

幾年前，珍妮曾自編了一本字典送我，還開玩笑地要我從中學習她慣用的詞彙。（但我得向她保證自己不會使用其中的字眼。）而實際上，字典裡的「禁足」一詞我早就聽過了。

不過，她說得沒錯，這不公平，不是嗎？她什麼都沒做，卻被我們層層保護，嚴密到她覺得像在受罰。我們愈想保護她，她就愈想逃開。如今回想起來，「恐嚇信」這詞形容得真是恰當，那不但代表凶手寄過的所有物品，同時隱含家中的快樂被恐懼所取代的事實。

珍妮坦承道：「我還是參加了瑪莉亞的派對，就在我結束壁球聯賽，在奧德蕾家過夜的那晚，當然奧德蕾也被邀請了。」

為什麼珍妮認為這件事情得說清楚？派對上曾發生什麼事情嗎？我等她繼續說下去，沒想到她就此停住。

我再次問道：「為了避免我們更嚴密地『監控』，妳對恐嚇信件是否有任何隱瞞？」

她稍稍別過臉，靜靜地說：

「有時我好像又回到學校裡，什麼都看不見，怎麼也逃不出去。那不像是回憶，而是痛苦與恐懼。」

珍妮霎時蹲下、縮成一團。

我心疼地抱住她安慰道：「沒事了，都過去了。」

珍妮絕對有事瞞著我們，然而這問題迫使她聯想到這場大火，進而感受到當時的痛苦，看著她不斷顫抖，我實在無法再逼問，我真的辦不到，現在不是時候。

只要時機一到，我想她會吐露實情。

以前到學校接珍妮回家時，她總會說上課情況「還可以」（而如今說這話的是亞當），但其實制服口袋裡塞了點憂慮、上衣袖口中藏了個問題、毛衣內躲了些恐懼，你必須耐心等待，在回家的路上看著她慢慢清空口袋、寫作業時處理被壓得皺巴巴的問題、最後一邊在沙發上看電視一邊消化恐懼。而真正嚴重的事情則在洗澡時間才會被提及，我想，或許是在這個時間點，已無法再隱瞞任何事情了。

珍妮指了指燒燙傷中心。

「我的狀況如何？」她問道。

我早就想好該如何回答。

「我沒能仔細觀察，只知道護士提及妳的病情在他們的掌控之中，過幾天才能確定是否會留下疤痕。」

我字字句句屬實。

「爸爸在病房內嗎？」她問道。

「他去找醫師會談了。」我如此回答。

各科醫師將在會談中討論我的病況，腦部掃描結果應該出來了。我決定把話題轉移到較不重要的瑣事上。

「要不要去看看泰拉在做什麼？」我提議道。

「我們不是應該跟爸爸一起參加會談嗎？」

「離開一下沒關係的。」

我不希望珍妮聽到醫師對你說的話。

我也不想聽。

時候還沒到。

時候還沒到。

「妳記得我收到狗屎時的情形嗎？」珍妮問我。

「嗯，那盒子和妳平常用來寄書的紙盒一樣。」她願意回想這段往事讓我很訝異。

「妳記得亞當的反應嗎？」

「我猜那是梗犬的大便。」他盯著盒子內容物說道。

被亞當看到這一幕真是讓我嚇壞了。「亞當，我真的覺得你不該——」

「那麼小，一定是小狗的！」

珍妮忍不住笑了出來。

「搞不好是約克夏？」亞當又猜道。

「或者是蘇格蘭雜毛犬？」珍妮亦提出自己的看法，她因而笑得更開心了。

「不是蘇格蘭雜毛犬。我知道了！」亞當叫道：「這是獅子狗的大便！」

之後，兩人持續笑了好幾分鐘。

十

只見泰拉正杵在醫院商店旁，邊玩頭髮邊傳簡訊。

「妳覺得她在等爸爸嗎？」珍妮問。

「或許吧。」

眼前的泰拉像隻外表光鮮亮麗的禿鷹，正伺機吞食更多腐肉。商店櫥窗後頭陳列了些許熟透的水果及女性內衣，旁邊還有一疊《里其蒙郵報》。我腦海浮現人們閱讀報紙、星期二便丟進回收桶裡的景象，而封面朝上的報紙印著的珍妮笑臉迎接清潔人員，等待他們扔進回收車內。

「她處理席拉斯新聞的方式真是太不公平了，」珍妮指責道：「他根本無法辯解，媽的。抱歉。」她罵了髒話之後還記得道歉的樣子真是可愛。或許我該誠實告訴她，這正是我們私底下的言行舉止。

去年夏天，珍妮開始在席德利館小學工作，並認識了海曼老師，但她畢竟只是名教學助理，彼此未能有機會熟識。而她之所以支持海曼老師，完全出自於他對亞當的付出。此外，儘管所有媽媽都跟孩子一樣稱呼他為海曼老師，珍妮反倒毫不避諱地稱他「席拉斯」，藉此證明自己已從學生的身分升格為職員。

珍妮至今仍如此支持海曼老師是否太過天真？然而除非必要，我不想任憑自己醜陋的懷疑論汙染她的人生觀。

泰拉曾在今年三月時寫了篇〈遊樂場墜落意外！〉的評論，為了這件事，我和她之間有所爭執，而你與珍妮從不知情。

我總稱海曼為老師[15]，泰拉當下便藉機嘲笑我。

「天啊，格蕾絲，妳到底從哪來的啊？珍．奧斯汀的小說裡嗎？」

「妳曾在電視劇裡看過我嗎？」十分鐘後，我在腦海裡反諷道。

我在編輯面前為海曼老師抱屈，泰拉反而斥為嫉妒使然，認定我見不得她好。我三十九歲了，職業生涯幾年前便已觸礁，如今不過是一名兼職藝評；反觀二十三歲的泰拉則是專業記者、明日之星，為了得到屬於她的一切，有什麼做不出來的？

想當然耳，泰拉不會表達得這麼直接，事實上也不須如此，一如撰寫新聞報導，她總有辦法間接把自己的想法表達出來。

最後，她的文章還是被採用了。

---

[15] 原文為Mr Hyman，Mr雖譯為老師，但英文為先生之意。泰拉的嘲諷即以先生這含意為點。

任何人想擊潰我向來易如反掌，我該如何告訴珍妮或你這個事實？若是莎拉，她絕對不會坐視不管。也是從這件事之後，隱形保母的語調變得格外犀利。

畢竟泰拉的話在某種程度上是對的，我在擔任《里其蒙郵報》的藝評後就沒再找到正職工作。以前我會裝腔作勢，對除了梅西以外的每個人藉口說：「照顧小孩得花太多時間，相較之下，全職工作根本划不來。」我則會對自己以及你說：「這是二擇一的問題，而我選擇多和珍妮與亞當相處。」然而，隱形保母總介入並駁斥，認為這二擇一的局面是我自己創造出來的。「許多女性同時忙於工作及照顧子女，生活猶如特技演員，必須一次轉很多個盤子。」

「我的人生又不是馬戲團表演。」我迅速反駁。

可惜，隱形保母總能以一長串字眼將我擊垮，她指出我缺乏：

抱負

企圖心

專注力

天分

精力

精力這點真的十足壓制住我，我會毫不猶豫地舉雙手投降。對！妳說的沒錯！我現在得去指導亞當寫作業，順便確認珍妮沒在玩臉書。

泰拉正在讀手機簡訊，邊讀邊在走道上遊晃，珍妮和我則緊跟在後。

珍妮笑說：「我們到底是像警網雙雄[16]還是美國警花[17]？」

說真的，尾隨他人其實滿刺激的。

泰拉來到餐廳面見某個男人，對方年紀比她大、挺著大肚腩，我認得他。

「是保羅．普雷茲納。」我告訴珍妮：「他是自由撰稿記者，人還不壞，這幾年的主要合作對象是《每日電訊報》。」

「難道她想在《每日電訊報》上刊登跨頁報導？」

我們都很擔心，泰拉如此大動作或許是因為你的名氣，畢竟與名人有關的新聞總能吸引媒體注意。見他們眉來眼去，我心中並不覺得挫敗，反而感到輕鬆。這才是他在這裡出現的原因。

接著，我們更靠近偷聽。

普雷茲納表示：「被燒燬的是不是學校並非重點，重點在那是錢！是幾百萬英鎊的大把鈔票，瞬間化成煙，這才是妳該探討的部分、撰寫報導的切入點。」

珍妮在旁全神貫注地聆聽。

「切入點在於那是學校。」泰拉邊提出見解，邊舀起一匙卡布奇諾咖啡泡沫往嘴裡送：「好吧，這樣如何？沒有學童受傷，僅一名漂亮又受歡迎的十七歲少女遭火紋身。保羅，人們想看的就是這種人間

---

16 電影名。
17 電視劇名。

悲劇，這可是比資產負債表有趣多了。」

「妳何必故作天真。」

「我就是清楚讀者想看哪一類報導，《每日電訊報》的讀者也一樣。」

他湊到她身邊。「妳就只打算供應他們所需嗎？」

泰拉一動也沒動。

「泰拉，這件事最後仍會牽扯到錢，萬事皆如此。」

「既然如此，科倫拜、德州高中還有維吉尼亞理工學院這三所學校的槍殺案，你怎麼解釋？動機和錢全然無關，不是嗎？你知不知道過去十年有多少學校苦於暴力事件層出不窮？」

「那是槍擊案，並非縱火案。」

「有差別嗎？反正是發生在我們校園的暴力事件。」

「我們校園？哈！大錯特錯，妳舉的例子都在美國。」

「德國、芬蘭以及加拿大也曾發生過。」

「但不包括英國。」

「蘇格蘭的當柏連？」

「那也才發生過一次，更何況已經過了十五年。」

「或許校園暴力是惱人移民，最近才搬來我們這處和諧郊區。」

「所以呢？」

「說不定這是個開端。」

「妳所指控的人不是精神有問題的學生，也並非自席德利館小學畢業，而是名教師。」

「指控？你看太多警匪劇了。而且他已經不在席德利館小學任教，這是重點。」

「我得說，妳劇本編得很好。然而，到時若不是報導排版得當，妳很可能會被抨擊，指稱妳造假、誹謗他人。」

說完，保羅對她笑了笑。這種噁心的調情戲碼我看不下去了。

「另外，我覺得照片挑得不錯。在沒有該校學生可以入鏡的情形下，以兒童銅像代替，同版面上還擺了張珍妮佛的照片。」

「我們去找爸爸好不好？」珍妮問道。

離開餐廳之際，我想起貝克督察曾問過，為何記者那麼快便趕到學校，這跟泰拉有關嗎？如果有關，又是怎麼一回事？

珍妮說：「他把學校跟金錢放在一起，這完全沒錯，而且我早說過了，對吧？」

一時間，我又看到頒獎典禮的銀獎盃，想起我們是成功商業模式的一環，這感覺真不舒服。

我說：「然而，即使這只是場生意，我仍不懂為何有人要放火燒掉學校。」

「難道是為了保險理賠？」她猜測道。

「我不這麼認為。席德利館小學學生人數眾多，更不時調漲學費，從商業角度來看，校方可說是經營得當，沒道理要燒掉學校。」

「說不定這之中有什麼祕辛。」珍妮如此回答。我發現她對這個可能性的堅持與你對席拉斯・海曼是凶手的態度同樣堅定。不管如何，犯人絕對不能是恐嚇事件兇手，否則這場火就是針對珍妮而來的。

一回到急性神經科病房，正巧碰到拜斯特隆姆醫師前來巡房。她的高跟鞋在亞麻地板上發出喀嗒喀嗒的聲響。緊接著，她朝一名資深護士問道：「格蕾絲．柯維的醫療會談在哪裡進行？」

「在羅德斯醫師的辦公室，所有醫師都必須出席。」

「他們等我等很久了嗎？」

「十五分鐘了。」

「糟糕！」

她以穿高跟鞋所能及的最快速度奔往辦公室。

「我們就在這裡等爸爸，好不好？」我問珍妮。

她沒回答。

「珍妮……」

沒有任何回應。我不禁轉頭望向她。

有什麼事情要發生了，情況非常不對勁，珍妮目光閃爍，雙眼過於明亮，身上還冒出熱氣。

我頓時呆立原地，說不出話來。

「快去看看我的身體怎麼了。」珍妮說話聲音太過輕細，幾乎聽不見，而且滿臉眩目的斑斕色彩，迫使我無法直視。

與此同時，你離開醫療會談，逕直穿越走道、大門，所有人紛紛退到一旁好讓你及時通過。

我跟在後頭，試圖追上你的腳步。

隨後，你直抵燒燙傷中心，雙拳重重搥在門上，一名等著為你開門的護士趕忙解開門鎖。她告訴你珍妮無預警地心跳停止，醫護人員正全力搶救。

但該停止的是罪犯的罪行，不是心臟，怎麼可以是珍妮的心臟？那不能停，得每秒、每分、每小時、每天繼續跳動下去，就算你我的心跳停止也不可以結束。此時，我腦中閃過詩人普拉絲的作品，「愛促使你運轉，如一只沉甸甸的金表」。我想，愛的確讓我們女兒的心臟繼續運作下去，只可惜她的心臟不是需要定時上緊發條的手表，也不用偶爾送修。我刻意將思緒放在詩詞字句上，避免自己過於擔憂珍妮身體的狀況。霎時，這些字字句句於我眼前幻化成無用的畫面。最後，我又回到你身邊，一起站在珍妮病床旁。

此時，病房內來了許多人，大家動作迅速，機器發出聲響及閃光，處在這些人與機器正中央的是珍妮。珍妮床畔圍繞太多人，你即便想靠近也不得其門而入，我感覺得到你既洩氣又鬱悶。可是能夠拯救珍妮的卻是這些人，不是你。

此外，我很清楚，珍妮在外頭的走道上，全身明亮眩目，彷彿光是她身體的組成元素。於是，我放聲嘶吼。

心脈偵測儀顯示一條平板的直線，意味著死亡。

珍妮還在走道上嗎？

她不能死。不行。

醫護人員正努力挽回珍妮的生命，他們以我們聽不懂的專業術語迅速交談，動作十分熟練，整個場面彷彿現代異教儀式，企圖以高科技魔法讓死人復生。

偵測儀上出現一小段起伏。

珍妮的心臟在跳！我說的可不是沉甸甸的金表，而是一個女孩子的心臟！

她還活著！

我與身邊所有人喜不自勝，大家一時從正常現實世界中脫離。

珍妮來到我身邊，之前的光彩已然消失。

「我還沒走。」她笑著對我說。

珍妮的身體被醫護人員擋住，所以她看不見。

山胡醫師轉身面向你，原本極其健康的神采轉為一臉倦容。這難道就是治生救死的反應？珍妮的性命與我們對她的愛絕對是山胡醫師肩上的重擔。

他說：「我們會直接將你女兒送往加護病房。她的心臟恐怕已受損，更甚者，可能是很嚴重的創傷，必須馬上進行檢查。」

我試圖支開珍妮，她卻不為所動。

「妳會沒事的。」你朝珍妮毫無意識的身體安慰道：「妳會康復的。」

你彷彿知道珍妮聽得見。

「敝姓羅根，是珍妮佛的心臟科顧問醫師。」一名年輕女性如此自我介紹，她是這場拯救行動的重要前鋒。「檢驗結果出來後我們再談，在此前，我想先提醒你，要是一如所料，那——」

你猝地離開病房，不願將她的話聽完。

醫護人員紛紛自珍妮身旁散去，珍妮不忍睹視，也跟著走了出去。

莎拉則在病房外守候。

「她還活著。」你說。

莎拉抱住你，她的身體不斷顫抖。

我往前走，到走道另一頭與珍妮會合。

「媽，太棒了！」她說。

「太棒了？」我反問。這難道是珍妮用來描述自己瀕死經驗的形容詞嗎？這字眼是以前她與朋友吃冰淇淋時用的。我曾擔心電視及電腦媒體造成人們對各種口語詞的定義、用法產生誤解，有時還會趁機對珍妮說教。

她說：「光芒、色彩、溫暖和愛脫離我的身體，灌入現在這個我，那感覺真好。而且我全身光芒四射，看起來好漂亮。」她停頓了一會兒，想找出適切的字眼。「剛剛好像是我靈魂的誕生過程。」

珍妮的描述令我目瞪口呆，除了內容，還包括她敘述的方式，我的女兒以前每個句子頂多用一個形容詞。

我告誡她：「不過，這種事以後不准再發生，除非妳變成老太婆，好嗎？」

山胡醫師走到你和莎拉面前。

「一名護士告訴我們，連接珍妮身上呼吸器的氣管內管昨晚鬆脫了，我們不排除是他人所為。該護士本應於昨晚即時通報，卻拖到事態如此嚴重才坦承疏失。」

我昨晚的憂慮在這一刻，進化成恐懼。

「難道，這才是她心跳停止的主因？」莎拉問。

「還不確定。我們目前推測肇因是器官衰竭。」山胡醫師答道。

我看到他了。那個身穿大衣的人影。我看到他了。

「有人惡意鬆開呼吸器？」你心存懷疑問道。

「裝置偶爾會出問題，雖然機率很低，但的確有可能發生。只是本中心醫護人員流動率很低，多數職員都在這裡工作好長一段時間了，從沒遇過類似的狀況。」山胡醫師解釋道。

「有可能是外人潛入嗎？」莎拉問道。

「燒燙傷中心向來大門深鎖，要有密碼才能通行，而知道密碼的當然只有醫護人員，訪客一律得先通報。」

情況與席德利館小學一樣。我之前怎麼都沒注意到？與席德利館小學一模一樣！

我發現莎拉面露憂容。

她靜靜地說：「謝謝你的資訊。我的同事之後得和您談談。」

「沒問題。事實上，本院一切依規定行事，剛才已有醫師先向警方通報事情的來龍去脈，只是我仍想親自告訴妳這些訊息罷了。」

身旁的珍妮早已呆若木雞，一臉恐懼。

「媽，妳聽到他剛才說的了嗎？儀器有時會出問題。」

顯然她不願相信這可能性。

「嗯。」我只能如此回答，畢竟，我怎能告訴她自己昨晚撞見的一切？我怎能加深她的恐懼？

接著，你們朝走廊另一頭走去，我擔心你無法接受山胡醫師剛才所說的話，因而拋下珍妮，跟在你後頭。

「麥克，有人想謀殺珍妮。」我對你說。

然而，你什麼也聽不見。

你告訴莎拉：「我去陪珍妮，一秒也不離開她身邊，我要確保那個混帳不會傷害到她。」

我愛你。

約莫過了一小時，珍妮獨自在醫院內四處走動散心，我雖然擔心，她卻說：「媽，拜託，我都十七歲了，而且現在這樣還能出什麼事？」

我和你堅守在珍妮病床邊。加護病房的氣氛好不一樣，與我們曾經習慣的生活比起來委實太過陌生。而之前的病房裡是一堆監測儀器，如今則多了個警察，即便你很感激警方派人保護，你仍執意親自看顧珍妮。

儘管珍妮對於自己瀕死（靈魂誕生）經驗樂觀看待的態度令我備感訝異，可惜她的描述並不全然正確：愛本就不在身體內，怎麼可能離開。看著你及珍妮受創的身軀，我知道，愛正存在於我目前這個不知該如何稱呼的形體裡。

「請問是柯維先生嗎？」

年輕的心臟科顧問醫師羅根小姐走到你面前。

她說：「珍妮的診斷報告出來了。方便到我辦公室談嗎？」

這位美麗又嬌小的羅根小姐怎麼可能懂得珍妮構造複雜的心臟目前的狀況？她那麼年輕，沒辦法稱職擔任顧問醫師，並提供家屬清楚資訊。我這麼認為，大概是一心一意只想全盤否定她接下來要說明的事吧。

我尾隨你進入辦公室，裡頭熱烘烘的。

只見山胡醫師早在這裡等候我們，他與你握手，另一隻手則輕拍你臂膀。我說服自己別將這舉動解讀為告知結果前的憐憫。

沒人就座。

我厭惡這間熱氣逼人的辦公室，討厭那些令人洩氣的地磚、成疊的塑膠椅以及藥廠日曆。我只想和放學後的珍妮與亞當待在廚房，法式長窗大開。而後我為珍妮泡茶，幫亞當倒果汁，聽兩人抱怨學校作業。這幅畫面太過清晰，我一時間甚至聽見珍妮將書包甩在桌子上的聲響，聽見亞當問我是不是還有巧克力卷。世界上有蟲洞幫你回到往日生活那個平行空間，只要找到那條路便能回到過去。

山胡醫師率先開口，他負責告知報告結果，只是他一邊說，我回到過去生活的路便不斷被侵蝕毀壞。

「我們替珍妮做了更多檢查，結果顯示她的心臟恐怕已經受到嚴重損傷。」

原本盯著山胡醫師的我迅速別過臉，然而太遲了，我在他臉上瞥見醫師意識到自己的病人無法治癒的表情。

「珍妮的心臟功能只能再維持幾個星期。」他說。

「那是幾個星期？」你心如刀割地問。

「我們沒辦法提供確切時間。」儘管不願意，他不得不這麼回答。

「幾個星期？」你又問了一次。

「大約三個星期。」羅根醫師無奈地說。

「現在起再過三個星期我們就在義大利了！亞當，再三個星期就聖誕節了！再三個星期就是A-level測驗了，妳難道不知道時間很緊迫嗎？」

珍妮出生後，她的生命最初是以小時為單位，接著是天，然後是星期，十六個星期後按月計算，四個月、五個月、十八個月，一直到兩歲，在這之後小孩的生命單位轉變成半年，慢慢地，一年成為生命單位，沒想到，如今她的生命單位又變成星期了。

我不會讓這種事發生的。

我好不容易將她從受精卵養育成一百六十五公分高的少女，她還在成長。天啊，她的生命不能就此結束，不行。

「你們一定有辦法。」你一如往常地認為凡事皆有解決之道。

「唯一的辦法是器官移植。但是恐怕……」羅根醫師表示。

「那就移植吧。」你打斷她的話。

「要在短時間內找到與珍妮有高度抗原相適性的捐贈者極為困難。」她還年輕，用字遣詞較為保守：「我必須坦承，要在三個星期內找到適合的捐贈者難如登天。」

「那就由我來捐，」你當下反駁：「瑞士的迪格尼塔診所願意為想死的人結束生命，我可以立刻接受安樂死。一定有辦法讓我成為珍妮的捐贈者。」

我將目光集中在兩名醫師臉上，因為我不忍看你的神情。醫師則是憐憫多於震驚，你絕對不是第一位這麼說的家長。

「恐怕沒辦法。」山胡醫師接著說：「原因很多，法律問題是主要部分。」

「聽說柯維太太目前仍昏迷不醒——」強勢的羅根醫師一開口便被你打斷。

「妳想說什麼？要我答應捐出她的心臟嗎？」

霎時，我看見一絲希望。我能捐嗎？這可行嗎？

「我只是想表達同情。」羅根醫師旋即答道：「這對你與珍妮來說想必都很難受。」她好不容易擠出這些話。「不管怎樣，即使柯維太太腦部真的嚴重受損，她仍能自主呼吸，所以——」

「她也聽得到我說的話，」你激動地打岔：「而且還會思考、還有感覺，她只是沒辦法動罷了。但是她以後就能動了，因為她會康復，珍妮也一樣，她們都會痊癒。」

即使聽見「嚴重」、「三個星期」、「難如登天」這些字眼，自殺的建議也被否決，你仍不願認輸，你真的好勇敢。

在你腦海裡那片廣闊的草原上，我看見你一人獨力捍衛希望。

山胡醫師及年輕的心臟科醫師皆靜默無語。

沒人表示認同，沒人敢作保證，辦公室內只有懾人的全然寂靜。

你走出這間安靜的辦公室，沒多久，羅根醫師也隨之離開。

麥克，我好想飛奔到你所捍衛的希望之處，卻無法抵達。

我完全無法動彈。

因為眼前的我被尖銳的訊息包圍，不管朝哪個方向移動都會被刺傷。只有定靜不動，那些訊息就不會成真。

山胡醫師以為四下無人，迅速拭去淚水。他為什麼要來參加這個會談？我思忖著，一名科學教師發掘了山胡醫師的才智，並建議他習醫，他的父母聽了既驕傲又開心，自此山胡醫師展開醫師生涯，轉調、升職，最後擔任目前要職。

然而，山胡醫師經歷的轉變對現狀並無太大幫助，布滿尖刺的訊息仍舊朝我襲來，且在「三個星期」這字眼被說出口後持續發出聲響，滴答滴答滴答，在時間終結之前，這聲響將存在於每個念頭、每個動作與每一句話之間。

珍妮的心臟最終還是變成一只表。

滴答滴答地跳，直到歸於靜寂。

十一

珍妮在加護病房外等我。

「情況怎樣？」她問道。

「妳會沒事的。」我撒了個無恥的謊，簡直是欺騙，是一名母親以謊言為女兒所編織的圍巾。

珍妮總算鬆了一口氣。

「但他們還不完全確定，對吧？」她反問。

「對。」

我只能盡可能答得貼近事實。

這時，你正好步出加護病房，朝我的病房走去。莎拉現在一定在珍妮身邊。

你坐在昏迷不醒的我身旁，娓娓道來醫師說的話，你說珍妮會接受器官移植，她會沒事，當然會沒事！

我緊緊抱著你，感覺到你對珍妮病情所懷抱的希望。

我像抱住你一樣，緊抱著希望不放。

那希望至少讓我堅信屬於珍妮的那座生命倒數時鐘已然停止運作。

*

珍妮站在走道上。

「我們去花園逛一逛，好不好？」她提議。眼前的她笑得很得意，絕對是看出我內心的驚訝。「我發現這裡有座花園。」

她帶我到一個由玻璃牆隔開的走道，而緊抓著希望不放的我注視著牆外的庭院。此處位於醫院正中央，四周為玻璃牆阻絕，設計師大概是希望大家從窗戶眺望便好，不要入內。庭院入口在一樓，外觀平凡，或許只供庭院管理者進出。

透過玻璃牆，一眼望去淨是繽紛的英式花草：輕柔的粉紅玫瑰、白邊茉莉及絲絨般的牡丹。此外，庭院內還以鐵椅、噴泉與石水盤布置。

我與珍妮一起進入庭院內，心下認定景象應該十分高雅。

沒想到，四周玻璃牆將熱氣鎖在裡頭，水盤早已乾涸，玫瑰花瓣乾枯瑟縮，牡丹也因大量濕氣而低垂。

夏天贏了。

「至少我們可說是暫時離開了醫院。」珍妮自我安慰道。

透過庭院旁的玻璃牆，眼前是數不清的房間與走道，人們在其間來來往往，我突然了解為什麼珍妮喜歡這裡了，儘管不完全算是醫院外，至少已把我們與醫院內的人事物隔絕。

此刻坐在珍妮身邊，不久前所說的謊言竟讓我痛如椎心。

有好一段時間，我們透過玻璃牆看著人們來去，珍妮感覺起來很放鬆，整個人都放空了，彷彿正在觀賞魚缸裡的熱帶魚。

「那不是羅溫娜的爸爸嗎？」珍妮不期然問道。

我在一群人魚中注意到唐納。

「沒錯。」

「他怎麼會在這裡？」

「羅溫娜也在醫院。」我答道。

「為什麼？」

「我也不清楚，火災時，我在學校外頭瞥見她跟亞當，那時看起來沒受什麼傷。」

梅西來探視後，我立刻忘記羅溫娜，我腦中仍自私地只為珍妮擔心。

珍妮說：「梅西或許在羅溫娜的病房裡，我們去看看好不好？」

她設想到我可能希望跟老朋友見面，真是貼心。

「在這裡待久了其實有點無聊。」珍妮說道。

我們來到燒燙傷中心附近，而唐納就在前方不遠處，身邊還跟了一名護士。走在他們後頭，我暗自感到慶幸，至少現在珍妮與我的焦點不是彼此的傷勢。

唐納身穿深色西裝，儘管氣候炎熱仍外套不離身，手上還提著公事包。

我聞到他衣服上的菸味，我以前從未注意過，而如今，我的嗅覺卻變得異常敏銳。

我們彼此間的距離近到足以聽見護士的講話內容，她的口氣輕快而專業。

「……從密閉火場內被救出的受害者必須接受分外謹慎的照護，因為他們可能已遭受吸入性傷害，這類創傷得過些時間才會產生症狀，所以，院方認為小心為上策。」

只見唐納一臉嚴肅，與頒獎典禮時那副笑容可掬、和藹可親的表情大相逕庭，以至於我差點認不出來。走道天花板亮晃晃的惱人照明使人們臉上產生陰影，這或許是所有人臉色凝重的原因之一。

護士朝大門密碼鎖輸入密碼，開門後讓唐納先行通過。

「羅溫娜的病床在這邊。」她指示道。

唐納是否已探望過羅溫娜？他應該不至於等到事發一天過後才趕來女兒病床邊。梅西說過幾百次了，唐納是個非常保護家庭的人。「他為了我們甚至徒手殺死鱷魚！幸好齊喜[18]沒太多鱷魚！」

而珍妮和我早唐納幾步抵達羅溫娜病房旁的隔間，透過門上的玻璃窗望去，羅溫娜手臂上裝了點滴，雙手包紮起來，不過臉龐並未受傷。我以前怎麼不覺得她很漂亮？此外，梅西果然陪著羅溫娜。

我等著親眼目睹唐納進入病房，接著抱緊羅溫娜，三人終於重聚的畫面。

---

[18] Chiswick，位於倫敦西二區。

想想自己家庭的狀況，待會兒這一幕大圓滿或許會令我心痛，於是我只能做好心理準備。

唐納進來了，經過站在門口的珍妮。此時我留意到她臉色異常蒼白。

「珍妮，妳還好嗎？」

她倏地轉向我，猶如剛回過神來。

「我知道這樣說很蠢，但我剛剛感覺好像回到學校，真真切切地重返火災現場，而且——」珍妮停頓了一下：「我還聽到警報鈴聲大做。媽，我真的聽到了。」

我疼惜地抱住她。

「現在感覺消失了嗎？」

「嗯。」她對我微微一笑：「搞不好只是精神病患在耳鳴。」

我們透過門上的玻璃窗望進羅溫娜的病房。

此際，唐納走近羅溫娜，羅溫娜卻一臉懼色。事情不該是如此，對吧？唐納背對著我，我無法看見他的表情。

梅西匆忙拉下衣袖，試圖遮住手臂上大片瘀青。

「我說過了吧，他馬上就會再來看妳。」梅西以過於愉快，甚至有點緊張的語氣對羅溫娜說。

唐納來到女兒床畔，一把抓住她包紮起來的手，羅溫娜忍不住痛得大叫。

「妳真是個小小女英雄嘛。」

他語帶憤恨，舉止竟如此醜惡、苛刻、令人驚懼。

梅西連忙拉開他。「唐納，拜託你，放開羅溫娜的手，她會痛的。」

我走進病房，很想幫忙，卻也只能袖手旁觀。而唐納仍舊緊握羅溫娜受傷的手，她則竭力壓抑住尖叫的衝動。

我赫然想起唐納在頒獎典禮後用打火機點燃香菸，打火機的火光當下把亞當嚇得退到一邊。抽完菸後，他還一腳將煙蒂踩進土裡。

唐納冷不防地放開羅溫娜的手，轉身離開。

羅溫娜哭了。

「爸爸……」

她離開病床，步履蹣跚地朝唐納走去。身穿病人罩袍的羅溫娜，看起來好纖弱，與一身深色西裝的唐納形成強烈對比。

「妳這噁心的傢伙。」唐納竟對朝自己走來的羅溫娜如此謾罵。

梅西則抓住唐納，想留住他。

「妳讓任何人見過身上的瘀青嗎？」他一臉慍色問道。

梅西卻只是低頭。她可笑的長袖襯衫蓋住手上的瘀青，而梅西在昨天運動會時也不畏炎熱地穿著這件襯衫。

梅西告訴唐納：「那只是意外。當然只是意外。更何況瘀青也快消了。真的。」

唐納迅速離開病房。

「親愛的，他不是有意的。」梅西只能安慰羅溫娜。

羅溫娜則陷入沉默。

我亦轉身離開病房，不忍目睹她們赤裸裸地在我面前。我終舊見識到這家人的真實互動了。

珍妮透過玻璃窗觀看整個過程，此時我回到她身邊。

「我以前都不曉得。」她一臉震驚。

「我也是。」

然而，再次思考梅西曾說過的「母豬」，以及她臉頰上的瘀青、手腕摔斷、缺乏自信，此時我又見到頒獎典禮那晚，自己在梳妝台前所瞥見的濃重、黑暗又邪惡的物體。

我當時認為那不過是幻覺，沒想到，那天晚上睡覺時，這念頭再次湧上心頭，令我百思不得其解。不過，我的確從未主動問過梅西關於唐納的事，連探問也沒有。這不僅是因為光天化日之下，這種疑惑顯得愚蠢，也因為這不是朋友該問的。我們在友誼界線內過得很自在踏實，全然不想超越既定的邊界（也不知道如何超越）。

然而，梅西並未如此限制住我們的友誼，她沒那麼怯懦，甚至還認為自己該為我衝入火場。反之，我卻不曾問她過得好不好，是否有什麼心事想向人傾訴。

還有，羅溫娜的狀況。

即使沒親眼見識唐納如何對待梅西，他與羅溫娜的互動我看得一清二楚。唐納攫住她受傷的手時，從這孩子的反應來看，似乎已經不是第一次了。

我赫然想起羅溫娜在席德利館小學念一年級時那副淘氣可人的模樣。唐納從那時起就開始傷害她了嗎？抑或是三、四年級的時候才演變至此？

「我一直以為她是個被寵壞的小公主。」我忍不住對珍妮說，這般尖酸的話語可是罪惡感使然。

「我也是。」

或許她腦海裡也出現了手工繡花枕頭套、手工搖椅、童話故事裡的床及公主宴會服。以前我總擔心這個小公主長大後會對人生失望。

但無論如何，我從未想過這樣的場面。

「她什麼都想拿第一，讓我壓力好大。」珍妮吐露實情。

珍妮想起自己九歲、十歲時的情形。

沒錯，我一直希望珍妮至少能積極進取一些，不過，羅溫娜的好勝心偶爾也令我反感：她努力爭取聖保羅女子中學的獎學金、小提琴實力高過其他人兩級、是游泳隊及各種戲劇與會議的領導人物，除此之外，她在其他方面同樣要求做到最好。

「她是不是想得到他的關愛？」珍妮問道。

當然沒這麼單純。見識到一名父親的暴力行為後，便將之視為孩子特定行為的導因，事實真有如十七歲少女想的這麼簡單？

只是，我難以否定這明顯不過的事實。

「嗯。」我只能如此回應。

我以前還覺得羅溫娜總愛贏過他人，卻從沒想過那是因為她想贏得父親的愛。

難道，這是她努力擠進牛津的原因嗎？事已至此，她還想獲得他的愛？

妳這噁心的傢伙。

眼下羅溫娜已躺回病床上，梅西隻手搭在她身上，但她只是將臉面向牆壁，不願轉身。

梅西，我的朋友啊，為什麼不離開唐納？若不為自己，也該為了羅溫娜著想啊。羅溫娜受傷一定讓她心如刀割。為何她要繼續玩這個累人的遊戲？難道是要保護唐納嗎？

珍妮與我接著離開羅溫娜的病房。

珍妮說：「小時候，我總離她遠遠的，並不只是我不喜歡她，還因為她很嚇人。天啊，如今回想起來……我是說，我覺得她是怪人，但她會那樣全是家庭環境造成的，這也讓她變成冷酷的人。」

「羅溫娜冷酷？」我問道。

「說冷酷是太嚴重了，她只是……呃，像我剛說的，她太怪了。有一次羅溫娜惡意剪掉塔妮亞的馬尾，那頭長髮是塔妮亞的寶貝，也是我們向來羨慕的焦點，大家總在休息時間圍著塔妮亞，替她編辮子，因此，剪頭髮這行為對九歲小孩來說簡直是暴力。」

「我都忘記這件事了。」

「她大概想改變自己的生活，只是選擇的方式是竭盡所能地以暴力攻擊別人。」

「沒錯。」

「從那之後，我和其他同學便跟她保持距離，天啊，如果我早點知道……」

「最近呢？妳在席德利館小學擔任教學助理時的情況又如何？」

我真希望羅溫娜朋友成群、快樂又受歡迎，且脫離唐納的傷害。

「我甚少碰到她，我們在不同教室上課，午休時間她習慣到公園裡用餐。」

「你們不會在公園吃午餐？」

「呃，學校旁的酒吧有很棒的戶外座位，大部分的人都到那裡吃午餐。」

珍妮留守在加護病房外，我則進來找你。

你坐在珍妮病床旁，床的另一邊是名警察，你低聲對珍妮說話時他總充耳不聞。

你的溫柔、忠誠與關愛和唐納的行為形成對比。

我為何從未識破他和藹父親的偽裝？羅溫娜是否和外人一樣受騙了？畢竟一個會買公主宴會服、豪奢生日禮物及畫有心形圖案的手工搖椅的父親，怎會有殘酷的內心？

這兩個小孩在席德利館小學就讀時，我總認為梅西管教不夠嚴格。當女兒頂嘴時，身為媽媽的就該表現強勢。此外，羅溫娜對梅西的好言相勸向來視若無睹。然而，梅西該如何管教遭唐納虐待的羅溫娜？或許她那些壞習慣就是被虐待所造成的？

記得當年，我確認亞當能在我肚子裡安全成長時，梅西曾向我表示很想再生個孩子，之前有「太多原因」迫使她的計畫延後，但她都快四十歲了，現在不生以後就更難了！六個月後，她帶給我的不是懷孕的消息，而是羅溫娜「堅決反對」。我當時還以為這是被寵壞的公主在欺負心地善良的梅西，甚至認為九歲小孩就懂得使喚父母，實在太不像話。

如今回想起來，羅溫娜的動機可能是出於保護未出世的孩子吧。

警察的對講機嘶嘶地發出一道訊息。他轉告貝克督察要見你，目前人在一樓辦公室。這名警察年紀尚輕，但也看著你焦慮一整天了。

「先生，不要擔心，我會在這裡照顧她。」

珍妮和我則陪你前去找貝克督察（此時已不像是我們跟著你到處奔走了）。

「妳覺得他們是不是發現什麼線索？」珍妮緊張問道。

「我不知道，但一定是有事才必須談一談。」

我也很緊張，更擔心面談的內容會讓珍妮得知醫生對她心臟的評估。

我不認為你會告訴其他人，畢竟話一旦說出口便令事實更加無法撼動，因此你會等確定找到心臟捐贈者才肯吐露實情，並對大家說：「沒事的，不用擔心。」你總是在解決問題後才向我吐露那問題可能造成多嚴重的災難。你用「災難」這字眼，猶如A-level測驗提早交卷及毀損汽車皆有各自所造成的災難程度。

然而，我堅信你對珍妮所懷抱的希望，此時仍緊抓不放。

*

珍妮在快抵達一樓辦公室時停下腳步。

「妳覺得火會不會是唐納放的？」她問道。

「不可能。」我立刻答道。

「當時學校裡可說是只有梅西及羅溫娜，也許火是針對她們放的。」

「唐納怎麼可能料想得到這種事？」我禁不住反駁道。

我之所以駁斥並非珍妮的推論矛盾不通，而是因為自己情感上不忍想像一位父親，一名丈夫，竟然惡劣到這般地步——將妻子打到瘀青與活活燒死某人可是天差地遠的行為。

我記起昨天下午在運動會場旁瞥見的人影，那名無辜的旁觀者，我猜，對方最有可能是唐納。

此外，稍早唐納與護士一同前往羅溫娜病房時，他是否刻意假裝自己從未到過燒燙傷中心？他是否昨夜曾身穿深色長大衣潛入？縱使我根本不清楚他何以企圖傷害珍妮。

短短八個星期前，我從梳妝台鏡子中看見虐待行為的蛛絲馬跡及其所連結的濃重惡意。那距離現在不過才八個星期。

如果我當時沒忽視這暗示，眼前的情況是否會有所改變？

我們走入通風不良且熱氣逼人的辦公室，這裡與家屬休息室、醫師辦公室一樣，皆可見斑駁的綠色油漆、醜陋的地磚以及牆上的時鐘。時鐘無所不在。

當你走進辦公室時，貝克督察並未從椅子上站起來。

他對你說：「我知道你極其不願離開女兒及太太，所以我們才選在這裡碰面。」

你點頭表示感謝，並對他的體貼感到驚訝。當下我們都認為自己錯看貝克督察了。

「上次討論案情後沒多久，一名新的目擊者主動聯絡我們。」他繼續說明道。

突然莎拉闖進辦公室，神情異常緊張，不對，她並非緊張，而是憤怒，並且跑得很急，腋下及額頭都滲出汗。

她對貝克督察說：「我剛從警局趕過來，他們告訴我——」

「妳什麼都不該知道，」貝克督察憤然打岔道：「我現在給妳一個星期特休，放假去吧。」

她告訴督察：「大錯特錯，不然就是消息有問題。」

「這名目擊者完全可靠。」

「既然如此，對方為何要等到現在才通報？」莎拉問道。

「因為對方認為柯維一家遭受的打擊夠沉重了，不願意雪上加霜，可惜在媒體壓力下，他認為有責任挺身而出。」

莎拉更加激動了，我從沒看過她這樣。

「是誰？」她問道。

貝克督察直視莎拉，未開口卻像在指責她，隨後他表示：「他們要求身分保密，我也答應了，反正警方與校方皆不會告上法院，所以日後不需審問，也因此沒有公開身分的必要。」

你跟我一樣，驚訝之餘也鬆了一口氣，看來火不是有人故意放的。既然並非蓄意，也就不會有人提告。我們從此不必再對這個世界抱持負面且惡意的猜疑。恐嚇事件凶手、席拉斯．海曼跟唐納皆非犯人，真是感謝上帝。

可是莎拉為何如此氣急敗壞？

面無表情的貝克督察沉默了一會兒才對你說：「據目擊者表示，亞當在煙霧偵測器發出警報前沒多久離開美術教室，當時他手中拿著火柴，由此我們推斷，縱火者是他。」

亞當？天啊，他怎可以說這種話？怎麼可以？

「這是什麼沒水準的笑話嗎？」你問道。

莎拉表示：「不管是誰說的，那個人絕對在說謊。我看著亞當長大，他是你所能想像得到最溫柔善良的孩子，不可能和任何暴力行為有相關。」

貝克督察神情流露出不悅。「莎拉……」

莎拉繼續說道：「他愛看書，喜歡和自己的玩偶騎士玩耍，還養了兩隻天竺鼠，而這些事物就是亞當世界的一切。他不蹺課、不亂塗鴉、不惹麻煩，他就只愛讀書、騎士及天竺鼠，這樣你懂了嗎？」

我們這個溫柔的小男孩如今竟被控縱火。

太誇張了。

「犯人是海曼，不是小孩。」你再次強調。

「柯維先生──」

「他到底是怎麼說服你的？」

「目擊者與海曼老師一點關係也沒有。」

「一個小孩能獨力將白精油帶進美術教室嗎？」

「我想我們對於一些事情太快下定論。說不定美術老師記錯教室儲藏的白精油數量，畢竟她如果未按部就班記錄，數量就很可能有錯，不是嗎？我曾和美術老師聊過，她對於數量無法提供全然肯定的答案，也不排斥記錯的可能性。」

霎時，我想像起個性敏感而又具藝術家氣息的皮爾希老師如何遭到貝克督察恫嚇。

莎拉說：「她對數量無法提供全然肯定的答案。出外度假時，你能全然確定家裡的烤箱是否關了嗎？車子追撞時，你能全然確定剛才轉彎時，是否瞥了一眼後照鏡嗎？你所說的，不過表示出這位美術老師有良心、有勇氣坦承自身犯錯的可能性，尤其是在被警察告知自己可能記錯事情的情況下。」

「我可以理解妳對姪子的信任，但是──」

莎拉憤而插嘴道：「難道你認為小孩會有縱火常識，並計算到要先將學校頂樓的窗戶打開？」

「那天天氣很熱，」貝克督察接續回答：「儘管開窗戶違反規定，但老師或學生都可能這麼做，好讓風吹進來。」

受到極大震撼的你走到貝克督察面前，我猜想你可能會狠狠揍他一拳。

「你見過亞當嗎？」你邊問邊伸手指向貝克督察胸口口袋下方處：「他大概到你這邊。媽的，他才八歲！昨天才剛過完生日，他根本只是個小孩。」

「我們知道他何時生日。」

他聽起來語帶威脅，但他為何要作勢威脅？

「海曼誣賴亞當。」你說道。

莎拉轉身對你說：「麥克，席拉斯．海曼不可能是目擊證人，他當時如果在學校就太不尋常了。」

「那就是有人與他狼狽為奸，而且還——」

「要接受一名八歲小孩是縱火犯的事實的確很難，這我承認。」貝克督察插嘴道：「不過根據消防隊紀錄，上課期間所發生的校園蓄意縱火案有百分之九十三為學童所為，其中四分之一的小孩年紀在七歲以下。」

這些數據與亞當有什麼關係？

「我們認為亞當很可能是想惡作劇，沒想到玩出問題來。」貝克督察一副希望你聽了心情能夠平復的口吻。

「亞當向來知道點火是不對的，」莎拉反駁道：「他一定會設想到玩火可能產生的恐怖後果。以一個八歲小孩來說，亞當格外成熟、善解人意。」

我從沒想過莎拉這麼了解亞當，她的孩子又高又擅長運動，我一直以為她很不喜歡弱不禁風的亞當。

「更何況亞當知道珍妮在學校，」莎拉急著想說服貝克督察似的：「拜託，他的姊姊也在裡面啊。」

「這對姊弟對彼此是否有任何不滿？」貝克督察順勢問道。

「你想說什麼？」你火冒三丈地責問他。

「我相信，亞當之所以放火並非為了引起這麼嚴重的傷害——」

「火不是亞當放的。」你和莎拉同時開口，語氣同樣堅定。

你質問道：「還有，燒燙傷中心的入侵者呢？就是破壞珍妮呼吸器的人，你該不會也覺得對方是小男孩嗎？」

貝克督察冷冷答道：「目前毫無證據顯示燒燙傷中心曾遭人入侵。我們與醫務主管談過了，儀器偶爾會出問題，根本不必太過質疑。」

「有人闖入！我看到了！」我不住吼道，遺憾的是，沒人聽得見。

你強調道：「珍妮絕對曾在學校看見海曼，也可能是共犯或者對他不利的證據，所以他才來醫院，打算——」

貝克督察打岔道：「這些沒根據的臆測對破案沒有任何幫助。」

莎拉壓抑怒火再次強調：「亞當不可能縱火。凶手另有其人。」

「這下子，妳相信柯維先生的說詞嘍？」貝克督察語帶嘲諷地反譏。

「我認為，各種可能性都不該忽略。」

督察只是面露不屑。

「你之前提過，席拉斯．海曼自願提供DNA樣本，對吧？」莎拉的問題令貝克當下不悅，然而，她還是繼續問道：「但我們在火場曾發現任何DNA殘留嗎？」

「我不認為執行這項工作能夠獲得重大線索──」

「是啊，更遑論目前警方也不打算搜查了，不是嗎？」

「莎拉──」

「倘使幕後凶手真是海曼，甚至料想到在二十四小時之內同伙便會嫁禍給一名無辜的孩子，警方鑑識工作也將告終，他當然樂意提供DNA樣本。他大可賭警方二十四小時內找不到任何線索。」

貝克督察依舊牢牢坐在椅子上，瞪視著莎拉。

「現實狀況是我們有可靠的目擊證人，對方當場看見亞當．柯維拿著火柴離開美術教室，而這裡就是起火點。過沒多久，熱感應器與煙霧偵測器便發出警報。

「不過，一如我所說，亞當並非有心，也已受到足夠懲罰，因此我們不打算追究下去。目前只需與他再談一次，然後便──」

「不行。」你激烈反對。

你們不能約談亞當，不能這樣對他。

莎拉說：「你們不該將亞當視為犯人，這件事不能讓他知道。」

「亞當不用上警局受訊，面談可以在此進行，爸爸當然也能在場，若妳想一起加入也沒問題，總之，我得和亞當聊聊。莎拉，相信妳很清楚我們的作業程序。」

「我很清楚一個無辜、脆弱的小孩被陷害了。」

「我已派警員帶亞當及其祖母前來醫院，半小時內便會到這裡，我們到時候再見吧。」

貝克旋即離開辦公室，而我追趕在後。

我告訴他：「你不了解亞當。你還沒見過他，當然無法理解他絕對不可能是犯人的原因。你會感受到的，他是個好孩子，品性端正、毫不虛偽。」

「媽，拜託，他又聽不到。」珍妮說。

我停不下來：「亞當喜歡閱讀亞瑟王傳說，他最喜歡的故事是《加文爵士與綠騎士》，而且一心想成為故事主角。亞當不想變成明星、足球選手或者其他小男孩嚮往的身分，他只想效法加文爵士，至今仍在找尋擁有類似特質的現代名人。或許你認為這種想法極其可笑，但亞當從不這麼認為，那是他的人生宗旨。」

珍妮說：「就算他聽得見，大概也不曉得加文爵士是誰。」

珍妮說得沒錯，這男人絕對不曉得。

我繼續說道：「亞當喜歡上歷史課，除了好奇壞人做壞事的原因，也會進一步思考，為什麼有人會隨壞蛋起舞。他是很認真思考這些問題的。」

妳沒辦法讓旁人一下子便了解亞當的。

只見貝克督察腳步加快，我也快步跟上。

「或許你會認為，所有的媽媽都會如此形容自己的兒子，然而事實並非如此，真的，她們不過只能口頭上說自己的兒子運動多棒、多愛戶外活動、多麼勇敢，如攀爬時摔斷一隻手，這是她們能夠拿來誇耀的事情，與我所形容的亞當南轅北轍。

「你可能認為我在自誇，但我沒有。我們並非生活在騎士時代，以至於亞當所信守的美德淪為毫無價值。

「我一心一意只希望亞當開心，如此而已。只要能讓他快樂，我願意以他的善良換取擔任足球隊隊員的機會，以他的謙遜換取好人緣。但是亞當無法選擇自己的性格，我使不上力，他的個性就是這樣。

「雖然亞當不甚滿意自己的性格，儘管我希望亞當別那麼孤僻，但我一直以他為榮。」

珍妮在貝克督察背後說道：「亞當怕火，連仙女棒也不敢拿。他小時候被火花燙過，從此對火敬而遠之。」

倘若聲音能被聽見，珍妮會以邏輯推理向貝克督察證明亞當不可能縱火。

而且珍妮說得沒錯，亞當怕火，此時我又想起唐納的打火機如何嚇退亞當。

貝克督察直抵醫院出口，我朝他大吼：「別這樣對他！拜託！別這樣對他！」

貝克督察彷彿一時感覺到我的存在，在那短短的瞬間，我成了他背上一道涼風、頭上一陣刺痛，我，身為一位母親、一名守護天使、一個鬼魂，觸動了他的心。

十二

此時，你在珍妮病床畔，之前的警察基於「不再有必要」的理由而受命撤離。

然而，你認為依然有其必要。

莎拉進來便說：「亞當在路上了。」

「貝克把警察撤走了，我不能丟下珍妮一個人。」

「麥克，醫院裡有很多醫護人員，燒燙傷中心內更多。」

她不認為珍妮生命受威脅嗎？

「請轉告貝克我無法離開珍妮病房的原因。」

「他大概猜得到。」

保護珍妮意味著你堅信犯人不是一名八歲小男孩，真凶仍逍遙法外、伺機傷人。你以行動傳達訊息：貝克錯了，亞當是無辜的。

我知道你想陪在亞當身邊，心裡不斷掙扎。過去幾年來，我也有過無數次類似感受，只是程度沒有眼前的你這麼強烈。當我們只有珍妮一個孩子時，一切都很單純，而養育兩名子女致使這個家分裂成兩半。「天啊！」隱形保母總是厲聲斥責：「帶亞當出去的話，妳要怎麼幫珍妮寫作業？答應珍妮到海邊度假的話，想去威爾斯參觀古堡的亞當怎麼辦？」所幸大致來說，我覺得沒有太大差別。

雙方皆得顧及，使我好像被撕成兩半。

「幫我照顧亞當。」你交代莎拉。

我跟在她後頭離開，急欲告訴她自己曾經見過入侵者。

亞當被指為犯人前，我確信警方會揪出那個人，沒想到如今他們拋下我們，使得這則情報至為重要，我不吐不快。

在這座如同金魚缸的中庭內，莎拉透過黑莓機與某人通話，珍妮和我則等待亞當到來。

後來，先前負責保護珍妮的年輕警員通過大門，我母親和亞當跟在後面。

莎拉親了亞當一下，溫柔地撥開懸在他眼前的劉海。上星期日該幫他剪頭髮的，我本有此打算，結果我們兩人卻將時間花在觀看歷史連續劇上。

眼前的亞當看起來身形瘦弱、臉色蒼白且一臉茫然。

莎拉轉向我母親，靜靜問道：「他說了什麼嗎？」

「什麼也沒有。我試過了，亞當就是不開口。火災以後他就這樣了。」

你昨晚與亞當通電話時，他也是閉口不語，他在我病床前一樣未開口，但他真能永遠保持沉默嗎？你我都無法知道答案。事實上，你們還未相見，火災昨天下午發生，想不到距今才沒過多久。

「他知道目前的情形嗎？」莎拉問。
「知道。能不能別說了？」
面對年輕警員。莎拉以長官而非亞當親人的身分說道：「給我五分鐘。」
珍妮和我尾隨莎拉。
珍妮問：「爸爸為什麼不在這裡？他應該陪在亞當身邊。」
「他想陪妳。」
「可是我不需要他陪。」
我猜她心有恐懼，只是不願表現出來。
「爸爸知道莎拉會和亞當在一起。」我安慰珍妮，更沒想到自己竟也因莎拉而感到放心。
「喔。」
我們跟莎拉一起回到暑氣逼人的辦公室，此時貝克督察已坐在尺寸過小的塑膠椅上。莎拉則與他保持距離，彷彿太靠近貝克會令她不悅。
她說：「這個約談毫無意義，亞當沒辦法講話了。」
「可能只是不想開口。」貝克督察說。
「他還沒走出大火陰影，這種心靈創傷會導致不願言語及——」
「有醫師診斷證明嗎？」貝克督察禁不住插嘴道。
「要的話，當然拿得到。」莎拉如此回應，她顯然看出貝克督察心懷疑慮。

「我曾外調至某個慈善機構，幫忙照顧受虐者，該任務為期六個月。我很清楚心靈創傷會——」
「我不認為這兩種情況相類似。」
「我已和多名席德利館小學家長談過。」莎拉表示。
「這和妳無關——」
「我是以姑姑及姊姊的身分做這件事的，同時也聯絡了學校半數家長。
「亞當確實目睹媽媽跑進起火燃燒的學校，邊喊著姊姊的名字。他一邊盯著大火一邊等媽媽出來。許多家長想帶他走，他就是不肯，最後消防人員將媽媽、姊姊救出來，兩人已失去意識，亞當一度以為她們死了。這可以算是心靈創傷，不是嗎？你不能在這個時候約談他，絕對不行。」
「妳弟弟呢？」
「珍妮沒有警察保護了，所以他待在病房。」
貝克督察清楚妳想表達什麼，當下面露不悅。「他們到了嗎？」
憤慨的莎拉不發一語，當下激怒了貝克。
「如果妳稍作配合，就可以陪在亞當身邊，不然——」
她猝地打斷貝克的威脅：「他在門外。」
接著，莎拉回到走廊上。
她告訴亞當：「亞當，你跟我們走。但是我想先跟你說，除了我那個笨蛋長官，其他人從來沒有懷疑你。」

年輕警員似乎被莎拉的言行嚇到了。接著，莎拉轉向一旁全身發抖的母親。

「妳要不要先去探望格蕾絲？亞當我來照顧。」

或許她是擔心我母親沒辦法保持鎮定。

莎拉不期然給母親一個擁抱，然後便和亞當一同進入辦公室。

貝克督察說：「亞當，坐下。我現在要問一些問題，好嗎？」

亞當一語不發。

「亞當，我在問你話，如果你不開口，那就用點頭搖頭來回答。」

亞當動也不動。

「我想和你聊聊火災的事情。」

一聽到「火災」這個字眼，亞當立刻縮成一團。

我心疼地抱住他，可惜他感覺不到，而後莎拉將他抱到自己的膝蓋上，一個八歲小孩，嬌小到還能坐在別人膝蓋上。莎拉雙手環抱住亞當。

貝克督察對亞當說：「我們從昨天早上的事情聊起吧。昨天是你生日，對不對？」

或許他是想讓亞當放輕鬆。

莎拉說：「亞當，抱歉。我真糟糕，每次都忘記你生日。」

我之前還以為莎拉根本不想花心思在珍妮和亞當身上。

貝克督察對亞當說：「我總是在吃早餐時開生日禮物，你會這樣嗎？」

今年我是把禮物疊在餐桌正中央，讓人感覺有一大堆，而且我們的禮物還會用藍色緞面蝴蝶結裝飾，這樣看起來更像禮物。盒子裡的禮物是給天竺鼠用的柵欄，好讓牠們能在裡頭玩耍。「看起來真他媽的像希爾頓大飯店。」星期二晚上，我忙著包裝禮物時，你這麼評論。「是艾爾頓塔遊樂園。」我糾正道。

我還替亞當準備了「我八歲」的名牌，他上學時可以別在胸口，其他同學便會知道今天是他生日。名牌背景是火箭，雖然亞當對外太空沒興趣，但當孩子到了八歲，能供家長挑選的卡片圖案也不多了。

今天是生日，我特地準備了咖啡、土司和巧克力麵包，香氣十足。

亞當一步兩階地奔下樓，一見到禮物還仔細端詳了好一會兒。「這些真的全是我的嗎？」

我立刻朝珍妮和你大喊，說小壽星已經在廚房了，我知道亞當很喜歡這個稱呼，同時意識到明年或許他就不喜歡了。

珍妮比往常早下樓，而且已換下睡衣。她給亞當一個擁抱，並送上自己的禮物。

我說：「教學助理不是應該穿得體面一點嗎？要看起來很專業。」

珍妮身穿又薄又短的裙子搭配緊身衣。

「媽，真的沒關係啦。況且今天的服裝和鞋子很搭。」

她說著，邊伸出被陽光曬成古銅色的雙腿，晨光中，涼鞋上的寶石閃閃發亮。

「我只是覺得妳該更……」

「好好好，我知道。」她邊說邊拿垮褲這件事開玩笑。

隨後你走進廚房，怪腔怪調地大唱生日快樂歌，逗得亞當哈哈笑。歌唱完後，你提起晚上要一起做些特別的事。

只是亞當語氣平和地說：「我討厭在生日的時候上學。」

你說：「可是你的朋友都在學校，今天還是運動會，不是嗎？所以今天不算上學日。」

「那我寧願是上學日。」

你臉上浮現一絲不悅（或者該說是哀傷），但今天是亞當生日，因此你選擇隱忍，轉而對珍妮說：「珍妮護士，今天可別傷人啊。」

「別開玩笑了，擔任學校護士是很嚴肅的事情。」我語帶責備。

「媽，我只負責下午的時段。」

我心想，要是有人頭部受傷怎麼辦？如果有小孩腦部內出血，珍妮怎麼有能力分辨學生只是單純想睡覺還是受傷了？於是我不自覺高聲說：「妳才十七歲，不該負那麼重大的責任。」

「媽，那只是小學運動會，又不是高速公路車禍。」

她語帶嘲諷，我卻完全沒有意會過來。

「即便只是摔倒也可能受重傷，各種意外都有可能發生。」

「真發生這種情況，我會聯絡急救或醫療人員，好嗎？」

我沒再說下去，繼續吵也沒意義，因為我以替亞當加油這個正當理由參加運動會，同時留意各種狀況，一旦有小孩受傷進而昏昏欲睡，我就會馬上處理。

珍妮接著從烤箱中取出熱騰騰的巧克力麵包，這些麵包是我兩個星期前在Waitrose超市買的，今早才從冷凍庫中拿出來烤。

她補充道：「媽，我參加過聖約翰救傷訓練，至少有些急救知識，好嗎？」

珍妮一如其他少女喜歡以疑問語氣結尾，彷彿人生就是個大大的問號。

你出門前也順手取了塊巧克力麵包，兩手丟來拋去藉此讓它冷卻。

你對亞當說：「記得要跑、超、快！晚上見。」接著又對我說：「再見，運動會愉快。」

我們沒有吻別，只是心領神會，當時總以為日後有的是時間，因而總不特意親吻對方。

＊

「媽媽替你準備了蛋糕嗎？」貝克督察問亞當。

沒回應。

「亞當？」

還是沒動作、沒開口。

珍妮抱著我說：「那蛋糕很棒，他們以後就知道錯了。」

想起當時他們兩人整屋子尋找亞當的樂高小人，試著將它放在蛋糕上當裝飾，我雖然嘴裡說這樣太誇張了，心裡卻樂於見到亞當男孩子氣的一面。

我還記得當時插了八根藍色蠟燭，其中三根當作火槍砲，看起來好豪華。感覺好像沒多久前還只用兩根蠟燭，曾幾何時，亞當生日竟得用上這麼一大把蠟燭，彷彿作物收割後田裡僅剩的殘株。

「好吧，我們還是得談下去。」貝克督察問亞當：「你昨天帶蛋糕去學校了嗎？」

亞當沒有（也無法）回答。

貝克進一步說：「我問過班上的梅登老師。」這太不尋常了，他竟然見過那個無聊又討人厭的梅登老師。

「她說，學生生日當天可以帶蛋糕上學。」

我記得當時把蛋糕連同烤模一起放進麻袋內，袋子底部還擺了個三角形固定器，使蛋糕不至於傾倒。然後——

「天啊。」

「怎麼了？」珍妮問我，此時貝克督察又開口了。

「梅登老師還告訴我，家長得替孩子準備蠟燭和火柴。」

督察不過在「火柴」兩個字上稍稍加強語氣，卻讓莎拉心頭一驚。

「校長也表示確有此事。」貝克督察繼續說明道。

我不住央求莎拉阻止貝克如此長驅直入詢問到底，可惜她聽不見。

「梅登老師告訴我們，蛋糕、蠟燭和火柴會暫時放在她辦公桌旁的櫃子裡，等所有孩子放學回家前才拿出來。但昨天是運動會，對吧？」

亞當依舊沉默、定靜不動。

「她說，這天的壽星可以在運動會結束前，將蛋糕拿到會場。」

亞當毫無反應。

我還清楚記得他當時有多擔心生日蛋糕被忘掉，並因此錯過大家圍著他唱生日歌這種一年一度的機會。

「梅登老師說，你自己去教室拿蛋糕，是真的嗎？」

他滿臉笑意地衝到我面前，準備去拿蛋糕！

「後來你去了空無一人的教室，對不對？」貝克督察不打算等亞當回答了，他逕自問下去：「接著，你是不是拿火柴到美術教室？」

亞當沒開口。

「亞當，你是否用火柴點火？」

整個辦公室陷入死寂，安靜到我耳膜發痛。

「孩子，你只需回答我有或沒有。」

遺憾的是，亞當仍一動也不動。

亞當站在兒童銅像旁，親眼目睹我衝進燃燒中的校園內，濃濃黑煙竄出，我則不住地大喊珍妮。

「亞當，我們不認為你有意傷人。」貝克督察說。

警報鈴聲那麼響亮，人們和亞當自己的尖叫聲如此嘈雜，這種情況下要他怎麼說話？喧鬧雜亂中，他要如何讓他人聽見自己的聲音？

「不然你點頭、搖頭就好。」

貝克督察沒聽見亞當在尖叫，一如他無法聽到我要他放過亞當的警告。

「亞當？」

力。

然而，亞當徑直盯著學校，耐心等待我和珍妮出來。濃煙、警鈴與等待，一個孩子因而失去反應能力。

貝克督察語帶威脅地說：「亞當，我警告你，這很嚴重喔，下次再犯的話，我們可不會輕易原諒你，知道了嗎？」

豈料亞當看著我們被消防人員抬出來，心裡直以為我們死了。他看見珍妮的頭髮燒成焦黑，以及那雙涼鞋。他還看見一名消防人員在顫抖。

莎拉緊緊環抱住亞當。

「亞當帶火柴上學就是證據嗎？然後有人撞見？」

「莎拉——」

她冷漠憤怒地打斷貝克督察：「有人意圖要亞當做替死鬼。」

十三

亞當一臉呆滯地離開辦公室。

在走道上，他突然想吐，於是急著找廁所，最後因為找不到而整個人蜷縮在地。我不捨地抱住亞當，他卻感受不到。

母親從走道另一頭走過來，一見到亞當便強自擠出笑容。

「可憐的孩子。」她邊說邊抱著亞當。

此時，離開辦公室的莎拉拿出口袋中的面紙為亞當擦臉，然後彎下身與他面對面。

「那個警察對你說那些話，真是對不起。因為有人對他說謊，我保證一定會抓到這個人，強力要他來向你道歉。我現在要回去和那個警察談談。」

母親牽著亞當的手。「我們去外面呼吸新鮮空氣，好不好？」

她帶亞當往醫院出口走，珍妮則跟在後面。

望著他們遠離，我想起你不在家的那段時間，我跟亞當兩人貪看歷史連續劇的往事。（飾演奴隸的人真礙眼，哪有奴隸腹肌明顯、皮膚還曬得那麼漂亮的！）進廣告時，電視台播放犯罪推理連續劇的預告，亞當看了做噩夢，此後我和珍妮一見這預告便迅速轉台，直到廣告結束為止。雖然這樣形容有點不合常理，但我真心認為我們以往安詳的生活位於其他頻道，如今，我們已被吸進一個暴力又恐怖的頻道內難以脫身。

我與莎拉一同回到滿溢熱氣與惡意的辦公室裡。

眼見貝克督察正在填寫結案報告，我想像著他寫下亞當的名字及適才所做的警告，而後這案子便偵查終結。

莎拉的出現致使他極度不悅。

「我想知道是誰說亞當是凶手。」莎拉對著貝克督察直言道。

「這不關妳的事。妳並非這件案子的成員。」

「說這話的人是騙子。」

「是不是騙子我很清楚。相信我，警告小孩一點也不好受，更何況他還是警員的姪子。」

「你剛說，運動會當天的壽星可以拿蛋糕及火柴前往會場，對吧？」

貝克督察身體向前傾，襯衫衣尾懸在褲子外，背上有顆汗珠閃閃發亮。

「現在說這個沒意義。」

「所以壽星得回學校拿蛋糕。」

「妳到底想說什麼？」

「我猜犯人故意選在運動會這天縱火，可能是這天學校裡幾乎沒人。之後犯人還找這天生日的小孩當代罪羔羊，因為那個人清楚壽星必須返回學校拿蛋糕、火柴。」

「妳編出來的劇情——」

「這不是劇情，席德利館小學家長會每年都會製作月曆，將所有小孩的照片貼在各自的生日上。」聖誕節時，莎拉自亞當手中收到這份月曆，事實上，所有親戚都收到了。

莎拉繼續說：「比方說，七月壽星就有亞當和其他三個小孩，昨天那一格除了有『運動會』三個大字，還有『亞當．柯維八歲了』這幾個小字。我把月曆掛在廚房牆上，上星期才確認過，沒想到馬上又忘了。」

貝克督察將衣尾扎進褲子裡，掩蓋住一身大汗。

莎拉繼續：「只要有那本月曆的人都知道亞當是運動會當天的壽星，縱火犯人當然也曉得，所以才計畫讓他當代罪羔羊。」

貝克督察轉了轉身，一副很不自在的樣子。

「我們姑且假設妳說得沒錯，那亞當為何不否認？沉默便是坦承，不是嗎？難道妳的辦案經驗並非如此？」

他很喜歡調侃莎拉的感覺。

「『他們』是成年犯人，不是八歲小孩。」

「我也對亞當說過，只要搖搖頭就行，但他根本沒反應。」

「我想，他有可能喪失部分記憶了。」

「噢，拜託。」

「這也是心靈創傷的症狀之一。」

「妳在那間慈善機構學到的知識還真多。」

「為了自保，病患的大腦會消除引發心靈創傷的記憶，通常還包括該記憶前後部分片段。」

「所以亞當輕易便將這整件事自腦中刪掉？」貝克督察又挖苦莎拉一回，這簡直讓他得意了起來。

「不，記憶還在，只是被亞當腦中的自衛機制封鎖住了」

貝克督察走到門口，背對著莎拉。

「這解釋了為何亞當不回答你的問題。他沒辦法表示意見，因為他根本不記得任何事。此外，亞當是誠實的小孩，自己不記得就不會否認。我非常希望他不會對你的指控信以為真。」

貝克督察轉過身。

「我唯一碰過的記憶喪失患者不是嗑藥茫掉就是腦部受創。妳很清楚，有些人會以此做為藉口。」

「心理醫學界真的有解離性失憶症這種病症。」

「用來給狡猾的被告律師打迷糊仗，警方可不吃這套。」

「那叫逆行性記憶喪失，通常在心靈受創後引發症狀。」

或許莎拉事前便通曉這些心理學名詞，但絕對曾為了亞當而進行更深入的了解，也因此，才會在等亞當抵達醫院時緊盯黑莓機。想當初，我還對她這種機不離手的行為很是反感。

不過，我認為亞當腦裡記得一清二楚，並未喪失記憶，他可能還沒從火災事變中回過神來，才會無法言語。

我必須找到亞當。

走出辦公室後，我赫然想起母親說要帶他出去呼吸新鮮空氣，這是媽媽治療傷痛的方式。父親曾笑說：「喬志娜，如果妳是醫生，大概會把每次步行半公里做為我的處方吧。」

珍妮在金魚缸般的大中庭裡，她站在入口處，隔著玻璃牆朝醫院裡望。

「他和喬奶奶及莎拉姑姑在一起。」珍妮指向不遠處一塊草地，他們三人就在那裡。

她繼續說道：「我也想出去，但是待在外頭好痛苦，真的很痛苦。」

雖然我也想進入中庭，但這樣一來珍妮就會落單，而此刻我感覺到她很不開心。

我們不約而同看著亞當，中間被玻璃牆隔開。

「或許情況沒那麼糟。」珍妮表示，不禁令我想起自己曾在她六歲時生病，她端了杯溫茶給我，希望我舒服一些。行為很是貼心，可惜對病情毫無幫助。

珍妮繼續說：「妳、爸爸、我、莎拉姑姑以及喬奶奶，我們全知道火不是亞當放的。只要有家人信任，那麼——」

雖然無意，但我插嘴道：「亞當得背負這個罪名成長，別人會對他指指點點，說他是試圖殺害姊姊與母親的孩子。不管上中學甚或是大學，這指控將如影隨形。」

珍妮依舊看著亞當，沉默了一會兒才開口。

「有件事我一直沒告訴妳，恐嚇事件凶手曾朝我身上丟油漆罐。」

天啊，她被跟蹤了。

「妳看到對方長相了嗎？」我強作鎮定地問道。

「他從後方攻擊，因此我沒看到。我腦中沒有任何有用的情報，以至於如今完全幫不上亞當。當時我的頭髮、背部一直到雙腳滿是鮮紅油漆，有個女人以為是血，當下不停尖叫。」

也許對方就是希望所有人將油漆誤認為血，以此做為暴力威脅？

「那天是五月十日。」珍妮補充道。

距離今天不過幾個星期前而已，原來恐嚇事件根本還沒落幕，而如今已不再只是惡意文字，更甚者是尾隨並且丟擲油漆罐。對方是否仍在跟蹤珍妮？是否蓄意攻擊她？

珍妮說：「如果當時報警，他們就能逮到凶手，並即時阻止他。而亞當也就……」

珍妮一臉愧疚，看起來好像十歲小女孩。

我手搭在她肩膀上卻被甩開，彷彿同情只是徒增她的罪惡感。

「我一直要自己相信放火的人不是恐嚇事件凶手，但亞當現在遭受指控，我不能……」

為了亞當，珍妮接受縱火者是恐嚇事件凶手這個令人心痛的可能性。

「珍妮，妳為什麼不告訴我們？」

「我以為當作沒事最好。」她靜靜答道。

火災發生前，我會告訴珍妮，最好的選項是負起責任，並及時通知我們及警方。我的口氣會像那個隱形保母，眼神從洗衣粉盒移轉至珍妮身上，告訴她這關係到的不是「禁足」或者「被監控」，而是她的人身安全，我會不停告誡直到她認錯為止。

「這件事還有誰知情？」我問道。

「只有伊佛，我要他守口如瓶。」

此刻，我對伊佛備感厭惡，你或許覺得不公平，但我認為他該誠實告訴我們。

「他什麼時候回英國？」我問珍妮。

「十天後，但他絕對會早一步得知我的狀況，並且提早回國。」

我點頭表示認同，心中卻懷疑伊佛是否真會提早回來陪珍妮。相信你又會替伊佛感到不平了。

望向窗外，一名男子閃過我眼前。

海曼老師。

我大吃一驚，冷汗直流。他來這裡做什麼？

眼前海曼老師身穿短褲及T恤，皮膚曬成古銅色。還在教書時，他總穿著正式服裝，長衣長褲的。

如今見他露出手腳，反而有種太過裸露的感覺。

海曼老師站在某座販賣機前取票。

接著，他穿越一扇我未曾留意過的門。

我不自覺跟在他後面。

「媽？」

「我想知道海曼老師接下來要做什麼。」

「我相信他沒打算做什麼。」

珍妮也跟來了。

大門再度緊閉，前頭是一道又斜又陡的水泥階梯。

我們隨海曼老師來到地下停車場。前一刻才待在陽光普照的中庭，對比之下，停車場顯得格外幽暗。這裡充滿汽油味及廢氣，水泥地上滿是汙漬，天花板十分低矮，一走進來我便想出去了。

這裡只有我們和海曼老師。

「我不喜歡這裡。」我說。

「這裡就只是停車場，他剛剛拿的是停車券。」

「別人又看不見妳，」隱形保母說的話比珍妮還不留情面：「更何況還半死不活，幹麼還擔心他對妳怎樣？」

海曼老師走到黃色飛雅特老車旁，順勢將停車券夾在擋風玻璃上。車內塞了三張兒童座椅。

「他在這裡做什麼？」我厲聲問道。

「大概是來找泰拉做個了結。」珍妮苛薄地說：「她活該。」

「但他怎麼知道泰拉在醫院？」

「猜的吧。我也不知道。或許他只是想離他太太遠一點。他向來如此，總是假裝自己放學後還得負責美術社的事務，藉此在學校待久一點。」

看來珍妮把這件事當笑話面對，但我可沒有。

珍妮繼續說：「但這也不能怪他，海曼老師的太太很糟糕。就算是他還在席德利館小學任教的時候，他太太也老愛指責他是輸家，讓她很沒面子。可是她也不肯離婚，理由是若真離婚，海曼老師就見不到兒女了。」

我轉而看著車內那三張兒童座椅，並留意到一隻沒人要的泰迪熊跟一本《郵差叔叔派特》漫畫書。

「這是他告訴妳的嗎？」我反問珍妮。

「所以呢？」

所以去年夏天你十六歲、他三十歲。我很想這麼回答，還是忍下來了。

珍妮說道：「也許他帶著鮮花或什麼慰問品來探望我們。他真的很好，媽，妳還記得吧？」

珍妮在挑戰我的記憶力。

緊接著，我們隨海曼老師重新走上階梯，我一路盯著他的背，一副自己有辦法看穿這個男人的心的樣子。海曼老師全身冒汗，濕透的T恤黏在身上，顯露出底下的肌肉線條。

金魚缸外型的中庭依舊存在陽光、人與噪音，回到這裡令我心情放鬆。

我注意到亞當、母親與莎拉進入中庭，一分神便不見海曼老師蹤影。

母親抱著亞當。

「媽媽還有些事情要處理。」她這麼告訴亞當，省略核磁共振掃描、電腦斷層掃描還有其他諸如此類檢查的細節，我很欣慰母親完全沒提到。「我們先去喝飲料，待會再去找她，好嗎？」

父親過世時，我才意識到父母是我的避難所，悲苦冷風自此吹進曾經溫暖而安全的家裡，恐懼也悄悄爬入。而如今，母親為亞當架起一張保護傘，我很感謝她如此費心盡力。

我來到莎拉身邊，想向她傳達自己所知的一切，這些情報足以洗清亞當的罪名。

我曉得恐嚇事件凶手曾潑紅漆攻擊珍妮。大家以為該事件二月便告終，其實五月還發生過，事發至今不過幾個星期。也許他現在又要對珍妮展開攻擊，這次不再只是象徵性地潑油漆，而是試圖殺人奪命。

我還知道有人蓄意破壞珍妮的呼吸器——我親眼目睹。

然而，妳對席拉斯・海曼的懷疑也有道理，畢竟一個三十歲的男人為何要在十六歲女孩面前大談太太的不是？而且他來醫院做什麼？

此外，我還撞見唐納在羅溫娜面前的惡行惡狀，我猜想他大概對梅西及羅溫娜拳腳相向好幾年了。火災發生時，這對母女都在學校裡，她們可能不會揭開唐納的真面目吧。

我覺得自己握有許多關鍵訊息，其中絕對有打開真相的鑰匙。

我現在的工作是盡可能蒐集各種情報。

並且確認亞當無罪。

我必須這麼做。

這是我目前唯一的任務。

十四

你在珍妮病床畔，兩眼緊盯那些監測儀器，就連莎拉進入病房也絲毫不願移開視線。

「貝克要去抓真凶了嗎？」你問她。

「他仍堅持火是亞當放的。」

這簡直就像掌你一記耳光。

「我不懂。」

「麥克，亞當沒開口，他沒辦法說話。」

「但他有搖頭還是……」

「沒有。我沒能幫上什麼忙，對不起。」

「噢，天啊，可憐的亞當。」你站了起來：「貝克怎能相信海曼的謊言？」

莎拉說：「見到亞當的人不可能是席拉斯．海曼，他當時根本不可能在學校。」

「這妳已經說過了，他也可能找別人替他撒謊。」

「麥克……」

「還有，是誰替他做不在場證明的？」

莎拉沒有回答。

「妳是不是知道？」

你盯著莎拉，過了好一會兒，她才直視你。

「是他太太。」

「我要見見他們。」

「我不認為這樣——」

「我才不管別人怎麼想。」

我從未見過你責罵莎拉，這令她相當不悅，然而你根本沒注意到。

「妳能在這裡照顧珍妮嗎？」

「麥克，我不認為你這樣做有什麼好處。」

你不發一語。

莎拉說：「你朋友幫你把車從BBC電視台開來這裡，車在外頭的停車場，這陣子的停車費已預先支付。」

莎拉遞了張停車收據給你。看著那張收據，我彷彿瞥見往日生活中的朋友在招手，他們為我們打點牙刷、停車券及女用睡衣，還在門口階梯上留下母親及亞當的食物。

莎拉坐在你剛坐的位子上。

你說：「從早上到現在皆無異狀，他們說狀況很穩定。」

當珍妮說走到外頭令她備感痛苦時，我一度擔心是她的身體起了什麼變化，感謝老天，一切安然無恙。

「有問題馬上通知我。」你提醒道。

「當然。」

你一離開加護病房，我便想告訴你席拉斯．海曼也在醫院裡，說不定單獨見海曼比同時與他們夫妻面談還能得到更有用的情報。

此時，莎拉陪在珍妮身邊，亞當則有母親照料，他們都很安全。

＊

珍妮在加護病房外。

「爸爸要去哪裡？」

「席拉斯．海曼家。」

珍妮轉過身，以致我無法看清她的表情。

「珍妮……」

「如果我記得更多昨天下午發生的事，或許就能洗清亞當的罪名，妳和爸爸也不會把錯算在席拉斯頭上了。但我就是想不起來！」

「親愛的，這不是妳的錯。」

我拍拍她的肩膀，手卻被甩開，彷彿極度厭惡自己竟然需要他人安慰。

我安撫道：「可能是醫院施打的藥劑造成的。貝克督察對莎拉說過，藥物有可能影響記憶能力。」

貝克當時說的其實是：「我唯一碰過的記憶喪失患者不是嗑藥茫掉就是……」

「但藥物並未對其他方面造成影響，我的思緒依舊清晰，也還能和妳交談，不是嗎？」

「誰知道藥物會帶來什麼影響，更何況，倘使記憶喪失的原因不是藥物，也可能是其他因素，比方說，醫學界有種病叫做逆行性記憶喪失，我記得是這麼稱呼的。」

我乞求珍妮不要責怪自己，因而努力為她尋找合理解釋：「此類記憶喪失發生之際，妳的大腦會封鎖住某段傷痛記憶，迫使妳無法回想。有時，大腦還會將該段傷痛的前後記憶也一併封鎖。」

儘管我很確定亞當沒有這些症狀，但難保珍妮不會有。

「所以那算是防衛機制嗎？」她提問道。

「沒錯。」

「但記憶是否仍存在於腦中？」

「我想是吧。」

「那我現在得讓自己勇敢點。」

我突然想到，珍妮回憶昨天下午的情形時，表現得有多恐懼。

「親愛的，現在還不是時候好嗎？莎拉跟爸爸應該能找出真相，到時妳就不用回想了。」

珍妮頓時鬆了一口氣。

「我可以和爸一起離開嗎？」我問她。
「當然可以，但是妳走到外面時，不會覺得很痛苦嗎？」
「我可是老鳥耶。」這是母親的口頭禪之一，正好拿來用。
「是啦，臥病在床的豐富經驗讓妳變成老鳥了。」

我陪你離開醫院，外頭的暖風吹在皮膚上好刺好燙，腳下的石子彷彿玻璃碎片，扎得我雙腳發疼。醫院以白色牆壁和涼爽的亞麻地板為我架構出一間庇護所，如今庇護所被拆除了。

我緊握你的手，你在不知不覺中給予我安慰。

來到車旁，我看見亞當的書包擱在駕駛座後面，裡頭還塞了幾本書，珍妮的口紅則擺在原本用來置放馬克杯的地方，我那雙得更換鞋跟的靴子也還在後座。我化身為一名考古學家，探索著往日時光，並不時感嘆。

我們驅車離開醫院。

我渾身疼痛難耐，必須轉移自己的注意力，但我還能注意什麼？

車裡好安靜，這種情況以前根本不曾發生，要麼是我們在聊天，不然就是有音樂為背景（珍妮總把音量調得很大聲）。如果車內只有我，第四廣播電台便是唯一選擇，因為我平常已經聽夠八歲小孩及十來歲少女喜歡的節目了。

望著開車的你，想起他人總是很容易對你產生好感。有時我會疑惑，你不高、不帥（真的不帥），為什麼大家那麼喜歡你？你的說詞是他們只見到電視上的你，並誤以為這樣就算認識你這個人了。

了。

然而，我覺得，你有個人魅力、有自信，因此才受歡迎，畢竟你當上節目主持人前我就喜歡上你

你一如往常地伸出左手握住我的手，這已成為下意識的動作。「這是自排車的好處之一。」有陣子我們常開車出門與朋友共進晚餐，聽你感謝衛星導航讓我們的話題不再只圍繞在看地圖上，聽酒瓶在後車廂滾動的聲響。然後你抽回左手。

安靜的車子裡，我回憶起熟悉的你的聲音，熱情、低沉而充滿自信，那是昨天早上以前的你。

在此之前，你過得很快樂，為人隨和、有男子氣概。然而，這種個性有時令人惱怒，我甚至調侃過你，說「沒事的，放輕鬆」可以當你的墓誌銘，但老實說，你樂觀、凡事向前看的個性很迷人。

「過得很快樂？」隱形保母這聲斥責逼我想到你的父母於車禍中喪生，當時你年紀才比亞當大一點點而已。

「小孤兒安妮[19]，」初次對我吐露這件往事時你這麼定義：「只差我沒有一頭鬈髮。」

即使現在沒留下疤痕，你曾遭遇不幸卻是事實。「我還有莎拉，所以熬過來了。」我們對彼此更加了解後你這麼說：「她就像把萬能的瑞士刀。」

＊

[19]《Little Orphan Annie》，美國漫畫。

車子轉進小路。

疼痛發出噪音，又大聲又尖銳的振動震毀我用以封存某些記憶的隔離層。

我憶起珍妮遭紅漆罐攻擊，想像某個人在攻擊事件前幾天走進ＤＩＹ用品店，店內過於寬敞，沒人對他有印象。想著他遊走在擺放油漆罐的商品架旁，經過性質較為溫和的水性漆，而後找到油性聚氨酯亮光漆。他快速走過成堆的白色、乳白色油漆，接著才是彩色油漆。然而，顏色選擇不多，這大概是因為沒什麼人會想替自家窗框及壁腳木板塗上五顏六色吧？他選擇了鮮紅色。

我想像結帳小姐對他購買紅色油漆及白精油感到不以為意，畢竟亮光漆得用白精油清除。沒錯，他一次買太多罐，後頭還一堆人等著結帳，而她的休息時間要到了。

珍妮在事發之後，立刻趕到朋友家清洗頭髮嗎？難道她不曉得亮光漆洗不掉？她後來是否去剪頭髮？抑或是請朋友或伊佛替她一刀一刀剪掉證據？

大衣送洗前，珍妮是否試過親自清理？乾洗店員大概只能搖頭說無法保證能完全洗乾淨吧。

珍妮為什麼不向我求助？

你接著開進一條街，離我們家有三個路口，是海曼老師的住處。

以前我經常提起，往學校的路上會經過海曼老師的家，我還以為你根本沒放在心上。

你將車隨便停在路邊，猛力關上車門，車身甚至因此晃了一下。

你愛珍妮，因而感到椎心之痛，也因此無比憤怒。

我在車裡看著你挨家挨戶摁門鈴，逢人便問席拉斯．海曼的住處。離開醫院愈久，我身上的痛楚就愈強烈，我試著將這種痛形象化成衝擊波和閃光，當初分娩時我也這麼做過，佯裝承受痛的是身體，而體內某種極為細緻的東西則由皮膚、肌肉及骨頭完善保護著。

最後，終於來到席拉斯．海曼家，我陪你一起摁門鈴，兩個人的力道深深壓進按鈕中。

應門的是海曼太太，我一眼便認出來，記得她叫納塔莉雅。兩年前，我們在學校舉辦的晚宴中曾見面（你拒絕參加任何包含晚宴這兩個該死字眼的活動），她看起來就像是從俄國文豪托爾斯泰小說中走出來的人物，我更暗自臆測，她名字裡的「雅」是否為刻意補上、增添異國情調的。然而，納塔莉雅當時沉魚落雁般的美貌如今略顯失色。不知道是什麼（焦慮？疲憊？）崩解她臉部，使得皮膚鬆弛，她的一雙碧眼也黯淡了，那是老化的前兆，時光流轉，納塔莉雅的柔媚終將不留痕跡地消逝。

我直直盯著納塔莉雅，想像這張臉未來的變化，至於你，我卻不願多看一眼，因為我曉得眼前的你已然不是那個人見人愛的男人。

「妳先生在家嗎？」你問道。

納塔莉雅表情僵硬，內心感受到你話中的敵意。

「你是？」

「我是珍妮．柯維的父親，麥克．柯維。」

＊

亞當脫掉塑膠頭盔，假裝自己是羅素．克洛所飾演的羅馬戰士。

「我是麥克西穆斯・德西穆斯……」
「梅里迪奧斯。」珍妮在一旁提詞。
「麥克西穆斯・德西穆斯・梅里迪奧斯，北方軍隊指揮官，統率——」
「某某大軍。」
「軍隊怎麼可能叫某某。」
「反正重點在後面那部分啦。」
「好啦。我麥克西穆斯・德西穆斯・梅里迪奧斯，跳過軍隊那一段，子遭殺，妻受害，今世來生，此仇必報。」
「這段話總是讓我起雞皮疙瘩。」珍妮說道。
亞當手拿頭盔，嚴肅地點頭大表認同。我不敢與強忍笑意的你四目接觸。
這部電影太暴力了，我們沒讓他看過，眼下台詞全是珍妮教的。
是的，我知道你目前的狀況和麥克西穆斯大不相同，因為你的妻女尚在人世。
「我先生不在。」納塔莉雅回答時稍微強調了「我」這個字，暗示自己對丈夫的忠貞。
「他人在哪裡？」你問道。
「工地。」
他騙了她，我頓時擔心起珍妮及亞當的安危。所幸珍妮有莎拉陪伴，母親則待在亞當身邊，她們不會隨意離開這兩個孩子。

「工地在哪裡？」你咄咄問道。

「我不知道，他每天到不同的工地，人如果沒有特殊技能就沒辦法有穩定工作。」聽起來納塔莉雅對丈夫很不滿。

「我在報紙上讀到你太太及女兒的事。」我以為她接下來會慰問一番，結果並不如我所料。

納塔莉雅門也沒關，逕自轉身回屋內，我跟著進入這間悶熱的房子，見到三個髒兮兮又不受控制的小孩，其中兩個還在打架。

海曼老師家裡的擺設與我們家如出一轍，差別只在於彼此隔了幾條街。通往二樓的樓梯口有扇門，看來這是層公寓而非獨棟住宅。以前我從未深思過席德利館小學教師與家長之間的所得差距。

納塔莉雅走進擁擠的廚房，家長會發送的月曆就掛在牆上，七月這一頁有三張學生照片，七月十一日這一欄除了「運動會」三個大字外，還有「亞當．柯維八歲了」幾個小字。

這一天以紅筆圈了起來。

亞當收到海曼老師的生日卡時，開心得不得了。

我想起莎拉曾告訴貝克督察：「身邊有那本月曆的人都知道亞當是運動會當天的壽星。縱火犯當然也曉得，所以才會計畫讓他當代罪羔羊。」

納塔莉雅執起一份《里其蒙郵報》走回門口，手指正好壓在珍妮的照片上。

她問你：「這是你來我家的原因嗎？就為了這垃圾報導？」

我好驚訝，想不到她在孩子面前的用語竟如此粗鄙。然而，今天被報導的對象若是你，我八成也會破口大罵吧。

「這篇報導根本是鬼扯。」她怒斥道。

「妳用什麼做為席拉斯．海曼的不在場證明？」你諷刺問道。

「我乾脆把自己所知道的事情告訴你，怎麼樣？說完以後再一一回答你的問題。」

你一臉錯愕。原本打算找海曼老師復仇的麥克西穆斯．德西穆斯．梅里迪奧斯，如今卻要與人交互答辯，景象猶如BBC辯論節目，而這不是你的拿手絕活。

她趁你猶豫不決時開口說道：「席拉斯是世界上最溫柔的人。老實說，他的溫柔有時令我不滿，他不願管教小孩，對他們講話總是好聲好氣的，這種人，指控他放火燒學校實在太過荒謬。」

你駁斥道：「既然如此，頒獎典禮那晚的行為該做何解釋？我可是親眼目睹，他那時可一點也不『溫柔』。」

「席拉斯只是想藉此表達自己沒錯。他被解聘前苦無辯解的機會，才會選擇在典禮上告訴所有人實情。你能拿這件事情怪他嗎？」

我可以感覺到納塔莉雅話中的敵意。

她繼續說：「席拉斯特地打扮得整整齊齊，繫上領帶、穿上西裝外套，看起來十分瀟灑，他認為，這樣大家才會聽他說話。出門後，他先到酒吧喝酒壯膽，這倒不奇怪。他表達情感的方式較為直接，偶爾還愛酒醉微醺的感覺，但他絕對不會毀損物品，不會縱火，更不可能傷害別人。」

兩年前的晚宴上，納塔莉雅說得一口北方腔調，此時那腔調再次出現。她是刻意轉換腔調的嗎？不期然地說起北方腔是不是想顯示她與你（席德利館小學家長）的身分差別？

「報紙並未提及，其實席拉斯投身教職的原因是為了有充分的時間寫書。老師有許多假，私立小學的假期更長，讓他有時間寫作。」

你很想打岔，只是納塔莉雅停不下來：「結果他書沒寫多少，課餘時間全用來安排教學計畫、思索讓歷史、英文甚至該死的地理課更有趣的新教法、尋找班級旅行地點及教學資源，他甚至連哪種音樂能讓學生更專心也研究。直到現在，席拉斯仍將這些事情掛在嘴邊，稱這些小孩為『他的』學生。」

納塔莉雅指尖冒汗，濡濕了報上珍妮的臉。

「而我們的小孩在這裡，要進私立小學就讀是不可能的，只能看看以後有沒有機會在裡頭教書或當清潔工，這可能性還比較高。我們家老大九月準備上小學，那是三十個孩子一班的社區爛學校。儘管家境如此，我還是以席拉斯為榮，他是席德利館小學有史以來最棒的老師。」

納塔莉雅愈說愈激動。

「席拉斯在牛津的同學幾乎都在媒體圈、法界享有光明前程、優渥收入，席拉斯卻只是，不，卻曾經是小學老師，還是私立小學，掙不到什麼名聲，你認為他有必要到頒獎典禮會場大鬧嗎？」

有個男孩靠到納塔莉雅身邊，她牽住他的手。「我在牛津與他相遇。當時我是祕書，能與他交往感到非常榮幸，我甚至沒想過他會看上我，並對我許下結婚誓言。」

不論貧富，相依相護。她說那麼多是衝著這股信念嗎？

如此堅貞獻給一個不值得、沒有心的人。

「他是好人，既熱情又有禮貌，實在無可挑剔。」

納塔莉雅真心相信她丈夫是這樣的人嗎？抑或是，她和梅西一樣，不惜任何代價在外人面前營造出虛假的形象？

「男孩墜樓不是席拉斯的錯，是——」你受夠了，硬是駁斥道：「他昨天下午在哪裡？」

「我話還沒說完——」

「他當時在哪？」你的聲音既憤怒又響亮，驚嚇到納塔莉雅身邊的小男孩。

「我這就告訴你實情。」

「說吧。」

「他當時與我及孩子們在一起。」她這麼說，沒多久又補了句：「整個下午都陪在我們身邊。」

「他不是得去工地？」你語帶質疑。

「有工作時當然在工地，但他昨天沒工作，席拉斯認為該好好利用空閒時間，加上屋裡太熱，我們便到公園野餐。出門時間大概是十一點，下午五點左右回來。」

「還真久。」你顯然不相信她的說詞。

「畢竟回家也不知竟要做什麼，況且席拉斯喜歡陪孩子在戶外玩樂，像是當馬讓他們騎、踢足球之類的，他很愛他們。」

珍妮說過，他為了晚點回家會假裝放學後還得負責社團活動。看來納塔莉雅口中的居家男子顯然不存在。

「這些話是他要妳說的，還是妳自己編的？」幸好你開口質疑。

「難道你就是無法相信我們這種家庭也能花一整個下午在外頭遊玩？」

她口中的「我們這種」指的應是住公寓、沒有多餘存款、爸爸只能在工地工作的家庭吧。這樣的家庭當然能在公園內享受午後時光，可是我深信納塔莉雅有所隱瞞，而她所隱瞞的事自她開門見到你的那一刻起，便被掩蓋住了。

「有誰在公園裡見到你們？」你進而逼問。

「很多啊，公園裡到處都是人。」

「那記得你們的有誰？」

「當時公園裡有輛冰淇淋販賣車，搞不好老闆記得。」

炎熱的七月午後，公園裡滿是家長與小孩，那老闆昨天見過多少人？仍記得海曼一家人的機率有多高？

「妳先生找誰做偽證？並假裝看見亞當？」你問道。

「先生，你這話是什麼意思？」

如此稱呼使你禁不住動怒，但她的驚訝神情似乎發自內心。

「他找誰誣賴我兒子？」你憤怒質問她。

「我不知道你在說什麼。」納塔莉雅回答。

「告訴席拉斯我想見他。」你說完轉身便走。

「等一下，我話還沒講完！你得知道實情。」

「我現在必須回去照顧女兒。」

離開時，納塔莉雅在後頭連忙解釋：「席拉斯與男孩墜樓事件無關，該負責的是羅伯特．傅萊明。」

你淨是充耳不聞，只顧往前走，我的心思則飄到那個惡狠狠欺負亞當的八歲小孩羅伯特・傅萊明身上。

你打開車門，亞當的騎士人偶掉了出來。

「小孩也可能是壞蛋、惡魔。」納塔莉雅追了上來，邊說邊阻止你關車門：「你以席拉斯未能妥善維持遊樂場安全為由，要求希莉校長解聘他，對不對？你就是要席拉斯走人。」

「我沒時間聽妳胡扯，這些話留給其他家長聽吧。」

我感覺得到她的不滿，那股情緒像她慣用的廉價香水，從身上散發出來。

「你要《里其蒙郵報》刊登那篇垃圾報導，逼學校解聘席拉斯。」

你猛力關上車門驅車遠去，納塔莉雅則在後頭追趕。車子開上大馬路前，她在後車廂重重搥了一拳。

對我而言，納塔莉雅反而像受害者，她愛席拉斯，忠貞不二，他卻說謊，還在少女面前捏造不實惡言。然而，納塔莉雅個性火爆，不會是把委屈往肚裡吞的小女人。適才她那麼憤怒真的是出於席拉斯被誤解嗎？或者是發現自己遇人不淑，因而心生怨恨？

十五

痛楚在進入醫院後便消失得無影無蹤，彷彿四周的白色高牆成了我的皮膚。

母親坐在珍妮床邊，我知道她不會拋下亞當獨自一人，此時應該是其他朋友或護士在陪他。處在一大堆監測儀器中間，身穿棉裙及短袖上衣的母親顯得格外溫柔。她和你一樣，手在珍妮身體上方游移，卻無法直接碰觸她。

莎拉在不遠處，你朝她走過去，好讓母親有多點時間陪伴珍妮、保護珍妮。至今我仍不明白，母親如此看顧珍妮，是認為有必要，還是只想讓你寬心。

你說：「海曼不在家，他太太為了他什麼都肯做。」

接著，母親問你：「格蕾絲的病情有新進展嗎？」

你迅速回答：「沒有。本來要和醫生會談，可是有人來找我。」你沒向母親坦誠，有人找你是因為珍妮心臟停止跳動，你也沒提到珍妮三個星期內得換心。

「他們說，今天可能沒時間會談了。」你又說。

「總還是有辦法騰出時間吧？」母親說得一副時間是一塊掛毯，分分秒秒是五顏六色的紗線，一針一針地織就進毯布裡。

「一輛巴士發生車禍，醫院人手全調過去了。」

此時醫院內不止我們，還有其他許許多多傷者，眾人的憤怒、焦慮鑽進這棟建築的磚磚瓦瓦，如此負面情緒不知是否會從窗戶及樓頂溢散出去，滿到連鳥兒都不禁飛高一點。

我專心想像，試圖逃離醜惡恐懼的念頭。

不過，我想，你也在想同樣的事。

巴士車禍傷者會有人喪命嗎？其中是否有人傷得跟珍妮一樣嚴重？無私的愛竟讓人自慚形穢，這種感覺很矛盾、很惱人。

「我相信他們會盡快安排與我會談。」你說。

母親點點頭。

「亞當在家屬休息室。」母親接著說。

「我想先陪珍妮一下，待會兒再去看他。」

家屬休息室裡有隻電風扇呼呼地攪動悶熱的空氣。

亞當靠在海曼老師身上，聽他說故事。

我霎時背脊發涼。

珍妮在病房另一頭，她靜靜地說：「他在咖啡廳見到喬奶奶及亞當，接著便主動說要幫忙照顧他，好讓喬奶奶能陪在我身邊。」

我和亞當曾在母親面前稱讚過海曼老師無數次，她絕不會有半點猶疑。

我在呼呼的風扇前聆聽海曼老師說故事，他腳邊有束花。

「他跟海曼太太說要去工地。」我告訴珍妮。

「真可憐，他就只能找到這種工作嗎？」

「珍妮，他對太太說謊。」

「說不定他只是想離她遠一點。」

珍妮面露不滿，八成是注意到我剛才的神情。

「都跟妳說過恐嚇事件凶手拿紅漆罐丟我的事了，妳怎麼還認為席拉斯是縱火犯？」

「這兩者會不會有關聯？」我坦承心中的疑慮。

「不可能，席拉斯絕對和恐嚇事件無關，首先，他不是會做這種事的人，再者，這麼做對他有什麼好處？」

我也認為席拉斯具有恐嚇事件凶手及跟蹤狂雙重身分的可能性微乎其微，即使他有寫恐嚇信的動機（我猜是沒有），一名牛津畢業、辯才無礙的男子實在和恐嚇信及紅漆罐攻擊的形象格格不入。很難想像他從報章雜誌上剪下片段字句再貼到紙上，這種手法對他來說委實太過笨拙了。

然而，學校大火或許和恐嚇事件凶手毫無關係，也可能如你一口咬定的，單純只是席拉斯．海曼挾怨報復。

珍妮說：「他試著和亞當聊天，但亞當毫無回應，所以才念起《波西傑克森》的故事。他故事選得很好，對吧？」

「嗯。」

亞當曾沉迷於《波西傑克森》的世界，把自己當成能夠克服萬難消滅邪惡怪獸的小學生，可惜的是，他大半冒險旅程你皆未能參與。海曼老師很清楚亞當熱愛亞瑟王傳說，但騎士過於成人，不若小孩有弱點，因此亞當的感情無法全然投射到騎士上。《波西傑克森》足使亞當得以從現實環境逃進奇幻世界中，眼下的確比亞瑟王傳說更適切。

席拉斯如此了解亞當，我感到五味雜陳。以前我很欣賞海曼老師熱情的肢體接觸，而如今卻恨不得他把手從亞當身上拿開，我甚至希冀他脫掉短褲及濕黏的T恤，換上整齊的西裝。

海曼老師。席拉斯。

兩個名字。兩種人。

A-level英文測驗前一晚，珍妮和我在客廳裡，她穿著睡衣，剛洗完澡，頭髮還濕濕的。

「妳知道德萊登怎麼稱呼莎士比亞嗎？」我問道。

她搖搖頭，髮上飄落的水滴沾濕我手中的紙。

我告訴她：「雅努斯詩人。原因是？」

「因為莎士比亞是雙面人？」

拖鞋在珍妮腳尖晃啊晃的。「妳應該說，他的作品包含兩種對立元素。」我如此糾正：「雅努斯

（Janus）是門神，掌管開始與結束。一月（January）這個字便是源自雅努斯之名，代表一年的開始。」
「媽，妳不用跟我說這些，真的。」
「妳不覺得很有趣嗎？」
珍妮微笑道：「我看得出這典故的有趣之處，也看得出為何妳念劍橋而我卻進得了大學就該偷笑。」

＊

雙面的席拉斯如此靠近亞當。
我再次想起梅西在頒獎典禮所說的話：「那個人絕對不能離我們的孩子太近。」
我希望他離我的孩子遠一點，遠一點！
這時，母親走進家屬休息室，再次強顏歡笑。
「亞當，故事好聽嗎？」她問完便向席拉斯道謝：「謝謝你讓我有時間陪珍妮。」
「別客氣，我很高興能再見到亞當，」席拉斯站起身：「我該走了。」
亞當一副想一起離開的樣子。
母親說：「爸爸待會兒就來了，我們在這裡等他，好不好？」
席拉斯撿起地上的花束，離開休息室，我也跟著出去。那是黃玫瑰，花苞彷彿永遠不會綻放，花身以塑膠紙包裹，不帶任何香氣。這束花絕對是在醫院商店臨時買的，先前見到他時，他手中沒有花。
席拉斯按了按加護病房的入口鈕，一名美麗的金髮護士前來應門。她似乎被迷住了，吸引她的是席拉斯的魅力還是他的健康體態？

護士打開門並向席拉斯解釋花束可能造成病毒感染，不能帶進加護病房。護士的挑逗語氣顯得不太莊重，或許其實沒有引發感染的風險吧。

「那花就送給妳吧。」席拉斯對她微微一笑。護士當即收下花束，並讓他進入加護病房。

微笑與花束。

就這麼簡單。

我尾隨在後。

但說真的，這名美麗的護士很盡職，時時刻刻緊隨席拉斯，將花帶回護理站時要求他先在原地等候。每一位護士都像她這樣謹慎嗎？

席拉斯隨護士前往珍妮病床所在。

我隔著玻璃見到你坐在珍妮床畔，莎拉則位於稍遠處。

席拉斯．海曼沒認出珍妮，還得靠護士提醒。

「珍妮佛．柯維在這裡。」護士提醒他。

他原本健康、迷人的面貌頓時為病容所取代，額頭更冒出一層汗，顯然是被眼前的景象震懾住了。

我聽到他低聲喊道：「天啊。」

他轉身朝護士搖頭，示意不想靠近病床。

席拉斯是否在演戲，佯裝這是他火災後第一次見到珍妮？這場精湛的演出正好讓自己擺脫破壞珍妮呼吸器的罪嫌。

或許他覺得自己受到監視。

透過玻璃牆，你意外瞥見席拉斯轉身離去，便匆忙趕上前。加護病房大門旋即關上，你依舊緊追在後。

你們兩人在走廊上相會，你的憤怒迴盪在這整個空間裡。

「你來這裡做什麼？」

「我剛見過亞當和他外婆，而且——」

「你太太說你人在工地。」

他一副做錯事被抓到的樣子，沉默了好一會兒。

「簡直就跟你的不在場證明一樣，謊話連篇！你這撒謊的混帳！」

你憤怒嘶吼，聲音傳進大門敞開的家屬休息室內，亞當正在裡面等你。

亞當和母親走出休息室，可是憤怒的你眼中只有席拉斯·海曼。

「為你誣賴我兒子的人，到底是誰？」

「你在說什麼？」

母親企圖讓場面冷靜點，於是對席拉斯說：「有人說謊，誣告火是亞當放的。」

海曼老師對亞當說：「太荒謬了。柯維爵士，我相信你絕對不會做這種事。」

他倏地彎下腰，想摸摸亞當的頭髮或者給他擁抱。

「離他遠一點！」你大吼，並做勢揍他。

沒想到，亞當竟跑向你們之間，並推開你，小手聚集全身氣力，就是要你離遠點，他顯然是在保護席拉斯、對你生氣。

你的心，當下受到極大的傷害。

這是你在事發後第一次見到亞當。

席拉斯轉身離開。

母親握住亞當的手安撫他：「親愛的，走吧，該回家了。」語畢，兩人便朝出口走。

我對你說：「追上去！告訴他，你相信火不是他放的！」

席拉斯．海曼直接說了「柯維爵士，我相信你絕對不會做這種事」。

而你卻選擇轉身離去，並認定亞當一定理解你對他的信任。但願他真的理解。

你再次回到珍妮的病房，莎拉不知道剛才在走廊上發生的一切。

「妳能待在這裡嗎？」你詢問莎拉，語氣顯示自己有其他打算，因而她並未一口答應。

「你要做什麼？」

你說：「海曼那混帳騙他太太說要去工地，結果卻是跟亞當在一起。」

「亞當還好嗎？」

「嗯。」

你遲疑半晌，並未向莎拉吐露亞當將你推開的事實。

「為了亞當，我得揪出替海曼做偽證的凶手。」

可是亞當最需要的，是你在他身邊保護他，你竟然不懂，真令我傷心。

莎拉說：「找出這個假目擊者以及縱火犯是我的職責所在，我是警察。」

「貝克不是要妳休假嗎？」

「嗯。」莎拉沉默了一會兒：「好吧，就我們所知，運動會當天除了珍妮以外，還有兩名教職員缺席，分別是一名學前班教師及學校祕書。我們有必要找他們談，尤其是祕書，大門人員進出就是她在控管的。」

「我這就去找他們。」你說完便起身。

莎拉將手壓在你肩膀上。

「他是我兒子。」

「正因為你是亞當的父親，萬一她認得你怎麼辦？萬一她真是共犯，你的身分難道不會造成反效果？」

她的推論使你啞口無言。

「你目前唯一能幫的就是留在這裡保護珍妮。」她會這麼認為，是深感珍妮在醫護人員重重照護下仍有危險，或是認為你性格太衝動，想把你綁在加護病房內？

「由我出馬，」她學你說話的口吻（也許是你學她）：「調查完後會告訴你所有情報。」

我不認為你信任她，畢竟她有好幾年僅提供你枝微末節、報紙就看得到的情報，她從不提供重大消息，至多給些暗示。莎拉這個姊姊嚴守警察規範到令人洩氣的地步。

「你認為縱火者是席拉斯．海曼，並有同謀誣賴亞當，這推論我們之後再調查，於此同時，恐嚇事件這條線索也不能放掉。」

莎拉等著你反駁，她和我一樣，見識到你在貝克督察面前激動反對恐嚇事件凶手便是縱火犯的可能性，若結果真如此，你會十分內疚。

然而，你並未出言反駁，為了替亞當找出真相，你不再鑽牛角尖。對亞當的愛遠勝擔心被怪罪的負面情緒。

莎拉繼續說：「恐嚇事件凶手寄了許多惡意信函，這意味著他具攻擊性，暗示他可能為了某個原因而放火傷害珍妮。」

而且他幾個星期前還用紅漆罐攻擊珍妮，我靜靜地說。

「根據《惡意溝通法》，寄恐嚇信屬犯罪行為，警方有權介入調查。」莎拉說。

「你們上次調查得不夠深入。」你反譏道。

「貝克督察已經下令進行更大範圍的偵查行動了。」

「妳認為他還會這麼做嗎？」

「我同事不會就此罷手的，不管他們是否認為亞當無罪，都會想盡辦法幫助我們。這次警方將派出更多人力，調閱監視錄影帶、檢測ＤＮＡ、將該處理的事情處理好。」

「那海曼呢？」

「縱火案已偵查終結，警方沒理由將注意力放在他身上。」

「那妳呢？」

莎拉遲疑半晌。

「我現在所進行的訪談都是違法的，所以我們必須仔細權衡輕重，釐清想達成的目的是什麼。我好比站在薄冰上，這層冰遲早會碎掉，問題在於冰碎前能夠蒐集到多少情報。」

「也就是說，妳不打算去找海曼？」

「你誤會了，我的意思是，行動前得先獲得足夠的情報，例如，我必須在訪談前弄清楚目擊者提供哪些證詞、警方在災後約談了哪些人。我們得在與嫌疑人會面前盡可能做足準備。」

我好驚訝，想不到莎拉打算違反這麼多警界規矩。

莎拉問：「席拉斯．海曼是亞當的班導師，對吧？他們是不是很親近？」

你說：「不管亞當多喜歡海曼，他都不可能為他放火。」

「喜歡」這兩個字簡直是從你嘴中噴射出來。

我還記得適才亞當推開你時，你臉上流露出的悲傷，如今看來，那股情緒比較接近嫉妒。所以你才認為海曼老師對亞當有超乎尋常的影響、才會在火災之前便痛恨他到了極點。你辛勤工作賺取亞當的學費，卻只是讓另一個男人全天候陪在你兒子身旁，難怪你經常出言抱怨。由此也不難理解為何你對他被解聘一事感覺不痛不癢了。

我之前未能察覺。

抱歉。

莎拉又問：「你在頒獎典禮前是否與席拉斯．海曼接觸過？如此仇視他是否有其他原因？」

「我說的還不夠嗎？」

莎拉沒有回答。

我願意做任何事換來自己得以告訴莎拉，席拉斯．海曼是雙面人，亞當喜歡的那個老師（如果他真的喜歡席拉斯）並不存在。

我再次將席拉斯視為雅努斯，他不但跟這尊神祉一樣具有兩張面孔，同時也代表開始與結束——若這樁慘劇由席拉斯·海曼引起，結尾就一定會有他的參與。

加護病房內響起高跟鞋踩在地板上的喀嗒喀嗒聲響，這聲響與此處環境極其不協調。我轉身看見腳穿紅色高跟鞋的拜斯特隆姆醫師，她穿這雙鞋的目的說不定是想告知病患及家屬自己即將來訪。

負責我病情的主治醫師預備在一個小時內與你會談。

十六

向來習慣大步行走的你如今反而縮小步伐，彷彿踏入未知的危險領域。

然而，在接近我的病床之際，你一個箭步衝了過來。

你在床邊坐下，不發一語。

你，不發一語。

我連忙走到你面前——對我說些話啊！

「格蕾絲，親愛的。」我靠近時你突然開口，是偶然或是你感覺到我的存在？

病床旁的鮮花多到能開花店，其中有一束分外醜陋，它無刺無臭，顯然是探病者臨時在醫院商店裡買的。「致柯維太太。願安然無恙。海曼老師。」

你絲毫不理會這些花束，眼神完全聚焦在我身上。

「珍妮的心臟問題目前尚未有任何進展。」你說。我想，我是唯一一個你會坦然吐露實情的對象——關於珍妮的生命期限僅餘三個星期這件事。「不過，他們會替珍妮找到捐贈者的，我相信。」

生命期限。天啊，我怎麼會用這種字眼？聽起來像珍妮是蝌蚪或者蜉蝣似的，或是一籃擺在屋內漸漸熟透的桃子。生命期限這種字眼怎麼能用在小孩身上？

我全心思考，竭力忽視滴答倒數聲響，但那微弱卻清楚可聞的聲響啊，宛如無法停止的駭人節奏。

「莎拉說，她已經跟妳提過亞當的狀況了。」你說。

我記得莎拉來過我病床邊。

「格蕾絲，妳有權知道所有細節，若妳因此痛恨警方，我也能夠理解，我保證一定會還亞當清白。」

事發之前，我和莎拉之間一直無法坦然相處，你不知道如今我有多喜歡她。

你擔心珍妮的病況加上亞當的事會壓垮我，至少莎拉很清楚，子女受到威脅時，身為母親的反而會變得更強悍。

你赫然起身。別走！所幸你沒走，只是拉上病床周圍的醜陋布簾，將你我與外面的紛擾隔絕開來。雖然這麼形容有違小學自然課教授的知識，但我的確覺得外界的噪音被布簾阻隔了。

你緊握著我的手。

「亞當不要我接近他。」你難過地說。

「不是這樣的。你現在必須去找亞當，告訴他，你相信火不是他放的並且陪在他身邊。偵查工作可以晚點進行，請莎拉再多照顧珍妮一會兒。」

你沉默不語。

「你是亞當的爸爸，這無人能取代。」

可惜，你聽不見，更感受不到我正對你說話。

你盯著我的臉，彷彿這麼做我就會張開雙眼。

「格蕾絲，我們的話題經常圍繞在亞當和珍妮身上，對吧？而此刻，我只想談談我們的事，好嗎？我真的很想談談。」

我好感動。是的，我也很想花幾分鐘談談我們的事。

「還記得我們第一次約會的情形嗎？」你問我。

話題於是切換到二十年前那個風平浪靜的日子，地點也從倫敦醫院移轉至劍橋的某間茶店。

我允許自己陪你待在茶店裡一會兒。

當時，外面是滂沱大雨，店裡卻因熱絡的交談及濡濕的外套而暖呼呼的。

後來你向我坦承，你一開始以為茶店氣氛會很浪漫，沒想到有人翻倒牛奶，還沒清理乾淨，以致暖熱的店內瀰漫一股腐臭的氣味。此外，四周的窗簾看起來好俗氣，根本就是為觀光客所準備的。還有，茶店使用的陶瓷茶杯尺寸過小，你的大手難以取握。

這是你有生以來的第一次約會。

「你是我唯一約過的女孩。」

你在俗氣窗簾及迷你茶杯前對我如此表白。

事後我才又得知，以往你至多自派對中約女孩回家，偶爾驚覺女孩隔天早上仍蓋著你那張難看的絨被睡覺。莎拉買這麼難看的絨被也許是想避免你們做那檔事吧。一旦對某位女孩傾心，你便會與她多互動些時日。你總能遇到好事——漂亮女孩就是會心甘情願地蓋上你那張難看的絨被。

「我要追妳。」你直接表明。

接著，我們聊到吸引力這件事。

身為科學家（我為何會和科學家在一起），你精力旺盛、渾身散發費洛蒙，我則是個羞澀的少女，我們倆視線交纏。「你竟然以為馬威爾[20]指的是漫畫書。」

「妳引述了一個什麼典故，是關於有個男人花了一整個世紀讚美女性酥胸的。我很清楚妳說這話的目的。」

你在那間裝潢老派的小茶店內告訴我，想跳出大學這個框架，「多經歷一些有的沒的」。

我從沒聽過任何人使用「有的沒的」這個字眼。修了一年藝術史和一學期英文課程，自己從未使用過這個詞彙，至於我的朋友，他們全是穿著正式、態度嚴謹的藝術系學生，慣於選擇其他字眼來傳達同樣的想法。

我喜歡「有的沒的」這個詞彙。此外，你不若面黃肌瘦、整天研究康德思想的學生，醉心於閱讀及哲學，反而身強體壯、熱愛四處登山、泛舟、攀岩、露營。我喜歡這樣的你。

「我喜歡聽你講攀登火山的故事。瘋狂，卻又迷人。」我說。

「因為我想在妳心目中留下好印象，妳一開始給我感覺真他媽的漂亮。」

「謝謝。」

「抱歉，『現在』也還是真他媽的漂亮。」

你彷彿聽見我心中糾正用字的聲音，但那應該只是巧合，對吧？

---

[20] Andrew Marvell（1621-1678）：英國詩人。

「妳吃了兩塊切爾西葡萄乾麵包，我喜歡食量大的女生。」你當時這麼對我說，還記得嗎？吃那麼多其實只是擔心被你發現我很緊張。

「剛才下過雨。」

雨絲飄打在窗戶玻璃上發出清脆的聲響。

「還好我帶傘出門。」

你說想送我回家。

「我知道我們會愈來愈親密。」

接著，我看見你的腳踏車，你因而感到惱火。

「天殺的，我真該把車停在角落才對。」

雨中，你陪我走回紐漢。漫步在人行道上，你一手控制腳踏車，另一隻手則撐著傘。

「這樣我根本沒辦法碰到妳。」

兩星期後，我們第一次共度良宵，我已不再是那個羞澀的少女，我們聊到第一次約會，撰寫屬於我們的神話。然而，這都是好幾年前的事了，我們如今該談的是孩子的狀況，你我心知肚明。待會兒也的確會將焦點轉回珍妮及亞當身上，他們不曾離開我們心中，只是目前我們最好沉浸在小幸福一會兒，一會兒就好。所以，我繼續與你走在淒冷細雨中，你大步大步向前走，腦中纏繞著的是抵達紐漢後兩人關係會如何發展。

我當然曉得即將發生什麼事。

你早已將馬威爾拋諸腦後，提議當晚來個第二次約會。我們在第二次約會中跳舞，我的舞姿實在笨拙，不住吸引眾人目光，而我就這樣在歐洲第二長的走廊上翩然起舞。

回憶將我拉回到你眼前，這個時刻、這間病房，現在，我們更親近了。如此貼近你，我感受到你對珍妮所抱持的積極、樂觀及無畏、堅持的希望，我不自覺地也勇敢了起來。

你緊抱住我時，我亦深深相信珍妮會康復。

她會康復。

布簾猝地拉開，拜斯特隆姆醫師走了進來。

「有空與我們談談嗎？」她問你。

「親愛的，我離開一下，待會兒就回來。」你對我說，並向醫師強調，我聽得見、也聽得懂。

來到拜斯特隆姆醫師辦公室門口，醫護人員已在裡頭等候多時。我想像拜斯特隆姆醫師戴上黑帽、宣告我的未來，她大概會很欣賞這點子。若我還能藉此挖苦拜斯特隆姆醫師，意味著我的大腦沒出問題，既然如此，何需戴上黑帽？

我的思緒又回到舞會上，大理石地板還在，我的心智仍舊健全，還是昨天那個格蕾絲。但不知怎麼地，我卻脫離了自己。

舞會結束後，你駁斥身心分離這回事「是鬼扯」，你會這麼認為是因為你不是從書中汲取二手知識，反而親歷攀岩、露營以體驗人生。一旦你多念書、少登山，就會透徹笛卡兒的二元論，清楚本我與自我和身體與靈魂的差異。此外，你也將通熟「分裂的自我」這方面的文獻。因此，當你出言嘲弄時，我會提醒你別忘記當初念給珍妮聽的童話故事——夜夜漫舞的公主、青蛙變王子及女孩變天鵝。每每你覺得自己運氣不好時，我便引用《哈姆雷特》的話做為鼓勵：「何瑞修，天地遼遼，超出你我理解之事所在多有。」

你不耐煩地抬起手說：「夠了！」但我仍逕自講下去。

眼前的世界並非唯一，幾世紀以來，明瞭這事實的作家寫出童話故事、靈異小說、神話與哲學，一如陷入昏迷的珍妮和我並非真我，人原來有許多種存在方式。

我該回到現實世界的你身邊了。

我不再想像拜斯特隆姆醫師頭戴黑帽的樣貌，反而緊盯她的腳，那使我聯想到《綠野仙蹤》裡桃樂絲的紅鞋，如果拜斯特隆姆醫師雙腳互相輕敲三下，也許我就能再次回到現實世界。

抱歉，我太失禮了，你知道我就愛在重要時刻不合時宜地放鬆一下，重點是我會再度回到你和亞當身邊，畢竟珍妮將脫離險境，屆時我便可回歸體內、恢復意識。

然而，回到體內我就什麼事也無法做了。「別再多想了！」隱形保母告誡我：「我們沒時間負面思考。」她說得沒錯，現在不是時候，但我一定會回到你們身邊。

我從沒看過你這麼渺小。在這麼多醫生面前，你失去原有的氣勢，而拜斯特隆姆醫師講話時也沒正眼看你。

「麥克，我們進行了許多細部檢查，其中大部分是昨天已經做過的。」

拜斯特隆姆醫師暱稱你麥克是想示好嗎？又或者她只是擔心「柯維先生」這稱呼會讓你聯想起身為「柯維太太」的我？

「請做好心理準備，格蕾絲恐怕永遠無法恢復意識。」

「不可能，妳錯了。」你當即反駁。

她當然錯了，我人在這裡就是證明！更遑論我還能思考、感受，只要鑽回體內就會甦醒。

拜斯特隆姆醫師繼續說明：「我可以理解你現在一下子無法接受，但她目前僅有作嘔及呼吸等基本反應，我們不認為這狀況日後能有所改善。」

你搖頭不想聽。

一名較資深的醫師插嘴道：「拜斯特隆姆醫師想表達的是，柯維太太腦部受損導致無法說、看、聽，就連思考及感覺這兩種認知能力也不復存在。而棘手的是，她的病況不會好轉，以後也不可能醒過來了。」

沒錯，他顯然是醫學院畢業的，可笑的是，那是一所大錯特錯的醫學院。

你問道：「今天的掃描結果怎樣？有些病患雖被診斷為植物人，腦部掃描卻顯示他們想像自己在打網球。」

我有一次開車時，聽到第四廣播電台播報過這則新聞，當時主持人只將其視為趣聞分享。植物人想像自己在打網球這件事著實有趣，換作是我，就會想像我打出高壓扣殺或愛司，想像那是場緊張刺激的比賽。倘使病人不擅長打網球，至多幻想球擊中球網或者自己在球場上緩慢移動，這樣的掃描結果該如何分析？

醫師不快地說：「柯維太太目前已接受多項現有的檢查項目，我們仍會努力不懈多做檢查，只不過我想先表達清楚，最差的情況就是她永遠好不了。」

「你怎麼就是聽不懂。」我像母親責備小孩一樣地叨念。
「簡單來說，所有掃描結果再再顯示柯維太太腦部受到嚴重且無法復原的損傷。」
「我兒子需要我，他不止等著我為他洗清冤屈，每天早上我還得替他製作無形護心盾，撐持他不因旁人的冷言冷語而沮喪。」
「柯維太太腦部組織的損害程度已經嚴重到無法修復了。」
「他媽的，狀況也可能沒這麼糟，不是嗎？」霎時門口傳來怒吼聲。當下我還以為是自己的隱形保母在控制其他人（儘管保母從不爆粗口），一轉頭，才發現是莎拉，我從未聽她說過粗話。
她憤而走進辦公室，母親則跟在後頭，看來兩人都清楚聽到剛醫生所說的話。
莎拉告訴你：「山胡醫師目前陪在珍妮身邊，他對我保證絕不會離開半步。」
有莎拉陪伴，你的氣勢總算恢復過來了。
莎拉對醫師表示：「我是莎拉．柯維，麥克的姊姊。這位是格蕾絲的母親，喬志娜．傑絲朵芬森。世界上不是有些昏迷不醒的人幾年後重新甦醒嗎？他們的認知能力不也都恢復了？」
豈料那該死的醫師竟面不改色地回應道：「沒錯，是有這麼一回事，報紙上曾刊登幾篇報導，可惜仔細分析過後便可了解其中病況的差異。」
你問道：「幹細胞療法會有效嗎？我們可以重新培養新的神經細胞或者進行其他現有療法。」
你執意不肯放棄任何希望，電台播放的新聞及星期日報紙報導的消息皆是可能的救法。
我自己亦緊抓著這些希望，想像起重機拉起海底的破船、黏住雙眼的鐵鏽已被刮除乾淨。
「目前沒有研究證實這些療法具有功效，因此僅止於罹患退化性疾病的患者身上，如帕金森氏症與阿茲海默症。」

原本朝莎拉說話的醫師旋而轉向你：「你一定很想知道她這種情況會持續多久，答案是非常非常久。柯維太太不會過世，她能自主呼吸，我們也將繼續以鼻胃管幫助進食，所以這種情況會一直持續下去。然而，我無法確定這樣算不算活著，此外，儘管她目前沒有死亡風險，卻會對你的家庭帶來一些問題。」

我這個妻子事到如今竟然成為你的長期負擔，逼使你必須肩負起更沉重的責任。

「你是在暗示要我們取得法院裁示，撤掉格蕾絲的食物及飲水供給嗎？」莎拉問道，口氣彷彿老虎投胎轉世成警察。

拜斯特隆姆醫師解釋道：「當然不是。目前為時尚早，還不是時候決定——」

「但這是你們的目的嗎？」莎拉口氣兇惡地打岔，邊說還邊在醫師身邊走來走去。

「你是律師嗎？」她反問道。

「我是警察。」

「她是姊代母職、盡所能保護弟弟的母老虎。」我補充道，希冀醫師能夠釐清現況。莎拉如此保護我，如今我更喜歡她了。

那個該死的醫師繼續說：「我們只是希望直截了當地把狀況說清楚，一旦時機成熟，相信大家勢必得討論是否該為格蕾絲——」

莎拉再次插嘴：「夠了。我跟麥克見解相同，格蕾絲還有思考能力及聽覺，但這不是重點。」她停頓了一下，然後說：「重點是她還活著。」這句話一字一字從她口中說出，擲入辦公室這座平靜無波的池子裡。

這名醫師明白無法說服莎拉，因此轉而與你溝通。此時，珍妮悄悄進入辦公室。

「柯維先生，我認為——」

「她比你們這些人還有頭腦。」你開口打岔，我縮了一下。親愛的，他們可是神經科專家及腦部外科醫師啊。你不予理會：「她閱讀廣泛、喜愛作畫及各種事物，即便格蕾絲從不知情，但她是我所見過最聰明的人。」

「妳腦子裡到底在想什麼？」交往一年後，你曾語帶崇拜及情感這麼問我。你腦中擁有一片廣闊的草原，我腦裡則是滿滿的書籍與畫作。

你繼續說：「格蕾絲的思考、感覺與知識，她的仁慈、和藹與風趣，怎麼可能就這樣消失？怎麼可能？」

「柯維先生，身為神經科專家，我們——」

「的確，你們是專家，但你們知道四十億年前地球曾連續下了幾千年的雨，水淹沒了全世界嗎？」

眾醫師禮貌性地聽你高談闊論，他們才剛對你宣布沉重的消息，因此決定給你一些喘息的機會。眼前只有我明白你想說什麼，幾個月前，亞當有份作業即是研究水循環，你當時就說過了，還導引他寫出十分精采的內容。

你進一步說明：「四十億年前那片汪洋正是我們今日所使用的水，有些結成冰河、蒸發為雲氣、流入溪河或者再度形成雨水。這些水的總量不增也不減，因為水只能存在於地球上。」

只有拜斯特隆姆醫師感到不耐煩，紅色高跟鞋敲擊地面，發出喀嗒一聲。她要不是不了解你話中的意含，就是不想去了解。然而，我喜歡想像自己是冰河，融化後成為海洋的一部分，我們本質相同，外觀卻截然不同。期待我之後能夠變成一朵雲，待降雨時再度回到地面。

拜斯特隆姆醫師告訴你：「我們會持續進行檢查，但柯維太太恢復意識的機會真的很渺茫。」

你再次強調：「妳說她的生命還有好些年，說不定哪天會有人研發出解藥。我們只要等待，就有希望。」

我們有許許多多的時間。

時間長到足以讓雲重新與海合為一體。

隨著時光流轉，砂礫也能蛻變成璀璨珍珠。我手中有個圓滑的貴重物體，握著它，溫暖油然而生，那是亞當稚嫩的手，他正熟睡著。

十七

過沒多久，母親來到我床邊，她並未像你或莎拉一樣與醫師爭論，但聽了方才宣布的檢查結果（那醫師所認為的實際狀況），她臉上的皺紋亦哀愁地加深了。

她說：「亞當有護士照顧，即使如此，我還是不能離開太久，只是有些話不對妳說不行。」母親沉默了一會兒才又開口：「總得有人告訴亞當妳不會醒過來這件事。」

「天殺的，不要告訴他！」

我從未對母親爆過粗口。

「我只想替亞當做最好的打算。」母親靜靜解釋。

「天啊，這怎麼可能是最好的打算！」

好些年來，我們經常爭吵，絕大多數是由於意見分歧，但無論如何都不該在此時此地各持己見啊。

「我的小天使格蕾絲，不管妳身在何處，我知道妳聽得到。」

「媽，我就在這裡，醫院的檢查馬上就會檢測出這件事實，他媽的，我會化身為球王費德勒，殺出時速一百哩的快速球，以此傳達『我聽得懂你們的話』的訊息。一旦發現我還能思考，他們就必須想方設法助我復原。

「我得回亞當身邊了。」

母親將布簾拉上。外頭的珍妮清楚聽見所有交談，我無能為力，布簾終究只是布簾。

珍妮看起來很焦慮。

我安慰她：「喬奶奶和醫生都錯了，我不是還有思考及感覺的能力嗎？就像現在我正和你說話。醫院的設備不夠精密，有一天（希望這天快到來）我一定會給他們一個大驚喜。」

「化身為他媽的球王費德勒？」

「沒錯。如果想繼續當女生，那我就是球后大威廉絲。親愛的，只要他們進行更精確的腦部檢查，就會明白我的狀況沒那麼嚴重。」

可是珍妮依舊感到焦慮，整個人蜷曲一團。

「妳為了我衝進火場，真的很勇敢。」

「妳爸爸也這麼說，你們兩人嘴巴真甜，但確切來說，我的行為不算是勇敢。」

珍妮淺淺一笑：「是喔，那什麼樣的行為才叫勇敢？在他人不允許的情況下才衝入火場救人嗎？」

「我的行為單純出自本能罷了，所有母親都會這麼做，真的。」

然而，我說的並非全然事實，大多數（甚至是所有）的母親皆會本能地冒險拯救子女。起初我也毫不思考地拔腿尋找珍妮，一見到學校著火，並得知珍妮在裡面，想也不想便衝進去了，但一旦當我身在火場裡……

在火場裡。

學校裡又熱又嗆，我對珍妮的愛和落荒而逃的強烈欲望交戰著，那股自私心態試圖將我拉出火場。我對這件事感到難為情，所以之前未敢向妳坦白。

「妳說妳能回到體內，對吧？」珍妮問我。

「沒錯。」

「果真如此，那就表示妳不會死。我心跳停止時算是死了，那瞬間光與溫暖離開我的身體、鑽進現在的我之中，我想，如果情況相反的話，就表示是活著吧。」

「沒錯。」

她當然是對的。

莎拉進入病房，打斷我們談話。她身旁跟著一名腰桿打得老直的女人，對方一頭灰髮、年近七旬，我似乎見過。

「費雪女士。」珍妮驚訝直呼。

席德利館小學的資深祕書。

她帶了束香豌豆給我，大把花包裹在報紙內，香氣迷人，充滿消毒水味的狹窄病房頓時一片芬芳。

莎拉環顧病床四周的花海，一把將席拉斯．海曼的醜陋黃玫瑰丟進垃圾桶，而後笑著告訴費雪女士：「妳的花在眾多花束的大風吹遊戲中勝出了。」她輕描淡寫，並將海曼老師的慰問卡收進口袋裡。

費雪女士說：「我原以為自己只是來這裡送束花，沒想到此刻卻站在格蕾絲面前。雖然我們偶爾會聊聊園藝心得，但我對她其實不熟。」

我霎時才想起，在眾多蒔花養草的人中，費雪女士是唯一一個不種可食用豌豆而栽香豌豆花的人。她在珍妮開學日當天曾大聊這個話題，想以此讓我放鬆心情，聊著聊著，珍妮不再哭泣，甚至跑到閱讀區看書。

「我能以警察及格蕾絲大姑的身分和妳談談嗎？」莎拉問道。

大姑啊，我們在這個家庭網絡中擁有獨立且相通的連結，我卻從未留心。

費雪女士答道：「當然可以，但我真的不認為自己能幫上什麼忙。」

於是，莎拉帶她進入家屬休息室。

費雪女士開口道：「提問前我必須先提醒妳，我在警局留有案底。」

珍妮和我都嚇到了。費雪女士曾觸犯法律？

「我曾經是『解除核武運動』與『綠色和平組織』支持者，而且至今仍是，只是不會再做讓警方逮捕的事情了。」

莎拉似乎正打量費雪女士，但我可沒時間胡亂臆測。

「妳是席德利館小學的祕書，對吧？」

「嗯，到目前為止將近十三年了，接下來我準備在今年四月離職。」

「為什麼？」

「顯然是由於我年紀老邁，無法繼續勝任此一職務。校長告訴我，契約上提到『年屆六旬之輔助性職員皆須接受強制退休』，而我今年已經六十七歲了，校長等了七年才執行這規定。」

「妳認為自己老到不能擔任這項工作了嗎？」

「我覺得自己依舊得心應手，不止莎莉．希莉，校內所有教職員皆心知肚明。」

「那妳清楚校長請妳離開學校的原因嗎？」

「妳不用拐彎抹角。至於原因，我毫無頭緒。」

莎拉當下取出筆記本，封面有隻小貓頭鷹，與她本人極不相稱。她開始做起紀錄。

莎拉問道：「能否請妳提供妳基本資料？請問妳的全名是？」

「伊莉莎白．費雪，請別叫我太太，我先生六個月前離我而去，以『女士』稱呼我會比較恰當。而我手上的戒指拔不下來，看來得直接剪斷了吧。沒辦法，我每每看到這枚戒指就不自覺地傷心。」

莎拉一臉同情，我卻感到不以為然。希莉校長曾致信所有家長，指出費雪女士的丈夫罹患不治之症，致使她必須辭職。我當時還準備了卡片，梅西更到里其蒙的高級花店買了一束花及一些種植用花莖（這是我建議的）送她。

「能請妳留下地址嗎？」

伊莉莎白寫下地址時，我好想告訴莎拉，希莉校長曾公然對家長說謊。校長為何不說實話？

「妳認識席拉斯．海曼嗎？」莎拉直截了當地問。這問題很合邏輯，卻不是我最想知道的事情。

「認識，他是學校的老師，曾因為自己沒做過的事而被解聘，事情發生後不到一個月，我就被迫辭職。之後我們曾通過一兩次電話，但只是單純的同病相憐。」

「他為何被解聘？」

「簡而言之，就是一名叫做羅伯特．傅萊明的八歲男孩要他離開學校。」

「詳情是？」

「席拉斯是第一位敢和羅伯特．傅萊明對立的老師，傅萊明因而痛恨他。席拉斯授課第一週便將傅萊明的父母請來學校，在他們面前以『壞透了』形容這孩子。他認為，傅萊明沒有注意力不足過動症也沒有社會化障礙，單純只是個壞孩子。不幸的是，這並非教師與繳交學費的家長的互動方式。

「三月時，席拉斯負責管理遊樂場，傅萊明通知他，有個十一歲男孩將一名五歲女生帶到廁所內不讓她出來，女孩不斷尖叫。傅萊明說他找不到其他老師，席拉斯只好前往處理。事態演變至此全是席拉斯的問題，他太好心了，而羅伯特．傅萊明很清楚這點。

「席拉斯離開遊樂場後，傅萊明強迫一名叫丹尼爾的男孩前往逃生出口，逼他爬到窗邊，天曉得他當時對這小男孩說了什麼話。總之，他將丹尼爾推下樓，害他摔斷腿，幸好摔斷的不是脖子。

「我除了擔任祕書一職，同時也是學校護士，在救護車抵達前一直陪在丹尼爾身邊，這可憐的小男孩痛得要命。」

我之前只聽過亞當描述的版本，他一直處於傅萊明的暴力陰影下，而且我們都一清二楚，傅萊明對亞當的所作所為可不是單純的開玩笑或者霸凌而已，他會拉扯亞當的領帶，害他脖子紅上整個星期，還威脅亞當「親他的屁股」，否則就要殺了亞當。或者拿跳繩綁住亞當，在他身上畫納粹黨徽。

珍妮曾怒斥傅萊明簡直是瘋子，你當下大表認同。

你更進一步指出：「這不是小孩子會做的事情，如果傅萊明是成人，我們會斷定他是反社會分子，甚至患有精神病。」

亞當身上被畫上納粹黨徽後，你在期中休假[21]前要求會見希莉校長，她當場保證傅萊明九月起不會在席德利館小學就讀。

費雪女士說道：「希莉校長也很清楚，那椿遊樂場意外不該發生在小學裡，她得找人揹黑鍋，席拉斯・海曼順理成章成了受害者。我不認為希莉校長原本有意解聘席拉斯，畢竟她不笨，很清楚有能力的老師難尋，那可是學校的資產。沒想到《里其蒙郵報》那篇下流的報導刊登後，家長紛紛致電要求校方有所交代，在私立小學裡，尤其是新創的學校，家長有足夠的權力，希莉校長別無選擇。

「然而，真正令人遺憾的是，當時那個壞男孩若被揪出來懲罰的話，意外也許就不會發生了。」

傅萊明沒受責罰，對吧？希莉校長默許他的行為。

「妳認為他會幹其他壞事？」莎拉問道。

「當然，他八歲就害別人摔斷腿，十八歲的時候會做什麼？」

運動會當天，羅伯特・傅萊明是否離開過會場？不，我不相信，我記得貝克督察提過，上課期間所發生的校園縱火案幾乎全屬學童所為，但從沒有人造成如此重大的傷害。即便如此，我不也想與貝克督察同流合汙，認定小孩子有能力引發如此災難。

「妳說，報導出來後學校的電話就沒停過？」莎拉再次確認道。

「對，而且希莉校長還被迫解聘席拉斯。」

「妳曉得將這起意外告知媒體的人是誰嗎？」

---

[21] half term，英國學校每學期期中皆有為時一星期的休假。

「我不清楚。」

「有誰和席拉斯．海曼不對盤嗎？」

「就我所知是沒有。」

「妳剛剛說『事態演變至此全是席拉斯的問題』，這句話是什麼意思？」

「我不應該這麼說。」

「但是，這麼說是有原因的吧？」

「我只是認為席拉斯太自負。在小學裡，男性教師是少數，他就好像是母雞窩裡的年輕公雞，過於趾高氣昂。」

費雪女士停頓了一會兒，試圖忍住眼淚。

「珍妮和柯維太太的狀況怎樣？」她問道。

「傷勢都很嚴重。」

伊莉莎白．費雪面向莎拉，原本直挺挺的腰桿微駝，彷彿對自己轉瞬間的情緒感到難為情。

「我自席德利館小學創校時便開始服務，珍妮是第一屆學生。學前班學童總愛來辦公室要我看他們完成的作品，而珍妮．柯維每次進來就只是為了給我一個擁抱，抱完就離開了。珍妮一年級時讓我看過她的拼豆畫，其他小孩的創作是複雜的幾何圖案，唯有她就愛拼出隨性的圖案，乍看毫無設計感或邏輯，卻異常漂亮。五顏六色的珠子拼湊在一起變得好……好有活力、好自在。」

莎拉笑了。她是否還記得珍妮的拼豆畫？她當時大概收到了圖形不規則的墊子做為聖誕禮物吧。

費雪女士回憶道：「當然，亞當也是個可愛的小男生。我一直沒在柯維太太面前稱讚過他，即使說了也不會有什麼幫助，但如今我真心希望自己說過。」

費雪女士的一字一句令莎拉動容，並獲得堅持下去的勇氣。

「有些孩子放學時見到媽媽也不打招呼，而媽媽們也忙著彼此閒聊，沒時間理會小孩，亞當卻總是張開雙手朝柯維太太飛奔而去，柯維太太當下眼中也只有亞當一人，我曾從辦公室窗口目睹這情景。」顯然先生離開後，費雪女士便沒有對象能夠傾訴自己對我們這家人的感覺，而且「獻花給過世丈夫」這舉動也令她大為困窘，進而不再與校內其他人保持聯繫。

「妳想過縱火者可能是誰嗎？」莎拉問道。

「沒有，但如果我是妳，我會從個性像羅伯特．傅萊明的成人調查起，這種人小時候沒有受到適當的管教。」

和珍妮一起回到病房後，我回想起你找希莉校長討論羅伯特．傅萊明的情景。我曾為這問題親自找過校長好幾次，她全當耳邊風，卻對你的意見如此重視，簡直讓人氣結。我認定原因出在你是男人，而我只是個口袋裝KitKat巧克力棒、手提包塞滿乾淨襪子的媽媽。你從未認同我的看法，直說校長態度有別是因為你是名人、「能引起更多人注意」。

梅西來到我床邊，拉上醜陋的薄布簾。

我對珍妮說：「又來了一個訪客。今晚這裡好像十七世紀的沙龍，對吧？」

「媽，沙龍在法國。」珍妮邊說邊指向病床四周飾有幾何圖形的咖啡色布簾：「而且也該要有牆壁、油畫和華麗的鏡子。」

「妳還真挑剔，反正這裡也有床啊，正中央一樣有個女人，n'est ce pas[22]?」我如此回答，心裡備感欣慰，幾個月前我提過沙龍文化，未想珍妮還記得。好吧，一名身為大眾焦點的女人必須美麗慧黠……

珍妮笑了。

梅西不坐椅子反而坐在床緣握住我的手，這一刻，我真真切切體會到，以前那個朝氣蓬勃、大而化之的密友梅西已然消失了。梅西是從什麼時候開始強裝開朗的？我真的不知道。

然而，她的仁善與親切可假不了。

「看來妳氣色好多了，」梅西這麼對我說，彷彿我還能視、能聽：「臉頰那麼紅潤！該不會是抹了腮紅吧？妳的好氣色天生自然，不像我，總得化妝掩飾。」

在我的想像中，這裡不再是法國沙龍，而是梅西家的廚房。

我敢打賭，梅西上次來原想吐露心聲，卻被打斷了。也許她想坦白唐納的所作所為，但願真的是這件事。不過，我對於她之前沒有（或沒辦法）求助於我的情形頗為介意。

她朝羊毛衫口袋裡亂摸一通，最後掏出珍妮的手機，上面還別著護身符，那是亞當送的聖誕禮物。

「這是學前班老師緹莉轉交給我的。」梅西說。

珍妮默默盯著手機，裡頭存有許多簡訊，包括派對活動、旅遊計畫及與朋友的閒談。八公分長的塑膠製品包涵蓋了一名少女的生活點滴。手機完好如初，依舊乾淨得發亮。

[22] 法文，意為「不是嗎？」

梅西說明道：「緹莉在校外沙地上發現的，趁我和羅溫娜坐上救護車時塞給我，要我務必還到珍妮手中。緹莉說得一副這是件大事的樣子，我猜她只是想幫點忙，呃，大家都希望多少盡點力，沒想到我竟忘了這件事，對不起。」

「她怎麼可能忘記？」珍妮問道。

「畢竟發生太多事情了啊。」我真驚訝自己回答得如此含糊。

「抱歉，我早該歸還手機的。」猶如聽見珍妮所說的話一般，梅西接著說：「我的腦袋真不中用。」

她將手機放在兩瓶花中間。

梅西繼續解釋：「醫護人員打開羅溫娜病房的空調，我冷得套上羊毛衫，才注意到口袋裡的手機，也才記起要物歸原主。妳也曉得，手機對女孩子來說很重要。」

珍妮禁不住問道：「我怎麼可能弄丟手機？火災前我還在醫護室和伊佛互傳簡訊，火燒起來以後我仍待在原處，為什麼手機會在學校外？」

「親愛的，我不知道。」

「會不會是縱火犯偷走我的手機，然後又不小心弄丟了？」

「他為何要偷手機？」

「如果是恐嚇事件凶手，」珍妮慢慢說出自己的推測：「說不定想拿我的手機當戰利品？」

這念頭讓我好不舒服。

我說：「也說不定妳出於某個理由暫時離開學校，然後才又折返。」

「我為什麼要離開學校？」

我不知道。於是我們盡皆無言。

梅西坐回床緣，甜美的語調絮絮聒聒，盡力裝作我們在廚房內，一切一如往昔。這氣氛真舒服，卻是謊言夾帶著另一個謊言。

直到今天我都以為梅西口齒不清是有太多事情想表達、太多感情想流露，但也可能出於她太緊張或心事重重。

一如眼前這件遮住瘀青的寬鬆羊毛衫。

梅西說：「醫護人員不准我帶手機進加護病房，說是怕監測設備受干擾。我保證會關閉手機電源，只是把手機放在珍妮身邊而已，待她醒來之後使用，但還是不行，因為手機可能帶來有害細菌。我只好將手機放在妳這裡，麥克也知道了，為求謹慎，他應該會將手機帶回家。」

珍妮直瞅著手機。

「我還是想不起來。如果可以……」

她愈說愈小聲，也愈來愈氣自己。

梅西稍微偏過身。

「格蕾絲，有件事我必須老實告訴妳，求妳不要恨我。」

布簾突然拉開，兩名醫師入內進行例行檢查。其中一位交待梅西：「請勿拉上布簾，我們得隨時留意病患狀況。」

「噢，好，抱歉。」

醫師離開了，留下病房內吵雜又緊繃的氛圍，沙龍和廚房倏地消失了。

「稍早唐納來探望羅溫娜。」梅西終於主動提起這件事了，我也希望她說出來，心情至少可以舒坦些。

「他相當為羅溫娜自豪。」

「噢，拜託。」珍妮說。我試著為梅西找理由，她明明既沮喪又焦慮，或許是想維持幸福家庭的假象，畢竟這齣戲我已經觀賞好幾年了，更何況，唐納對受傷的羅溫娜施暴這件事情委實太過沉重。

梅西靜靜地說：「格蕾絲，為了羅溫娜我什麼事都願意做，這點妳很清楚，對吧？」

「除了離開唐納，讓他無法繼續傷害她。」珍妮忍不住責怪了起來。

「珍妮，事情沒那麼簡單。」

「噢，我覺得就是這麼簡單。」

「我還沒把話說完，」梅西告訴我：「所以妳不明白唐納為何感到驕傲。」

「簡直太莫名其妙了。」珍妮依舊不饒人，為了聽清楚梅西的話，我央求她安靜點。

「之前，我說妳衝進火場時，我跑到橋上向消防人員求救，通知他們學校裡還有人，還叫所有車輛移往路肩……」

我腦中浮現人們的喊叫聲、消防車的警笛聲、濃濃的煙味以及火勢蔓延至橋邊的情景，彷彿梅西的回憶灌注到我腦海裡，那些影像聲音很是清晰。

「就在我跑向橋邊或待在橋上時，羅溫娜跑進火場。」

「我不懂她在說什麼。」珍妮說。我也不懂。

「羅溫娜看見妳邊衝進學校，邊大喊珍妮的名字，她沒逃開，反而趕忙往體育用品倉庫拿毛巾，用水沾濕後包住臉部，就這樣跑進火場。」

天啊，羅溫娜為了珍妮和我奔向火場。

「消防人員找到羅溫娜時，她已經失去意識，在場人員以為她被嗆死了，幸好後來沒事。她也未受嚴重外傷，醫護人員目前仍持續追蹤檢查。」

我從未想過羅溫娜可以如此勇敢。

她的英勇行為真令人讚歎。

我不認為你能完全理解那種感覺，但我可以告訴你火場裡大概是什麼狀況——試著將烤箱調到最高溫，接著從頭到腳鑽進去，再加點濃煙、少點氧氣，最後關上烤箱。

本能與愛催促我衝進火場，勇往直前，但一如之前說的，我仍會自私地想往外逃，只是想抱住珍妮的欲望太過強烈，最終勝過逃生的衝動。此外，我也在濃煙烈火中深刻體會到，保全自己的念頭阻止不了母親，因為子女正是她們自己的一部分。

然而，羅溫娜進入火場並非出於本能或愛，她上中學後我便甚少碰見她，與珍妮也無任何友情可言，她卻克服恐懼、勇敢救人，就好像是亞瑟王傳說裡英勇無私的騎士。

亞當。

當時，我根本顧不得亞當，一心只想衝進學校，更何況羅溫娜正在一旁安慰他。羅溫娜是因悲痛欲絕的亞當而受到感動嗎？

「消防車抵達學校當下，四處都是家長、老師、小孩、記者，我沒注意到羅溫娜不見了，還以為她在人群裡……」梅西說。

「我猜羅溫娜是想再讓唐納以她為榮。」珍妮直言道。

梅西繼續說：「後來，一名消防人員將失去意識的羅溫娜帶出火場。我告訴唐納這件事——」她哀傷得陷入沉默半晌，好不容易再次開口：「這種事怪不得別人，對吧？一旦愛一個人，對方又是你家人，我們也只能往好的方面想。我是說，愛一個人就是這樣，要相信對方本性良善，不是嗎？」

「她真的這麼認為嗎？」珍妮質疑道。

「我想是吧。」

「天啊。」

梅西將我的手握得更緊。

「說來好笑，才一個下午你就看清自我、看清子女的真性情，並且同時感到羞愧與驕傲。」

羅溫娜的行為顯然是為了父親而不是母親。她為了唐納衝進火場，卻徒勞無功。

此時，我腦中浮現唐納語帶恨意地說：「妳真是個小小女英雄嘛。」也想起羅溫娜遭燙傷的手被攫住時的痛苦尖叫。

十八

莎拉再次來到我病床邊，她依舊幹練，令我好生感激，畢竟一個在養鴨池內划橡皮艇到處轉的人能幫上什麼忙？

梅西有如洩了氣的球，靜靜坐在一旁，指尖還不停顫抖。

莎拉說：「哈囉，格蕾絲，又是我。今晚這裡好像皮卡帝理圓環[23]。」

「她聽得到嗎？」梅西問道。

「當然。我是莎拉，格蕾絲的大姑。」

梅西臉上浮現一絲焦慮。都是我不好，以前總把莎拉形容成豺狼虎豹。

「我是梅西．懷特，格蕾絲的朋友。」

「妳是羅溫娜．懷特的媽媽？」莎拉不愧是敏銳的警察，馬上就將兩人的姓氏聯想在一起。

---

23 Piccadilly Circus，為倫敦著名景點，鎮日人潮熙來攘往。

「是的。」

「這附近有間餐廳，方便一起喝杯茶之類的嗎？」

莎拉沒給梅西選擇的餘地。

我向上帝禱告，冀望梅西能夠提到唐納的所作所為，藉此讓莎拉將他列為嫌疑犯。然而，就連我這個相識好幾年的朋友也未曾聽聞她提過隻字片語，更遑論莎拉了。也說不定梅西曾提過，只是我太遲鈍，沒能察覺。

離開病房之際，莎拉瞥見珍妮的手機。

梅西連忙解釋道：「那是珍珍的手機，有位老師在學校外撿到，特地歸還。」

梅西刻意稱珍妮為珍珍，也許是希望莎拉能夠明白自己與這家人很親近，並暗示自己待在病房的合理性。真是令人欣慰，這才是我那個自信的老朋友會用的字眼。

莎拉順勢將手機放進口袋，珍妮則在一旁提心吊膽的。

「我要到中庭裡走走。」珍妮顯然很不開心，以往那個珍妮回來了：「那支手機是我的，莎拉姑姑怎麼能拿走。」

不知怎地，眼前的她表現得像青少年一樣耍脾氣反而讓我欣慰。

我隨莎拉及梅西前往餐廳。你覺得，會有其他人發現莎拉將家屬休息室及餐廳當成面談室嗎？

棕櫚咖啡廳裡空無一人，長形照明燈也被關掉了，但大門依舊敞開，提供熱飲的機器也還在運作。

莎拉買了幾杯看似茶的飲料，與梅西坐在鋪著美耐板的桌子旁。

咖啡廳內唯一的光源來自走道上的燈，顯得室內又暗又怪。

「我想多了解事情的來龍去脈。」莎拉直言。

「格蕾絲提過，妳是女警。」

以前莎拉會毫不客氣地要對方改口稱「警員」。

「我此刻只是格蕾絲的大姑、珍妮的姑姑。妳能不能描述一下昨天下午發生的事？」

「當然，但我不確定是否能幫上忙，我早先已把所知通盤告訴警方了。」

「我剛表明了，請把我們的談話當作家人在聊天。」

「我昨天中午到學校接羅溫娜放學回家，噢，應該說是下班回家，因為她現在是教學助理。當我得知可以載她回家時，我心裡很高興，最近都沒機會與她見面。妳也知道十幾歲的女孩是什麼德性。」梅西愈說愈小聲：「抱歉，這些事情不重要。」

莎拉笑了笑，要梅西繼續說下去。

「我以為羅溫娜會在運動會現場幫忙，但格蕾絲說她陪亞當回學校裡拿蛋糕。那蛋糕上頭有壕溝，是母子三人一起製作的——」梅西再次打住，咬著手指努力擒住淚水：「我就是沒辦法好好回想亞當和格蕾絲當天的情況……」

「沒關係，慢慢來。」

梅西攪拌茶水，彷彿這根細小的塑膠湯匙至少能撐住她，好讓她繼續說下去。

「我去找羅溫娜，一進學校便先到廁所，才進廁所就聽到尖銳響亮的聲音，好像空襲警報。以前念書的時候沒有這種警報系統，我過了好一會兒才會意過來。」

「我趕忙離開廁所，不住地擔心羅溫娜安危，隨後我看見她從祕書辦公室出來。」

梅西攪動的茶水一不留神便溢到美耐板桌面。

「當時，我從辦公室窗戶望去，看見亞當安然無恙地站在銅像旁，因而誤以為一切沒事。我不知道珍妮也在校內，因此沒有去找她。」

「祕書辦公室在幾樓？」

「一樓，就在大門旁邊。我要羅溫娜照顧亞當，自己則趕往安撫學前班學童。希莉校長覺得這些孩子太小，不適合參加運動會，便將他們留在校內。抱歉，我的意思是，我先前就知道他們在學校裡。」

莎拉拿紙巾擦拭溢出來的茶，這份簡單的善意使得梅西不再緊張。豺狼虎豹是不會幫忙清理桌面的。

「後來呢？」莎拉問。

「我來到位於一樓的學前班教室內，幸好裡面還沒太多煙霧，孩子們正穿越斜坡逃至戶外。緹莉，也就是羅傑斯老師，忙著帶領孩子離開學校，我也一起安撫大家的情緒。我每星期都來讀故事書給這些孩子聽，他們認得我，我因而幫得上忙。」

梅西的聲音突然轉而柔和，我了解那是因為想到那群四歲小孩，他們身影模糊，彷彿在碰觸他們的細髮及粉嫩的臉頰前得先穿透一團光暈。這些小寶貝如此可愛，以前我常思忖，梅西之所以在羅溫娜長大後還繼續為學前班學生讀故事書，大概是過於懷念女兒小時候的情景。然而，也可能是每週一次的午後活動能帶著她回到家庭暴力發生之前的歲月，回到她和羅溫娜無憂無慮的時光，那才是真正不需在乎任何事情的日子！

「除了羅溫娜、亞當及那名老師以外，妳看見其他人了嗎？」

「如果妳是說在學校裡，那答案是否定的。不過，警鈴響五分鐘後，新任祕書離開學校。此時火場猝地竄出許多濃煙，那個祕書面露微笑，一副樂在其中的樣子。就算不是如此，至少她不討厭這場火，而且她還塗口紅，抱歉，離題了。」

「祕書在警鈴響五分鐘後才離開學校？妳確定？」

「我無法百分之百確定，我時間概念不是很好。但我們當時帶孩子離開學校，並且要求他們排隊，算一算至少也得花五分鐘。祕書遞給緹莉一本點名簿，讓她確認所有學生都出來了，不過這是多此一舉。祕書離開學校後，火勢更為猛烈，裡頭還發出爆炸聲響，火舌、濃煙自窗戶噴發出來。」

「妳看見其他人嗎？」

「沒有。」

「確定？」

「嗯，我努力回想，真的不認為看見其他人。不過，學校那麼大，有其他人在裡面也是很有可能的。」

莎拉沒喝半口茶，注意力完全集中在梅西身上，並盡可能不讓梅西有所察覺。

「後來發生什麼事？」

「大概幾分鐘後，我驚見格蕾絲往學校狂奔，邊跑好像還邊大叫，可惜警鈴聲太吵，我不是很確定。」

梅西停頓了一會兒，彷彿雙眼正盯著我筆直衝進火場。

「我以為她見到亞當至少會放下心中大石，而她的焦慮也的確消失了，我正慶幸一切安然之際，她竟呼喊起珍妮的名字，一次又一次，我這時才意識到珍妮還在學校裡。下一秒，格蕾絲便跑進學校裡了。」

熱淚盈眶的梅西重重地揉著太陽穴，彷彿這麼做就能將淚水鎖在眼底。

莎拉專注地盯著梅西。

「妳知道亞當被控縱火嗎？」她問道。

梅西很是震驚。莎拉告訴她這件事是為了觀察她的反應嗎？她一定看得出梅西是真的嚇到了。

「噢，天啊，他們一家人真是太可憐了。」

淚水奪眶而出。「抱歉，我太自私了，我實在沒有權利哭，至少在格蕾絲和珍妮……」

莎拉端起梅西的茶杯說：「我再幫妳倒杯茶吧。」

「謝謝。」

這善意的舉動似乎有助於梅西更放鬆一點。

「妳覺得席拉斯．海曼這個人怎樣？」莎拉走向飲料機時這麼問梅西。

梅西直覺答道：「他是危險的暴力分子，之前沒人看清他的真面目。他太會演戲了，讓大人小孩全喜歡他，並利用這些人的情感。」

梅西反應如此激動，著實令我驚訝。她何以如此斬釘截鐵？她有多了解他？

「為什麼說他太會演戲？」莎拉問道。

「我一開始以為他仁慈、體貼又優秀。讀故事書時，我每次會帶一個小朋友前往二樓閱覽室，那裡有低年級故事書，我們就坐在毯子上說故事。」

梅西隔著大片陰影朝莎拉說話，她將事情全盤托出，這麼做或許能舒坦些。

「海曼老師的教室也在二樓，教室裡經常傳出笑聲，他常放音樂給學生聽，我後來才清楚，數學課播放莫札特的作品，準備上體育課時就播放爵士樂，藉此讓學生加快動作。我曾聽他訓斥羅伯特．傅萊明，即使罵人，口氣也不兇。海曼老師上課不關門，不像某些老師擔心家長在外頭偷聽。此外，他特地為每個學生取不同的綽號。他全心全意付出，為的不是功成名就或者博得家長好評，他只希望孩子們開開心心學習知識。這下子，妳明白他是怎麼騙倒我的了吧？在我看來，他欺騙了所有人。」

莎拉捧著兩杯茶回到座位，我認識她這麼久，從沒見她喝過茶。莎拉只喝咖啡，而且還不能是即溶的。也許喝茶的這位才是她心中那個警察角色，縱使她安撫梅西把這次談話當作家人在聊天，但我眼前這位可是工作中的專業莎拉。

「妳是什麼時候察覺自己被欺騙的？」莎拉問道。

梅西接過茶，撕開粉紅色包裝的代糖，而後答道：「頒獎典禮那晚。典禮每年舉辦，我們為了科學獎而參加，羅溫娜準備前往牛津大學攻讀理科，抱歉，我的意思是，那是我們參加頒獎典禮的原因。」

梅西沉默半晌，試著回憶當時情景。「他闖進來，怒氣全寫在臉上，接著朝校長咆哮又威脅在場所有人。可惜大家都不以為意，只把海曼當笑話看。」

「那妳介意海曼的威脅嗎？」

「介意。」

典禮中，唐納就緊挨著她坐。梅西從親身經歷中知道威脅可能成真。或許唐納一開始也沒有流露出警訊。

「妳是否對誰提過？」莎拉問道。

「典禮後，我打電話給希莉校長，要求她務必請警方發出禁制令，限制海曼不得靠近席德利館小學。我不確定那是否叫禁制令，反正就是得讓海曼離學校遠一點。」

「校長照辦了嗎？」

梅西搖搖頭，臉上淨是不悅。

「妳提到，席拉斯．海曼讓孩子們喜歡他，並利用他們的情感？」莎拉追問。

梅西這會兒反而不開口了，整個人沉浸在回憶裡。

「梅西？」莎拉叫道，梅西仍舊不說話。

於是，她耐著性子，給梅西時間反應。

梅西終於開口：「格蕾絲說過，亞當很喜歡海曼，但直到頒獎典禮我才見識到。」

「發生什麼事？」

「沒人告訴過妳嗎？」

「沒有。」

你沒告訴莎拉這件事，而我和莎拉沒有親近到會去提及此一敏感話題。

「亞當挺身捍衛席拉斯．海曼，甚至當場說海曼不該被解聘。」梅西表示。

「亞當真勇敢。」莎拉說。

早知道就該親口告訴莎拉。

「但博取孩子仰慕是錯的，」梅西激動到聲音也顫抖了起來：「畢竟這些學生還小，沒有足夠的判斷力，他的行為擺明是在利用他們、要他們做你想做的事情，實在壞透了。」

梅西的憤怒令人既驚訝又欣慰，我和莎拉皆清楚話中含意，然而亞當絕不會因旁人的話語而冒然點火。

梅西認為亞當容易遭人唆使，這點我並不怪她，亞當害怕與大人來往，就連梅西也不例外。頒獎典禮後他看起來畏畏縮縮的，見到唐納打火機的火光還退到一旁。

梅西說：「我得回去找羅溫娜了，我跟她說不會離開太久。」

莎拉站起身：「好，我同事曾與在場消防人員會談過，對方也是盛讚羅溫娜英勇過人。」

「的確如此。」

「我能與她談談，釐清一些事情嗎？」

梅西面帶懼容地解釋道：「她目前情緒不穩，發生那麼多事情之後，這種狀況是可以理解的吧？能否請妳過陣子再去找她？」

梅西是否擔心羅溫娜會向莎拉透露唐納的所作所為？

「沒問題，感謝妳好意撥空前來，明天我再行探訪，看看羅溫娜是否願意聊聊天。」

「我還沒告訴她珍妮與格蕾絲的傷勢有多嚴重。」梅西說。

「我了解。」

梅西離開咖啡廳，莎拉則在封面印有貓頭鷹的筆記本上仔細記下談話內容。

「那就請梅西到警局提供新證詞啊。」你激動地說。

莎拉回到珍妮病房找你。

你難以自抑道：「直接告訴貝克，其他人也認為海曼是暴力分子。天啊，如果梅西也這麼認為，其他人八成也持類似看法吧。」

莎拉好聲好氣地勸告：「目前我們不能這麼輕率行動，我們得先戳破他偽造的不在場證明，而且我還想多方探查一番。」

莎拉幫忙照顧珍妮，並要你去睡一會兒。

我則前往中庭找珍妮。

夜晚氣候涼爽，中庭的景物顯得截然不同。植物澆過水了，石水盤亦再度盛滿，往上瞧，聳立於四周的玻璃牆圈出一片天空，呈現出夏日夜晚慣有的深藍色，綢緞般的表面可見許多星星點綴。

身處中庭，我們未感疼痛，我猜想是因為這座庭院仍算是在醫院裡，四周高聳的玻璃牆為我們提供防護。

少了身體阻隔，我反而格外敏銳，輕易便聞出最清淡的氣味、察覺出最細微的事情。

以前的我可是連土司燒焦也聞不出來——天啊。格蕾絲，土司都變木炭了！

此際，風輕柔吹撫，周遭滿是茉莉、玫瑰及忍冬花的濃郁芬芳，這些夏日香氣涇渭分明地存在於空氣中，足以媲美亞當罐子內層次分明的彩色細砂。

此外，空氣中還微散著另一種香氣，聞起來格外甜蜜，激起我心中某種當下不該懷有的情緒，那種既緊張又興奮的感覺。時間於我眼前無邊無際地推展開來，彷彿貫穿格藍切斯特的河流，一路從十點到三點進入倫敦再往前流去，往更多更多的可能性蜿蜒而去。

那是夜晚所熬燉的高湯味道，某個溫暖的夏季深夜，我在紐漢花園內，當時腦中滿是畫作、書本與各種思緒，而當時我和你在一起。夜晚熬燉的高湯散發出香氣，其中五味紛陳，一如當下的我，既懷有對你的愛意，又為考試煩惱，同時還因未來各種可能而興奮莫名。

回憶如同播放中的影像，演出的內容與當下的環境總攀不上關係。

但我真的回到紐漢花園了，麥克，那感覺真實到令人揪心。

愛對我飽以老拳。

轉瞬間，回憶消失了，我再次回到這座被圍起來的夏夜庭院。

失落感致使我備感寒冷、沮喪。

只是如今已沒有時間緬懷過往了，梅西所透露的事實有助於我的孩子脫離眼下的冤屈。然而，方才的念頭一閃即逝，我得趕快抓住它的衣尾。

珍妮在學校裡聽見警鈴聲響。「感覺好像回到學校，真真切切地重返現場。」

我轉身問珍妮：「之前見到唐納．懷特一家三口時，妳是否聞到什麼味道？」

我憶起唐納身上的鬍後水及菸味。

「可能有吧。」珍妮回答。

「是那味道讓妳聯想起警鈴聲嗎？」

「妳指那陣莫名其妙的耳鳴？可能吧，我當時沒有仔細追究下去。」

我聽見小孩尖叫聲。

亞當。

猛然轉頭朝四處張望，亞當不在這裡。

「不！她還沒死！她還沒死！」

微弱的聲音呼喊出如此強烈的字眼。

我急忙奔向亞當。

他不發一語地蜷縮在我的病床邊，雖然沒將心中哀傷表達出來，我仍清楚聽見他的吶喊。母親溫柔地抱著他。

我對亞當說：「我在這裡！就在這裡。大家以後就會曉得。親愛的，我一定會醒過來的！我要親你一下。儘管你感受不到，但我就在這裡。」

我喊不出聲音。

彷彿噩夢時所發出的無聲尖叫。

即使強迫自己回到身體裡，我的聲帶仍舊斷裂受損、眼皮依然黏得死緊，我使盡全力想撫摸亞當，雙手卻如兩根奇重無比的棍棒。我體內又黑、又亂、又僵硬，要碰觸亞當根本不可能。

而亞當，他在深黑色的憤怒海洋中，即將溺斃。

驚慌失措的我呼吸加快，然後再次放慢，刻意地快快慢慢是希望母親及亞當感受到我在對他們傳達訊息。

還能這麼做，意味著我不必耗上幾年時間方能甦醒！

刻意慢慢地深呼吸時，我聯想起為準備游泳的亞當吹手臂救生圈，那配備緊緊套在他又細又白的手臂上，亞當因此才能開心無憂地在水裡玩耍。我呼出的氣保衛著亞當的安全。

我再度離開身體——想必母親會立即通知醫生方才的情況，好讓所有人明白我在這裡，好讓亞當不再哭泣。

然而，母親依舊陪亞當待在病床畔，一邊安撫亞當，自己卻滿面愁容。也許我該氣她觀察不夠敏銳，但她身心煎熬，實在夠受的了。

亞當企圖從母親的懷抱裡跑開，被母親自後頭一把抓住，兩人拉扯起來，最後，亞當縮在地上讓母親抱著，她的雙手是阻擋一切苦痛的人體防護盾。她就這樣半拖半抱地將亞當帶離病房，而我也跟著出去。

亞當的臉好蒼白，眼睛底下還有黑眼圈。如今他躲進心靈更深處，身體不再有任何動作，我只能牢牢抱著他。

「媽咪，這次萬聖節我要泡在隱形墨水裡，讓自己變不見！」

「這辦法行不通的。」

「為什麼？」

「呃……」

「我會準備一隻手套，讓別人知道我的存在，不然怎麼要到糖果？」

反正距離萬聖節還有四個月，他到時會有其他新點子。

「準備手套是好主意。」

「沒錯。」

亞當感覺不到我的身體、我的擁抱。

終有一天，我會甦醒。

黃昏了，從與中庭比鄰的玻璃牆望出去，大多數病房透出微光，其中有間窗簾沒拉上，床上有個孩童的身影，手臂瘦瘦小小的，一旁還有個碩大身影，應該是父親吧，他撫摸孩童的頭髮，等待著。床上的小身影進入夢鄉後，父親站起身，挺直身軀的他獨自待在病房內，上下拍動起手臂來，彷彿這麼做便能帶著孩子高飛遠走。

十九

兩小時後，天色完全轉暗，四面八方的窗戶閃耀著電子燈光，醫院迎接人造黎明。

真不敢相信，前天我才將冷凍巧克力麵包放進烤箱，彷彿時空發生大地震，火災將過去與現在兩塊地盤永遠震開了。抱歉，我太咬文嚼字，但還能怎麼形容呢？可憐的珍妮大概認為我在幫她複習A-level測驗吧。

我一見到你的神情便知道院方沒找到心臟捐贈者。於是，我來到你身邊，聽你安慰說目前還有時間，不能灰心，一切會否極泰來！珍妮會康復！她當然會康復，你不用將自己的無比樂觀化成言語鼓勵我。儘管濃情蜜意已逝，我們仍有婚姻之愛，彼此心靈相通。

莎拉進入病房，她昨晚與你輪流照顧珍妮，眼前的她衣服皺巴巴的，也沒上妝。

莎拉說：「聯絡上伊佛了，他準備排候補機位回倫敦。」

你只是點點頭。

麥克，你知情吧？伊佛的電話號碼一定是你給莎拉的。你覺得這樣妥當嗎？你顯然沒聽見我的聲音，因為請伊佛回來實在是很糟糕的主意。或者，你聽見我的聲音了，只是置之不理。沒錯，我現在很憤怒，我當然去他的憤怒！

莎拉是否對伊佛提及珍妮目前的樣貌？

有誰能適當地形容出她現在的外表嗎？

上星期六他們一起去齊喜館公園。「你們今天做了什麼？」當晚我問珍妮，心想他們至多是喝咖啡、野餐或者讀書吧。一開始她沒答話，我腦中直覺浮現各種親密接觸的景象。而後珍妮才有點難為情地向我坦誠，他們只是凝視著彼此，就那樣度過長長的夏日時光。

若你知道他們曾度過如此浪漫的午後，或許就能理解不該找伊佛回來。

事發之後，他見到珍妮會怎麼想？

珍妮又該如何面對他的排拒神情？

我很抱歉，或許你以為珍妮毫無意識，不可能意識得到伊佛前來探望，但你絕對無法了解這件事對她的傷害會有多深。

既憤怒又歉疚，我的情緒反應跟以往生活差不多，孩子總是致使我們意見分歧又團結在一起，挑起婚前從未料想到的緊張對立（儘管目前感受到如此情緒的只有我）。

莎拉大略提了一下今日的計畫——會見羅溫娜，然後回警局——你則原地待命，畢竟保護珍妮是你的唯一任務。即使加護中心人手眾多，你也不會擅離職守。

珍妮在走道上，看起來神情愉快。

「莎拉姑姑聯絡上伊佛了，他準備排候補機位回倫敦。」

「她是否……」我要怎麼開口？

「她沒告訴伊佛我現在的樣子。妳擔心這件事嗎？說不要緊是騙人的，當然要緊，但不管如何都無法改變現況。」

我能說什麼？跟她說眼下這種情況只有舊靴子般既老又韌的婚姻之愛才受得住，他們那為期僅五個月的感情顯然還太過脆弱？或是告訴她十幾歲的男孩即使知難而退也不代表從未真心喜歡她？

「青澀的愛。」你以前總是微笑地輕鬆下評論，我真想拿手邊的馬鈴薯還是隨便任何東西丟向你。你言下之意一副這種感情會隨著歲月老去，即使沒發生火災意外，伊佛對珍妮的愛戀也會一點一滴消逝。

珍妮有點挫折地說：「我還以為妳會高興，我知道妳不喜歡他。」珍妮短暫地停頓了一下，時間足夠我反駁，但我選擇讓她說下去：「一旦他回來就能向警方提供紅漆罐事件的情報了，不是嗎？」

「沒錯。」

莎拉邊講手機邊經過我們身邊。「這件事優先處理。」語畢，她沉默半晌：「我不知道。〈停頓一下〉不，該休息的是你。〈停頓一下〉我現在沒時間。」

她一定是在和羅傑通話。他很愛莎拉，基於這個理由，你努力試著喜歡這個人，而每年聖誕節一見到他輕蔑的臉孔總令我大為光火。玩聖誕拉炮時他老是想贏，卻總是唯一沒得到獎品的人。此外，他只顧著稱讚自己的小孩、貶低珍妮及亞當，老實說，我真的很討厭他，這或許是我之前不喜歡莎拉的原因之一——我慣於將他們兩人視為一體。

莎拉不曾對妳提起家務事或工作狀況，她完全將我們擺在中心位置。直到前一刻我才驚覺，人平常的態度與事到臨頭所表現的舉措不見得會一致。或許，在對的情況下，羅傑會為自己做頂紙帽，大方地讓亞當贏拉炮，然而，從剛才的交談來判斷，他理應沒這種心情吧。這通電話也讓莎拉的心往下沉。

「她和羅傑姑丈感情很不好。」珍妮猶如看穿我的心思，便直白表示。也就是說，莎拉曾對珍妮提及自己的婚姻狀況？天啊，為何所有人都對珍妮大談夫妻生活？或許一個少女無法潤滑成年人間的感情，倒能讓他們大吐苦水。

莎拉說自己得離開，便突然掛斷電話。

珍妮與我隨著她一起離開。

前來應門的傷燙傷中心護士見到莎拉時很是訝異。

「珍妮已送往加護病房，沒人——」

「我知道，我來是想見羅溫娜·懷特。她小學便認識珍妮，我和珍妮是一家人，自然也與她有些認識。」

莎拉結結巴巴地，說這種半真半假的話，就像穿一身皺巴巴的衣服一樣，不是莎拉會做的事。

護士讓莎拉通行，我和珍妮尾隨在後。前往羅溫娜的病房途中，還遇到一個女人被醫護人員推了進來。

「媽，我沒辦法進去。我離開一下馬上回來，好嗎？」珍妮的話令我自責，真不該帶她來燒燙傷中心。

「嗯。」

珍妮走了出去。

羅溫娜病房的側室裡，護士正在替她換藥。

莎拉站在門外待護士完成工作。護士滿臉驚訝地告訴羅溫娜：「妳的手受到二度傷害了，有些水泡破了……」

「我知道，真不好意思。」

門口的莎拉側耳傾聽，護士及羅溫娜都沒注意到她。我赫然想起，莎拉曾在家暴組工作過兩年。

「我昨天便告訴另一名護士了。」羅溫娜說。

護士確認了一下巡房紀錄。

「嗯，妳跌倒了？」

「對，我太笨手笨腳。」

她竟然也用起梅西慣用的字眼，我頓時極不舒服。

「那為什麼手心手背都受傷？」護士進一步問道。

羅溫娜沉默不語，兩眼未敢直視對方。

「醫生檢查過了嗎？」護士追問。

「檢查過了。我得在醫院住更久嗎？」

「有可能，畢竟病毒感染不可不慎。這妳也明白吧？我的告誡妳聽進去了嗎？」

「嗯，謝謝。」

「待會兒見。」
莎拉一直等到護士離開才進入病房。
「嗨，羅溫娜，我是珍妮的姑姑莎拉。妳媽媽在嗎？」
「她回家幫我拿東西。」
羅溫娜面對莎拉時一派輕鬆，想必不曉得莎拉前一刻才在外頭聽到她與護士的對話。
「現在覺得怎樣？」莎拉問。
「好多了。」
「妳的所作所為真是勇敢極了。」
羅溫娜顯得有點難為情。「妳看過報導了？」
她的救人行動被默默刊在《里其蒙郵報》內頁，不知道你是否看過？標題差不多就是「小地震，小死傷」這類無關痛癢的文字——「平凡少女衝進火場，救人不成反受輕傷」。泰拉的報導重心是珍妮香消玉殞，她可不准讀者因其他旁枝末節而分神。
莎拉說：「嗯，我看過了。也從同事口中聽說了。對了，我是警察。」
「我知道，媽媽提過。其實我很笨，一點也不勇敢，應該說，我根本沒時間勇敢，想也沒想就衝進去了。」
「我可不這麼認為。」莎拉邊說邊在羅溫娜身旁坐下。
「媽媽跟我說過亞當的狀況，太可憐了，亞當那麼可愛，妳是他姑姑，一定很清楚亞當的個性。」
羅溫娜的談吐很不一樣，強調重點時語氣也很特別，一臉稚嫩卻神情認真。

「妳認識亞當？」莎拉問道。

「嗯，我和珍妮一起上席德利館小學時，他還只是小嬰兒。去年我擔任亞當班級的教學助理，我們才真正認識。亞當……個性很溫和、很體貼也很有禮貌。那個年紀的男孩很少像他那樣的，如今對他的指控根本大錯特錯。」

我從不曉得羅溫娜是個英勇的女孩，也不知道她性格如此善良、感性，與梅西簡直是一個模子刻出來的。

羅溫娜誠懇表示：「而且，任何人都可以自由進出學校，學校祕書安涅特很散漫，連監視器也不看，輕易就讓摁門鈴的人通行。我很不想給她帶來麻煩，但亞當被當成犯人，我也只能供出事實了，對吧？」

莎拉點點頭。「能不能請妳描述一下星期三所發生的事情？」

「可以啊，妳想聽哪個部分？」

「從妳陪亞當回學校拿蛋糕這件事情開始，如何？」

「沒問題。亞當想拿生日蛋糕，但找媽媽一起去太難為情，我是說，亞當很愛媽媽，但在同學面前這麼依賴媽媽很丟臉，所以我說要陪他去，反正我也得去拿獎牌。走上馬路後我牽著他的手，抱歉，這不重要。總之，我們一起進學校，接著我去祕書室，亞當則回教室拿蛋糕。」

「他自己去？」

「對。之後本來要在祕書室會合，再一起回運動會會場。早知道我就該跟他一起。如果我……」

羅溫娜愈說愈自責、愈講愈小聲。

「亞當的教室在幾樓？」莎拉問道。

「三樓，但是和美術教室完全不同方向，我是說，他的教室離起火點有段距離。」

顯然羅溫娜想為亞當說些什麼，可惜思慮還不夠成熟，解釋不太具說服力。

「也就是說，亞當前往教室時，妳人在祕書室？」莎拉問道。

「沒錯，安湼特當時也在辦公室，我們還像平常一樣聊了些蠢話題。接著，警鈴大作，我連忙跑出祕書室找亞當，隨後就聽到媽媽在叫我。」

「警鈴響時妳和安湼特在祕書室？」

「是的。」

莎拉一定是在蒐集情資，剔除嫌疑不大的人。祕書室比美術教室低兩層樓，由此判斷這兩人不可能是撞見亞當縱火的目擊者，而他們也不可能是縱火犯。基本上，我很難相信安湼特會做這種事，羅溫娜更是不可能。

羅溫娜繼續說：「我親眼見到亞當往校外跑，之後，媽媽要我看好亞當，自己則去幫忙疏散學前班的小朋友。」

「當時，亞當手中是否拿著任何東西？」

「我確定沒有，有的話我會注意到。這重要嗎？我是不是該告訴誰？」

莎拉搖搖頭，她已經料想到貝克督察的理由會是，火柴很好處理，丟掉就行了。

「這段期間，妳是否看見其他人？」莎拉問。

「這點我不敢確定，因為當時沒留意四周，所以不記得。幫不上忙，真是抱歉。」

「如果想到——」

「我會立刻告訴警方。我很努力回想，可是愈努力記憶反而愈模糊，到最後連自己也不確定腦中浮現的到底是記憶還是幻覺。」

「好吧，妳找到亞當後發生什麼事？」

「他嚇死了，一直說要找珍妮，說她人不在運動會會場。安涅特跑出學校時，我問她手上是否有班級點名簿，就是讓大家簽到的那種冊子，她當下回答沒有。安涅特表示沒關係，學校裡已經沒有其他人了，還再三向我保證。火勢從那時起便愈來愈猛烈，不斷傳出爆炸聲，濃煙烈火從學校內竄出。沒想到，珍妮竟然還在裡頭。」羅溫娜一臉痛苦。

「因為安涅特告訴妳大家都逃出來了？」

「不止是這樣。應該說，我無論如何也想不到珍妮還在裡面。我跟她不熟，小時候太傻也沒把握機會認識彼此，我以為她那時人在外頭。我是說，醫護室又悶又熱，外面天氣又那麼好，誰想得到珍妮會老實到一整個下午都待在那個大烤爐裡？」

羅溫娜會這麼認為，是因為我曾話中帶話地說，珍妮沒法盡到學校護士的本分嗎？

羅溫娜繼續說：「接著，亞當看見媽媽大喊珍妮的名字衝進火場，他想跟進去，但裡面太危險，被我當場阻止。」

「妳才會決定自己進去？」

羅溫娜點點頭，表情有點不自在，莎拉似乎準備問其他問題了。

「妳在外面陪亞當時，過了多久才看見安涅特？」

「她並非一離開學校就跑來找我。當時媽媽趕往協助學前班的緹莉老師，我則守在亞當身邊，我想了一下，安涅特幾分鐘後才出現。」

「妳媽媽說安涅特當時塗了口紅。」

「我沒有印象。重要嗎？」

「那種情況下，嘴上有口紅的確不太合宜，妳不覺得嗎？」莎拉說。

莎拉特地坦言內心想法，或許是想引導羅溫娜多吐露些情報，也或許她意識到羅溫娜有所隱瞞。

「是否合宜我是不知道，」羅溫娜語氣有點不自然：「我當時也沒特別留意，畢竟我對化妝這方面不在行。」

羅溫娜如此尷尬令人好同情。幾個月前我曾在購物中心巧遇她和梅西，羅溫娜衣著寒酸，臉上有雀斑也不懂得用化妝品遮掩，可說是個不注重打扮的平凡女孩，看在眼裡，我暗自希望梅西多少替她添購些漂亮衣裳及美容用品。真是的，我竟然那麼在意外表，實在太膚淺了。

莎拉問道：「妳先前提到，去年夏天起，妳便擔任亞當班上的教學助理，所以是席拉斯・海曼的助理嘍？」

「不是喔，亞當那時候還在念二年級，海曼老師教的是三年級。」

「妳因此而認識海曼老師？」

羅溫娜搖搖頭說：「他不可能和我這種人聊天，說不定連注意都未曾注意。」

「但妳注意到他了？」

「呃，海曼老師很帥，不是嗎？」

「妳覺得他人怎樣？」

羅溫娜猶豫半晌，然後別過頭說：「我覺得他有可能是暴力分子。」

「妳這麼認為是因為他在頒獎典禮的所作所為嗎？」

「不是。」

「那是為什麼？」

我覺得，一定是唐納幾年來的暴力行為導致羅溫娜對這方面的人事物特別敏感，一如瘀青處總一碰就痛。

羅溫娜直言：「以前我偶爾會暗地觀察海曼老師，他從不把眼神聚焦在我身上，所以完全沒注意到我會偷瞄他。」

「妳因此看透這個人？」

「不是的，他並非表裡不一，而是擁有雙重性格。」

「是好人又是壞人？」

「我知道那聽起來很怪，可是幾世紀以來，這類人屢屢被記載在文獻裡，中世紀道德故事中曾提到天使與魔鬼，英王詹姆斯一世時期的戲劇裡也有主角對抗靈魂的劇情，錯的不是人，而是身旁的魔鬼，得有人幫他們擺脫誘惑。」

羅溫娜指的是席拉斯．海曼還是唐納？她並未選修英文，一定是為了某些事情（改善某種狀況）才特地去翻書吧。例如，假使唐納身體裡真同時住著魔鬼與天使，有朝一日，天使將驅走魔鬼、爸爸將再次疼愛女兒。

「妳剛才提到自己想也沒想就衝進學校。」莎拉說。

「是的。」

「但妳仍記得要準備條沾濕的毛巾。」

「我該準備三條才對，不是嗎？更何況我根本沒幫上忙。真的很對不起，我太笨了。」羅溫娜說著哭了起來。

又是梅西慣用的自我輕視字眼。

我對她說：「請妳別這麼自責，年輕人不該說這種話，尤其是妳，拜託，妳都衝進火場了。」

「怎麼了？」

珍妮此時進入病房。

「羅溫娜的確衝進火場了，但請別告訴我她這麼做全是為了讓唐納感到驕傲。」

「呃……」

「羅溫娜，聽好，妳不是受害者！妳智勇雙全，不管動機為何，都是個優秀的女孩，妳的英勇絕非為了討好唐納。」

「好極了，媽，好一串連珠炮。呃，我是說妳說得好。」

「可惜她聽不見。」

「有朝一日她會聽見的，所有人皆會明白，我要讓大家都知道。」

莎拉瞧了瞧筆記，接著說：「可以再仔細描述關於祕書那一段嗎？妳確定安涅特說學校裡沒人了？」

「完全確定，珍妮後來被抬出來時，安涅特還特別強調，她記得珍妮早就簽退了。」

「這也是妳手機掉在外面的原因。」我提醒珍妮。

「或許吧。」儘管表現得異常冷靜，仍可見她臉色愀然蒼白，手指不住交纏。

「媽，我什麼也不記得了，該死，抱歉，這太莫名其妙了，我為何簽退後還要折返回學校？安涅特也沒理由說謊。」

二十

莎拉找到之前替羅溫娜處理傷口的護士。

「妳認為羅溫娜·懷特手上的新傷是意外造成的嗎？」

顯然莎拉起疑了。

「你是珍妮的姑姑吧？」

「沒錯，同時也是警察。」

「方便出示證件嗎？」

莎拉從手提袋裡掏出證件，上頭寫著麥克布萊德偵察佐。「我冠夫姓。」她當即解釋道。

「原來如此。我不認為那些新傷是意外，而且羅溫娜手背上的水泡也破了，跌倒不可能傷成那樣。」

此時我腦中浮現唐納粗魯地抓住羅溫娜的雙手、她當下痛得大叫的畫面。

「據妳判斷，她大概什麼時候受傷的？」

「看不出來，但昨天下午四點半我幫她換過藥，當時並未有新傷口，只是我五點就下班了。」

「接著值班的是？」

「是貝琳達．愛德華茲，我去叫她過來。」

十分鐘後，莎拉見到貝琳達，是昨天帶著唐納進入羅溫娜病房、語氣輕快而專業的護士。她開口前依然謹慎地率先查看莎拉的證件。

「她父親離開後才出現那些傷。」貝琳達說。

「妳確定？」

「我沒說她父親是造成這些傷口的人，但至少五點我剛值班時，羅溫娜還對我有說有笑。五點十五分，懷特先生來探病，沒多久便離開，之後我入內送藥，羅溫娜和她母親的神情變得好沮喪，而且她的手顯然痛得厲害，我一拆藥便發現她兩手水泡都破了。」

「她說是跌倒造成的？」莎拉問道。

「嗯，為了保護自己以致雙手先著地，即便如此，手背上的水泡也不可能破掉。之後我特地請醫生來檢查，羅溫娜的說詞依舊沒變。」

「你們有羅溫娜的病歷嗎？」

「我們還未將所有患者病歷數位化，得找紙本紀錄。」

「能順便蒐集梅西．懷特的病歷嗎？」

貝琳達與莎拉四目交接，一切盡在不言中。

「好的。」她說。

「謝謝妳。」

「新傷口可能造成感染，所以羅溫娜得多住院幾天。」貝琳達表示。

＊

莎拉準備回警局，珍妮和我一路跟到醫院門口，只是我不希望珍妮隨意走出戶外。

我提醒她：「我們有必要獲得所有情報才能順利拼湊出真相，妳留在醫院好不好？唐納有可能會再來，他也是必須持續觀察的對象。」

一如回到多年前，我刻意分派一件事讓她分心，例如請她幫忙灑糖粉，我才有機會將蛋糕從兒童不宜靠近的烤箱裡取出來。

「妳真的不會痛？」珍妮禁不住問道。

「沒多痛啊。」

她狐疑地瞅著我。

「我對生病以外的事情忍受度很高。」

「不好意思，我不該說那種話，畢竟妳還跑進火場——」

「珍妮，沒關係的。」

她似乎還有話想說。於是我等著。

「從巴貝多到倫敦大概要多久？」

「九小時左右。」我這麼回答。

珍妮聽了害羞地笑了笑。我真的厭惡伊佛，厭惡他輕易就讓珍妮如此微笑，厭惡他見到珍妮後即將出現的反應。

接著，我和莎拉一起離開醫院，離開那四面保護我的高牆，一開始感覺還好，過沒多久，疼痛便發動攻勢。通往停車場的石子路劃傷我毫無防護的腳；雖然時候尚早，車子表面反射而來的清晨陽光依舊亮得讓人發暈。

莎拉在車內以免持聽筒與羅傑繼續之前未完的爭執，她語氣措詞極其不自然，羅傑不滿莎拉忘記「妳兒子」的作業繳交期限是這星期，莎拉則解釋說你更需要別人幫忙；羅傑要她「更謹慎地」分配時間，她卻以「有人來電」為藉口掛斷電話。眼前的十字路口被一輛廂型車堵住，莎拉氣得猛按喇叭，聲音又長又吵，但之後她只是默默開著車。

這是我第一次覺得自己是竊聽者或間諜。

車停妥後，我們進入齊喜警局，警局前方是條熱氣蒸騰的道路，隔壁則為屋頂及牆壁皆種有植物的有機商店。我很想在警局外多待一會兒，呼吸這些植物所製造的氧氣、瀏覽一下店內販賣的商品，這是我和珍妮以前常做的事。

我過去總認為莎拉在警局內勢必如魚得水，畢竟她很適合從事這種穿著制服、人人各有編號、徽章且階級分明的職業。警局內人事物皆條理分明，所有人恪守規範。即便莎拉不當警員（第一次錯稱她為女警時，我便被要求改用這字眼），至少會是在軍中服役吧。

我實在不願想像她勇敢積極地從事其他更具意義的工作。

我之所以如此認為，是因為警察對人們來說似乎不甚重要也不大有利害關係，沒錯，他們維護社區安全，但齊喜這地方連垃圾都沒人亂丟了，怎麼可能會有強盜殺人案件。這地區最嚴重的破壞行為大概是違法張貼的音樂會傳單及請求協尋失蹤貓咪的廣告。在報章媒體影響下，我對警察的印象就是殺手、炸彈客在犯案逃逸後才會出現的人。

然而，目前這起犯罪事件發生的地點不是「外界」而是我家，警察的存在相形重要了起來。

我們進入警局，穿越牆漆斑駁的水泥走道，這裡和醫院一樣飄著濃濃的清潔劑味道，顯然這是組織化的場所的獨特氣味，兩者差別僅在於一方是緝拿犯人，一方則是治療病人。

途中經過許多小辦公室，有的傳出電話鈴聲，久久不停，有的則是傳來男人說話的聲音，除此之外，亦可見一張張紙條毫無順序可言地釘在老舊公布欄上。這裡對莎拉而言委實太過雜亂，與我之前想像的乾淨整齊大相逕庭。

一名年輕女警朝莎拉迎面而來，她抱了莎拉一下並問起珍妮與我的狀況。另一名年長的男性警員見到她也特地過來寒暄，說自己為意外感到遺憾，若莎拉需要幫忙就儘管開口，任何事他都願意助她一臂之力。

我跟著她走進大辦公室，這裡瀰漫體香劑及汗臭味，天花板上電扇運作聲吵雜卻無助於散熱。每個人見到莎拉都紛紛上前詢問珍妮及我的狀況，知情後莫不擁抱、握手以表達同情，大家都認識她，也很關心她。看得出莎拉在局裡很受歡迎，看來先前我認為她如魚得水是對的，只是原因不在於她的工作能力，而是她的好人緣。

莎拉接著走進旁邊的小辦公室內，一名三十幾歲、古銅色肌膚的俊帥男子箭步至她面前，一把抱住她。這男人沒穿制服，看來是刑事偵查員，身穿乳白色棉質襯衫，腋下可見汗漬，這間辦公室裡連電扇也沒有。

「嗨，莫辛。」莎拉被抱住時打招呼道。

「其他人都慰問妳了嗎？」他問道。

「嗯。」

「可憐的寶貝。」

寶貝？莎拉嗎？他們兩人後方一名二十多歲的女人佯裝若無其事地盯著電腦螢幕，她一頭俐落的褐色短髮搭配尖削的臉龐，是警局裡唯一未對莎拉表示同情的人。

莎拉問道：「佩妮？恐嚇事件調查進度如何？」神情嚴厲的年輕女人轉向莎拉。

「我正在讀證人口供，湯尼及彼特則試圖找出第三封信投遞信箱的監視器畫面，那台監視器是建屋互助會在去年新增設的，郵筒正好在旁邊。」

「恐嚇信事件也許和縱火案有關。」莎拉直言。

佩妮及莫辛皆未答話。

「好吧，珍妮收到恐嚇信、工作地點遭人縱火，而她是唯一受重傷的教職員，這些可能只是巧合。」

莎拉抿緊嘴唇。

「恐嚇事件已經落幕了，不是嗎？」佩妮如此詢問，我很希望伊佛回倫敦後（若他願意到警局一趟），告訴警方數週前發生的紅漆罐攻擊事件。

佩妮繼續說道：「如果想證明恐嚇事件與縱火案相關，我們就不該將焦點放在惡意信件上，反而應著眼於找出兩者關聯性。目前只能將縱火案視為可能相關事件之一，但重心仍聚焦在恐嚇事件調查上。」

「寶貝，我們得先找出兩者的關聯性。」莫辛表示。

「或許有人意圖損壞珍妮的呼吸裝置。」莎拉說。

佩妮直視莎拉：「或許？」

莎拉說：「院方及貝克不約而同忽視此可能性，但我相信有人試圖結束珍妮的生命。」

「忽視？」佩妮再次質疑道，莎拉有點不耐煩了。

「我們都很清楚，貝克向來不夠積極。」

「至少還不到無能的地步。」出言反駁後，佩妮不滿地將注意力轉回螢幕。

「指證撞見我姪子縱火的目擊者是誰？」莎拉邊問邊走向佩妮。

「貝克督察清楚指示過，必須維護證人選擇匿名的權利。」

佩妮的強硬態度令我聯想到泰拉，眼前這一位外硬內軟，出言警告的語氣也相對溫和。

莎拉轉而問莫辛：「檔案中沒記載嗎？」

佩妮答道：「沒有。貝克督察十分清楚妳的個性，知道妳一定會來追問。」

莎拉憤而怒罵道：「他就只清楚這點。所以資料他藏起來了？」

「督察只是想維護證人的權利。」

「有人這麼聽命行事，他還真輕鬆。」

莫辛很想再抱抱莎拉，沒想到她卻閃躲到一邊。

「而且貝克也太卑鄙了。他最近經常加班嗎？徹底調查縱火及蓄意謀殺案需要大量經費，如今有目擊者肯出面指證，根本是天上掉下來的禮物，他不花任何時間、金錢便獲得卓越績效，這簡直是二十一世紀偵查典範。」

佩妮走向門口。「不如讓我來告訴妳湯尼及彼特找到的線索吧。」

「有人檢查過席拉斯．海曼的不在場證明嗎？」

「妳好好地放特休假吧。」佩妮丟下這句話便離開辦公室。她的個性一如髮型，有稜有角，好刺人。

辦公室裡只剩下莎拉及莫辛。

莎拉忍不住批評道：「天啊，她講話一定要那麼白目嗎？」

莫辛笑了，老實說，我也有些訝異，莎拉甚少講這種話，我過去也從未見她和人有如此親密的肢體接觸（除了與你這個弟弟之外）。我真不敢相信莎拉會外遇，這不是莎拉吧？她向來奉公守法，怎會違反婚姻條約中最重要的一項？

「你曉得目擊者是誰嗎？」莎拉反問莫辛。

「不清楚。佩妮也許和妳不對盤，但她人其實不錯。」

「所以記錄口供的是佩妮？一定是吧。這真是應驗莫非定律，記錄口供的剛好是最不可能幫我的人。」

「沒錯，不過佩妮的直覺敏銳，證人如有半句虛假，絕對會被她發現。」

「你有辦法從她口中套出話嗎？」
「想不到妳要我做這種事。」
「呃，可不可以？」
「妳從不破壞規則，更不可能違法，也不可能要求別人為妳做違法的事。」
「莫辛……」
「這種違反規則的事，以前妳連提都不會提。」
莎拉背對著莫辛。
莫辛說：「妳知道嗎？相關檔案整理出來後全擺在檔案櫃上，也沒人妥善收好，這樣實在太危險了，畢竟那個地方也沒多安全，他們這樣搞不好違反資料保護法了，匿名證人的口供正本是保管得很妥善啦，但是副本就……」
「謝謝你。」莎拉在莫辛古銅色的臉頰上輕輕一吻。
「妳老公那邊怎樣了？」莫辛問。
莎拉沒回答。
「你也說過，某些時刻，對方需要你，此時怎能不顧一切地走開？」
「妳還是打算等馬克十八歲再說嗎？」
「我不知道。」
「這太荒謬了。」
「或許吧，但我們都不希望孩子們經歷離婚陰影，至少等他們長大再說。這我之前就提過了。」

「妳還真會製造問題。」
「你也很愛玩啊，老是不肯認真。」
離開辦公室前莎拉說：「可以幫個忙嗎？」
莫辛點點頭。
「有家印刷公司叫普雷思科斯，他們在聖誕節前替席德利館小學印製月曆，我在月曆背面找到公司名稱，卻找不到聯絡電話，你能聯絡這家公司，問對方當時總共印了幾份月曆嗎？」
「沒問題。妳自己也小心點。」
「好。」
「有需要的話，隨時可以找我。」
「謝謝。」
看來莎拉有個我從不知道的最佳伙伴，在他面前，能自在使用無法在其他人面前使用的語言。當然，我與莎拉並非形影不離，怎知她是否真的只對莫辛如此，但無論如何，我都為她感到高興。
你曉得莎拉和羅傑的婚姻有保存期限嗎？我想你大概不會感到訝異吧。在我看來，這很符合幾年下來我對莎拉的認知——務實、有條理，也很像過去兩天我看到的那個熱心感性的莎拉。
我隨莎拉前往放置文件檔案的辦公室，她迅速將一份檔案藏進外套裡，手還不斷發抖。
我知道莎拉做過許多危險的事，如追拿持槍犯人、制伏比她魁梧的暴力分子，過去我總認為她英勇的表現不過是想引人注目。「各位，看過來！」卻從不了解她私底下一樣膽識過人。
莎拉在影印室拷貝副本，突然間，後方的門打開了，莎拉大吃一驚，來者為一名年長男性，肩上的徽章說明這個人是長官。
「莎拉嗎？妳在這裡做什麼？」
我好擔心莎拉。
「妳應該在休假才對啊。」他說。
「是的。」
「是的話，就放下手邊的工作，不管妳要回家還是去醫院都行，假期結束之後，事情仍會在。妳或許想將為工作奉獻全部心力，但老實說，這可不是好主意。」
「我知道。謝謝您的提醒。」
「聽說妳的姪女及麥克的太太的意外了，我很難過。」
「嗯。」
「妳姪子的事也是，我們大家都很不好受。」
說完他便離開了。莎拉趕緊將影本塞進手提包裡，不知道她是否將需要的文件都印好了。
接著，她將檔案藏回外套裡，夾在左腋下，準備回檔案室。她緊張得滿頭大汗。
物歸原位後，莎拉趕忙離開。
出口就在前方，疼痛難耐的我只自私地想到終於要回醫院了。
「等一下。」
一名年輕男子朝莎拉跑過來，對方五官清秀、一對灰眼，年齡應該不超過二十五歲。不知怎地，這位出奇帥氣的警察使我聯想到你在婚禮中要求朗讀的那段出自《雅歌》的迷人詩句：「我的愛人如羚羊般跳躍。」當時我都懷孕六個月了，直擔心現場親友嘲笑。

「妳東西忘記拿了。」他告訴莎拉。

充滿清潔劑氣味的走廊上只有他們兩人。

年輕男子親吻莎拉，他的吻滿溢著銷魂情欲，莎拉彷彿得以暫時從現實世界抽離。我撇過頭，想起初次與你接吻的情景，你的雙唇靠過來，成為一道通往激情天地的入口。

接吻時，想必莎拉已將珍妮、我、亞當及你的苦難拋到腦後了，手提包裡的違法影本與她對你的承諾也全被忘得一乾二淨，這是接吻的好處。

接著，莎拉往後退幾步。「我們不能再這樣下去了，抱歉。」

莎拉離開之際，我看得出男子心中有多受傷，他是真的愛她，無視年齡差距，不管莎拉相貌與他多不相稱。莎拉是否懂得他的心？

雙親去世時你年紀還小，莎拉當時感受如何？這問題我從未仔細思考過。也許十幾歲的莎拉已如成人般有責任感，也或許她是為情勢所迫？畢竟她在奉公守法、負責明理之餘，卻也勇於冒險、努力過活。如今四十五歲左右的她開始展露青春期的性格。

難怪她和羅傑的婚姻會觸礁。

離開警局時我思忖，要是早點認識這一面的莎拉就好了，我們可以像朋友般外出喝酒。你一直希望我能夠多了解莎拉，我卻總像不聽話的小孩，無論如何也不願跟討厭的人玩耍。

這其實是出於嫉妒。我沒提過，你也不懂我為何不提。呃，隻字不提的部分原因是勇氣不足，我連對自己也無法坦承這份情緒，只敢偶爾點到為止。然而，我現在明白了，我的嫉妒並非來自莎拉與你的互動，你們之間並無希臘神話中安蒂格妮[24]及其哥哥那般的情愫（之前我曾建議你到巴比肯觀賞這齣戲，還花了你三小時，相信你仍記得故事內容）。

我嫉妒的是莎拉的事業，因為她的工作意義非凡。至今我才豁然開悟。此外，我也清楚，架構在嫉妒上的見解毫不牢靠，導致眼前的土崩瓦解。

珍妮在前廳等我。

「妳還好吧？」她問道。

「嗯。」

一回到醫院，疼痛便驟然消失，地板不若警局裡的刺人，氣流也不像車裡的灼燒我毫無肌膚保護的身體。

我向珍妮描述莎拉在警局違法偷印檔案的情景。

「妳見到他了嗎？」珍妮問。

「誰？」我說。

珍妮表情不自在地聳聳肩，此時我才意識到她指的是莎拉的羚羊情人。

「妳知道這個人的存在？」我問道。

她點點頭。

---

24 Antigone是伊底帕斯的女兒，不顧國王禁令，為曾與國王爭奪王位的哥哥安葬。

我不嫉妒莎拉與珍妮如此親密，反而是珍妮曉得莎拉那麼多私事令我心生嫉妒，因為莎拉絕不可能向我吐露那位男子的存在。

我們隨莎拉前往餐廳。

「她為什麼不先去找爸爸？」珍妮問。

「也許是想先獨自將檔案讀過一次。」

棕櫚咖啡廳內光線明亮，我仍感覺得到昨晚莎拉與梅西討論席拉斯為人時的陰影。「暴力……壞透了……讓大人小孩不自覺喜歡他。」

莎拉自手提袋裡掏出一張紙，皺巴巴的還得先撫平，紙張頂邊印有代表警界的黑白交錯棋盤狀花紋，格紋下方黑底白字地寫著：「限警員調閱」。

二十一

安涅特．簡克的姓名、職業（學校祕書）明列於封面，聯絡方式也寫在上頭，警鈴乍響時，她和羅溫娜在一起，因此不可能是縱火犯，但她是負責人員出入的祕書。

「這是違法的吧？」珍妮問道。

我點點頭。

閱讀檔案副本時，一名穿著清潔人員制服的女性上前詢問莎拉：「用餐嗎？」

莎拉於是拿起檔案前往櫃檯買三明治做為使用桌子的代價，我們則在原地等候。清潔人員在隔壁桌面上噴灑某種清潔劑，將那片美耐板擦拭得乾乾淨淨。

「妳和安涅特．簡克熟嗎？」我先問珍妮。

「妳是指我的靈魂伴侶嗎？」

安涅特二十二歲，喜歡濃妝艷抹，指甲留得長長的，一副早上八點二十分就準備上夜店的樣子。你沒見過她，大概無從想像。

珍妮說：「我對她能躲就躲，卻老被她逮個正著，聽她閒扯。」

我注視著珍妮，要她繼續說下去。

「天啊，妳知道嗎？我朋友的朋友被殺了，或者誰誰誰嫁給已經有七個老婆的摩門教徒，不然就是某人的老公把自己婚禮的伴娘搞到大肚子。我不確定那男人是否真的信摩門教，總之，安涅特什麼事情都能參一腳。」

她是否也將發生在我們身上的事當成自己枯燥生活的調劑？

珍妮說：「妳記得美國有個男人謊稱自己的小孩跟著熱氣球飛走了嗎？如果安涅特有孩子，她真的會把他丟到熱氣球上。」

我微微一笑，心中卻感到不自在。

珍妮繼續說：「因為爸爸工作的關係，她之前老黏著我不放，她很想上電視，任何機會都不放過。」

「妳覺得她和席拉斯在交往嗎？」我問道。

珍妮忍不住翻了白眼。

「她很撩人。安涅特老是喜歡露乳溝，經常被我們這些包得緊緊的媽媽取笑。而妳也提過，海曼婚姻不幸福。」

「若他真的想外遇，對象至少該長點腦袋。但無論如何，他在安涅特到職前就被解聘了。」

「是啦，但——」

莎拉帶著三明治回來了，於是我就此住口。內頁第一張的最上面列有訪談雙方的名字縮寫：皮指的是佩妮．皮爾森偵察佐（我腦中浮現警局那名面孔尖削的年輕女子），簡則是指安涅特．簡克。

證詞紀錄時間為星期三晚上六點。

珍妮說：「災後沒多久警方便開始蒐集口供了。但為何如此快動作約談安涅特？」

「說不定是因為她負責管理人員進出。」

我也想知道她星期三那天讓誰進入學校，以及她曾提到珍妮已經簽退的證言是否屬實。

我們和莎拉一起讀著檔案。

皮：能否簡單描述自己的工作內容？

簡：好的，我是祕書，負責處理信件、接聽電話等事務。快遞人員來，我就簽收。各班級點名簿由我保管，另外還得替希莉校長寄信，校門開關由我管理，但晨期間偶爾有老師站在門口迎接師生家長，這種時候我便不需花心思在開門關門上，這樣也好，因為家長總愛在早上來祕書室問東問西，令我分身乏術。

皮：妳還負責其他事務嗎？

（簡搖搖頭）

伊莉莎白．費雪身兼祕書及學校護士二職，為何安涅特不用？否則珍妮也不需在醫護室值班，更不會受傷了。

若真如此，受傷的就是安涅特，沒錯，我寧願劇情是這種走向，不管是誰受傷，只要不是珍妮或亞當就好。母愛可不溫柔慈悲，反而自私殘暴，會把他人咬得血肉模糊。

皮：能否告訴我今天妳曾為誰開門過？

簡：妳認為這場火是人為的？是啦，莫名其妙起火有點怪。我是說，今天天氣雖然熱，但還不至於熱到像澳洲那樣，對吧？這裡不可能發生林地野火，更別說是校內野火。

一見我的神情，珍妮當下表示：「我就說吧，我敢打賭，安涅特一定很享受被警察約談的感覺。」戲劇女王終於找到舞台了。

皮：能回到剛才的問題嗎？

簡：一如往常。我的意思是說，今天沒有陌生人摁門鈴。

皮：待會兒麻煩妳列張清單給我。在此之前，請先口頭說說運動會下午這段時間有誰進入學校？

簡：幾個孩子進來上廁所，身旁有二年級的班克絲老師陪著。職員對他們必稱老師，這是重要規矩。沒待多久，老師和孩子便回會場了。還有些老師回來拿東西，都沒有留太久。接著，亞當．柯維及羅溫娜．懷特摁了門鈴，最後向來禮數周到的懷特太太也來了。門開後還朝監視器揮手表示感謝，大部分的人可不會這麼做。

皮：還有其人嗎？

簡：沒了。

皮：確定？

簡：是的。

皮：妳說祕書室裡有監視螢幕？
簡：對，和大門的監視機器連接，讓我能看清楚來者長相。
皮：開門前妳都會先看螢幕確認嗎？
簡：嗯，如果沒在看，監視器不就等於白裝了？
皮：但分身乏術的時候妳應該會想直接開門就好。
簡：媽的，我當然會先看螢幕。抱歉，我壓力太大了，畢竟這場火災造成諸多不幸。真是悲劇。

珍妮反駁道：「太荒謬了。我親眼見過安涅特根本沒看螢幕就讓人進學校。天啊，她跟我聊天時明明就這麼做過。難道她不曉得這證詞有多重要嗎？」

而這件事羅溫娜之前也曾委婉提過。

我再次將眼神放在「悲劇」二字上，安涅特說得好像經過一番思索後才找到這適切的字眼。

皮：那麼，下午之前有誰進入學校？
簡：妳的意思是，有人事先躲在校內？
皮：能請妳回答我的問題嗎？
簡：一如往常，摁鈴的除了學校師生職員，最多只有一兩名外包人員。
皮：妳認識外包人員嗎？
簡：認識，他們分別是廚師和清潔工，側門無法進出，所有人都得走大門。

皮：學校有可能遭人潛入嗎？
簡：我不知道，就算有，也不會是我讓他們進來的。
皮：接著我想聊聊火災發生時的狀況。警鈴響時妳人在哪裡？
簡：跟平常一樣在祕書室裡啊。
皮：獨自一人嗎？
簡：羅溫娜．懷特也在，她來拿運動會獎牌。
皮：妳確定羅溫娜．懷特和妳在一起？
簡：嗯，警鈴響時，我剛好講到某個朋友的問題，之後便亂成一團。

佩妮應該跟莎拉一樣，試圖剔除嫌疑不大的人。

皮：妳提到自己的職責之一是管理班級點名簿，能否解釋清楚工作內容？
簡：呃，每天早上八點四十分及午餐後，教師皆得根據點名簿點名，不在的學生記缺席，之後，學生會將點名簿送到祕書室給我。辦公室的櫃子上有另一本點名簿，遲到早退的人全得在這本點名簿上簽名。
皮：妳說的遲到早退的人是指誰？
簡：大部分是學生，他們早退多半是與牙醫有約或者其他事，大人偶爾也會提早離開，譬如負責讀故事書給孩子聽的家長。

皮：老師會早退嗎？

簡：會，但很少發生，希莉校長將他們當成奴隸壓榨，所以老師通常比我早到、晚離開。不過教學助理就不同了，他們跟我差不多，每天八點半開始上班，直到五點下班，有事便早退，因此偶爾會提早簽退。

皮：聽到警鈴響時，妳如何反應？

簡：往外跑。

她沒如實告訴佩妮自己多待了五分鐘才離開學校，更沒提到那五分鐘做了什麼，佩妮當然也不知道有必要追問。

簡：我將點名簿交給學前班老師緹莉．羅傑斯，但沒派上用場，因為她早一步確定學生全離開火場了。接著，我看見有個男孩在銅像旁嚎啕大哭，羅溫娜正試著安撫他卻適得其反。

皮：那男孩叫什麼名字？

簡：現在知道了，我是說，我明白他為什麼哭成那樣了。總之，羅溫娜問我有沒有看見珍妮，我還要她放心，珍妮不在學校裡。雖然大家心裡擔憂，但我確定她不在裡面。

皮：妳怎麼知道？

簡：因為她已經簽退了啊。在我辦公室裡的點名簿上有她的簽名，不信的話妳查查看。

皮：妳認為紙本點名簿經得起火燒嗎？

儘管佩妮語氣依舊平穩，我想她心中大概很鄙視安涅特吧。木頭窗框、灰泥建材及地毯都經不起火燒了，更何況是紙？

簡：她確實簽退了，我記得一清二楚。

皮：幾點的事？

簡：我沒特別確認時間，但應該是三點左右。

皮：她沒在點名簿上留下時間嗎？

簡：我看見珍妮簽退，但沒注意她寫了什麼，沒必要這麼做吧？

皮：妳怎麼沒將點名簿帶出來？

簡：我以為那本點名簿可有可無，學前班的點名簿比較重要。

皮：有那本點名簿，我們才知道火災前後有誰在學校裡，不是嗎？

簡：聽著，我才上班一個學期，好嗎？校方的確在幾個星期前辦過消防演習，但我當天生病未到。再說，就算點名簿被我帶出來了，結果難道會不同嗎？頂多就是證明珍妮確實簽退了。

我瞄了珍妮一眼，她顯然仍想不起任何事，並因此大為煎熬。

「或許安涅特只是不想成為被責怪的對象。」我安撫道。

因為珍妮如果簽退了，她為何還要回學校？

皮：妳什麼時候意識到珍妮．柯維還在校內？

簡：我看見她母親喊著她的名字衝進火場，然後那個笨女人也跟著跑進去。

皮：妳是指羅溫娜．懷特？

簡：嗯，當時消防車已經抵達現場，她該讓消防人員進去，而非增加他們的負擔，大家還得救她。真不曉得羅溫娜想證明什麼，想必是要博得眾人的目光吧。

想都不用想也知道安涅特．簡克根本是嫉妒羅溫娜，眼前這位戲劇女王什麼也沒做，完全無法吸引大家注意。安涅特的話非常酸，《里其蒙郵報》小篇幅報導羅溫娜的英勇作為想必讓她很不是滋味吧。

（貝克督察請皮到辦公室外，皮並於三分鐘後折返。）

皮：妳認識席拉斯．海曼嗎？

我記得莎拉提過，校長或董事們短時間內便將對學校心懷怨恨的人的名單交付警方。因此，某人（大概是莎莉．希莉）對警方透露過席拉斯．海曼的事。我的回憶、邏輯能力如此完美，醫生竟然說我是植物人。

簡：我不認識他。席拉斯這名字有什麼意思嗎？

皮：他是席德利館小學教師，於四月離職。

簡：那我不可能認識他吧，畢竟我五月才開始上班。
皮：連聽也沒聽過？
簡：都說了，我五月才開始上班。
皮：但是沒人私下聊到席拉斯・海曼嗎？
簡：沒有。
皮：幾個星期前才被解聘的老師竟然沒人提起？
（簡搖搖頭）
皮：我只能說這實在令人難以置信。

至此，我對面色嚴肅的佩妮・皮爾森更為敬佩了。

珍妮忍不住說：「看吧，席拉斯和安湼特根本不認識對方，更別說是外遇了。」

接著，莎拉自手提包裡掏出另一份皺巴巴的證詞。

霎時，手機鈴響嚇了她一跳，彷彿做壞事被逮個正著。我湊近手機，另一頭清楚傳來莫辛的聲音。

「普雷思科斯印了三百份席德利館小學月曆。這項資訊有用嗎？」

「這意味著有三百個人知道星期三是亞當生日，當天也是運動會，校內不會有什麼人留守。你查出目擊者是誰了嗎？」

「抱歉，親愛的，佩妮就是不肯說，其他人一樣守口如瓶。他們大概不信任我，媽的。」

莎拉謝過莫辛後便掛斷電話，然後撫平那份皺巴巴的證詞。

這次被約談者是莎莉．希莉（簡稱希），約談者為貝克督察（簡稱貝）。面會時間始於下午五點五十五分，校長與安涅特幾乎同時被約談。

二十二

我想起莎莉·希莉曾於火災當晚上電視——粉紅色亞麻襯衫、乳白色長褲、議員進行報告時的語調以及無可挑剔的妝容。此外，總是特意維持的美好外表逐漸剝落瓦解。

貝：能否告訴我，火災時有誰在學校？

希：好的。有班學前班學生當時在裡面，另一班學生剛好去動物園，學生名單全列在點名簿上。此外，還有祕書安涅特·簡克、學前班老師緹莉·羅傑斯、教學助理珍妮佛·柯維。

貝：其他教職員當時都在校外嗎？

希：嗯，本校致力於舉辦眾多比賽項目，倘使未動員所有教職員，現場會很混亂。

珍妮說：「天啊，都什麼時候了，她還一心只想著幫學校打廣告。」

貝：妳知道哪些教職員中途返回學校嗎？

希：嗯，羅溫娜・懷特。我雖沒親眼見到，但耳聞她回學校拿獎牌。

貝：還有其他人嗎？

希：沒有。

貝：之前我同事可能問過同樣問題了，但我得重問一次，不好意思。

希：沒關係。

貝：一般人是否能輕易進入學校？

希：學校有個出入口，出入口大門安裝了密碼鎖，而知道密碼的只有教職員，其他人都得摁門鈴才能請求進入。不幸的是，過去曾發生過家長隨便讓別人隨同進入，有一次，某個陌生人就這樣闖進校內。自此之後，大門便加裝了監視器，祕書開門前得先確認來者何人。

貝：妳認為貴校安全防護得當？

希：沒錯。學童安全是我們的首要考量。

「安湼特根本懶得看監視器。」珍妮憤怒道。

「希莉校長應該很了解安湼特的個性吧？」

「沒錯，但當初聘用她時大概不知道吧。」

「有些家長及學生記得密碼，這事實她理應心知肚明吧？」

「並且因而大為光火。」

她沒照實坦白大門安檢狀況，由此，其他部分是否亦摻雜著謊言？

貝：妳清楚對貴校懷恨在心的人有誰嗎？
希：當然不清楚。
貝：我必須告訴妳，依目前情況判斷，這場火可能屬於人為，請妳仔細想想。
（希沉默不語。）
貝：希莉校長……
希：怎麼會有人做這種事？

我手邊沒有劇本指出校長目前的真正感受，她是哀傷、憤怒，抑或是驚慌？

貝：能否請妳回答我的問題？
希：我不知道有誰會做這種事。
貝：搞不好有的教職員在——
（希此時打岔。）
希：沒有人會這麼做。
貝：過去半年到一年之間，席德利館小學有人離職嗎？
希：那和這場火無關。

貝：請回答我的問題。

希：好吧，有兩個人離職。一個是學校祕書伊莉莎白．費雪，另一個是三年級教師席拉斯．海曼。

貝：他們為何離職？

希：伊莉莎白．費雪年紀較長，無法勝任工作，我雖然不捨，卻也只能請她離開。大家好聚好散，而她很想念這些孩子。

貝：能否請妳提供她的聯絡方式？

希：嗯，我掌上型電腦存有她的電話、住址。

貝：妳還提到三年級老師席拉斯．海曼，對吧？

希：沒錯，他的離職原因更為不幸。他負責看顧遊樂場時，該處發生意外。

貝：那是什麼時候的事？

希：三月最後一個星期。我剛說了，健康及安全是敝校的首要考量，他因而被解聘了。

貝：妳的確說過，安全是首要考量。

希：健康與安全息息相關，不是嗎？保護學童免於身體或犯罪傷害。

希莉校長必定也說了「或兩者同時」這幾個字，只是未被記錄下來。

貝：妳的電腦是否也存有席拉斯．海曼的聯絡方式？

希：有，我還沒刪。

貝：能一併寫給我嗎？

希：現在？

貝：是的。

（希寫下席拉斯．海曼的聯絡方式。）

貝：請容我離開片刻。

（貝離開辦公室，六分鐘後折返。）

貝克絕對是去轉達佩妮席拉斯．海曼的事，應該還順便派人去找他，畢竟貝克提過，警方當晚便約談席拉斯．海曼。

貝：提到學校安全，能否說明一下校內消防規範？

希：我們擁有合格的消防設備。各樓層及廚房之類的危險區域皆置有泡沫及水性滅火器、防火毯、防火砂桶，滅火器之間的距離絕不超過三十公尺。同時，學校員工皆受過訓練，清楚各種消防設施的使用方式。此外，班級教室、美術教室、餐廳、廚房之類的空間皆設有逃生門，門上還附有圖像及文字說明，校方更定期舉行消防演習。合格熱感應器與煙霧偵測器也可見於校內各處，一出狀況消防隊便會收到通報。校方每季、每年及每三年都會延請專業人員進行不同規模的維修檢查，一切符合我國BS 5839消防標準。

「聽起來像是背好的內容。」珍妮直言，我也認同。只是不解她為何要背誦這些內容？

貝：妳手邊有相關證明嗎？

看來貝克也注意到了。

希：身為小學校長，安全是敝校首要考量，我也同時負責消防安全事宜，我手邊當然有相關證明。
貝：據消防人員報告，學校頂樓的窗戶完全打開了。針對這點，妳有何看法？
希：那是不可能發生的事，我們每扇窗戶皆加鎖，至多只能開啟十公分寬。
貝：窗鎖的鑰匙由誰保管？
希：放在教師辦公桌，但是……

希莉校長勢必未再說下去。而我則想像那個人來到學校頂樓，現在他必須花更多時間開窗戶，好讓風勢得以灌進以助長火勢。

貝：妳說學校員工受過訓練，很清楚滅火方式？
希：是的，顯然，圍堵火勢同時疏散人群是將傷害降到最低的最佳策略。
貝：但除了妳方才提到的三人，其他員工全都在運動會會場了，對吧？

（希點頭。）

貝：為何珍妮佛・柯維獨留在校內？

希：因為她必須在醫護室待命，以防有人受輕傷。

貝：醫護室在哪裡？

希：在四樓。

貝：在學校頂樓？

希：是的，前任祕書伊莉莎白擁有護士證照，當時祕書室也權充為醫護室，那裡面有沙發、毛毯，可做為家長抵達之前，受傷學童的休息處。然而，新祕書從未受過醫護訓練，於是熟悉急救技巧的高年級老師戴維森先生要求將醫護室搬到他所屬班級的樓層，也就是頂樓。不過，運動會當天，戴維森老師也在會場幫忙。

貝：妳何時得知珍妮佛・柯維將擔任運動會下午時段的護士？

希：說是護士有點太冠冕堂皇了，畢竟我不期望那個年紀的女孩能處理嚴重傷勢。

「妳這巫婆，我可參加過聖約翰救傷訓練。」珍妮讀到這一段時脫口說出這句話，幸好她只注意到校長的回答而非貝克的提問。貝克的問題分明是懷疑這場火是衝著珍妮而來，我猜想，他應該查過珍妮的資料，心裡清楚曾發生過恐嚇事件。

貝：能否請妳回答我的問題？妳何時得知珍妮佛・柯維將擔任運動會下午時段的護士？

希：我在上週四員工會議中宣布這件事。雖然這並非我的原定計畫，但想到珍妮夏日穿著向來不雅，或許別讓家長看到她比較好。

「媽，她是巫婆。」珍妮咬牙切齒道。

貝：原定計畫？

希：起初，我將這工作派給羅溫娜．懷特，至少她受過聖約翰救傷訓練。事後我們進行了些調整，雖然她不太情願，但我認為很恰當。

珍妮旋而轉頭問我：「我在想，羅溫娜說不定對父親提過自己要當護士，藉此討他歡心，之後卻沒提過負責事務更動一事。妳覺得呢？」

「或許吧。」我如此回答。

傷錯女孩了嗎？

貝：週四那一次的員工會議有誰在場？

希：資深管理團隊，他們負責將確認後的訊息傳達給其他員工。

（希陷入沉默。）

貝：希莉校長？

希：珍妮會死嗎？

（希哭了。）

紀錄裡沒提到她哭了多久。

莎拉自手提包裡掏出最後一份證詞影本，我迫切希望那是席拉斯．海曼的口供，可惜是緹莉．羅傑斯。她是典型的學前班教師，紅潤的臉頰、一頭長髮、微笑時還露出潔白貝齒。這女孩外表清新、健康又和善，可以想像工作幾年後便會結婚、組織自己的家庭。她受班上學生愛戴、男性家長戀慕、女性家長疼愛。

我無法想像緹莉會與縱火案有關。

羅傑斯老師於六點半接受約談，順序在希莉校長之後。約談者為貝克督察。

我約略讀了一下證詞，只想了解大概。警鈴乍響時，緹莉正帶領孩子們玩團體遊戲。之後，梅西．懷特（所有孩子都認識的故事書閱讀志工）前來幫忙疏散學生，她只提到安涅特帶著點名簿離開學校，並未指稱對方在裡頭多逗留了一段時間，這或許是因為梅西沒有注意到，或者認為這件事不重要。沒人留心要問這件事，待約談紀錄來到第三頁時才出現相關疑問。

貝：妳認識席拉斯．海曼嗎？

羅：我知道這個人，他今年四月前在校內擔任三年級教師，但我們教室位於不同樓層，彼此不認識。學前班教室在一樓，你也知道，學前班在升上一年級以前不會和其他年級有任何往來。

緹莉當真不認識席拉斯．海曼嗎？她會是同謀嗎？這位外貌清秀、喜歡穿花紋洋裝的老師有沒有可能帶著故事書及泰迪熊玩偶走上樓，特地為海曼取鑰匙開窗戶？會不會到美術教室潑灑白精油並點燃火柴？

我曾認定這種情節令人無法置信，只是事到如今，還有什麼事是不可能的？

然而，我難以想像她要如何即時返回教室，因為起火後，梅西馬上就會前來幫忙疏散學生，她必定也會發現羅傑斯老師不在現場。

貝：妳有其他與火災相關的事情想說嗎？

羅：雖然不清楚這是否有關，但我覺得羅溫娜．懷特的表現很值得讚賞。

貝：請繼續說下去。

羅：當時我和孩子們在外面，大部分的媽媽也都趕來了，我不得不特別留意四周狀況。同一時間，我見到羅溫娜跑進體育用品倉庫拿了條藍色大毛巾，學生偶爾會將毛巾忘在倉庫裡。通往學校廚房的石子路上放置著兩桶四公升裝礦泉水，羅溫娜以此潑濕毛巾，接著毫不遲疑地往火場衝，並在進入前用毛巾蓋住臉。她真是太勇敢了。

至此，莎拉起身回病房找你，珍妮和我則神情沮喪地多待了一會兒，顯然這些證詞皆無法洗清亞當的罪名。

我說：「說不定莎拉已找到我們沒發現的線索，不然至少也給了她一些頭緒。」

「嗯。」

稍後，我們在加護病房的走道上遇見你和莎拉，只見你手中緊抓證詞影本，雙眼則透過玻璃望著珍妮。

珍妮離病房一小段距離，避免看到自己的身體。

「妳覺得證詞影本跟我的手機一樣，有可能造成感染嗎？」她問道。

「絕對是。」

但我其實無法得知證詞影本真的可能造成感染嗎？還是莎拉選擇低調，特意避開醫護人員來來去去的區域？

你手持安涅特．簡克的口供，我則期待聽聽莎拉的見解。

你邊讀邊問：「珍妮怎麼可能簽退？我真的不懂。」

莎拉說：「我目前還不相信真有此事，安涅特．簡克只是想擺脫所有人對她的指責，就是那種肇事逃逸的心態。」

「那她的證詞就沒用處了。」

「我不這麼認為，至少證詞明白點出她並非縱火者。安涅特說，警鈴響時她和羅溫娜．懷特同時在祕書室，而羅溫娜之前也給我相同的描述。祕書室位於一樓，美術教室則在三樓，由此足以判斷她們兩人皆不可能是縱火者。」

「安涅特有可能准許海曼進學校嗎？」

「她聲稱不認識海曼，甚至連名字都沒聽過，也沒有職員私下聊過與海曼有關的話題。矛盾的是，安涅特很愛聊是非，所以我覺得太反常了，她有可能對警方說謊。此外，梅西及羅溫娜不約而同提過，安涅特在校內多待了幾分鐘才離開，這點她在約談中未曾提及，我們有必要查出她當時在學校裡到底在做什麼。」

一如所料，莎拉的直覺確實比我們敏銳。

而閱讀莎莉．希莉的證詞時，你在消防規範的部分停住。

「感覺她好像在背手冊內容。」你告訴莎拉。

「我也這麼認為，貝克督察也注意到了。在我看來，莎莉．希莉十分擔心警方找出真正的起火原因，她彷彿早就知道會發生這種事，如今正試著將傷害降至最低。我想，在促燃劑、通風良好及老舊建築這三項要素下，任何消防規範都起不了作用。」

「說不定希莉校長早料想到這後果？」

「我看不出她有何動機燒燬學校，但就是有什麼事情不對勁。此外，她說老祕書伊莉莎白．費雪離職時，雙方是好聚好散，然而伊莉莎白顯然不這麼認為。」

「這有關聯嗎？」你稍顯不耐地問。

「目前還不得而知。」

重讀校長的口供讓我備感不快，再次讀到她告訴貝克督察，醫護室位於學校最高樓層的四樓、希莉校長宣布珍妮擔任護士、資深管理團隊將訊息轉達所有教職員，這些段落再再引起我的注意。

校內所有人皆曉得，珍妮將獨自待在幾乎沒有其他人的學校頂樓。

「妳只拿到這些資料？」你責問莎拉。

「嗯。」

「妳就不能——」

「我只能帶影本回來，正本檔案放置在毫無防備的角落，我想，現在大概被移到安全的地方了。」

「妳會去找席拉斯．海曼嗎？」

「會，我還準備和校長和伊莉莎白．費雪聊聊。這段時間你可以回家看看亞當。」

你沒說話。

「麥克，加護病房戒備森嚴，倘若你還是不放心，我可以請莫辛來陪她。」

你仍舊不發一語，莎拉無法理解。

「麥克，亞當現在只有你一個家人，他需要你的陪伴。」

你只是搖搖頭。

彷彿在找尋答案般，莎拉的灰色雙眸深深望進你那同為灰色的眼裡。身為慈父，你絕不會棄八歲幼子於不顧（尤其是現在）。在你嚴肅的面容之後，莎拉所熟知的那個小男孩依舊存在於某處。

你邊說話邊撇開頭，致使莎拉無法判讀你的表情、你的內心世界。

「他們說珍妮只剩三個星期的生命，除非找到心臟捐贈者才會有轉機，而如今已經過一天了。」

「噢，天啊，麥克……」

「我不能離開她。」

「嗯。」

「我們會找到捐贈者的……」你堅決地說，而我則轉頭望向珍妮，適才的話語如汽車急速撞向她，死亡逼近的腳步絕非悄然無聲，而是震耳欲聾，如今，死神踏上人行道，朝珍妮筆直而來，她無處可逃。

珍妮倏而離開病房，我緊跟在後。

「珍妮，拜託……」

來到走道上，她旋而轉身面對我，臉色蒼白的珍妮語氣顫抖地說：「妳為何不早說？我有權利知道啊。」

我想告訴她，這麼做是在保護她，為了她，我以謊言編織了一條圍巾，而且我和你一樣堅信她會度過難關。

「我不是小孩子了。沒錯，我還是妳女兒，永遠都是，但……」

「珍妮……」

「媽，妳難道不懂嗎？拜託，我是大人了！妳不該繼續操控我的人生，我的人生我自己過、我的死亡我要自己面對！」

二十三

珍妮六歲時，有一天她身穿印有橘色小花的粉紅色泳裝下水，看著她潛入池裡再冒出水面朝我開心揮手，活脫脫像條小魚！我在岸上緊盯著珍妮，只要她一出狀況立刻嘩啦一聲跳進泳池。十二歲時，她比較害羞，改穿中規中矩的深藍色連身泳裝，並且在做好準備後才下水。直到青春期，身材曼妙的珍妮穿起銀色比基尼，泳客直瞅著她，而她只覺得那些視線如日光，貪戀她每一吋肌膚。

但對我來說，珍妮依舊是那個身穿橘色小花粉紅色泳裝的小女孩，我也依舊緊緊看顧著她。

「我可以捐心臟給妳。」我說。

珍妮看看我，笑了出來，我感受到她已原諒我。

「噢，拜託。」她說。

「萬一沒有捐贈者現身的話。」

「『現身』？」

她在逗我。

「我們的組織相適性很高。」我進一步解釋道。

對父親的卡勒氏病而言，我們母女倆的骨髓一樣一無是處，當時我只覺得我們的組織都不理想。

「妳真好，可惜事情沒那麼簡單，有些問題不解決不行。首先，妳還活著，即使爸爸和莎拉姑姑同意，當然他們不可能答應，院方仍會持續提供妳食物及飲水。」

「那我得找辦法克服這問題。」

「怎麼克服？」

都這個時候了，珍妮還笑成那樣！我錯了，她還沒意識到狀況多緊急。一直以來，我總是希望她能「認真」看待人生。

「拒絕參加A-level一點也不好玩。」

「我不是在笑這個啊。」

「那是怎樣？」

「我只是覺得，學生要寫作業、重考、並在限定時間內寫完申論題、勤練考試技巧，卻沒人告訴我們這不過是人生眾多道路的選項之一。」

「但這並非能自由選擇的事。」

「是可以自由選擇啊，因為我剛剛就做了自己的選擇。」

珍妮自以為這樣很好玩，並認定自己從監獄內被釋放出來，卻沒意識到未來之門同時被她關上了。

過去，珍妮這種故作輕鬆、迴避現實的個性令我感到失望，如今反而是我所樂見。

然而，她的質疑確有道理，我該如何自殺？當前的我，眼睛睜不開、手指動不了，要怎麼讓自己用藥過量或者臥軌自殺（這選項實在自私，火車駕駛可是無辜的）？身體功能不足還不能輕易自殺，真是諷刺。

莎拉自我們身邊經過，你也隨之離開，這是你第一次離開崗位。

你說：「他們會即時找到捐贈者的，珍妮會活下去。」

然而，你的聲音已不若以往響亮，原本滿溢的希望隨著時間一點一滴流逝。

但我仍試著找出希望的把手，好讓我能緊抓住它。

「麥克，珍妮當然會活下去。」

莎拉出言附和，兩股信念再再促使我愈發堅定，我知道珍妮會康復，她一定得復原。「她當然會。」

你回到病房，莎拉則朝醫院出口走去。珍妮提議：

「妳跟莎拉姑姑走，我留在醫院，以免唐納突然回來。」

「我想陪在妳身邊。」

「是妳自己說我們必須掌握所有情報的，這樣才能拼湊出真相。」

珍妮希望我跟莎拉離開。

珍妮想要獨處。

以往我極度厭惡這種情況——房門緊閉，珍妮離我不遠，在房裡講電話。如今珍妮又想獨處，我心中仍難以釋懷。

你幾個星期前才告訴我：「我們必須放手讓珍妮犯錯、吃苦頭，放她高飛吧，孩子大了自然都會如此。」

我反駁道：「鼠疫也很『自然』啊，但自然不見得全是好的。」

你抱住我說：「格蕾絲，妳得放手了。」

可是我不能放開綁住珍妮的繩子，現在還不是時候。珍妮雙腿變得修長、神情體態變得有女人味。她不斷成長，我才不斷放長繩子，但我一定要等到她能安全、不溺水地在深水區游泳才願意放手，等她從兒童泳區游進成人泳區。

在那之前我都不會放手。

我和莎拉沿著石子路走向停車場，這一次地上的砂石不若尖針般刺人，正午陽光也沒那麼炙燙，我身體好像有層防護罩。

莎拉一路保持合法行車速度，在準備破壞許多大規矩的狀況下，她仍順從地遵守這枝微末節的規矩。

隱形保母呼喊道，我腦中所留存的珍妮游泳影像「已經完全過時」，珍妮要我「放開繩子，她已經長大成人，不想再被管了」。

我反駁道，珍妮隱隱地還是很需要我，尤其是現在。青少年愛面子，總煩惱如何與童年畫清界線，但我相信其中許多人就像珍妮，暗自希望有人能即時抓住他們。

隱形保母以殘酷的事實反擊我：「紅漆罐攻擊事件發生之際，珍妮沒向妳求助，不是嗎？既然沒有，就表示不需要妳。」

也許是因為我那天整天不在家。

那天是五月十日，相信你記得這日子吧。

那是亞當班級校外教學的日子，我特地將整天空下來，卻無法與他同行。

「柯維太太，妳已經參加過三次校外教學了，把機會讓給其他媽媽吧。」梅登老師說得一副不是她不讓我參加，而是有很多媽媽的Prada包裡早準備好指北針，正排隊等著展開滂沱大雨中的定向越野賽跑。（梅登老師在V＆A博物館朝學生咆哮時，我可是狠狠瞪她。）

於是我待在家裡，不時擔心亞當找不到正北方，甚至落單。珍妮反而不令人擔心，畢竟我以為恐嚇事件已然落幕。

我整天都在家。

當天，珍妮比預定的時間晚到家，還剪了短髮。她明顯神情焦慮，我誤以為是新髮型使然，因此不斷出言安撫，說短髮很適合她。

珍妮花了好長一段時間講電話，無奈我聽不清楚聊天內容（因為房門緊閉），只覺得她的口氣很不安。

如果當初珍妮向我求助，我會想辦法清掉油漆，至少她可以不用剪短頭髮。

我會把她的大衣送到里其蒙無汙不清又索價昂貴的乾洗店。

如果當初珍妮向我求助，我會報警，而如今她說不定就不必住院了。

珍妮仍需要我用繩子綁住看管，只是她沒意識到這事實罷了。

隱形保母質問道：「那溺水又是怎麼一回事？亞當配手臂救生圈，珍妮配繩子？」現代社會，人人小心翼翼地避開危險，游泳大概是家長唯一會放縱孩子進行的危險活動。心理分析師認為水的意象與性相關，而母親則將水與危險聯想在一起。

接著，我想像珍妮與亞當安安全全地。

由於太專注於回想珍妮的事及與自己爭論，回神時竟然已抵達學校。我不敢重見火場，我緊張得作嘔。

莎拉將車開進小路，停在遊樂場旁。

遊樂場上如今多了三間臨時組合屋，看起來和運動會當天的景象不同，至少我因而舒坦些，我實在不想回憶起昨天的情形。然而，下車後，我發現地上白線仍在，反射著頭頂射下來的日光，我趕忙望向他處。

青草味伴隨悶熱的風撲鼻而來，將我拉回那個星期三午後，老師脖子上的哨子在太陽底下閃閃發亮、孩子們的小腿在場上蹦蹦跳跳、亞當神采奕奕地奔向我。

市面上買得到夏季雪景球嗎？透明玻璃內可見綠草、杜鵑與藍天。我人就在這裡面喔。搖搖球，覆蓋這片景致的不是雪花，而是黑煙。

莎拉敲了敲某間組合屋的門，那聲音將我從雪景球中喚醒。

應門的是希莉校長，她上妝的臉頰紅潤，皺皺的亞麻襯衫淨是灰塵。

「我是麥克布萊德偵察佐。」莎拉邊自我介紹邊伸出手，同時隱藏自己與我們這家人的關係。以前我無法理解莎拉冠夫姓的原因，此刻忽然意識到，她應該是想營造出一個面對人眾的自我，一個負責、成熟的麥克布萊德偵察佐，丈夫則為理性而感情冷淡的羅傑。她的目的是將青少年時期的莎拉・柯維妥善藏在表象之後。

通風不良的組合屋內，希莉校長使用的香奈兒十九號香水味宛若浮渣，飄滯在悶熱潮濕的空氣中。

「地方議會已發出臨時證照，我們將在星期一再搭建十間組合屋及廁所。」校長口氣異常緊繃：「接下來孩子們得自備午餐，但相信家長能夠理解我們的難處。幸運的是，我們之前都將資料儲存在雲端系統裡，所有人的聯絡方式、班級課程規畫及學生報告皆有備份。」

「貴校辦事真有條理。」

莎拉禮貌性回應，我無法理解她之所以對這話題感興趣是否是出於發現了任何蛛絲馬跡？

「一位學生的父親是知名電腦公司執行長，他上學期協助將學校資料全上傳至雲端。家長總樂於為學校提供幫助，這次真是發揮功用了，也因此我才能印出各個家庭地址。我寫了封信告知家長火災始末，順便安撫他們的情緒，信明早便會送到。」

望眼所及，標明地址的信封全堆在地上，而印表機轟隆隆地運作中。

「寄送電子郵件給家長不是比較省事嗎？」莎拉問道。

「我覺得白紙黑字比較適切，正顯示情況在掌握中。妳會在這裡待多久？我還有很多事必須處理，更何況之前也與警方談過了。」

「妳可以邊處理事情邊回答我的問題。」莎拉的好心提議使我回憶起某次週日午餐後與她一起洗碗盤的景象。她當時提到，希望能和嫌犯一同洗碗，由她負責清洗，對方負責擦拭，嫌犯專心做事情時較可能說實話。當時我還很擔心莎拉企圖從我口中套出什麼情報。

「妳知道亞當．柯維被控縱火嗎？」莎拉直接切入核心。

「知道，我決定不予追究，董事們全體贊成。就我所知，亞當惡作劇太過才導致這樣的後果，他也已經受到懲罰，現在一定非常內咎。」

「妳認識亞當嗎？」

「我知道亞當是哪一位，但了解不深，現今的校長定位比較不像老師，而比較像執行長。很遺憾地，我真正認識的學生不多。」

珍妮就讀席德利館小學時，校長室總是大門敞開，孩子們來來去去，希莉還每週上一堂課，維持與學生的互動。而亞當就少有機會見到校長了。

「年僅八歲的小孩便懂得縱火，妳不覺得奇怪嗎？」莎拉問。

「我倒是不訝異，畢竟這種事顯然常發生。教了那麼多年書，我清楚這年紀的小孩會做些什麼。」

我聯想到羅伯特．傅萊明。

「亞當不是那種小孩。」莎拉說。

「他沒放火嗎？」希莉校長問道。

「妳似乎很不安。」

「好吧，我是很不安，因為我希望這件事盡快落幕，好讓學校重新運作，這對亞當也比較好。妳來找我就是為了這件事？」

「我只是想問一些問題，只是有些問題可能之前問過，在此先說聲抱歉。」

希莉校長點頭表示接受，手裡同時將信整齊折好，塞進信封內。

「火災發生時妳人在哪裡？」莎拉問。

「在運動會會場主持二年級跳布袋競賽。一聽說有火災，我便託班主任幫忙照顧學生，自己盡速趕往學校。抵達學校時，所有學前班孩子皆已安全撤離。」

「珍妮佛．柯維呢？」

希莉校長依舊匆忙折著信紙，紙張卻不如之前那樣被折得整整齊齊地。

「珍妮已經簽退，回校卻沒重新簽到，這樣誰曉得她還在學校裡？」

「妳見過珍妮簽退的點名簿嗎？」

「沒有。」

「那妳怎麼確定她簽退了？」

「學校祕書安涅特．簡克說的。」

「妳相信她？」

「我是校長，不是女警，寧可相信別人的說詞。」

自此，兩人針鋒相對了起來。

「妳為何沒向警方坦承席拉斯．海曼在頒獎典禮上的所作所為？」

希莉校長一時反應不過來，是因為話題赫然改變？還是因為乍聽到席拉斯．海曼這名字？

「妳為何沒向警方坦承席拉斯．海曼威脅報復？」

「因為他是無心的。」

「學校遭燒燬，兩人受重創，還有個男人揚言報復，沒想到——」

「我知道他是無心的。」

「有證據嗎？」

希莉校長不發一語。她手指頭被紙割傷，在每封白色信封上留下淡淡血痕。

「頒獎典禮後是否接到家長致電關切？」

「有。」

「他們是否要求妳向警方申請禁制令，確保席拉斯．海曼不會靠近校園半步？」

「妳指的家長是梅西．懷特嗎？」

「妳只管回答我的問題。」

「有。」

「那麼，妳為何沒依她的建議報警？」

「因為梅西的先生一小時後打電話給我，說他太太反應過度，沒必要鬧上警局。他跟我和其他職員、家長一樣，知道席拉斯只是逞口舌之快，不會真的下手。」

為何唐納要否定梅西的要求？為何他要保護席拉斯？

「妳因此並未報警，對吧？」

「對。」

「難道妳一點也不擔心嗎？」

「讓我擔心的不是席拉斯可能報復，而是遊樂場意外後，學校花了好幾個月辛苦重建的名聲，有可能會被他那五分鐘的愚蠢行徑摧毀。然而，除了梅西．懷特，其他人根本沒將席拉斯的所作所為當一回事，他不過是讓自己變成他人笑柄罷了。」

「能否說明一下『遊樂場意外』？」

「有個小孩從逃生門摔到地上，導致摔斷兩條腿，所幸不是更嚴重的情況。當時負責看管遊樂場的是席拉斯．海曼，但他顯然未盡責。」

「你因而解僱他？」

「我別無選擇。」

「妳何時決定解僱他？《里其蒙郵報》刊登相關報導之前還是之後？」

「那篇報導顯然引起家長更大的反彈。」希莉校長彷彿因回憶而感到不快，所以停頓了一會兒：「三天後，我不得不解僱席拉斯．海曼。如果沒有那篇報導，他至少可任教至學期末。」

「妳是否曾多次警告席拉斯．海曼？」

「之前他曾批評某個學生『壞透了』，我當時警告過他。想當然耳，家長聽了立刻前來抗議，說他對孩子說那種話實在太不恰當。」

此時我想起羅伯特．傅萊明的冷酷無情。

「《里其蒙郵報》如何得知遊樂場意外的？」

「我不清楚。」

「是校內人士通風報信嗎？」

「我真的不知道是誰聯絡《里其蒙郵報》的。」
「席拉斯．海曼在校內有仇人嗎？」
「就我所知是沒有。」
「遊樂場意外對學校有何影響？」
「意外剛發生時，我不否認學校面臨非常嚴厲的挑戰，我能懂家長為何如此憤怒，畢竟他們將孩子交給我們，結果卻有人受重傷，也因此，部分家長想為孩子辦理退學是完全可以理解的事情。我逐班舉辦特別座談會，與所有家長會談，若有家長還是不放心，我便與其個別會面，再三保證意外不會再度發生。我們好不容易度過難關，沒有孩子辦理退學，一個也沒有。運動會當天，校內有兩百七十九名學童，其中僅一名三年級孩子缺席，原因是他們已於上學期末搬至加拿大。」
我知道她說的是事實，運動會時，每班人數皆為二十人，這數目是席德利館小學規定的上限。
「那妳覺得席拉斯．海曼這個人怎麼樣？」莎拉再問。
「他很出色，有教書的天分，甚至是我這輩子見過最優秀的老師。然而，他的教法太顛覆傳統，實在不適合私立學校這種環境。」
「為人呢？」
「我對他的認識僅止於工作上。」
「他是否與校內人士有感情關係？」
希莉校長思考了一會才說：「就我所知沒有。」
真是個謹慎的答案。

「有任何閒言閒語嗎？」

「我對流言蜚語沒興趣，甚至會要求大家別造謠生事。」

「妳能不能告訴我，星期三那天的大門密碼？」

「七七二三。」希莉校長雖直覺回答，卻對莎拉產生戒心：「密碼我已告知另一名員警。」

「我只是想親自確認。」莎拉冷靜回答，這答覆果然讓希莉校長安心不少。然而，隨著這場非法約談繼續進行下去，校長遲早會發現其他諸多疑點。莎拉對你提過的那層冰似乎薄得很。

「妳為何想擺脫伊莉莎白．費雪？」

莎莉．希莉當下備感震驚，並試圖隱藏這股情緒，此時莎拉兩眼直盯，她卻說不出話來。組合屋內只聽見印表機嘈雜的列印聲響，另一封信又被印出來，隨之飄到滿是灰塵的地上。

「希莉校長？」

二十四

向來有所準備的希莉校長如今冷汗直淌，汗水在這光線過於充足的組合屋內閃閃發亮。

「她年紀太大，無法繼續勝任祕書一職。這我也對警察解釋過了。」

眼下希莉校跪在地上，手邊已停下摺信、裝信的工作——難道是因為她沒辦法一邊裝信一邊毫無顧忌地說謊嗎？

「我覺得她還很有能力啊。」莎拉坦白說。

「根據敝校規定，年屆六旬的輔助性職員皆須接受強制退休。」

「但妳過了七年才執行這項規定。」

「我之前都在當好人，可惜學校並非慈善機構。」

「是啊，學校比較像是間公司，對吧？」

莎莉．希莉未作回應。

「安涅特．簡克是否較為稱職？」莎拉這麼問絕非有意嘲諷校長。

「聘用安涅特．簡克是董事們和我的錯誤決定。」

「董事負責職員聘僱？」

「是的，他們會參與面談。」

「我留意到貴校的消防規範羅列得極其詳細。」莎拉話鋒又突然一轉，她可能是刻意的，以攻其不備，迫使受訪者不自覺吐露更多情報。

「我告訴過妳同事了，孩童安全是敝校首要考量。」

「那你們是否貫徹所有規定？」

「我們做得比規定更為嚴謹。」

希莉校長拭去臉上的汗水。「遺憾的是，這次火災讓我們了解到，老舊建築根本阻止不了火勢蔓延。此外，誰料想得到有人計畫燒毀學校？還選在校內最危險的地方、最沒有人能控制火勢的時候？我們哪料想得到？」

「你們從何時開始執行『比規定更為嚴謹』的消防規範？」莎拉無動於衷地問下去。

「五月底是期中休假，我們在此之前舉行了董事會議，議程之一便是檢視、改善校內消防安全規範。當時所有人皆同意執行更嚴格的措施，我則負責落實這項決策。」

「會議的舉辦時間在頒獎典禮後？」

「是的，但兩者毫無關聯。我們一如其他學校會定期檢視、改善校內安全措施。」

「會議結束後六個星期，校內便發生毀滅性大火，感覺你們似乎早料到了？」

「沒錯，我們是料到了，因為我們得為最壞狀況做準備。我們也曾討論過，倫敦遭受恐怖攻擊或者髒彈威脅時該如何保護學生、瘋子持槍闖入校園時該怎麼應對，我們務必針對這些狀況做準備，這是不得不做的事。可是，拜託，這不代表我們真認為這些事會發生。」

「有件事讓我頗為驚訝。」莎拉依舊對校長的說詞無動於衷：「警告標示要正確、滅火器要準備、美術作品不得為易燃物，你們非常努力落實消防規範，對吧？」

「對。」

「那為何學生可以帶火柴到學校？」

希莉校長並未馬上回答，只是站起身，拍去裙上的灰塵，未料她雙手布滿汗水，反而致使灰塵形成裙子上的黑垢。

「只有生日才允許，而且火柴大部分時間都委由班導師保管。」

「保管在櫃子裡？」

「沒錯，運動會當天，老師應該更謹慎點……」裙上的黑色泥漬惹得希莉極其不悅：「不幸的是，人難免犯錯，亞當的班導師沒將火柴保管好。」

我懷疑梅登老師是否清楚自己有必要妥善保管火柴。

「學校建築應該投保了吧？」莎拉問。

「當然。」

「理賠前，保險公司應該會調查貴校是否遵守消防規範，是不是？」

「我已向他們提過火柴一事，所幸他們沒以此拒絕理賠。這件事由某位學校職員判斷錯誤所造成，算是人為疏失，但我們的消防措施毫無問題。此外，妳提到亞當．柯維不是起火者，果真如此的話，火柴就不是本案關鍵了。」

「妳剛剛提到董事們於會議中決定施行更嚴格的消防規範，對吧？」

「是的。」

「董事與貴校之間有金錢關係嗎？」

「有。」

「他們也是股東？」

「是的。」

「毋須經過遴選嗎？」

「不用，私立學校的體制與公立學校及慈善機構體制迥異。」

「那妳有持股嗎？」

「當上校長後我獲得部分股份，算是經營新學校的津貼，但我持股不多，僅百分之五。」

「若學校值七百萬英鎊，百分之五也算是筆可觀的數字了。」

「妳想暗示什麼？拜託，有人受傷啊，而且還是重創。」

「即便如此，妳應該還是鬆了一口氣吧？畢竟學校嚴守消防規範，保險理賠十之八九能到手。」

「沒錯，我是鬆了口氣，但那只是因為我還能繼續經營這間出色的小學，於此作育英才、幫助孩子發掘自我價值。」

希莉校長講得慷慨激昂，我不禁回想起她自珍妮就讀時就是位熱情的教育家。霎時，校長指著組合屋四周說：「屈身於此的確令人不滿，所幸這只是暫時的，我準備利用暑假尋找替代場地，以做為九月八日新學年的上課地點。大火燒毀的是棟建築，而不是席德利館小學，老師、學生、信念、家長才是一間學校的組成要素，我們目前該做的，是另覓良處，並盡所能重塑往日。這勢在必行。」

「能否告訴我所有董事的名字？」

這問題當即加深了莎莉．希莉的疑心。「我已經對警方說過了。」證詞中未見這段，或許是警方事後與校長通話，要求她補足資訊。莎拉腳下的冰眼看著愈來愈薄了，但她力圖鎮定。

「這樣啊，那我再請同事列出名單。」

「董事是否為股東這問題之前也問過了。」

「嗯，感謝妳撥冗相談。」莎拉邊說邊朝門口走。

她離開組合屋。

莎莉．希莉望著莎拉離開。那層薄冰亦隨之喀喀地發出碎裂聲響。

遊樂場旁，莎拉的POLO車邊，希莉校長的黑色跑車猶如一隻黑亮的大蟑螂。還記得珍妮就讀小學時，校長總是騎腳踏車上班，還特別強調：「我們有義務為孩子好好愛護地球，對吧？」

當時校內僅六十名學生，真的是作育英才之處。九年後，亞當入學，我不願留心這些年以來的變化，反而是珍妮看出學校已成商場。學費年年增加令人氣結，甚至不惜要求家長發誓讓孩子上政府監督、有獨立董事會可供申訴的公立中學。而在席德利館小學，我們連董事們的名字都不清楚，即便認識，他們也不可能與家長同一陣線，投票減少自己所得。

看著眼前這輛炫耀用醜陋跑車，我知道自己對學校的完美印象已然過時，當初那位騎腳踏車上下班的莎莉．希莉業已成往事。作育英才的學校僵化成死板的職員階級體制和規定，執事者對於學生穿著的重視已然凌駕於他們的內在，因為孩子們早被視為招攬新生的活道具。

我轉頭望向他處，不再多想跑車的事。遊樂場外圍種了一圈杜鵑，現已因火災時的高溫而枯萎，豔麗的花朵成了地上一片泥濘。

星期三下午的回憶存在一顆玻璃球內，裡面的我仍抱著亞當，那張「我八歲」的名牌別在胸口，而我四處搜尋珍妮的身影，心裡暗忖著她馬上就會前來會合。天空很藍，杜鵑花如寶石般明亮。

莎拉驅車駛離遊樂場及學校。她一路沉默，或許正在反芻希莉校長的話。此時我再度想起與珍妮的對話。

她要我將她當大人對待，我怎能這麼做？紅漆罐攻擊事件珍妮隻字未提，是擔心每天晚上都被禁足嗎？珍妮還太年輕，無法理解我們這麼做是在保護她，這才不是禁足。她沒看清狀況、不懂我們的用心。

至於伊佛，珍妮也希望我把他當大人看。可惜伊佛當下並未通知我們紅漆罐攻擊事件，也沒勸珍妮報警，這哪算是大人？簡直就是不成熟、不負責的小孩。和你的性格南轅北轍。

除了紅漆罐攻擊事件，珍妮甚至為了參加派對而放棄歷史考試、選擇與朋友玩樂而不準備重考。她過度活在當下，完全不為將來著想，根本就是還沒長大的孩子，只顧眼前逸樂。

我知道你不認同我的看法，並選擇以珍妮的立場看待這些事，一如我總是為亞當說話，這個家慣於在同樣的議題上產生歧見。

「妳曉得怎樣才能真正停止戰爭嗎？」剛讀完《給豆豆一個機會》的亞當這麼問，書上說，世界各地的孩子群起抵制蔬菜便可達成此效果，但亞當並未全然盡信。

「什麼？」我邊削馬鈴薯便問道（希望這些馬鈴薯已經被吃掉了）。

「只要外星人入侵，地球人便會團結起來。」

「沒錯。」我回應道。

「但這太極端了。」你表示意見。

「是有想像力。」我糾正道。

我經常糾正你對亞當的評語嗎？

「像龜甲陣一樣團結一心。」你對亞當說。

亞當回以微笑，然後看著我茫然的神情。

「羅馬士兵會將盾牌舉在頭頂，所有盾牌結合成大甲殼，大家才不會死掉。」他說。

「就好像陸龜的甲殼。」你懂得比我多，並樂在其中，真令我生氣。

我驟然回神，因為莎拉將車停在漢默史密斯某條繁忙道路旁，車身占住大半人行道空間。

我們進入連棟房屋中的其中一間，屋子外牆被廢氣熏得烏黑一片。

莎拉摁了門鈴，沒多久，屋內傳出伊莉莎白・費雪的聲音，她並未直接開門。

「如果你是宗教團體或電力公司派來的，那請離開，我早把債還清了。」

我幾乎忘記她說話是既幽默又不留情面了。她門也不開，如此緊張、恐懼令我感到意外。此外，費雪女士獨自住在這麼危險的地區，對我而言，這又是另一震撼，想不到席德利館小學的職員及家長所得差距這麼大。

「我是格蕾絲的大姑，莎拉．柯維，能進去與妳談談嗎？」

「等一下。」

費雪女士拉開門閂請莎拉入內。

門後的費雪女士衣著整齊，腰桿挺得老直，跟擔任祕書時並無二致。但和老舊的襯衫相較，她的褲子顯得亮眼。

「發生什麼事嗎？」她擔心問道。

「沒有，方便回答我一些問題嗎？」莎拉如此回答。

「當然可以，但我說過了，我可能幫不上忙。」

費雪女士帶莎拉來到小小的客廳，外頭高速來往的車流不時將客廳牆壁震得不斷搖動。

「能否說明一下妳在學校負責哪些工作？」

費雪女士顯得有點意外，但仍點頭答道：「沒問題。我負責接聽電話、寫信這些祕書基本工作，或是，有興趣讓子女就讀席德利館小學的家長第一個聯絡的人會是我。此外，還有保管點名簿、發送學校簡介、籌辦校園參觀日並替所有新生完成就學登記。我同時擔任學校護士，我反而比較喜歡這方面的工作，因為只需幫忙冰敷、偶爾施打抗過敏的針劑，基本上就是讓孩子裹著毛毯在沙發上休息，等媽媽或保母前來。校內至今只發生過一次嚴重事故，就是我上次提的那起意外。」

費雪女士負責的事務顯然比安涅特多，但她表現十分稱職。既然如此，為何希莉校長執意解僱她？如果她沒被解聘、如果她仍是學校護士，眼前的狀況就不會是這樣了。

「大門也是由妳管制嗎？」莎拉問。

「沒錯，我負責開門讓訪客進入，開門前一定會先透過對講機確認對方身分。」

「當時有監視器嗎？」

「沒有，只有對講機，這樣也就夠了，反正聲音和長相一樣，時間久了便會記得。學校大門其實不見得多嚴密，近半數學童及家長都知道密碼，但他們不是有意的。」

「妳手邊有任何文件載明工作內容嗎？」莎拉問。

「有，都在契約裡。」

說完，費雪女士自櫃子裡找出一份文件，契約已被翻閱太多次，所以用塑膠套保護著。

「第四頁提及退休年齡。」伊莉莎白將文件交給莎拉時補充說明道。

「謝謝，那妳手邊有學校月曆嗎？」

伊莉莎白坐回平時常坐的椅子上，指著眼前那面牆，席德利館小學月曆就掛在那裡。

「所有教職員皆在聖誕假期前收到這份月曆，而且我常盯著它看……」

可以想見費雪女士有多想念那群孩子，她把學生放在第一位，總先處理孩子膝蓋上的擦傷、欣賞他們的美術創作、文章或拼拼豆成品，把大人晾在一旁等候。

「你記得大門密碼嗎？」莎拉問道。

「我擔任祕書時是七七二三，現在大概改了吧。」

密碼沒改，我記得希莉校長說的密碼。

我突然意識到，莎拉說不定懷疑伊莉莎白．費雪是犯人，真是如此嗎？這種想法太荒謬了，目前為止，莎拉所提的都只是基本問題，伊莉莎白或許知道大門密碼、有月曆提醒她運動會當天也是亞當生日、被解僱後備感委屈，但她絕對沒理由放火燒學校。

這次，劇烈疼痛一小時後才展開攻勢，我不顧石子路刺人，直往醫院裡衝。後來，我發現珍妮從醫院裡朝我看，大概也注意到我痛苦的神情了吧。

珍妮焦急地跑到我面前。

「媽，妳還好吧？」

「我沒事。」

真的沒事了，此時我已回到白牆之中，肌膚不再灼燙、腳底的傷也逐漸癒合。

「抱歉，我不該逼迫妳離開醫院，妳也覺得很痛吧？」她說。

「不會啊。」

「妳真不會說謊。」

「好吧，是有點痛，但沒怎樣啊，現在不痛了。」

「這是妳自殺的方式嗎？」

「妳說什麼？」我摸不著頭緒。

「一旦長時間承受痛楚——」

我打岔道：「不可能的，妳先前與喬奶奶和亞當一起離開醫院，回來後身體也沒出現任何變化啊。」

珍妮點頭表示同意。

「總之，我們這兩個植物人可是很有韌性的。」

「媽！」我的回答雖嚇到珍妮，卻也逗得她禁不住笑了出來。

我們與莎拉一同前往加護病房。

珍妮問道：「妳打算告訴我發生什麼事嗎？噢，別跟我說和席拉斯搞外遇的是希莉校長。」她看看我的表情才又說：「我開玩笑的啦。」

有那麼好笑嗎？希莉校長不過快五十歲，她和席拉斯．海曼的年齡差距跟莎拉與那名俊帥羚羊警察差不多。但珍妮是對的，這種想法過於愚蠢。畢竟解僱席拉斯、將他的教師生涯摧毀殆盡的是希莉校長。即使忽略這些事實，希莉校長非常專業，絕不會與年輕同僚暗通款曲。

沒錯，我當初對莎拉的印象也是如此。

我向珍妮大致描述我們與校長的談話內容，聽著，是「我們」，一副我不僅止於在一旁偷聽，還曾主動參與其中，然而，雖然這麼形容不太適切，但我覺得自己是莎拉的啞巴伙伴。

我告訴珍妮：「有件事情很矛盾，唐納在頒獎典禮那晚曾致電希莉校長，請她不要理會梅西的要求。他為何這麼保護席拉斯．海曼？」

「有可能是因為唐納跟妳一樣都在現場，也和妳一樣不覺得席拉斯的威脅有什麼嚴重性，直到火災摧毀學校，所有人才釐清誰該負責。」

珍妮天真地信任這個長她十幾歲的男人，再次證明了她根本還沒長大。

珍妮繼續說道：「或許希莉校長從未擔心學校失火，反而私自計畫這樁意外。她嚴守消防規範，好讓保險公司接受理賠，事後又在電視上對觀眾振振有辭地強調席德利館小學的消防措施有多嚴密。」

這一刻，我腦中浮現希莉校長的粉色亞麻襯衫及國會議員般的口氣：**我保證，我們的消防規範十分完善**。

「她一定很清楚，學校那麼老舊，一旦火勢稍微猛烈一些，消防設施再完善也沒用。」珍妮表示。

這些大概是珍妮獨自思索出來的結論吧。

我提出質疑：「可是，希莉校長在運動會會場，一旦她人不在，一定會被發現。」

「她有點獨裁，幾乎所有教職員與學校的合約都是短期的，而且希莉可自由選擇是否續約。萬一不幸被攆走，想找新工作時，還是必須請校長寫推薦信，推薦內容怎麼寫都隨便她。」

珍妮強烈希望自己的說法便是實情，希望她的傷是意外，而非有人刻意攻擊。打從一開始她就認為（並希望）火災與學校利益有關，目的是詐騙保險金。

珍妮繼續：「希莉校長之所以選擇運動會這天，是因為此時校內幾乎沒有教職員，火勢不會被撲滅。而待在學校裡的人，除了安涅特毫無用處，我也好不到哪去，緹莉則忙著救小孩，也無暇阻止火勢擴散。」

我也認為嫌犯是有意選擇運動會這天，才不會被人發現開窗戶、潑灑白精油。

「但這件事到底對希莉有何好處？」我輕聲問道。

「她有持股不是嗎？所以能獲得相對比例的保險金。」

「既然如此，希莉校長為何要燒毀經營有成的企業？她現已著手尋找新校地，還得使用保險理賠金來重建校園，根本就沒什麼利益可言了。」

雖然我一直未將珍妮視為成年人對待，我仍試著以更直接的方式對她說話。

之後我提到和伊莉莎白．費雪的談話內容，珍妮很喜歡她，她和我一樣，都很清楚費雪女士絕對與縱火案無關。

沒人提及珍妮僅餘的三星期生命（眼看又少一天了），我緊抓著你的樂觀不放，可惜那股信念不夠強，不能幫我無視時間流逝的滴答聲響，眼前那輛車仍朝珍妮直衝，醫師的話言猶在耳，而我想珍妮同樣故意避開這話題。一旦正視（甚或只是稍微聊到），我們似乎都會恐慌得說不出話來。但事實依舊存在，它是如此龐大的怪物，而我們彷彿正在和這人人見之當即會變成石頭的蛇髮女妖玩一二三木頭人。

來到加護病房，你一見莎拉便跑向前來，真的是拔腿狂奔，如此急迫，應該有重大消息想要立刻通知她。絕對是找到心臟捐贈者了！事實這個大怪物被擊成肉醬。

下一瞬間，我看清楚你的臉。

二十五

「麥克，怎麼了？」莎拉問道。

「他剛來過，隔著玻璃窺看珍妮，我親眼看到。」

「你說誰？」

「對方戴帽子，我們之間還隔著推車，我沒看清楚他的長相。」

「那你怎麼知道對方來意不善？」

「因為他動也沒動。」

莎拉盯著你，等你繼續說下去。

你說：「真的是一動也不動啊，一般人怎麼可能動都不動在那裡看半天？他勢必在等我離開病房，留下珍妮獨自一人。」

瞬間，我記起運動會會場旁那道身影，對方之所以引起我的注意，也是出於他一動也不動。

「他想殺她。」你斷言。

「你注意到其他疑點嗎？」莎拉問。
「對方發現我正瞅著他時旋即轉身離開，以至於我只看見那身藍色連帽大衣。」
「就這樣？有個男人身穿大衣並且靜立不動？」
看得出珍妮其實很害怕。
「我去中庭一下。」
「好。」
她轉身離開。
你告訴莎拉：「可能是海曼，因為珍妮曾在學校裡撞見他，或者手握海曼犯罪的證據。」
之前你也曾這麼認為，如今再次重提彷彿是在加強懷疑海曼的合理性。
「也可能是恐嚇事件凶手比我們想像得還具攻擊性。」莎拉提出這見解時，我真希望能告訴她紅漆攻擊事件。
「待醫護人員停止施打鎮靜劑，珍妮便能告訴我們真相。」你說。
然而，我和莎拉都不這麼認為。對莎拉而言，珍妮是否能好轉到不需接受鎮靜劑都是問題了，更何況我甚至清楚知道，珍妮腦中的記憶只到兩點半時她傳簡訊給伊佛。
「我去報警。」莎拉說完立刻離開加護病房。
我心疼地抱住你，整張臉靠在你胸膛上，感受襯衫後的心跳。
親愛的，此刻我們如此接近。
我們是唯一兩個親眼目睹那名藍衣男子的人，莎拉相信對方曾現身想必是出於對你的信任，我們則是真真切切地知道對方的存在，並齊力保護我們的女兒，就好像地球人對抗外星人、全家組起龜甲陣。儘管你從不強求珍妮完成作業或準備重考，面對恐嚇事件凶手及瘋子殺人魔，你仍卯足全力對抗。醫師告訴你，萬一找不到心臟捐贈者，珍妮將活不過三週，你仍執意向她保證，說一定能找到的。

你堅持不會讓珍妮就此離去，我則祈求上帝增強我的信念。

此時，我們驚見一名配戴呼吸器的年輕男子躺在病床上被人迅速推進加護病房，年紀不超過二十歲的男子失去意識、一動也不動，他的母親則跟在一旁。

莎拉回來了。

你問：「妳能在珍妮病床邊待到警方到來嗎？我得去看看亞當，還有——」

她將手搭在你肩上。

「警方不打算派人過來，我很抱歉。」

警方跟珍妮的看法一樣，不認為一個靜立不動的人有何威脅。眼前認同你推論的人只有莎拉。

莎拉說：「我立刻去找席拉斯．海曼，問出他今早人在哪裡。然後再去《里其蒙郵報》辦公室，查出究竟是誰向他們通報火災的。」

「但我得先去看看亞當並且——」

莎拉插嘴道：「若真有人企圖傷害珍妮，我們就得盡快揪出對方。這也有助於還亞當清白，我可不希望他繼續背負這莫虛有的罪名。」

你點頭認同，大概是想起莎拉曾提過，這些年來警方辦案的統計數字吧——日子愈久，案子愈難偵破，因為時間沖淡犯罪線索、斷絕聯絡證人的可能性、徒增挨家挨戶蒐集證詞的難度。

你站在珍妮病床邊，心中想必又感受到被撕裂成兩半的痛苦。

＊

我則前往中庭找珍妮，此時太陽高掛在頭頂上，地面鮮有陰影可供遮蔽。

只見珍妮雙手抱膝坐著。

「我要跟莎拉姑姑離開醫院了。」我告訴她。

「還記得上次見到亞當時的情形嗎？」她問我。

我點點頭，那段回憶令人畏怯，母親當時對亞當坦誠，我永遠不會甦醒，我試著安慰亞當，他卻聽不見。

珍妮繼續說道：「見到亞當前，你曾問我是否會因為聞到某種味道而想起警報鈴聲，就像瘋子一樣的耳鳴，記得嗎？」

我描述道：「當時唐納進入羅溫娜病房，我心想那是他的鬍後水或煙味。」

珍妮了解我的意思之後表示道：「那好像感覺傳送裝置。史考帝，將我傳送回去！」

你和亞當很愛講這句台詞。我笑著回答珍妮：「大概就是那意思。」

「妳認為味道能幫助我想起當天的事情？」

我憶起夜晚在中庭院子內所熬煮的高湯，以及今天在學校遊樂場聞到的青草香，這兩種味道在在將我送回過去，真切感受到往日情景。我想，珍妮的感覺傳送裝置應該還算精準。

「或許可行喔。」我這麼說。

不過，重回火場，哪怕只在裡頭待一下子，都是令人畏懼的事。

珍妮留意到我的不安，於是說：「我必須回想起來的是火災發生前的事情，例如想起點火的人是誰。」

「我不確定能否這樣操控回憶。」

「我必須為亞當做點事。」

此時我腦中浮現亞當的小臉，母親帶他回家時，他眼圈黑黑的，整個人毫無生氣可言。

「不如妳與莎拉姑姑同行，我留在醫院聞味道、找線索。」珍妮如此提議。

我當下點頭答應，反正醫院裡的味道迥異於大火或學校，不可能喚起她火災時的記憶。

「妳在醫院外頭真的不會全身疼痛？」她問道。

「完全不會。」我的手指在背後交叉，意味著自己說謊了。

看來，珍妮希望我和莎拉一起離開並非想甩開我，而是另有原因。

我說：「這陣子的機位很難訂，他大概要花不少時間等候補位。」

珍妮一副被猜中心思的樣子，不自覺地撇開頭，有點尷尬地回答：「嗯。」

我和莎拉離開醫院。

在車上，我想起剛剛在加護病房見到的年輕男子，他會喪命嗎？他是否已經呈現腦死狀態，抑或只是在苟延殘喘？他的心臟是否適合珍妮？但願如此。

接著，男子的母親以及她所承受的煎熬鑽進腦海，頓時令我羞愧得無地自容。我竟然冀望她兒子死、捐出心臟，如此醜陋的想法玷汙我以往純淨的人格。

想必你也抱持同樣的想法吧。

能將所有人群聚在一起的通常不是好事，不是嗎？

莎拉將車停在席拉斯・海曼住處門口，此時我身體尚未感到疼痛，看來我的抵抗力愈來愈強了。

接著，納塔莉雅前來開門，她臉色泛紅，也許是暑氣及怒氣造成。

「有何貴幹？」

她的語調極其不友善，怒氣如蒸騰的薄霧籠罩在納塔莉雅四周。

「我是麥克布萊德偵察佐，能跟妳聊聊嗎？」莎拉冷靜問道。

「我有得選擇嗎？」她面露懼色。

莎拉沒回答她的問題，只是隨納塔莉雅入內。

「妳先生在家嗎？」

「不在。」

她沒再說下去。

公寓裡異常悶熱，四周牆壁勢必會造成冬天潮濕、夏季高溫。一旁有個又髒又熱的小嬰兒在哭鬧，他胯下的尿布看起來沉甸甸的。

納塔莉雅並未理會小嬰兒，逕自走入浴室，莎拉隨之進去。

「妳知道他在哪裡嗎？」莎拉問道。

「在工地，今早就去了。」

上次他也交代說要去工地，未料人卻在醫院。

兩名臉頰及脖子讓太陽曬得黑黑的小男孩邊洗澡邊玩耍，其中一個揮得太用力，骯髒的洗澡水便噴濺至殘破的地磚上。

「妳清楚他去哪個工地嗎？」莎拉又問。

「可能在昨天那個派丁頓的大工地，只是他不確定雇主是否還願意僱用他……傑森，現在馬上離開浴缸！」

工地是很完美的不在場證明。

「這麼早就在洗澡啊？」莎拉應該只是想示好，聽起來反而像在嘲諷。

納塔莉雅轉而瞪視她說：「我擔心晚點太累，沒法幫他們洗。」

年紀最小的嬰兒這下得哭得更淒厲了，他的尿布浸滿尿水，沉沉地垂在膝蓋邊。納塔莉雅注意到莎拉正盯著嬰兒。

「妳知道尿布多貴嗎？」

我自納塔莉雅眼中看著莎拉，總以為她也是個會在心中打量別人的人。

「妳知道他何時回家嗎？」莎拉問道。

「不知道，他昨晚工作到天黑，十點過後才回來。」

納塔莉雅一把抓住剛洗好澡的男孩，拿毛巾裹住以免他跑掉，男孩身上的日曬痕跡好像紅色條紋。與三個不到四歲的男孩擠在小小的公寓裡，難怪納塔莉雅的美貌消逝得如此迅速。

「妳說，席拉斯星期三下午和你們在一起，對吧？」

「嗯，我們到齊喜館公園野餐。十一點左右出門，回到家大概下午五點。」

「那麼久？」

「反正公園免費啊，難道妳會想整天待在這裡？不過，防曬乳倒是很花錢，沒辦法一直用。席拉斯陪孩子玩耍，當馬讓他們騎，還樂此不疲。我倒覺得無聊透頂。」

「席拉斯認識唐納・懷特嗎？」

莎拉想了解唐納為何在頒獎典禮那晚致電希莉校長，請她忽視梅西的建議。唐納為何要保護席拉斯？

「他是誰？」納塔莉雅顯然打從心裡感到困惑，還是說，她演技精湛？

「我能在客廳等席拉斯回來嗎？」

「請便。」

莎拉隨即轉身離開。

轉頭望向浴室，除了濕氣、蒸氣以及緊繃的氛圍，洗澡像在打仗一般，景象很悲哀。

我赫然想起三歲的珍妮洗完澡後，老是喜歡躲在浴巾下面。

「魔法石啊，魔法石。」我念著這咒語。

「有什麼事嗎？」浴巾底下傳出聲音。

「能否請你將我三歲的女兒還我？她叫珍妮，留著一頭長髮。」

浴巾瞬時被扔開。「我在這裡！」

而後，我會抱起她暖呼呼、濕漉漉的身體。

真是神奇的魔法。

莎拉經過走廊、門口再穿越廚房，她留心到學校月曆掛在牆上，七月十一日（亞當生日及運動會）這天如被詛咒般以紅筆圈起。

她輾轉來到客廳，不動聲色地翻查桌上那疊文本信件。我不清楚這種行為一旦被發現會導致多嚴重的後果，只見莎拉快速且有條理地找線索，此時的她依舊懷著那股我不久前才注意到的「寧靜的勇氣」。

文件堆最底下有個信封，裡面裝著粉藍色生日蠟燭，一共八根。

納塔莉雅進入客廳，靜靜站在莎拉後方，她的動作及眼神都好像貓，我大聲警告莎拉，可惜她聽不見。

「席拉斯昨天早上在墊子上發現那包東西。」納塔莉雅突然出聲，果然嚇到莎拉。

「很怪吧？為什麼有人會寄天殺的生日蠟燭給我們？」

我赫然想起珍妮對縱火者及手機掉在校外所做的推論：「說不定他想留個戰利品。」

席拉斯．海曼是否將蠟燭當作戰利品，並假裝是別人寄來的？

兩個小男孩在客廳裡跑來跑去，濕答答的身體將地板弄得到處是水，一個不停尖叫，一個不停追打，只可惜兩人的玩鬧聲填補不了大人間的沉默。

莎拉朝前門走。

「不等席拉斯了嗎？」納塔莉雅問道。

「不了。」

那我們便無法得知他今天下午身在何處了。

我暗忖莎拉是被什麼事嚇到了，或許是她意識到自己莫名來到別人家裡東翻西找違反許多法條，也或許是蠟燭的緣故。

納塔莉雅吼著要孩子們安靜點，然後擋住莎拉的去路，此時她臉上夾雜著敵意及汗水，醜態畢露。

「我以前不是這樣的。」她彷彿看穿莎拉的心思，這麼說道。

不，不久前妳還貌美非常，席拉斯還沒失業，而妳只需照顧一個小孩。

莎拉怒斥道：「以前不是這樣？珍妮以前也不是那樣，格蕾絲以前還能說話、微笑及照顧子女。現在的妳還能當媽，而且孩子各個健康，真算是幸運了。」

納塔莉雅退到一旁，似乎被莎拉的鋒利言詞驚嚇到。莎拉離開了。

我不曾想過要羨慕納塔莉雅．海曼，現在我明白到自己有千萬個理由羨慕她。

我搭莎拉的車來到《里其蒙郵報》辦公室。

「格蕾絲，妳太敏感了。莎拉喜歡妳，我要告訴妳幾次？」我有不祥的預感。

「不是『喜歡』，是『容忍』。」

「我不了解妳們女人的心思。」

當然，畢竟你們男人不用進廚房，總以為兩個人一起吃飯、一起洗碗就能培養出感情。其實女人啊，即使事業有成也會玩「廚房裡有沒有需要幫忙的？」的遊戲，這些年來，我和莎拉就玩了無數次，但彼此仍像各玩各的小孩。

而我們本可藉由這無數次的機會成為朋友。

隱形保母打岔道：「妳自己如此希望，可是莎拉也這麼認為嗎？」

真希望我腦中的保母能多和其他受過認知療法、性格樂觀的保母來往，但她只是繼續不留情面地說道：「妳們之間根本沒共通點。」

不得不承認，我和莎拉除了家人便無其他共通之處。

珍妮出生一年後，莎拉懷孕了，一開始我期待因此與她有所連結，說得更明確點，我希望莎拉當不成好媽媽。她卻表現得跟工作一樣稱職，小嬰兒夜夜安睡，稍微長大後開心地進托兒所，更在學前班畢業前學會數數與閱讀。相較之下，珍妮還是嬰兒時總是在凌晨四點嚎啕大哭，到了托兒所門口仍緊抓著我不放，英文字母對她來說也只是讀不懂的象形文字。

更甚至，莎拉回到工作崗位後還獲得升遷！她的職業生涯依舊平步青雲。我之前提過，莎拉很令我嫉妒，有時我甚至很討厭她。但這種想法很要不得，我真的感到很抱歉。

事實是，厭惡她比不喜歡我自己簡單多了。

我會烤瑪芬蛋糕來賣、陪孩子遠足同時寫作業、邀請朋友來家裡作客，這些我全會，卻不懂怎麼做正經事。

「魔法石啊魔法石，請給我一名自信的少女，有抱負，還有足以上大學的A-level成績，身邊伴隨著匹配的男朋友。請再給我一名快樂的八歲小男孩，不受他人欺負、不認為自己愚笨。」

我想當他們的魔法石，但失敗了。

而且還找不到替自己開脫的藉口。

二十六

總算來到《里其蒙郵報》辦公室。

我偏好以電子郵件寄送每月藝評，這意味著距離上次造訪此處已過了好長一段時間。在警局人見人愛的莎拉即將發現我有多麼不受報社同事喜愛，真是教人難為情。老實說，我的地位大概與接待櫃檯角落那盆過季的絲蘭差不多。

莎拉應該是事先聯絡過了，泰拉不一會兒便現身，眼前的她臉頰依舊紅潤，面對這名女記者，莎拉可不會輕易受到影響。

「我和妳同事吉夫．巴格修談過了。」莎拉首先簡短說明。

「嗯，麥克布萊德偵察佐，我記得妳，就是妳把我攆出醫院。」

於是，我憶起莎拉曾口氣嚴厲、強將泰拉推出醫院的情景。不過，泰拉只見過她擔任警察的一面，從不認識她與家人相處的那一面。

「接下來的事吉夫要我代為處理。」

一提到代為「處理」，莎拉備感不自在。

「剛好有間辦公室可供我們討論事情。」泰拉步伐明快又果決，天生嗜好唇槍舌戰。

「妳說自己是格蕾絲的朋友，對吧？」莎拉問道。

「我當時一心想進她的病房，只好將實際情形誇大了。身為記者偶爾就得這麼辦，但老實說，我跟一名年屆三十九歲又有兩個孩子的母親實在沒什麼共通之處。」

「她跟妳的確天差地遠。」

謝謝妳，莎拉。

泰拉引領莎拉進入吉夫的辦公室，看來他被趕出去了，這裡面簡直是電影場景，拍攝情節則與新聞記者相關——老舊的馬克杯裡殘留咖啡漬、滿是菸蒂的煙灰缸。我一年只來這裡一兩次，幸運的話，至多是礦泉水和消化餅，菸味是絕對不會存在。室內裝潢看來是泰拉的傑作。

「火災當天妳幾點抵達席德利館小學？」莎拉開門見山問道。

「下午三點十五分，我早對妳同事提過了。」

「手腳真快，不是嗎？」

「現在是老問題重複提問的時刻嗎？」泰拉顯得自鳴得意。

「火災意外是誰向你們通報的？」莎拉問道。

泰拉沒開口。

「這場造成兩人嚴重傷勢的火災三點發生，才過十五分你們便趕到校門口，我得知道是誰通風報信。」

「無可奉告。」

「通報者絕不是深喉嚨[25]，」莎拉邊說邊指著這簡陋的辦公室：「這裡也不是《華盛頓郵報》辦公室。」

莎拉想當然耳聽過我在珍妮面前取笑過泰拉，而且還記得內容，更當著泰拉的面說出來（不像我從未敢在她面前直言）。

「我們來場交易，如何？」泰拉建議道。

「妳的意思是？」

「我告訴妳通報者是誰，妳則提供我獨家消息。」

莎拉沒回應。

泰拉又問：「那男孩就是縱火者這結論被推翻了嗎？一定是這樣吧，否則怎麼可能重啟調查？」

泰拉顯然將莎拉的沉默視為默認，不自覺洋洋得意了起來，姿勢猶如一隻有奶油可吃並有沙丁魚當配菜的貓。

「你們這次打算仔細調查席拉斯．海曼了？」泰拉進一步追問道。

莎拉仍舊沉默。

「若妳想繼續談下去，至少有些回應吧。」泰拉不耐表示。

莎拉開口了：「亞當．柯維並非縱火者，待會兒我們就來聊聊席拉斯．海曼。」

---

25 深喉嚨及《華盛頓郵報》指的是美國的總統選舉醜聞「水門案」。

泰拉得意得笑出來了。

「通報者是安涅特．簡克，那個學校祕書大約三點時打電話來，當時警鈴聲實在太吵，她甚至得用吼的。」

「為何她選擇通知你們？」

「這問題我也想過，我的推測是，《里其蒙郵報》幾週前曾刊登過席德利館小學慈善募款報導，妳知道嗎？就是那個『找穿著體面的有錢小孩捧大型支票模型』的例行活動。她當時應該記下了我們的電話。」

「她通知其他報社了嗎？」

「我不清楚，但她的確也聯絡了另一家電視台，那群記者及攝影師晚我們半小時抵達現場。」

我不禁再度想起，當你趕到醫院焦慮地尋找珍妮時，電視上正播放火災相關新聞。

「安涅特希望我們找她拍照，我們的攝影師大衛索性拍了幾張，好讓她閉嘴。沒想到電視新聞團隊一到，安涅特便整個人貼上去了。」

我記得梅西在陰暗的咖啡廳裡曾對莎拉提及：「……此時火場突然竄出許多濃煙，沒想到那名祕書竟面露微笑，彷彿樂在其中。就算不是如此，至少她不討厭這場火，而且她還塗口紅……」

有人因為這場火而雀躍不已，這種想法真是駭人。不過，這背後是否有更多不為人知的內情？安涅特會為了成為焦點人物而親手製造機會嗎？她或許將學校當成實境節目現場，好讓自己得以上電視。此際，我又想起珍妮曾用熱氣球事件來形容安涅特：「如果安涅特有孩子，她真的會把他丟到熱氣球上。」

「接下來，我們談一下席拉斯．海曼，」莎拉轉而說道：「妳幾個月前曾寫過一篇關於他的報導，時間是在遊樂場意外之後。」

「沒錯。」

「是誰告訴妳席德利館小學遊樂場發生意外？」

「某人的匿名語音留言，對方還特地以詭異的電子聲調講話。」

「妳曉得對方是誰嗎？」

「我說過了，對方匿名。」

「我知道，但妳知道對方身分嗎？」

不悅的泰拉臉色愈發凝重。

「不知道，對方使用公共電話，以致無從追查。但一定不是安涅特．簡克，因為當時擔任該校祕書的仍是那個老女人，我花了十分鐘才聯絡上校長，向她確認意外真假。」

「之後妳的報導刊登在頭版。」

泰拉以甩動秀髮做為答覆。

「當時報導還列出憤怒家長的意見。這些人是妳主動訪問的，還是他們來找妳？」

「我不記得了。」

「我相信妳記得。」

「好吧，我主動聯絡幾名家長，蒐集對方聽聞此事件時所作的反應。請問警方目前調查有任何進展嗎？」

「沒有。」

泰拉一臉慍色地瞅著莎拉，她特地關閉手機的錄音功能，以防接下來的不堪言語被錄下來。

「妳答應要交易的耶。」她氣憤道。泰拉的父母以前真該讓她玩玩大富翁遊戲，讓她輸個一次當教訓。

莎拉冷靜回應道：「我可沒答應，一切都是妳的一廂情願。」

走回座車旁，我回頭望《里其蒙郵報》辦公室，一時沉浸在思緒中，我的夢想啊！如今在醜陋的灰色檔案櫃中。

莎拉機智又重然諾，不禁令我想到自己未能實踐的誓言、過去殷殷追求的夢想。我其實不想當藝術及書籍評論家，創作才是我真正的志向。只是身為母親，我必須帶小孩上下學，還要趁空檔到超市採買，怎麼可能有時間寫出比《安娜．卡列尼娜》更出色的巨作、畫出比英國畫家霍克尼更令人賞心悅目的作品（雖然真有人辦得到）？然而，其實只要肯嘗試，即使文章或畫作平凡無奇，至少代表努力過。

我向來習慣為自己找藉口：等有時間再說、等珍妮長大後再做、等亞當上學再開始，但不知從何時起，我竟連藉口也不找了，因為早已選擇放棄。

莎拉在車內用免持聽筒與莫辛通電話，為了聽清楚一點，特地關掉空調。

「嗨，莫辛。」

「嗨，寶貝，還在調查嗎？」

「佩妮找到恐嚇事件線索了嗎？」

「還沒。」
「找到線索前，我會先假設珍妮曾見過縱火者或其幫凶，才會導致如今有生命危險。」
莫辛未作回應。
「攻擊者那件事你聽說了嗎？」
「嗯。」
莫辛沒繼續說下去，他的沉默充斥於悶熱的車內空間。
莎拉感到沮喪，真希望我能當下出聲鼓勵她。
「一開始通報《里其蒙郵報》的是祕書安涅特．簡克。不過四個月前，告知報社席拉斯．海曼監督不周，造成遊樂場意外的，則是另有其人。有人想將他趕走。」莎拉進一步解釋道。
莫辛依舊無語，電話那頭傳來些許聲音，或許是誰在按原子筆。
「莎拉，要是證人口供無誤，怎麼辦？」
「你沒當過舅舅，對吧？」莎拉反問。
「嗯，我姊姊還在努力中。」
「我了解亞當的個性，他繼承麥克部分人格，也同樣繼承了我的部分人格，所以他不可能縱火。」
沉默助長車內悶熱程度。
莎拉接著說：「席拉斯．海曼家裡有八根藍色生日蠟燭，亞當蛋糕上的蠟燭一定也是同一款。他家掛著學校月曆，亞當生日那天還特地以紅筆圈起來。此外，我確定他太太有問題，她不是在說謊就是隱瞞著什麼事。」

「妳去過他家？」莫辛語帶驚恐地問。
莎拉禁不住怒斥道：「因為沒有人打算採取行動啊。反正大家都認定我那溫柔的小姪子是縱火犯。」
「媽的，莎拉，妳不能隨便闖進別人家。」
她沒回答，空氣中只聽聞原子筆頭敲擊桌面的聲響，或者那是腳踏地板的喀吖聲？
「親愛的，我很擔心妳，萬一被人發現怎麼辦？」
疲憊的莎拉打岔道：「我懂，要說惹上麻煩，其實這麻煩真是非同小可。」
「怎麼說？」
「海曼的太太正在替小孩洗澡，我卻沒注意到當時是洗澡時間，身為人母及亞當、珍妮的姑姑，這種事對我來說本該再日常不過，沒想到……」
莎拉倏地打住。原來這就是讓她失措的主因，在赤裸裸的小孩面前佯裝執行警務。
「這念頭一浮現腦海，我便立刻離開海曼住處。當下我對自己感到生氣，更對所有事情生氣。結果那該死的女人反而說她為自己感到悲哀，為自己耶！」
「妳認為她會報警嗎？」
「一旦發現我未經授權，她勢必會這麼做。」
「呃，老實說，我還滿佩服妳的，我明白妳不打算遵守規定，卻沒想到妳執行得這麼徹底。」
「多謝誇獎。那你願意幫我嗎？」
我們不約而同在車內等待莫辛回應，可惜電話那頭依舊靜默。
「你之前曾告訴我檔案並未妥善安置。」莎拉說。

「我記得，那極為不妥，貝克知道一定會找我算帳。」按原子筆伸縮蓋的聲響再度傳來：「我該如何幫妳？」

莎拉鬆了口氣，車內的氣氛亦頓時轉變。

「幫我搜集席德利館小學的投資者名單。」

「佩妮曾透露，用火災來詐領保險金這個可能性一提出來便遭否定，而且銀行人員還向我們坦承，投資者都隱藏在幕後。」

「沒錯，這群藏鏡人準備在九月重新辦學，因此我不認為有詐領保險金的可能，但仍須進一步確認。此外，希莉校長不大願意談與投資者有關的話題，我想找出箇中緣由。」

「妳也找過希莉了？」

莎拉沒回應。

「天啊，親愛的。」

「順便幫我調查唐納・懷特的底細，我確定他曾對女兒施暴，說不定妻子也是受害者。」

「好吧，我會盡可能幫妳，今晚我要值班，我們明天一起吃早餐，那間醫院的咖啡廳到時還有營業嗎？」

回到醫院停車場，才剛入夜，風中依然夾帶殘餘暑氣，灼燙著我的身體。我趕忙越過莎拉進入醫院，這次珍妮沒在裡面等我。

一進入醫院防護罩，疼痛感立即消失，我當下感到全身舒暢。

接著，我隨莎拉來到加護病房，只見珍妮靠在走道牆邊。

她說：「我試著聞味道、找線索，卻徒勞無功，畢竟學校與醫院的味道差異太大，至少這裡聞起來不像席德利館小學。」

這與我先前的想法相符，消毒水、抗菌劑與亞麻地板的刺鼻氣味不可能出現在席德利館小學，那裡散發的至多是潔淨地毯及花朵散發的清香。

莎拉走在我們兩人之前，並不時查看手機簡訊及電子郵件。一旦進入加護病房，手機就不能使用了。我們跟在她後方窺看簡訊內容，好管閒事、愛打聽已然成為習慣。

其中一封簡訊來自伊佛，他候補到機位，明天早上會立刻趕來醫院。我瞥了一眼珍妮，希望她因此振奮一些，但見她愁眉深鎖，甚至感到害怕的樣子。或許她已看出這段感情的脆弱本質，而伊佛探望珍妮之後，關係可能急轉直下。

「珍妮——」我開口呼喚珍妮，她卻插嘴道：「我剛才本來要進去。」珍妮指向自己後方那扇門。那扇門通往院方附設禮拜堂，之前我完全沒注意到，顯然禮拜堂是醫院裡唯一聞不到消毒水及殺菌劑氣味的場所。

我們一同通過那扇門，這裡不會有類似大火的味道，所以我完全不擔心，更何況眼下珍妮有我隨行。

禮拜堂裡有木製座席、老舊地毯以及百合花（希莉總愛在校長辦公室外的等候廳擺上一盆百合），三種味道充斥禮拜堂，瞬間將我傳送至席德利館小學，彷彿有人輸入正確感知密碼，開啟我的回憶。

我暗忖珍妮亦有同樣感受。

珍妮首先開口道：「我記得當時在校長辦公室附近，百合香氣十分刺鼻，我甚至連水的味道都聞得到。」

未想她就此停住，我耐心等她繼續說下去。眼前的她正朝記憶深處邁進，我該出手阻止嗎？

「我心情很好，往樓下走去。」

不期然地，我們後方的大門關了起來，一名老婦人進入禮拜堂，無心地打斷這場喚回記憶之旅。

「妳確定自己下樓了？」我問道。

「嗯，校長放百合花的位置在一樓，所以我絕對去過。」

或許安涅特．簡克的說詞是真的，珍妮確實曾經簽退。

而後，珍妮再次閉上眼睛，我又再次不確定是否該阻止，然而，還有其他方式能幫亞當嗎？

她神情放鬆，看起來沒什麼問題地再一次回到那個夏日午後。

霎時，珍妮尖叫起來。

「珍妮？」

她衝出禮拜堂。

適才進來的老婦人正點燃蠟燭，那縷煙絲雖淡卻能發揮作用。

我趕上珍妮的腳步。

「對不起，我不該——」

「這不是妳的錯。」

我抱住全身顫抖不已的珍妮。

「媽，我沒事了，我還沒回到火場，只是很接近而已。」

我們一起來到中庭。

我想像著回憶被保管在鐵柵門之後，人只能透過縫隙朝裡窺視，但大門的鎖偶爾會被打開，此時你便可直接進入一探究竟。

可惜，眼前我所見證的是一條走道，與醫院走道同樣有一扇又一扇的自動門，每扇門後頭有著不同的火災回憶。我沒把握能走得多深入，也無從得知下一扇門後面藏著什麼樣的片段，這才是最令我擔心的未知，那天下午最深處的回憶說不定會嚇壞珍妮。

中庭裡，萬物的影子愈拉愈長。

「前往禮拜堂真是個好主意。」我說。

那是院內唯一聞起來像學校的地方，甚至連蠟燭及火柴味也嗅得到。

「我去禮拜堂不是為了這個。」珍妮解釋道。

她略為撇開頭，半張臉瞬間為陰影所籠罩。

「我本想巴結一下上帝，畢竟我的時日不多了，該在天堂找個棲身之處。」

制服口袋及上衣袖口裡塞了點憂慮、毛衣內躲了些恐懼，但天啊，麥克，我沒想到珍妮會提起死亡。

她進而又說：「其實我不是很害怕，我的意思是，我們現在這種狀態使我覺得天堂可能存在，就是死後世界之類的概念。我們的狀態證明天地間有超乎科學的事物。」

我曾想過與珍妮討論許多話題：毒品、墮胎、性病、刺青、在身體上穿洞及網路安全等，其中有些確實聊過，我甚至針對這所有話題做足功課，然而眼前這道題目我毫無準備，應該說，我完全沒料想過彼此會聊到死亡。

我以為我們夠開明，不必刻意在家中宣揚宗教觀念，不上教堂、飯前、睡前也不禱告。我私心認為我們比其他定期上教堂的朋友還要誠懇，因為他們上教堂是有目的地為了讓子女得以至知名的聖史威屯中學就讀。不，我寧願等孩子長大後自行決定。星期天早晨，我們睡到自然醒，起床後不是去教堂，而是到花園散心。

我懶得信教、推崇時下無神論調，結果竟因而拆掉不致讓孩子摔傷的安全網。

我大概是沒通盤深思過吧，我不曾思索沒有天堂及天父的死亡世界會是什麼樣子。

在久遠的年代，孩童死亡率高，人們為了了解子女死後去向何方，尤其虔誠信教。此外，大人為了讓垂死的孩子知道接下來他將前往什麼世界，要求他存信念、定下心。無怪乎以前那麼多人上教堂。我們對宗教的虔誠是否不知不覺中被抗生素扼殺了？盤尼西林是否取代了信仰？

看來我的思緒飄得太遠，多言了。一如梅西加快說話速度以掩藏不堪的事實，我則企圖以自己的聲音遮掩時鐘的滴答聲、汽車的奔馳聲以及死亡的腳步聲。

「基督徒是否認為未經受洗的人皆會入煉獄？」珍妮問我。

她坦然面對這問題。

我不自覺憤怒吼道：「妳不會進煉獄，世界上沒那種地方。」

哪個神膽子那麼大，敢送我女兒進煉獄？這簡直就像我特地前往校長書房，告誡她，放學了還將珍妮留在學校完全不合理，我馬上要帶她回家。

我又多言了。

我必須陪珍妮一起面對死亡。

我望向蛇髮女妖。

死亡並非時鐘滴答聲或者高速行駛的汽車。

我目睹一個女孩從生命之船上摔進水裡，卻沒人救得了。

女孩就那樣孤立無援。

距離她溺死僅剩三個星期少一天。

女孩獨自在海水中載浮載沉，那種無助而駭人的沉默或許一直存在著，只是我充耳不聞。

「妳說的溺水一直都是這意思啊。」隱形保母說道。

大概吧。

但珍妮不會溺死的，我絕不會袖手旁觀。

如此堅定的意念連我自己都感到驚訝，這其中還隱藏著緊張焦慮，但我不願惴想其他可能性。

珍妮將在八月二十日去世，這一天真切存在於廚房月曆上，那之後的日日夜夜不再有珍妮參與，這太荒唐、太令人難受了。

此時的我不再緊抓著你的希望不放，而是發自內心地相信，珍妮繼續活下去將是唯一會發生的事實。

她的生命比什麼都重要。

我堅定地對她說：「妳不會死的，不要去想死後的事情，妳會活下去。」

我手中依舊抓著綁在她身上的繩索。

二十七

星期六早晨，我理應在床上，邊聽廣播邊啜飲你特地為我準備的咖啡，那是半小時前沖泡的，但你沒叫醒我，就直接擺放在床邊，即使不再熱騰騰，我仍感到溫馨。此刻你勢必在樓下為自己和亞當製作特大份早餐，將整間屋子弄得全是培根及香腸的味道，我希望你想到要將窗戶打開，免得家裡那台神經質又過度敏感的熱感應器再次誤以為發生火災，驚擾到鄰居，並導致亞當的天竺鼠在籠子裡亂竄。珍妮仍在熟睡，因而沒聽到手機不時接收到訊息的通知聲，對方從早上八點起便試圖聯絡上珍妮——顯然是打錯了，因為她的朋友是不可能那麼早起的。然而，珍妮馬上就會帶著惺忪睡眼來我床邊坐下，抱怨你沒幫她準備茶。

「珍妮，泡茶比泡咖啡還花時間。」

「用茶包就好啦。」

「還是得將茶包放進熱水中，然後拿出來，丟進垃圾桶，再倒牛奶。爸爸只準備一步到位的飲品。」

珍妮倚著我身旁的枕頭，告訴我早上準備和誰碰面，然後，場景轉眼變換，我與友人一同準備晚上的活動。早上醒來，怎麼我就成了三十九歲、兩個孩子的母親？我曾想像自己成為某些戲劇性標題的主角——「年屆三十九、兩個孩子的母親膽大妄為搶銀行」。

珍妮給了我一個吻，接著便去「為自己泡茶」。

山胡醫師向你說明，珍妮的病況愈來愈危急，甚或可能繼續惡化下去。

「她還能接受移植嗎？」你問道。

「可以，她的身體還承受得住，只是我們不確定她能等多久。」

珍妮在加護病房外等我，她沒多過問是否找到心臟移植，因為她和我一樣，已能轉瞬間了解對方心思並讀出沉默背後的意義。在此之前，我總以為只有在「我愛你」之後的靜默才會使人承受不住。

「莎拉姑姑去找貝琳達護士。」珍妮告訴我。

「嗯。」

「而且還有人傳簡訊給她，說半小時內在咖啡廳見面。姑姑看起來很高興。妳覺得會是她的情人嗎？」

我曾暗自嫉妒珍妮，因為莎拉會對她吐露感情生活，而如今我反而嫉妒起莎拉，因為珍妮會與她聊私密話題。珍妮對我從不聊那種事，我之所以使用「那種事」這個字眼，乃是出於那方面的各種用字都是地雷。例如講「性感」太過時，僅僅透露出我與時下用語脫節，但我已經三十九歲，還是兩個孩子的母親了，直言「辣」這個字委實難為情。事實上，這方面的話題根本是沒得商量的禁區，不同年代的人以不同的用語劃出屬於自己的疆界，然而，不知怎的，莎拉卻得以進入珍妮的領土。

但性可不是變成大人的儀式，相反的，我認為心智成熟後才能有性（你大概覺得我很虛偽吧）。提及性，我偏好使用「做愛」這個更有想像空間的字眼，不過這話題到此為止，因為我們已趕上莎拉的腳步。

身穿整潔護士服的貝琳達與莎拉一同查閱梅西的病歷。

貝琳達說：「她去年冬天摔斷手腕，理由是在結冰的階梯上跌倒。」

「從醫護人員的專業角度來判斷，她的理由有可能是捏造的嗎？」

「不可能，每當馬路結冰時，急救中心總擠滿骨折的患者。然後今年三月初又再次因骨折就醫。」

我和莎拉讀著病歷，上頭寫道，梅西被送至醫院，意識昏迷的她斷了兩根肋骨，頭蓋骨也有碎裂創傷，這一次的理由是她從樓梯上摔下來。過了兩星期，梅西順利出院，此後並無回診。

當時，我幾次試著撥打梅西的手機，卻總是直接轉進語音信箱，日後再相見，她解釋說唐納送她去接受水療。我僅覺得其中有異，並試著問療後感想，梅西卻是一臉尷尬，大概是未見效果吧。

梅西的病歷就這些，她沒給醫生看過臉頰上的瘀青，火災當天，隱藏在長袖襯衫底下的手臂瘀青也無人知曉。

貝琳達取出羅溫娜的病歷，臉上還堆滿不悅，顯然事前已看過一次。

「去年，她腿部遭嚴重燙傷，當時的理由是被熨斗燙到，而傷口的確與熨斗的形狀吻合。」

這一刻我腦中浮現唐納點燃香菸，亞當嚇得退到一旁的情景。

難道，羅溫娜是為了遮蓋傷疤才在運動會那天穿長褲？我還以為她只是比珍妮更懂得要穿著體面。

「還有其他傷勢嗎？」莎拉問道。
「沒了，除非他們去其他醫院。這種事偶爾會發生，更何況醫院間的資訊傳遞其實沒想像中通暢。」
「請問唐納．懷特是否再來過醫院？此後他來探望時，希望你們都會派人隨行。」
貝琳達直視莎拉，並點點頭。
「除非她們通報，否則我無能為力。」莎拉沮喪地說。
「妳會鼓勵她們站出來嗎？」
「不如我們替她們創造適合站出來的環境吧。羅溫娜得先康復出院，她們目前太脆弱了，如果想這麼做，就得先協助他們回到正常生活。」

莎拉與莫辛在咖啡廳碰面，他古銅色面容顯露疲態，眼底掛著一圈暗沉。
「就是他？」珍妮問我。
「不是，莎拉的情人比較年輕、帥氣。」
說出「情人」這個尷尬的字眼時，珍妮不覺突兀，反而笑了。
「很好。」
莎拉與莫辛交頭接耳，於是我們上前聽個究竟。
「感覺是母女受到家暴。」莎拉說。
莫辛則說：「唐納沒什麼犯罪紀錄，只有去年由於超速，收到一張罰單。」
「根據校長的口供，羅溫娜．懷特原本受派擔任運動會當天的護士，沒想到校方上星期四臨時調整分工，將任務轉由珍妮負責。」

「妳認為唐納預謀傷害自己的女兒？」莫辛的想法顯然與珍妮先前推敲的一樣。

「這不無可能，說不定沒人向唐納提過分工調整一事，他以為羅溫娜還是護士。你有辦法調到梅西及羅溫娜在其他醫院的病歷嗎？幫我釐清是否漏掉什麼資訊。」

莫辛點點頭。

「還有，席德利館小學的投資者名單呢？」她又問道。

「名單中有幾名小額投資客，他們將錢挹注在數間學校上，算是合法投資。而席德利館小學最大的投資者是白廳公園路信託公司。」

「你知道那間公司的老闆是誰嗎？」

莫辛搖搖頭，然後謹慎地說：「家暴、恐嚇事件、縱火，這三件事有可能各不相關。」

「我確定它們相關聯。」

「任何組織，包含學校，都可能有家暴、霸凌等問題，珍妮所遭遇的恐嚇信事件雖不常見，但教室、辦公室或網路上仍經常上演情況各異的殘酷事件。」

「那珍妮被攻擊這件事呢？」

莫辛略微撇開頭。

「你還是不相信嗎？」莎拉問道。

莫辛沒回答，莎拉持續觀察著他。

「那你怎麼想？」

「我只想要妳休息一下。」

「多謝你的建議，其他人現在就是在休息。」

他們看來並不習慣這種尷尬的對峙。

莫辛緊握莎拉的手。

「可憐的提姆為妳感到傷心。」

「現在……」莎拉遲疑半晌才說下去：「不是時候，我得回去找麥克了。」

清潔人員在他們離開咖啡廳前便拿著清潔劑來擦桌子。

你會想念某張桌子嗎？此際，我好想念廚房裡的老木桌，桌子一端擺著亞當的騎士人偶，另一端則隨意放著昨天的報紙，此外，有件外套或毛衣披在椅背上。以前我總覺得這樣「很亂」，還會命令大家「收好各自的物品」。如今我卻很想回到那紊亂的生活，目前這個令人身心憔瘁、過於規律、一切光亮整潔的世界實在非我所愛。

我驚覺珍妮雙眼緊閉、定靜不動。

美耐板上的清潔劑仍發散著刺鼻氣味。

只聽到珍妮說：「我進入學校廚房，四周已清潔過了。洗碗機剛運作完，廚房蒸氣瀰漫。」

廚房裡，剛洗好的碗盤冒著蒸氣，擺在咖啡機旁的架子上。

「我準備離開學校，覺得有點興奮。」珍妮繼續說道。

我提高警覺，避免珍妮在這條回憶走廊上走得太深入，防止她接近甚至穿越最後那幾扇自動門。

「我在廚房中拿了兩桶水，水很重，桶身應該有手把。我的工作之一是在值班結束時提水至會場，以免大家沒水喝。手把窄窄的，握在我手中，我拎著它們穿越狹窄的階梯。妳記得嗎？就是廚房通往校外的出口。」

珍妮就此打住，然後搖搖頭。

「就這樣，我的確離開學校了，但接下來的事我想不起來。」

我想起緹莉的證詞，曾提到羅溫娜以水沾濕毛巾。

「緹莉說，通往學校廚房的石子路上有兩大桶水……」

珍妮當時在外面。

「可是我為為什麼還要回學校？」珍妮問。

「是想回去幫忙？」

「可是學前班的孩子們都安然無恙地逃離火場了，不是嗎？緹莉也沒事啊，所有人都出來了。」

我不知該說什麼。

「我大概就是在這時候弄丟手機的，彎腰將水放在地上，手機便從紅裙口袋裡掉出來。」

「沒錯。」

「妳應該跟莎拉姑姑在一起。可以的話我想待在咖啡廳，這裡至少比較接近日常生活環境。」

「妳該不會是想找回更多記憶吧？」

「媽……」

「我不在的時候請別那麼做。」

「好啦。」

我獨留珍妮在咖啡廳，自己與莎拉則來到加護病房。

伊佛在走道上，他窄窄的身形及時髦的髮型在在令我聯想到珍妮，簡直就是她火災前的形象——精力充沛、開朗、年輕，享受當下、幽默風趣。戀愛中的珍妮感覺很無助，如此相信伊佛會出手搭救。

伊佛並未靠近珍妮床邊，也沒轉身逃跑。

我走近，瞧見他滿臉蒼白地隔著玻璃望向珍妮。他渾身發抖，好似趴在人行道上被人又打又踹的男孩。

這一瞬間，我竟同情起他。

莎拉站在伊佛身旁。

伊佛說：「星期三那天，我還和她通過電話，珍妮語氣如往常輕鬆，之後，我們便互傳簡訊，最後一封簡訊大概是英國時間三點過後沒多久吧。」

伊佛的視線從珍妮身上移開。「珍妮現在的狀況怎樣？」

「傷勢非常嚴重，昨天還一度停止心跳，除非移植心臟，否則只能再活幾星期。」

莎拉的話好比接連不斷的重擊。

「抱歉。」莎拉說。

他等一下大概會想知道珍妮有無毀容，不知道莎拉是否會回答。此時伊佛一語不發。

「這是起縱火案，無奈我們至今仍無法釐清犯人是否蓄意攻擊珍妮，而這起意外推測與恐嚇信事件有關，你對那事件有任何了解嗎？」

「沒有，珍妮自己也不清楚對方是誰。」

伊佛語調冷靜卻微微顫抖。

我注意到你離開珍妮床畔往外走，他們兩人完全沒發現。

伊佛說：「之前有人朝她丟紅漆罐，我當時接到電話，珍妮說油漆洗不掉，只好請朋友替她剪掉頭髮，邊講還邊哭。」

莎拉追問道：「她看到對方長相了嗎？」

「沒有，因為對方從後方攻擊。」

「珍妮描述了當時的過程？」

「沒有。」

「什麼時候發生的事？」

「大約八個星期前。」

「地點在哪裡？」

「在漢默史密斯購物中心的Primark服飾店旁。珍妮認為對方行凶後便躲進某間店裡，或者從側門出口逃逸。有個女人當場以為那是鮮血，還不斷尖叫。」

儘管你已盡全力保護珍妮，目前更沒有心思對任何事情多做揣想，伊佛所說的一字一句仍往你心頭鑽。

「要是當時去報警，就——」伊佛說。

莎拉趕緊出言安慰：「我就是警察，伊佛，聽我說，珍妮早該找我幫忙，我是她姑姑，而且很愛她，即便如此，她仍選擇沉默，所以責任在我，你沒有錯。」

「珍妮當時認為，這件事若是讓她爸媽知道，一定沒完沒了。她不希望他們擔心，所以她可能也是不希望妳擔心吧。」

「沒錯，我要你到警局錄口供，我會請人開車載你往返以節省時間。」

伊佛當下點頭答應。

接著，莎拉將珍妮的手機交給他，然後說：「能不能確認一下，告訴我手機裡是否有陌生人的號碼或簡訊？我實在看不出任何異狀。」

伊佛握緊手機。

「我可以邊等車邊確認嗎？」伊佛問道。

他和你一樣，閒不下來。

「可以。」

莎拉注意到你，便說：「麥克，珍妮被人潑紅漆……」

「我聽到了。」

莎拉或許是希望你至少對伊佛發脾氣，你卻沒有，是因為兩個星期前，你也未曾為了恐嚇信件報警嗎？如今我感覺到你的身體已然傾毀、形容益發憔悴。

莎拉說：「你要不要去看看亞當？我可以幫你照顧珍妮。」

我想，莎拉很了解你和亞當非常需要彼此。

「伊佛必須到警局錄口供，我也能趁照顧珍妮時多少看些資料，有任何進展我都會立刻通知你。」

伊佛打岔道：「雖然我不清楚這重不重要，但我星期三下午傳給珍妮的最後一封簡訊被刪除了。」

「或許是珍妮刪掉的。」莎拉表示。

「那封簡訊的內容是首詩，寫得還不差，即使寫得不好，珍妮也不可能刪掉。」

「珍妮的手機掉在學校外頭的路上，被人隨意亂按的可能性不是沒有。」

「為什麼有人想刪掉我的簡訊？」

「不知道。」莎拉說。

「找出手機掉在校外的原因了嗎？」你接著問道。

「還沒，而且緹莉及梅西也都輾轉拿過手機，根本無從採集指紋。」

「我該在哪裡等車？這裡或大廳？」伊佛問道。

他還是沒接近珍妮病床邊。

現在有機會能離開珍妮，他或許鬆了口氣吧。

我在有金魚缸造型的中庭裡找到珍妮，人們在她身旁往來穿梭，她是否能夠在其中獲得生命力？或者她其實是在等伊佛？渾然不知那男孩早去了加護病房。「妳早該告訴我，我有權知道。」

「我不想見他。」珍妮平靜地說。

昨天，她還為伊佛即將到來而興奮，如今，或許是意識到兩人的感情建立在肉體之美上吧。眼前的珍妮很脆弱，幸好她懂得保護自己免於受到更多傷害。

然而，珍妮不曉得，伊佛隔著玻璃望著她時，內心有多煎熬。

我也沒告訴她，伊佛並未走近病床。

「他告訴莎拉姑姑紅漆攻擊事件，」我選擇提起這件事：「還說他三點寄給你的簡訊被刪了。」

「我從不刪他的簡訊啊。」

「也許是撿到手機的人刻意刪除的。」

「那人為何這麼做？」

「我不清楚，但伊佛準備上警局錄口供。」

「那麼他會經過這裡嘍？」她語氣驚慌，邊說還邊逃離中庭。

我追在後頭。

「珍妮，知道妳手機號碼的有多少人？」

「很多。」

「我指的不是妳朋友，而是陌生人，比如校內其他學生？」

「大家都知道啊，我的號碼被寫在教師室布告欄上，方便其他老師存進手機裡，運動會當天需要什麼醫療用品，打通電話給我即可。」

珍妮慌慌張張地逃避任何遇見伊佛的可能性。

但我稍微停下腳步，心裡備感挫折。我有必要通知莎拉，讓她知道珍妮曾經離開過學校，然後又因為某人或某事而折返（也可能是被迫）。會不會是對方傳簡訊叫她回學校？事後，傳簡訊的人為了湮滅證據，情急之下誤刪掉伊佛的簡訊？

二十八

我與你一同離開醫院，希望親眼目睹你與亞當重逢的那一幕。火災之後，你們兩人唯一一次相聚時，他把你從席拉斯．海曼面前推開，然而此次重逢將只有你們兩人，情況絕對會有所不同。

我們的車子在露天停車場停太久，車內熱氣瀰漫，安全帶的金屬扣環直發燙。而你卻連窗戶或空調都不開。

車子行進時，感覺不像要去找朋友共進晚餐，反而比較像處於某個極度炎熱的荒郊野外。我們不是居住在齊喜、過著安逸生活的人家，而是塞倫蓋提國家公園[26]裡的一對獅子，盡全力保護子女不受盜獵者殺害。

猶記得幾個星期前，亞當曾說，我和你透過他和珍妮而成為血親，因為我們的血液在他們體內結合為一。難道這就是我們現在如此緊密相依的緣由？要協力拯救珍妮、證明亞當無罪。

---

26 位於東非的坦尚尼亞。

你將珍妮交給莎拉，好讓她藉機查閱非法取得的口供、貓頭鷹筆記本的紀錄及伊莉莎白．費雪的契約。想必她反覆閱讀這些資料好幾次了，天曉得費雪女士的契約能提供什麼線索。的確，我很清楚，我沒受過專業偵探訓練，沒資格妄下評論，此外，我信任莎拉，她絕對不會無緣無故認為某件事值得一試。

快到家時，我憶起第一次自醫院返家的情形。當時亞當不過出生四個小時，我躺在軟墊上盯著他瞧，真是個完美而脆弱的嬰兒啊。再往前回溯九年，我們抱著珍妮回到老舊的小公寓，一副毫無準備的樣子便將嬰兒帶回家，隱形保母不自覺地感到心驚。我太年輕、太不成熟、太愚蠢，嬰兒出狀況時怎麼辦？即使我通曉佛羅倫斯壁畫、清楚柯立芝及強生這兩位文學評論家的觀念差異，然而，這些知識在照顧嬰兒時怎麼可能派得上用場？我彷彿帶著小孩處在危險荒地的動物，對於可能傷害孩子的事毫無招架之力。

卻是珍妮使我們成為父母，及至亞當出生之際，我們已深諳嬰兒座得朝椅背靠才不會被安全氣囊壓到、奶瓶必須消毒殺菌、初食得煮爛但不能加鹽（否則會損害嬰兒的小腎臟）、適時使用眼膏、尿布疹膏與退燒藥，還有要定期接種疫苗。在塞倫蓋提危險大荒原上，我以九年經驗、國民健保及百貨公司買來的育嬰用品，保護小寶寶。

＊

亞當窩在毯子裡沉睡著，你抱起他，往家門口走去。安全達陣。

停好車後，你並未直接進門，我反而早一步衝進屋裡。

母親為亞當拉上窗簾，遮擋過於明亮的陽光。亞當則躺在床上，吹著移動式冷氣，機器運轉發出嗡嗡聲響，令人昏昏欲睡。

母親說：「小寶貝，你太累了，只是睡一下啊，我會一直陪你。」

他相信母親說的話，認為我永遠不會醒過來，就跟死人一樣。

之前我曾形容珍妮目前的處境如同溺水，其實過度悲傷的亞當何嘗不是？

這個小男孩獨自在黑漆漆的憤怒之海上，而我完全無法靠近他。

雖然我陪著亞當，但他大概感覺不到我的存在，眼前的我仍無法承受如此挫折，只能選擇在一旁望著母親。

房間裡，光線黯淡，母親坐在亞當身旁握住他的手，這舉動讓他至少放鬆了一些。記得小時候，她也愛坐在我身邊，撫慰我的心——母親陪著我，還有窗簾擋住屋外的日光。

看著他們，我可以想見，萬一我永遠無法甦醒，亞當至少有母親陪伴。即使這念頭沒多久便消逝，卻足以驅走我心中的恐懼，促使我看見不一樣的未來。母親、莎拉、珍妮還有你可以一齊吹鼓亞當手臂上的救生圈，大家的愛將能幫助亞當安全地浮在水面上。

大門關閉，你的腳步聲自客廳傳來，我彷彿聽見你上樓時還喊著：「我回來了！」以前，亞當總會丟下正在念故事書的我，跳出床外大喊：「爹地！」

「這一幕還真像《鐵路邊的孩子們》[27]。」你並非想挖苦誰，只是有感而發。無奈之後你離家時間變得更長、更頻繁，即使人在倫敦工作也是早出晚歸，因此，《鐵路邊的孩子們》便愈來愈少上演了。

亞當從床上坐起，全身繃緊。

母親下樓迎接你。離開亞當之際，她的表情看來有些驚恐。

「發生什麼事嗎？」母親問你。

「沒事。」

「亞當在床上，但還沒睡。」

她沒提亞當已知道我不會甦醒的事。母親當時是不小心說出口，抑或是故意的？總之，全因一時疏忽，才導致如今的天翻地覆。她卸下在亞當面前所戴的面具，看起來好哀傷、脆弱。

上樓梯時，你的腳步好沉重。

你敲了敲房門，但亞當未作回應。

「亞當？」你喚道。

沒回應。

「亞當，拜託，開門一下。」

一片沉默。

---

27 此小說中，主角的父親某日不告而別，故事末尾才得以團聚。

看得出你很受傷。

「他討厭我。」你輕聲說。我以為母親站在一旁，但沒有。你剛才真的開口了嗎？或者是因為我太了解你，很清楚你心中的想法？

癥結不單只是席拉斯．海曼，對吧？

還有那場火。

亞當認為，你身為父親，應該有辦法阻止那場火，不讓媽媽及姊姊遭逢如此嚴重的傷害。父親有責任保護家人。

你認為這是亞當討厭你的原因嗎？

為何他不替你開門？

房門另一邊，亞當蜷曲在床上，彷彿無法移動、開口。

拜託，麥克，你就直接進去，告訴他，你知道火不是他放的。

遺憾的是，你什麼也沒說。

你認為他心裡應該清楚。

緊閉的房門隔開兩人，一面是斑駁的白漆，另一面繪有彼得潘，這扇門阻絕了我那不一樣的未來。

驅車返回醫院的路上，我腦中徘徊不去的不再是初次帶亞當回家的景象，而是在那之前十小時，陣痛將我逼至瘋狂境界。

醫院外頭，我以為珍妮正處於一群菸客之間，但定睛一看，她的身影卻消失無蹤，應該是我看錯了吧。

莎拉在加護病房外講手機，我接近偷聽，她的口氣流露出不耐，正準備結束與羅傑的談話。掛斷電話後，她又立刻聯絡莫辛。

「嗨，是我，珍妮目前正在接受檢查，山胡醫師保證不會離開她半步，所以我有五分鐘空檔。」

莫辛答道：「戴維斯目前在幫珍妮的男朋友錄口供，天啊，親愛的，他們之前為何隻字不提？」

「大概是不想讓我們操心吧。恐嚇事件調查的進度如何？」

「多了跟蹤及襲擊這兩種狀況，偵查層級又提高不少，佩妮準備擴大DNA採集工作，也要相關人員更用心找出監視器畫面。目前我們鎖定監視器其中三小時紀錄，凶手的信絕對是在這段時間內投遞的。辦案人員排除六十歲以上及十五歲以下的寄信者，再由佩妮過濾其餘的影中人，希望能揪出凶手。」

「有誰認為恐嚇事件與縱火案有關嗎？」

「目前沒有。」

「那你呢？」

等待莫辛回應時，莎拉顯得很緊張。

「既然有人跟蹤、襲擊珍妮，我認為火災意外有必要重啟調查，畢竟這把火可能是跟蹤者的計畫，目的是要傷害珍妮。這麼看來，目擊亞當放火的證人很可能在說謊。」

「那麼醫院的攻擊事件呢？」

「這我就不知道了。」
莎拉等了一會兒，莫辛卻未再開口。
莎拉接著說：「我想，你對唐納．懷特施暴的見解是對的，那是兩碼子事。」她沉默半晌才又問道：「伊佛是否提到他的簡訊被刪除了？」
「妳是指拜倫的詩嗎？我真慶幸年輕時沒有手機簡訊這種玩意。」
「如果他的詩真的是在三點過後沒多久寄出，當時的珍妮面對失控的火勢，應該無暇刪除簡訊。能否尋求專業科技人士檢查？」
「當然可以啊，雖然我不確定能查到什麼。」
「我得回去照顧珍妮了。」

你來到我的病床邊，拉上布簾，我們再次被醜陋的棕色幾何方塊包圍起來。
「他不想見我。」
「他當然想啊，他愛你也需要你，而且——」
「我不怪他，因為我這個爸爸真的太沒用了，而且……天啊，我一直都很沒用。」
「不是這樣的。」
「我總是不在他身邊，難怪他選擇席拉斯．海曼，不是嗎？」
「你是為了賺錢——」
「就連和他在一起時我也沒能了解他。他遇上危險時從不會第一個想到我，而是尋求妳的協助，而如今……」

「那只是因為我剛好都在他身邊啊，更何況，亞當在這之前其實沒碰過什麼真正的危險，只是偶爾不順遂罷了。一旦真遇到危險，他一定會去找你，因為看看你——如此堅強且有能力。」

「妳才曉得怎麼幫助亞當，我實在毫無頭緒。」

「你當然清楚！只要陪陪他、跟他說說話就行了！」

無奈你聽不見，亞當的舉止令你不安，我的處境導致我發不出聲音，你接收不到我的訊息。

如今你失去與亞當相處的信心，這都是我的錯。

我總是叨念你、告訴你該如何和亞當相處，未曾任由你以自己的方式與他互動，也從沒想過你是他的父親，同樣希望給他最好的關懷。過去有太多瑣碎的事——該買什麼生日禮物、萬一他數學作業沒寫完，聯絡簿該怎麼寫才不會讓他受到責備等。你總認為：「讓他碰點麻煩吧。」而我覺得你殘酷，但要是亞當真的遇上麻煩，說不定他反而會發現其實狀況沒那麼糟糕，其他孩子或許還會因此更喜歡他。我也該像你說的晚點去學校接他（雖然以前我覺得這意味著自己太漫不經心），他才能夠理解遲到並不會造成太大的麻煩，進而不再擔心。

即使你是錯的，我有何權力說自己懂得更多、更了解亞當？

很抱歉，我曾抱怨你在頒獎典禮沒為亞當挺身而出、沒以他為榮，一副你向來都是這種態度的樣子。幾個月後，你特地會見希莉校長，要求她在下個學年度前將羅伯特．傅萊明送出席德利館小學。校長之所以照辦，並非出於你是男人或者你是名人、有能力「引起更多人注意」，她那麼做是折服於你想保護孩子的強烈欲望。此外，我還記得自己那天晚上還藉此挖苦你，你卻嚴正地告訴我校長也請羅伯特及他父母來到學校，大概是以為人多勢眾吧。然而，這反讓你覺得機會來了，因為你能直接當著所有人面前說，犯錯的不是亞當，而是羅伯特，你為亞當的應對方式感到驕傲。你，高大又強壯，還是野外探險這種熱血節目的知名主持人，沒想到他們卻激發了你對弱小、受欺凌的兒子感到驕傲的情緒。

然而，這些記憶消逝得如此迅速，或許是我們不常提及，畢竟你不想讓亞當知道你曾面見校長，擔心他會更覺得自己無能，至於我，則是擔心他會對羅伯特心懷歉疚。但我認為你現在該告訴亞當，他才能夠體會到你無時無刻不在看護他，重要時刻絕不缺席，而且你永遠以他為榮。

你依舊沉默。

「麥克，你可以這麼做。」

拜斯特隆姆醫師倏地拉開布簾，簡短地說：「我們必須隨時掌握格蕾絲的狀況。」

「媽的，隨時掌握狀況來證明你們的診斷正確無誤嗎？」轉身離去之際你憤而罵道，我也注意到你步履是如此蹣跚。

隨後你來到珍妮病床畔，莎拉一邊照顧她，一邊細讀著伊莉莎白的契約。

「你還記得伊莉莎白．費雪離職時的情形嗎？」她問你。

「誰？」

「學校資深祕書。」

「沒印象，」你瞥見莎拉的表情：「我只記得她丈夫去世，格蕾絲因此準備了束花送她。還有，她打從學校創立便在那裡工作了。」

「伊莉莎白的丈夫並沒有過世，只是離開了。」莎拉說。

我與莎拉一同離開，此時仍不見珍妮蹤影，真希望知道她在何處。這種不悅感如此熟悉，令我備感寬慰——我們再次回到怪醫杜立德的劇情裡那種妳推我拉的母女拉扯戲碼，珍妮把我推開，我則將她拉回來。

來到中庭，我瞥見珍妮杵在外面一群菸客後方，絕對是她，我趕忙跑出去。珍妮的腳被石子割傷、全身被陽光曬得刺痛，不得已只能退回醫院內。

我擔心她是在等待伊佛從警局回來。

她看見我了。

她告訴我：「我必須找回記憶，我能理解妳希望我獨處時別這麼做，但我很想知道自己離開學校的原因，這都是為了亞當。廚房出口是石子路，所以我以為石子路的聲響以及踩在上面的感覺有助於喚起記憶。」珍妮有些不快，她沉默了一會兒才又開口：「但目前為止，這麼做沒什麼幫助。」

所幸她沒想起什麼事，也感謝上帝，煙味及大火燃燒時的氣味大相逕庭。此外，她並非在等待伊佛，這竟也令我鬆了口氣。

一名菸客點燃火柴，以手遮著準備點菸，火柴煙味比蠟燭更淡，無法開啟回憶之門。

接著，莎拉從我們面前經過，往停車場而去，她踏在石子路上的腳步聲及頭頂的太陽與火柴煙味合而為一，促使珍妮想起某些事情。

「警鈴聲響起。」珍妮頓了一下，強迫記憶清晰化。她這樣做幾次了？等人點燃火柴、等人走在石子路上。

她繼續說：「我一開始以為警鈴聲是失誤，或者只是演習，而安涅特不知道怎麼關掉。若因此棄安涅特不管好像很過分，我才將水擱在石子路上，旋即回到學校裡。接著，我聞到煙味，才驚覺這並非演習。」

珍妮就此打住，神情頗為挫折。

「我能夠想起來的就這麼多。」她既不悅又痛苦：「我還以為自己返回學校是由於發現什麼不對勁，譬如某人在做某事，縱火之類的，沒想到，我只是回去確認安涅特是否沒事罷了，天啊。」

我抱住珍妮，試著安慰她。

令人不解的是，珍妮若是想幫安涅特，她為何沒辦法及時逃離火場？相較之下，安涅特還有時間聯絡《里其蒙郵報》及電視台、塗抹口紅而後安然無恙地離開學校。

如果真有簡訊被刪除的話，想必內容不是要求她立刻回學校（因為好心的珍妮已為了安涅特折返），而是想辦法把她留在學校裡，畢竟我是在安涅特辦公室所在的上面兩層樓找到珍妮的。

眼前的珍妮臉色慘白、不斷顫抖，對這段回憶所帶來的衝擊毫無心理準備。

「親愛的，我們進醫院吧。」我連忙勸她，她順從地返回醫院。

珍妮尚未提到伊佛，我不想逼她。

接著，我趕到莎拉的座車旁。

二十分鐘後，我們再度來到伊莉莎白·費雪的髒舊住處。莎拉將車停在狹窄的人行道上，在炙熱陽光照射下，猶見地上的黑色汽油映射出形狀不規則的彩虹。

乍見莎拉，伊莉莎白一臉愉悅，熱情地招呼她到小客廳裡。

「當初妳離職時，聽說席德利館小學的部分家長曾送花給妳？」莎拉首先問道。

「嗯，是懷特太太及柯維太太特地為我準備的，他們送我一束飛燕草、幾顆蒼蘭球莖以及一封窩心的信。」

「她們以為妳先生過世了。」

伊莉莎白有點難為情地撇開頭，接著說：「她們不知為何搞錯狀況。」

「妳沒解釋嗎？」

「收到這麼漂亮的花和感人的信，我要如何開口？我要怎麼告訴她們，其實我先生沒死，只是離開罷了，而我之所以退休也是因為年紀太大？」

屋外汽車廢氣不時鑽進客廳，炙熱的空氣益發沉悶。此時莎拉取出費雪女士的契約。

「我有個問題想請教妳。妳的職務之一與新生入學事宜有關，包括發送學校簡介及新生資訊，還有處理新生註冊表格。」

莎拉上次造訪時，我記得伊莉莎白提過這些工作細項。

「嗯，這差事很費工夫。」

「新任祕書安涅特．簡克不須處理新生入學事宜。」

閱讀安涅特的證詞時，我僅留意到她未兼任學校護士。

「呃，我想她不用負責這些差事，或者，至少她——」伊莉莎白赫然閉口，臉色瞬時憔悴了許多。

「遊樂場意外發生後，新生人數是否減少了？」

伊莉莎白點點頭，語氣平和答道：「意外發生後，入學人數並未立刻減少，反而是《里其蒙郵報》刊登相關報導後才有影響。我是怎麼了？之前竟沒想到這兩者之間的關聯。」

「能否詳細描述當時的情況？」莎拉如此請求。

「先前每週至少有兩三名家長來電，他們有意將孩子送來席德利館小學，有些人的小孩才出生不久，還有懷孕的準媽媽希望學校為她的孩子保留名額。然而，關於席拉斯的荒唐報導刊登後，我幾乎未曾接到家長的詢問電話。這一區還有其他兩間出色的私立小學，那裡的遊樂場可沒發生過死傷。既然如此，家長為何要選席德利館？」

「席德利館小學新學年有多少名新生？」

「在我被解僱前，兩班學前班的新生人數僅六人。大部分家長來電取消註冊，甚至要求校方退學費，其餘家長不是太有錢就是太沒教養，完全沒通知一聲。」

亞當入學那一年，兩個班級滿額，還有十五名孩童在候補之列。

「有誰清楚席德利館小學的現況？」莎拉問。

「我猜只有莎莉．希莉和其他董事吧，希莉不想讓教職員擔心，更自認有能力處理這問題。」

伊莉莎白說完，便聳聳肩。

「妳的資訊很有幫助，謝謝。」

「一聽到希莉承諾有辦法解決問題時，我其實很相信她，並認為她能安撫家長，說服他們別離開。我當時很相信……」

伊莉莎白語調發顫，試圖恢復冷靜。「她不希望讓人發現學校的困境，所以才要我離開，對吧？」

我和莎拉一同回到車上，就在這時，車內電話響了。

「莎拉嗎？」

莫辛口氣有異，之前他甚少直呼莎拉名字，而是喚她「親愛的」或「寶貝」。

「我正想打電話給你，」莎拉邊說邊忙：「我剛拜訪過資深祕書，就是原本擔任安涅特職位的人。」

「妳絕對不可——」

「我知道，但聽著，伊莉莎白．費雪的工作之一是處理新生入學事宜，那是很重要的職務之一，可是安涅特．簡克卻完全不須經手，似乎是莎莉．希莉有意解僱伊莉莎白，反而找了沒腦袋的安涅特取代——」

「莎拉，拜託聽我說，貝克與莎莉．希莉聯絡過，也提到要懲戒妳。」

「喔，既然如此，你最好別與敵方太親近，讓人逮到就糟了。」

「親愛的——」

莎拉隨即掛斷電話，鈴聲立刻又響起，但她並沒有接。

連三天的炎暑將青草烤得乾枯，齊胸高的杜鵑日前還花團錦簇，如今也成地上一片棕黃。

莎莉．希莉的組合屋辦公室大門敞開，滿身大汗的她，頭髮黏答答的，屋內日照充足，臉上汗水閃耀發亮。

莎拉敲了敲門，她的出現果然驚嚇到莎莉・希莉。

「我知道妳已向警方抱怨過，這很合理，我完全了解，但我這次是以珍妮姑姑、格蕾絲大姑的身分前來。」

莎莉・希莉驚訝回應道：「我不曉得妳跟她們之間的關係。」

「如果妳希望我離開，就說一聲。」

莎莉・希莉沒開口、也沒任何動作，濕熱的空氣似乎迫使我們在這小空間內無法動彈。

「要不要出去邊走邊聊？」莎拉說完徑直往屋外走。

希莉校長遲疑半晌，隨後跟上莎拉。

屋外微風徐徐，傳來遠方的哨音及孩子們的笑鬧聲和腳步聲。

兩人在遊樂場上散步，我則跟在一旁。

莎拉率先問道：「妳之前提到，運動會當天學校滿是學生，妳花了多少力氣招生到這些孩子？」

「呃，我再從頭說起吧。我打算趁暑假尋找新校地，然後如學校行事曆所示，在九月八日開學——」

「但今年九月的新生人數不多，對吧？有可能明年或後年就完全招不到新生了。」

「我有辦法將那些孩子找回來，同時吸引其他小孩入學。我們以無力支付私校學費的家庭為目標，準備推出補助金與獎學金方案。」

希莉校長的語氣虛弱無力，一副光是保持樂觀便耗盡精力的樣子。

「其他投資者也像妳一樣有信心嗎？」莎拉直問道。

校長沒回應。

「我想，他們只看到學校面臨財務危機，而這問題將於九月爆發，屆時整間小學將分崩離析，不會再有家長願意將孩子送到即將倒閉的席德利館小學就讀。妳或者其他人是否曾為了遮掩危機而解僱處理新生入學事務的職員？」

「我說過了，那是因為她年紀太大。」

「這是妳信口胡謅的，對吧？」

莎莉．希莉沒回答，逕自蹣跚走著。

「伊莉莎白的先生過世，這謊言是妳捏造的嗎？」

希莉校長依舊沉默，只是隨著莎拉往遊樂場邊走去。

「妳絕對知道她先生的事，才會藉機策畫這件事。」

「沒錯，我的確聽說她先生離她而去。」

「妳不是向來拒聽閒言閒語嗎？」

「校內老師緹莉．羅傑斯聽聞我想解僱費雪女士，特地透露此一祕辛，希望我三思。」

「沒想到妳反而以這件私事來對付費雪女士。」

希莉校長則直言：「我不希望她向家長坦承學校面臨招生困境。」

「所以妳想盡辦法讓她的處境為難，不好意思對家長說出實情。」

「沒辦法，我們無法承受更多打擊，雖然我不認為自己的作為光彩，但不那麼做不行。」

「接著，妳聘請了一名新祕書，新祕書相當無知，絕不會注意到招生上的困境。」

「不是這樣的。」

「我認為這是實情。」

我們來到遊樂場邊，眼前的車道兩旁種植成排的七葉樹，遠方隱約可見學校的黑色殘骸。

「那這個呢？」莎拉說著轉向校長，赫然驚覺她面色僵硬。「這是誰的主意？」

「那與我無關。完全無關！我可是花了好幾年時間才打造出這間引以為傲的小學。」

「那是某位投資者希望學校燒毀嗎？」

「沒人希望學校被燒毀！」

「難道這不正是你們如此重視消防規範的原因？藉此才能獲得保險理賠。」

「不是！」

「更何況所有人眼裡只有他媽的錢，沒人在乎珍妮及格蕾絲死活。」

莎拉是以你姊姊的身分而來，所以想說髒話也沒關係。

希莉校長只是盯著學校。

「聽說有些學生已獲准至其他學校就讀。」校長語氣十分平靜：「我管理的學校慘遭祝融、手下一名教學助理傷勢嚴重，身負如此不良紀錄，誰還敢聘我？」

「警方將派人正式與妳面談。」莎拉僅簡短說出這句話。

希莉校長的臉頰滿是汗水與淚水。

「不管我怎麼做都回不去了，對吧？」

二十九

莎拉透過車內電話轉告莫辛，席德利館小學即將爆發的財務危機，她說話的樣子使我想起《每日電訊報》的記者保羅．普雷茲納，想到他對泰拉說：「重點在於那是錢，是幾百萬英鎊的大把鈔票，如今全化成黑煙，這才是妳該探討的部分。」

與珍妮所見略同。

待莎拉說完後，莫辛這麼回答：「抱歉，我們馬上派人約談校長、調查投資者身家背景。」

「謝謝。」

接著，莫辛深情地說：「我們才分開一小時，妳就找到新線索、新嫌犯、新動機。」

「沒錯。」

亞當的冤屈即將洗清，這絕對能幫他走出陰影、重新開口說話。

此時莫辛沉默著，我們從擴音喇叭中聽他做了幾次深呼吸。

「貝克原本打算召開懲戒會議，還命令戴維斯負責聯絡，要妳今天下午三點前來警局，不過，這些新情報看來足以打消他的念頭。」

「我倒不這麼樂觀。但即使我沒表現出來，你應該清楚我不想失去這份工作吧？」

「妳不會被解僱的。」

「結果可能比被解僱還慘。我有太多事要煩，多到完全忘記要小心飯碗不保。伊佛離開警局了嗎？」

「大概二十分鐘前離開了，可能回到醫院了。」

重返醫院時，我沒看見珍妮。

而後，我立刻隨莎拉一同前往加護病房。

你與伊佛站在走廊上。你注意到了嗎？你透過玻璃凝望著珍妮，而伊佛的眼神並未朝同一個方向。

這並非批評，畢竟沒人忍心一直盯著珍妮，我們辦得到只因是身為她的父母，別無選擇。

「麥克，我很確定這場火是為了保險金。」莎拉直截了當地說。

你未面對莎拉，依舊只是望著珍妮。

「知道是誰的主意嗎？」

「還不曉得，目前還在調查蒐證。」

莎拉沒提及貝克打算召開懲戒會議，她腳下的冰碎裂了。

伊佛首次開口：「誰的主意？動機是什麼？這些重要嗎？」

我了解他為何不在乎這些事，因為就算知道了，珍妮的身體與面容也不會復原，與此相比，其他事重要嗎？

沒人告訴伊佛亞當被控縱火，是因為亞當，這些事情才顯得重要。

伊佛轉身離開，加護病房大門自他身後砰地關上。

珍妮在哪裡？

我當下追在伊佛後頭喚道：「拜託，別走。」

他倉促而行，我則在一旁極力勸道：「珍妮並非真心躲避，她只是想保護自己，沒多久她便會改變主意。我很了解珍妮，她很想見你，而且她很愛你。」

伊佛來到手扶梯前。

「珍妮堅持不了多久，馬上就會想見你，希望你在身邊。」

伊佛完全沒聽見，僅快步走向一樓出口。

「你必須留下來陪珍妮。」

他沒轉身。

我不禁對他吼道：「別這樣對她！」

他在隔開中庭與醫院的玻璃牆邊倏地停下腳步。

而珍妮在院子裡，就坐在鐵椅上。

伊佛透過玻璃竟看見了珍妮，全身靜止不動，任由人潮在身邊來來往往。

他怎麼知道珍妮在這裡？

他找到中庭入口，準備穿越，卻被警衛攔下。

「中庭只供觀賞，禁止進入。」

「可是我得進去。」

警衛勢必覺得伊佛精神有問題吧，因為他全身顫抖、臉色發白、雙眼卻炯炯有神。

「先生，倘若你只是想到醫院外頭，請從大門出去吧，沿著標示走，還能到公園。」

伊佛沒動半步。

警衛等了一會兒才放棄離開，不知道他會不會聯絡精神科，尋問對方有沒有病患走失。

情況大致如此吧，伊佛並無排山倒海、想直接把玻璃牆撞碎的熾烈情感，我當初自以為是，心想伊佛的感情僅是出於青少年慣有的生物性衝動，如今看來，他的愛更為細緻、淡然而純粹，那是初萌芽的愛情。

而我也完完全全錯怪伊佛了，他的個性與你南轅北轍，以致令我生疑。再者，我之所以懷疑他，也是因為不想感受錐心刺骨的嫉妒。

當珍妮如實說她和伊佛在齊喜公園凝望彼此時，我試圖將自己推進記憶裡，回想你細看著我的景象：「對望中的我們，雙眼宛如穿在視線交纏成的絲線上[28]。」

然而那是多久以前的事？突然發生抑或是慢慢形成？那條交纏的絲線已幻化為家裡的晾衣繩。

有誰願意耗盡一整個下午，只為了凝視我這張三十九歲的老臉？

---

28 出自John Donne之詩"Ecstasy"。

物。

我內心深處絕對清楚，問題不在伊佛身上，而是我自己，看著他與珍妮就好比見證我所失去的事

隱形保母赫然冒出來：「噢，成熟點！別發牢騷！拜託，妳都三十九歲、兩個孩子的母親了，到底還想怎樣？」保母說得沒錯，真是不好意思。

伊佛進入僅供參觀的中庭。

他走向珍妮。

她卻倉皇離開。

「珍妮？」我叫道。

「我希望他離我遠一點。」

我不解地看著她。

「我不是說過了嗎？我不想見他！」

珍妮迅速離開中庭與伊佛。

他環顧四周，尋找珍妮蹤影，然後帶著困惑與哀傷離開，彷彿意識到自己已然失去她。

在某種層面上，我或許也失去珍妮了。

麥克，因為我不懂她在想什麼。

以前我總以為自己了解珍妮。

伊佛逕自杵在中庭旁，期盼珍妮再度回來，我則陪他等著，但什麼也沒有。

不知過了多久，依舊不見珍妮蹤影，我反而瞥見莫辛從上方的走道急行而過。

而當我追上莫辛之際，他正與莎拉談話：「我打過手機，但妳沒開機。」

「加護病房附近不准開機。」

「詐領保險金這條線索有了重大進展，校長提供了有力證詞，戴維斯仔細調查投資者身家背景後發現，白廳公園路信託公司十三年前曾投資了兩百萬英鎊。」他停了一會才又說：「公司老闆是唐納・懷特。」

現在我們已經勾勒出詐騙案的輪廓，在醫院燈光及縝密檢視下，和藹可親的面容暴露出惡劣的本質。

莫辛進而說明：「這與妳的懷疑一致，若唐納會對家人施暴，他也有可能縱火。」

他忍不住抱緊莎拉。

「貝克正在『重讀』目擊者舉發亞當的證詞，這意味著他承認搞砸了，他現在知道，而我們也都清楚，這整起事件是詐騙案，火不是亞當放的。」

這消息猶如微風，令我頓覺舒坦，看得出莎拉也是相同感受，真希望她馬上告訴你這件事。

莎拉說：「唐納・懷特也許在珍妮住院後的第一晚潛入，並破壞她的呼吸器，反正他女兒也在燒燙傷中心，就算被發現也不會被懷疑。」

「貝克約談過唐納了，我現在準備去找梅西及羅溫娜，探問她們清不清楚唐納的計畫。」

莎拉在莫辛臉頰上輕輕留下一吻。「我馬上去告訴麥克這件事。」

我和莫辛前往羅溫娜位在燒燙傷中心的病房。

梅西在病房內，正忙著從花紋手提包中取出盥洗用具。

「……我把倩碧香皂還有沐浴乳帶來了——」莫辛赫然現身，打斷梅西的話。她看起來相當驚恐。

「請問是梅西．懷特嗎？」莫辛伸出手，梅西旋即禮貌回握：「我是法魯克偵察佐。」接著，他對羅溫娜說：「請問妳是羅溫娜．懷特嗎？」

「是的。」

「我想請教妳們一些問題。」

梅西走到羅溫娜身邊。

「她現在不適合——」

「所以我才親自到來，並未請妳們上警局。」

羅溫娜將包著紗布的手輕輕按在梅西手上。

「媽，我沒事了，真的。」

「聽說懷特先生是席德利館小學的投資者？」莫辛劈頭問道。

「嗯。」梅西的回答異常簡短。

「他為何不以自己的名義投資？」

「因為我們想保持低調。」梅西神情焦慮：「你為何突然問起這件事？」

「能繼續回答我問題嗎？妳說你們不想讓人知道這筆投資，對吧？」

「沒錯，我的意思是，我們不希望羅溫娜變成與眾不同的孩子，讓別人以為校方會給她特別待遇。

此外，我在席德利館小學有一兩位好友，我不希望股東身分使他們聊天時有所顧忌。以信託公司之名，我們與這筆投資的關係便不會太深，而事實上，唐納給出這筆錢後，我們也幾乎不記得有這回事了。」

「不記得曾投資兩百萬英鎊？」莫辛進而問道。

羅溫娜解釋道：「媽媽的意思不是這樣的，而是當我們提及學校任何事務時，才不會直接聯想到爸的投資。」

梅西旋即面紅耳赤，大概覺得自己又說了愚蠢的話吧。對此我備感遺憾，因為我真的相信她，認為她的確將投資的事拋諸腦後，每天都像普通家長一樣接送孩子上下學。

「這筆投資一定幫你們賺了一些錢吧？」莫辛問道。

梅西答道：「很久沒獲利了，一直到最近才又有進帳。」

而羅溫娜則進一步解釋：「那是我們家唯一的收入，經濟衰退嚴重影響爸爸的其他事業。」

「你們知道這筆資金及其利潤即將付諸流水嗎？」

「知道，」羅溫娜立即答道：「我們全家一起討論過。」她顯然試圖表現得像個成熟的大人。

梅西說：「其實那沒什麼大不了，雖然聽起來很蠢，但錢畢竟不代表一切，不是嗎？所以我們不會有事的。一旦賣掉現在的房子，買間小一點的新家，甚或是用租的，這樣就行了。大體來說，住在何處與是否快樂是兩回事，不是嗎？更何況羅溫娜畢業了，我們不需再支付學費，也不用操心是否該為她辦理轉學，這是此前唯一令人煩惱的事。」

「那妳先生怎麼想？」

梅西平靜地說：「他很沮喪，因為他希望提供女兒一切所需。羅溫娜在牛津升上二年級後必須搬出學院宿舍，我們可不希望她住在離上課地點好幾公里遠又不是很安全的學生宿舍。唐納原本打算買間小公寓，順便當成一項投資，但顯然……呃，不可能了。可憐的羅溫娜，得接受這個重大打擊。」

但我認為，唐納為羅溫娜買公寓應該有更齷齪的理由。他是否表面偽裝成好父親，暗地則盤算著繼續控制女兒？

「有沒有公寓對我來說不甚重要，真的，我根本不在乎。」

「而且她還得申請學生貸款和打工，必須一邊讀書一邊工作，實在太辛苦了。若是因此我必須工作的話也沒有關係，反正我一直想做點事。」

「媽，警察先生並不想聽妳說這些。」

「妳爸爸只覺得沮喪？」莫辛反問羅溫娜。

梅西趕忙替她回答：「他當然也很不滿，但又能怎樣。」

「在此，我想先告訴妳，懷特先生已被帶至齊喜警局。」

「你的意思是？」

羅溫娜臉色蒼白說明道：「媽，他指的是那場火，警方應該認為那是場騙局。」

梅西難以自抑地吼道：「這太荒謬了！雖然唐納曾說要燒毀學校，但那只是玩笑話！若他真有這打算，就不可能開那種玩笑吧？」

「懷特太太，這我們待會兒能私下談談。但眼前我想先問羅溫娜一些問題。」

「她無法提供你任何情報。」

「羅溫娜，妳願意私下與我聊聊嗎……」

羅溫娜與梅西四目相接。

「我希望媽陪我。」

莫辛仔細而親切地詢問羅溫娜與唐納相關的問題，無奈不管怎麼問，她一心只為父親。他沒發過脾氣。他從未傷害她！他是個好父親！

羅溫娜的語氣如此認真，我感受到她與珍妮截然不同，羅溫娜不止個性嚴謹、態度積極，就連遣詞用字也天差地遠。羅溫娜有同年齡的朋友嗎？她是否常與這些人聊天？

最後，她明白地說：「你們完全搞錯了！爸什麼也沒做，他不可能傷害任何人，你們完全搞錯了。」

羅溫娜痛哭失聲，讓梅西抱在懷裡。

她們隱瞞家暴事實多年，如今當然不可能改變態度。

珍妮認為羅溫娜衝進火場是為了讓唐納感到驕傲。如果真是他縱火，羅溫娜此舉是否想減少火災傷害、保護唐納？

我總覺得，唯有愛才能驅使人進入那棟燃燒中的校舍，因此，羅溫娜的勇氣或許來自對唐納的愛（即使他根本不配）。

莫辛愈問愈挫折，最後索性結束訪談。儘管不被允許面見唐納，梅西仍堅持到警局一趟。我不懂，她和羅溫娜慘遭暴力相向，為何還對唐納如此忠貞。

不過，什麼原因、動機都不再重要。

因為亞當的冤屈洗清了。

你靜靜坐在我的病床邊，雖然不期待你展露笑顏，但我本以為亞當被證明無罪至少能讓你鬆口氣。然而，你全身卻像個木偶，緊繃僵硬。

劍橋茶店裡那個準備登山、攀岩、泛舟的男人到哪裡去了？

來到床邊，聽你提及詐領保險金，還有亞當已洗清罪名，「還有天殺的時間壓力！」你這句話說得十分有力，想來是目前能讓你一吐苦悶的唯一方式。因為至今仍找不到適合珍妮的心臟，我也還昏迷不醒。

接著，你又說絕對會找到適合珍妮的心臟，我也將再次甦醒。原來那個男人就在我床邊，他不是木偶，而是登山者，我竟認為你此時大可鬆口氣，這想法真是愚昧無知。你體內每絲氣力都得用來揹負我與珍妮爬上希望之山，你有多愛我們，我們的重量就有多沉，可說是難以承受之重。

之前對伊佛說的話，我感到很抱歉。我知道，我們深愛彼此，這份愛已不是年輕時那種激烈的情感，而是經過歲月洗禮、較不甜美卻更為強韌的關係，那是可長可久的婚姻之愛。

我隨同你回到加護病房，接替莎拉照顧珍妮的工作，儘管唐納目前仍受警方管束，你堅持持續守在珍妮身邊。

「我要守到那混帳認罪、真相大白為止。」或許目前的證據仍無法消除你對席拉斯．海曼的猜疑，白紙黑字的認罪書才是終點。

我想你和我一樣，每次離開又回來珍妮身邊時，總期待院方已找到心臟捐贈者，而且感覺這件事比較可能在自己離開珍妮病房時發生，就好比，愈在乎某件事，那件事愈不可能發生，只是我們面對的事與人命相關。

可惜一切如常。

珍妮依然守在加護病房外。

「還找不到心臟嗎？」過一會兒，她又說：「聽起來好像玩橋牌時在聽牌。」

「珍妮……」

「我知道，這一點也不好笑，真是抱歉，莎拉姑姑打電話給亞當和喬奶奶。」她皺著臉說：「媽，警方還亞當清白了。」喜極而泣的她的確很愛亞當。

「珍妮，至於伊佛——」

她突然撇開頭說：「拜託，別問我這問題。」

我望著珍妮迅而離開的身影。

此時，我彷彿瞥見某人身穿藍色大衣從電梯裡走出來，我趕忙跟上去。

那人轉個彎朝加護病房而去，是他嗎？天啊，真希望你在這裡。

我加快腳步，試著追上對方。

一群醫師正往加護病房裡走，我卻找不到那名穿深色大衣的人。

或許是他，躲在推著病人移動的醫護人員後頭。

然而，警方怎麼可能放唐納走？

眼前什麼也沒有，走廊空蕩蕩的，僅兩名護士在電梯裡。

我不確定是否真的見到那身影，可能是我眼花了。

莫辛在停車場等待莎拉。

「自己的懲戒會議還遲到實在不應該。」他盡力逗莎拉，可惜她笑也沒笑。

「亞當還是不肯說話。」她說。

現在所有人都知道亞當是無辜的，他應該覺得舒坦多了吧？至少可以將注意力自火災轉移，不是嗎？

「我剛跟喬志娜通過電話，我以為亞當得知警方還他清白後會至少放鬆一些，沒想到……」

莎拉的談吐向來很有條理，說出口的句子從不若眼前這樣零零落落的。

「再給他一點時間，或許他只是還沒會意過來。」莎拉和我皆希望事情如莫辛所料。

他載她回到警局，車窗因高熱而霧濛濛的，開了空調也只是吹進更多熱氣，如此高溫蒸騰的柏油路，朦朧了路上的景象。莎拉沉默了一陣子。

「醫師說，格蕾絲的大腦停止運作了。」她不期然開口。

「但妳說──」

「我之前沒勇氣說得這麼直接。」

我好想大吼，以便他們發現我在這裡，並覺得尷尬。

「我和醫師爭論過，斥責他們一派胡言，我不忍心看著麥克失去她，經歷這種痛苦。」

莫辛一手開車一手握住莎拉的手，這一幕不禁令我想起你。

「爸媽去世時，我曾向麥克保證，他絕不會再遭遇悲慘的事情。」

莫辛問道：「那時妳幾歲？十八歲？」

「嗯，但我至今仍記憶猶新。星期三前，我總以為他已經很悲慘了，不可能會有其他更糟糕的事發生，畢竟所愛的人離開人世這類悲劇怎麼可能一次來好幾件。不過，天啊，我這個當警察的早該有所察覺，如今反而讓他承受如此重擔，甚至無法為他排解。」

我終於明白，莎拉對你的愛如同我對珍妮及亞當一般，是份母愛。

＊

警局內，暑氣逼得警察們脫掉外套、鬆開皮帶。莎拉直接走進貝克督察的辦公室，隨後關上門。縱火犯人已被揪出、亞當重獲清白，我不必再跟著莎拉到處走，但我仍想在她被訓誡時陪在一旁。

我只是想陪陪莎拉。

貝克督察滿頭大汗，在日光照射下閃閃發亮，他的衣服緊束著圓滾滾的身軀。辦公室中空氣凝滯，充斥著體味。

莎拉進門時貝克瞄了一眼，接著簡短地說：「坐下。」

他指著一張塑膠椅子，莎拉卻走近貝克，站在他身邊。

「你現在明白這起案件並非小男孩玩火柴造成的了嗎？」她語帶怒意，嚇到我及貝克督察。

「麥克布萊德偵察佐，妳是來這裡接受——」

「你欠亞當一個正式公開的道歉。」

莎拉那股壓抑著的憤怒使我聯想到你。

「此次會議討論的是妳的行為——」

「你打算要處罰那名汙衊亞當的『目擊者』嗎？」

莎拉不打算當警察了嗎？因為豁出去了，才這麼怒氣沖沖。

「此次會議目的不在討論縱火案或者妳以不當手法所獲得的證據。偵察佐，結果可不能拿來合理化過程啊，妳如此妄為，令人無法接受，我明瞭妳焦急的心情，但犯的錯不容分說。警界經歷二十五年改革，現在大家偵查時都得照規矩來，依法行事。」

「而你卻直接跳到結果，僅憑個人推斷辦案，完全不肯花心思偵查，你的懶惰愚昧差點害一名小孩後半輩子得活在受人指責的陰影中，並讓真凶逍遙法外。」

「偵察佐，妳是在威脅我，要我取消對妳的懲戒嗎？」

我直覺莎拉的敢言是因為豁出去了，貝克卻認為她意欲恐嚇。

「幸運的是，」貝克督察的語氣在這間炎熱的辦公室內顯得格外冰冷：「投訴妳的人已於一小時前撤回申訴。」

或許希莉校長在得知莎拉是珍妮的姑姑、我的大姑後心生同情，也或許她以為對警方寬容些，日後自己也能獲得相同待遇。

「可惜妳的行為嚴重失當是事實——」貝克督察的話被敲門聲打斷，面孔尖削的佩妮走進辦公室內。

「什麼事？」貝克厲聲問道。

「席拉斯・海曼於星期三晚上接受約談時留下DNA樣本，他的DNA與火場採集到的證物不符，我們僅將之存檔供日後所用。」

「所以呢？」貝克不耐問道。

佩妮轉向莎拉，臉上似乎掠過一絲歉意。

「席拉斯・海曼的DNA與寄到珍妮家的保險套精液DNA相符。」

三十

佩妮說：「保險套是惡意信件所裝的物品之一，也就是說，我們已確定恐嚇事件凶手為席拉斯．海曼。此外，潑紅漆攻擊珍妮佛．柯維的絕對也是他。而且我們合理懷疑他也是珍妮呼吸器的破壞者，畢竟這可視為潑漆事件後的更進一步行動。」

一直以來，我都認為席拉斯．海曼行事精明，不可能寄拼貼恐嚇信，更遑論使用過的保險套與狗屎。

霎時，我再次回憶起他與美麗護士之間的調情，一抹微笑及一束花便讓他輕易進入本該受到嚴密防護的病房。

「你們必須立即派人保護珍妮。」莎拉提醒道。

也許我之前並未看錯。

滿身大汗的貝克在椅子上挪了挪身軀。「呼吸器或許只是剛好出問題，這種狀況時有所聞，沒證據顯示珍妮需要警方保護。」

莎拉諷刺道：「否則就表示你的無能使她暴露於危險之中？而且之前還傻傻地以為八歲的小孩是——」

「夠了！」

貝克咆哮道，莎拉則一臉得意，我想，她大概很想反駁吧。

他接著轉頭對佩妮說：「逮捕席拉斯．海曼，逼問他是否與恐嚇事件有關、是否曾潑漆攻擊珍妮佛．柯維。」接著他對莎拉說：「我會在適當時機決定如何處置妳。」

「既然如此，要派人保護珍妮嗎？」想不到佩妮會主動開口，真令我敬佩，然而，面對兩個女人同時不聽使喚，貝克瞬間火冒三丈。

「我已經做了決定，目前完全沒有證據顯示呼吸器遭人為破壞，如果妳們還是這麼神經質，那這麼說吧，加護病房裡隨時都有一堆醫護人員。此外，唐納．懷特因縱火案被拘提，席拉斯．海曼馬上也會因為恐嚇事件及涉嫌潑漆攻擊而就逮，情況如此，何來危險？」

「重點是要找得到他。」

莎拉打電話給你，確定珍妮安然無恙，並告知席拉斯．海曼的後續發展。不知道電話那端的你作何反應。

她在警局停車場與佩妮交談。

佩妮說：「我和莎莉．希莉談過，珍妮去年夏天曾擔任席拉斯．海曼的教學助理，他們應該是當時才認識的。」

雖然極其不願意，但我知道這件事會是她們接下來的談話內容，因為珍妮現已與席拉斯．海曼正式產生刑事關聯。

此時，我想起他去年夏天曾向珍妮吐露自己的婚姻有多失敗（也可能是假裝的），一個三十歲的男人對十六歲小女孩提這種事情，當下我只覺得海曼很不應該，卻沒多做揣想，畢竟珍妮還太小，不可能有太多想像。

即使我和你一樣對海曼起疑，珍妮仍力挺「席拉斯」，而這導因於她公正開明的個性使然（這也是珍妮迷人及過人之處）。

每每我感受到他們的關係可能不單純時，我總是強迫自己停止這一切、把心思放在其他事情上。然而，珍妮不再是我以往熟悉的那個女孩，以致我沒辦法斬釘截鐵地認為不可能。

譬如，我以為她愛伊佛、亟欲與他見面，但我錯了。

只能說，我並不如自己所想的了解她。

因此，雖然我不認為珍妮與席拉斯．海曼存在感情，卻無法堅決果斷認定（儘管我很想）。

莎拉坐進佩妮車裡，她們之間有默契，席拉斯．海曼就逮時莎拉最好在場。

「妳仍認為唐納．懷特是縱火犯嗎？」車子行進時，莎拉問起佩妮。

佩妮淺笑道：「嗯，妳那次一人訪談行動後，我們開始朝詐領保險金的方向調查。」

「所以我們仍將兩者視為兩起獨立案件？」

她用「我們」來代表警方，聽來真令人欣慰。貝克也許不會強迫莎拉離職。

「沒錯，事到如今，我們已確定恐嚇事件凶手是席拉斯．海曼，潑漆的肯定也是他，而唐納．懷特則是蓄意縱火，企圖詐領保險金。」

「問問莫辛是否發現什麼新線索吧。」莎拉說完便打起電話。

莫辛說：「嗨，寶貝，我聽說貝克的事了，妳在他的辦公室時，我們簡直化身為紐西蘭的All Blacks隊橄欖球員，在貝克球門外並列爭球。」

「是喔。」

「所有人都認為貝克不可能懲戒妳。」

「也許吧。唐納．懷特那邊有什麼進展嗎？」

「沒有，他保持緘默，待高價聘請的律師到場後才願意談。反而是他太太在攪局，還攪得溫柔有禮，直說唐納火災當時在蘇格蘭。」

「她對唐納唯命是從。」莎拉說。

「嗯，另外，我們請科技人員檢查珍妮手機了，結果顯示有兩通簡訊被刪除，目前正試圖復原中。」

「好。」

「所有警察亦準備前往醫院，輪流探望珍妮。」

他的意思是要私下保護珍妮。

莎拉進一步指示道：「未經允許，外人無法進入加護病房，因為他們擔心造成感染。警方若想保護她，還是得有正式命令。不過，珍妮有麥克顧著。」

謝過莫辛後，莎拉掛斷電話。

「妳認為，席拉斯．海曼為何自願提供ＤＮＡ樣本？」莎拉問佩妮：「他不可能不知道我們正在蒐集相關證據吧。」

「或許他沒料到我們會同時調查這兩起案件，也可能以為恐嚇事件已經落幕，警方不會再多花心思。可惜監視器根本沒拍到任何關鍵畫面，一旦沒有DNA樣本，根本無從將他揪出來，貝克還會因此責怪我浪費警力。」

「大概吧。不過，你們到底花了多少小時查閱監視器影像？」莎拉半帶挖苦問道。

「非常多。」佩妮笑著回答。她們經常這樣逗弄對方，其中並無惡意，只是戲謔時仍得裝作是感情融洽的同事。

車子安靜地行駛著，警用廣播及空調各自發出不同的聲響，我感覺得到莎拉的緊張情緒。

「妳現在能透露汙衊亞當的人是誰了嗎？」莎拉問道。

「抱歉，還不行，一旦透露了，貝克會——」

「嗯。」

「一經允許，我會立刻告訴妳。」

我無法想像佩妮會為了任何人而違反規定，遑論是危及職業生涯的行動（如莎拉對亞當的付出），但當初我以為莎拉也是這類人。

抵達席拉斯．海曼住處時，一輛警車正停在我們後面，一名身穿制服、相貌年輕的警察自車裡走出，他半跑半走地來到海曼門口，摁了摁門鈴，佩妮則緩緩朝同方向移動。

納塔莉雅一開門，封鎖在屋內的恐懼頓時流竄到街上。她神情既怒又累。

「妳先生呢？」年輕警察問道。

「在工地。怎麼了？」

「哪座工地？」

她瞄了一眼屋外那兩台警車。

「現在是什麼情形？」

佩妮緩緩走向兩人，還與納塔莉雅四目交接，她愈走愈近，而納塔莉雅絲毫未移開雙眼。

「那個人是妳，」佩妮斬釘截鐵地對她說：「並非妳先生，是妳。」

納塔莉雅往後退幾步，緊張問道：「妳在說什麼？」

「我在監視器影像中看見妳寄猥褻的信。」佩妮說。

「寄信犯法了嗎？」

沒想到，納塔莉雅卻退到屋內。

佩妮攫住她肩膀，不讓她繼續朝後走。

「我現在要依《惡意溝通法》逮捕妳。妳有權保持緘默，你所說的每一句話，都將做為呈堂證供。」

這一刻，我腦中浮現在醫院地下停車場巧遇席拉斯的情形，當時他車內有本《郵差叔叔派特》漫畫書，那些含意正面的紅字是否被納塔莉雅拆解後重組成充滿仇恨的詞語？

還有，她是否拿著鏟子跟空袋到外面裝狗屎？她的住處離我家才三街之隔，親自送來再折返實為容易。

其他時候納塔莉雅則從倫敦各處寄來噁心信件，並藉此顯示她無所不在嗎？或是想隱藏自己真正居所？

我還不想對那個用過的保險套多所想像，還不是時候。

不過，我想到珍妮長髮上那層紅漆，原是出自女人之手。偌大的購物商場內，有誰會注意到一名身旁有小孩、被眼前景況驚嚇住的母親？她當然能混入人群中揚長而去。

漸漸地，我將焦點轉移到那個穿著藍色大衣、彎身注視珍妮的身影，我當時僅遠遠見到對方的背影，因此這個破壞呼吸器、企圖置珍妮於死地的人也可能是名女性。難解的是，納塔莉雅是怎麼溜進燒燙傷中心這個管制區域的？她對珍妮真的恨到想置她於死地嗎？

＊

納塔莉雅與莎拉坐在佩妮的車子後座，前者挑著安全帶上的線頭，車內一時沒人開口。一會兒，佩妮關掉空調，狹窄的空間頓時靜下來。

「妳為何要那麼做？」佩妮劈頭問道。

納塔莉雅不發一語，只是繼續挑著線頭，但似乎有話想說。

車內愈來愈窒熱，彷彿沉默本身帶有溫度。

此時我憶起某次晚餐，莎拉說，「審問嫌犯」的最佳時機是剛逮捕到他們的瞬間，還沒到警局便開始問，他們才不會有多餘的時間思考如何應對。

「妳愛海曼，對吧？」莎拉語氣流露著挖苦的意味。
「他是個沒用的混球，毀掉我的人生。」
她的話與車內熱氣混雜在一起，這股恨意逼得溫度又提高不少。
「妳不愛他的話，何必寫恐嚇信？」佩妮問。
「因為這混球是我的。」她罵道。
我赫然想起她提到「我先生」時，總是強調「我」這個字，原來這並非暗示她的忠誠，而是占有。
珍妮曾說：「她總是抱怨他是輸家，讓她很沒面子……可是她也沒要求離婚。」
原來席拉斯．海曼說的是事實。
「莎莉．希莉校長要我把老公看緊一點。」她繼續說道。
「海曼太太——」
「看緊一點，講得好像他是條狗，媽的，還是條漂亮的長耳狗。她摸清了他的本性，但人總有自尊，不是嗎？所以我假裝不懂，責問她是什麼意思，她說教師與教學助理調情是不被允許的。是調情，而非上床，希莉校長用字真文雅。她還真聰明，把他交給我處理，這盤算很高招、展現了她的決斷力。」
「但妳懲罰的並非海曼，反而是珍妮．柯維。」
「那愚蠢的賤貨讓我成了傻子。」
納塔莉雅說話時，我雙手不禁掩住臉頰，然而字字句句仍無情鑽進耳裡。
「我看見他們，她的長腿、短裙、金色長髮，根本就是妓女，天曉得席德利館小學為何准她這樣穿。他簡直就像是裸體與她調情，不必希莉校長開口我也知道要看緊他。」
「那潑漆攻擊事件呢？」佩妮問道。
「那妓女該把頭髮剪一剪了。」
「妳知道警方會追查，為何還要寄保險套？」
「我沒料到……」納塔莉雅邊說邊又挑起線頭：「我只是想讓她明白，我們還有性生活。他至多與她上床，和我則是做愛。」

抵達警局，佩妮帶領納塔莉雅接受訊問，莎拉則直接前往醫院，她一坐上駕駛座，莫辛便出現了。莎拉從他眼中看見疑惑，那早該被釐清的心緒（佩妮並未問出口），如今因不斷累積而膨脹到不容忽視的程度。

莎拉主動開口：「珍妮並沒有與席拉斯．海曼外遇，她對我說過。」

莎拉自認為很了解珍妮，這自信令人羨慕，因為我稍早便喪失這份信心，如今為其惶惶不安。每位家長是否都會在某個時間點發現自己並不完全了解子女、無法看透他們的心思？

不知為何，我竟霎時想到珍妮的鞋子。

從嬰兒毛線鞋變成小軟鞋，如今夏天穿起有墊片的涼鞋、冬天則著黑色學生鞋，隨著年紀增長，她的腳愈來愈大，在鞋店挑選鞋子的時間也愈來愈久。自某天起，她開始獨自上鞋店，還買了雙靴子回來，那靴子沒裝墊片，與珍妮的腳型不合，藉此我當時依舊不認為她會就此離我們遠去。

成鳥將羽翼剛豐的幼鳥趕出巢外，好讓牠們學會飛翔，但在人類世界中，反而是青少年將父母趕出舒適的家，父母們得學習獨自過活，無法適應的話只得緊急迫降。

你和莎拉在加護病房的走道上交談，珍妮在一旁傾聽，雖然我聽不見，但看得出你很憤怒。我朝你們走近。

「他媽的，太荒謬了。這男人都三十、還結婚了，天啊。」

「我知道，麥克，」莎拉好聲好氣地安撫道：「我只是想通知你這件事。」

「天啊，所以是他老婆的問題。」

珍妮困惑地對我說：「他老婆以為我和他有外遇？」

我點點頭，鼓起勇氣問道：「妳有嗎？」

「沒有，他不只和我調情，而是對所有人都這樣，而且就僅止於調情。」

我相信珍妮，當然。

她笑著告訴我：「但謝謝妳開口問。」

珍妮是認真的。

我沒問她關於伊佛的事，這男孩剛剛仍坐在中庭外的走廊上，一群人經過時，還得特地繞過他。

我猜（或者希望）珍妮與席拉斯．海曼沒有感情糾葛，並且相信她說的是實話，這兩件事並不代表我完全了解女兒。

「山胡醫師來了。」珍妮說。

我轉身望向他，醫師身邊伴隨著年輕的心臟科醫師羅根。

羅根醫師：「我們待會兒送珍妮去做核磁共振及電腦斷層掃描，確認她是否仍適合接受心臟移植。」

「所以妳覺得有得救？」你將希望投注在她的話上。

「主要是時間所剩不多，目前只是單純依程序行事。」

山胡醫師接著說：「你還記得燒傷有兩種可能狀況嗎？我們現在可以確定，珍妮的傷勢屬於淺層創傷，這表示她的血管完好，日後皮膚會復原，無留疤之虞。」

只是他似乎未因此感到喜悅，反而心情沉重。

「這太好了！」你拒絕被擊倒，所以這麼回應。

他們前往探視珍妮。

珍妮與我待在走道上。

珍妮首先開口：「所以我會死，但是身上不會留疤。這真是太好了。」

「珍妮……」

「有時候，這種建築在病痛、死亡之上的幽默會讓人好過一些。」

「妳不會──」

「妳怎麼還這麼說。」

「因為那是事實，妳會活下去。」

「那山胡醫師或羅根醫師為什麼沒這麼說？我想出去走走。」

「珍妮──」

她離開我。

「他們為妳找到適合的心臟了。」

珍妮沒轉身。

「媽，我長大了，不聽童話故事了。」

三十一

莎拉在餐廳內等待著，她和你一樣，一旦感到不耐煩，手指便會不覺敲擊桌面。那本貓頭鷹筆記本在手邊，大概是讀過了。我感覺得出她的倦容有了一絲精神，手指也不再敲擊桌面，因為莫辛及佩妮來了。

「納塔莉雅．海曼依《惡意溝通法》被起訴，還吃上襲擊珍妮的官司，她全認了。」佩妮率先開口。這案件處理得當，佩妮大感滿意，向來嚴厲的面孔因此柔和許多。

她繼續說道：「席拉斯．海曼與恐嚇事件完全無關，而且根本不知情。」

「那破壞珍妮呼吸器的是？」莎拉問。

佩妮答道：「納塔莉雅堅稱不是她。這點我倒相信，她是恐嚇事件兇手，但非呼吸器破壞者。」

「那唐納．懷特呢？」莎拉問莫辛。

「我們調查過他的不在場證明了，星期三下午三點，唐納的確在ＢＭＩ航空班機上，班機從格域機場起飛，前往亞伯丁，當時正在途中。即便如此，我們仍推定這場火災是為了詐領保險金，唐納絕對有同伙。」

佩妮緊接著說：「他的律師很聰明，想方設法要帶他離開警局，然而，貝克不願放人，因為還不是時候。」

「或許縱火者是席拉斯．海曼。」莎拉推測道。

莫辛及佩妮不約而同對這說法感到驚訝。

「說不定麥克的看法沒錯。」她又說。

真希望莎拉別再說下去，因為我目前的狀況已無法承受這種假設。這案子至此已算是解決了啊，唐納．懷特為了保險理賠而燒毀學校，珍妮可能因為目擊某些事情而面臨生命危險。至於納塔莉雅．海曼，她報復的對象根本錯了，當然，她也有可能是破壞呼吸器的人。就這樣啊，這兩個人便是所有悲劇的肇始者，儘管背後的事實既不光彩，還顯露卑劣醜惡的人性，但仍是蓋棺論定的事實啊。

隱形保母斥責道：「難道妳不想了解真相嗎？難道妳不希望亞當完全洗清冤屈、珍妮生命獲得保障？」

我當然想，我真的很抱歉。

莫辛接續說：「但我們已經查出這起案件跟詐領保險金的關係了啊，不對，該說是妳查出的。」

事到如今，他也覺得既洩氣又疲累了嗎？

「沒錯，我是找到其中動機，」但我現在認為縱火者也可能是席拉斯．海曼。」

「他想報復校方？」莫辛問道。

「嗯。」

「我從一開始便不相信席拉斯．海曼會是縱火者。」佩妮嚴正反駁。

「但我們不該那麼快排除這可能性。」莎拉說。

莫辛說：「納塔莉雅．海曼甚至替他做不在場證明，她恨席拉斯．海曼，絕不可能替他說謊，不是嗎？」

莎拉回應道：「萬一他被關，納塔莉雅就成了獨立撫養三名小孩且毫無收入的單親媽媽，所以她可能會為了自身利益而為他說謊。再怎麼說，我都覺得她對席拉斯．海曼仍有感情，雖然她的表達方式比較反常。」

這點我倒認同，和納塔莉雅一起坐在車子裡，聽她脫口而出那些憤怒、狠毒的話語，同時卻也瞥見她脆弱而傷痕累累的一面。「**他至多與她上床，和我則是做愛。**」

「能等我十分鐘嗎？」未等答覆，莎拉逕自拿起貓頭鷹筆記本離開，留下困惑的莫辛及不悅的佩妮。

「我這就聯絡局裡。」佩妮老大不開心地離開餐廳，莫辛則到櫃檯點了杯茶。

獨自一人的我想起珍妮。「媽，我長大了，不聽童話故事了。」

以前，你每晚都會念故事書給珍妮聽（那雙粗糙的大手毛髮濃密，男人味十足，卻拿著亮面故事書）。珍妮最愛的還是古老的童話，總是從「很久很久以前」開始，最後一定得按規矩來：「從此過著幸福快樂的日子。」

只是幸福快樂的日子得來不易，那些肌膚白皙的美麗公主、漂亮少女以及手無縛雞之力的孩子都得與邪惡對抗。有個巫婆喜歡抓小孩，養肥他們再煮來吃；有個繼母將孩子丟在森林裡等死；另一個則要樵夫殺掉美麗的繼女，取她的心臟回來當晚餐吃。

亮面故事書裡淨是善與惡對抗的世界，純白無辜對抗黑暗暴力。

然而，儘管壞人常在，那些小孩、遭虐待的漂亮少女以及無辜的公主總能獲得最後勝利，迎接幸福快樂的結局。

我說過嗎？如今我相信童話故事了，因為我已穿越鏡子，來到衣櫥後方，年輕女孩將找到王子、小孩將與親愛的父親重聚、珍妮會活下去。

她會活下去。

莎拉回到餐廳內，佩妮跟在後頭，莫辛趕忙將茶喝完，而我則必須再次面對邪惡，面對這個故事中的壞人與醜陋的真面目。只是，我們這故事的情節不若童話故事般直線發展，而是迴圈般地跳回席拉斯・海曼這個關鍵點上。

佩妮語帶嘲弄地對莎拉說：「好吧，我們現在假設席拉斯・海曼是縱火者。假設他真的想放火燒掉學校，也曉得大門密碼並得以進入校內，他該如何神不知鬼不覺地走上三樓？」

莎拉冷靜答道：「這點我想過了，雖然大多數的教職員都在運動會會場，校內並非完全沒有人，席拉斯・海曼這麼做反而有其風險。」

「正是如此，所以——」

「所以他一定有同黨。」

佩妮表情顯露出更強烈的不耐。但願她的孩子今晚作業能夠順利、迅速地完成，否則可有得受了。

莎拉提出疑問：「如果他的同黨是羅溫娜．懷特呢？也許她負責守望，並確認安涅特未注意到他潛入校園。」

「羅溫娜為何要那麼做？」佩妮反問。

「我認為席拉斯．海曼與校內某人有染，對方是教學助理，但並非珍妮，而是羅溫娜。」

這讓我好震驚。是羅溫娜？

佩妮當即回應道：「這太可笑了，我能理解妳不希望自己的姪女與席拉斯．海曼有外遇的心情，但納塔莉雅．海曼一口咬定是珍妮，還親眼看見。」

「是啊，她親眼看見丈夫跟珍妮在一起，但他的調情對象遍及校內所有女性，伊莉莎白．費雪還說他是母雞窩裡的年輕公雞。我想，他一定也曾與羅溫娜．懷特調情，而且有更進一步發展。」

她們接著來到側耳傾聽這番對話的莫辛身邊。

佩妮又問：「既然如此，校長為何要納塔莉雅把海曼看緊一點？莎莉．希莉想必清楚對方是珍妮。」

「她只說對方是教學助理，妄下定論的是納塔莉雅，而且如果這兩個女孩站在一起，任誰都會選擇珍妮。」

「好吧，我承認，珍妮雙腿修長、一頭金髮與美麗臉蛋，我會選珍妮。」

佩妮說完便觀察莎拉對「美麗臉蛋」的反應，莫辛則憤怒地瞪著她。

「不好意思。這樣的話，為何已有納塔莉雅的席拉斯．海曼寧願選擇又醜又矮又胖的羅溫娜？」

「因為納塔莉雅是會將排泄物塞進別人信箱裡的女人。」莫辛猜測道。

莎拉接著說：「而且羅溫娜很聰明，她在牛津攻讀科學領域，或許這是吸引席拉斯．海曼之處，也或許是海曼知道羅溫娜很容易上鉤，當然，海曼也可能是看上羅溫娜十七歲稚齡及還算過得去的相貌。總之，我無法斷定箇中緣由。」

「那是因為這推論本來就是妳無中生有。」佩妮直言道。

「我還有其他證據，」莎拉在手提包裡翻找一通：「我與梅西．懷特會談時曾做筆錄。」

佩妮驚訝地瞪視莎拉。

「妳到底有誰沒找過？貝克督察知情嗎？」

此時你突然出現，打斷他們的談話。

「沒人在照顧珍妮嗎？」莎拉顯然很擔憂，畢竟要是兇手如她所料是席拉斯．海曼，那他現在便是個威脅。

「伊佛正在陪她，且加護病房還有許多醫生。我想說明一下羅溫娜．懷特的事，我後來想起一件事。」

你在場令佩妮及莫辛極其不自在，佩妮甚至有點臉紅，與情緒激動的人靠得這麼近，任何人多少都會受到影響。

你進而解釋道：「我和席拉斯．海曼的太太見面時，她把丈夫被解聘的帳算到我頭上，指責我『就是要席拉斯走人』。」

頓時我想起納塔莉雅追在你車子後頭，敵意如廉價刺鼻的香水般飄散在她四周。

「當時我誤以為她不過是將我視為厭惡席拉斯．海曼的家長之一，」你繼續說：「如今回想起來，她說的那些話或許是針對我。在她的思維裡，她認定由於席拉斯・海曼和我女兒有外遇，我才會想方設法地趕他出去。」

莎拉大表贊同地點點頭，這一剎那，我覺得你們真聰明。

「納塔莉雅搞錯對象，所以也把帳錯算在你頭上。」

佩妮一語不發，大概是覺得好警察不該與女兒正接受加護治療的父親爭論、更不該在這名心力交瘁的父親面前抨擊他女兒的道德瑕疵吧。此外，我總算了解你為何等不及莎拉去找你，直接來他們面前，打斷她和同事之間的討論了。

你直言珍妮和已婚的席拉斯・海曼有染「荒謬至極」，這種謊言你不想聽，也不願見珍妮的名聲被玷汙。

你離開後，在場三人隔了一段時間才又重新交談。

莎拉率先開口：「我認為麥克的分析沒錯，席拉斯被解聘，於是納塔莉雅朝珍妮潑漆報復，這便是恐嚇事件之所以愈演愈烈的原因所在。只是她根本搞錯對象。」

「妳說妳與梅西・懷特聊過？」莫辛問道。

「沒錯。」

看著莎拉翻開貓頭鷹筆記本，我想起那個陰暗又空無一人的咖啡廳，梅西回羅溫娜病房後，莎拉留在原位整理筆記。

「七月十二日星期四晚上九點，我約談了梅西・懷特，這天是火災發生隔一日。」

雖然莎拉專心讀著筆錄，但她應該清楚佩妮對她的行動有多不認同。

「梅西當時對我說：『讓孩子仰慕你是錯的，畢竟這些學生還小，沒有足夠的判斷力。』我以為她指的是亞當，現在反倒覺得是羅溫娜。

「梅西還說，席拉斯之所以受歡迎是因為沒有人看出他的虛假，她強調他會『利用』人。」

佩妮與莫辛一樣，沉默不語、專心傾聽。

「筆錄中還提到，當我問及梅西對席拉斯・海曼的看法是何時改變時，她並未立即回答。」

於是，我憶起梅西把玩粉紅色包裝的代糖一陣子後才開口。

「接著她才說看法是在頒獎典禮時改變的，但我認為時間點可能更早，她發現席拉斯與羅溫娜的關係時。」

梅西在頒獎典禮上的蒼白面容浮現我腦海，對某人如此怨恨委實不若平時的她，我還記得她堅決說道：「那個人絕對不能離我們的小孩太近。」

羅溫娜就讀席德利館小學時，席拉斯・海曼尚未於此任教，直到去年夏天，十六歲的羅溫娜擔任教學助理後，兩人才相識。我當初怎麼沒想到梅西指的是羅溫娜？而梅西又怎麼不願對我（或者莎拉）吐露實情？

在我看來，或許梅西與你觀念相同，認為這是羅溫娜名聲的汙點，她都被席拉斯利用了，何苦還要公開這樁醜事，迫使她更難堪？以至於梅西連對朋友也隻字不提。

而且梅西早習慣保守祕密了。

莎拉繼續說：「隔天，我跟羅溫娜聊過，她告訴我，席拉斯有暴力傾向。」

「妳一樣做筆錄了嗎？」莫辛問道。

他是故意問她的嗎？不可能，因為做筆錄是警方偵訊標準程序。

莎拉點點頭，將筆記本交給莫辛。

以前我總是不懂，為何警方樣樣照規矩、凡事寫筆錄，實在好官僚，對細節太過講究（這點莎拉的表現絕對出色），而如今我終於懂了。

「天使與魔鬼啊，真有趣。」莫辛邊看筆記邊說。

佩妮說：「若羅溫娜真的是縱火幫凶，那她跑回學校的原因便可理解了，而或許她根本沒料到有人會因此受傷。」

「我們去找她談談吧。」莫辛說完便站起身。

「我先聯絡局裡，請他們盡速找到席拉斯．海曼。」佩妮表示。

我與莫辛及莎拉同行，想著伊佛此時在你來找莎拉等三人時守候在珍妮床畔，你如此信任他，讓他暫替你的位置，不若我先前對他存有的偏見，這番態度著實令我感到欣慰。

來到燒燙傷中心，透過玻璃朝羅溫娜病房望去，一如我之前所言，她已不再是那個其貌不揚或者長相醜陋的女孩（只要臉沒燒傷，對我來說就是好看了），儘管如此，我仍能理解何以佩妮適才會把話說得那麼刻薄。

然而，若把羅溫娜當小女孩看，她還算漂亮，像個小仙女，有雙大大的眼睛、稚氣的面容及絲般金髮。你還記得希莉校長為了紀念席德利館小學創校滿一年所立的銅像嗎？我們無從得知該銅像以誰為模型所鑄，但大家都猜測是羅溫娜。可惜到了六歲，羅溫娜原本一口雪白整齊的乳牙開始脫落，取而代之的，則是參差不齊、顏色暗沉又過大的恆齒，兩種牙齒同時存在於她嘴裡，實在不美觀。此外，羅溫娜的臉愈來愈大，相較之下，眼睛看起來變小了。至於那頭金髮，也隨著年齡增長而逐漸轉為暗棕色。我對這些細節如此注意，你是否會覺得無法理解？老實說，這是因為學校裡的孩子不斷成長，你不注意都不行。原本可愛的羅溫娜日後卻失去光彩，這令我好生同情，想必她也不好受吧。梅西說過，羅溫娜曾在牙醫診所內大哭，希望以前的牙齒能長回來，她彷彿知道自己在轉變成大人的歷程中失去了幼年時期所擁有的美貌。以前我曾想，羅溫娜是因此而養成強烈好勝心，努力以其他方式證明自己的價值嗎？

珍妮的經歷則與羅溫娜相反，我們這隻笨拙的醜小鴨長成標緻的少女，而羅溫娜卻為滿臉青春痘所苦，即使唐納不施暴，她的成長過程想必仍充滿愁苦吧。實在很難想像曾有多少同年紀的男生追求過她。

凡此種種——覺得自己很平凡、甚至長相醜陋、還被父親殘忍對待——真是羅溫娜受席拉斯・海曼所惑的原因嗎？

莎拉與莫辛進入羅溫娜的病房。

莫辛首先招呼道：「哈囉，羅溫娜，我想問妳一些問題。」

羅溫娜雖然點頭，眼睛卻盯著莎拉。

「因為妳不滿十八歲，所以得有大人陪同才能——」

「就讓珍妮的姑姑陪我吧？」

「妳這麼說了，那好吧。」

莫辛看看莎拉，彼此眼神交換了一些訊息。

莎拉坐在羅溫娜病床邊的椅子上。

莎拉問道：「上次聊天時，妳曾提到席拉斯·海曼長得很好看，對吧？」

羅溫娜有點難為情地撇開頭。

「妳說自己曾看著他？」

羅溫娜表現忸怩，連我也覺得不自在起來。

「妳覺得他帥嗎？」莎拉和藹問道。

羅溫娜依舊保持緘默。

「羅溫娜？」

「我對他一見鍾情。」

羅溫娜霎時轉頭望向他處，將莫辛摒除在視線之外，彷彿不是很希望他在場，而莫辛也識相地往門口退。

她繼續對莎拉說：「我知道他眼中不會有我這種人的存在，像他那樣的帥氣的男人怎麼可能看得上我。」

她就此打住，而莎拉也沒開口，只是耐心等待羅溫娜講下去。她靜靜地說：「如果能以智慧換取美貌，我願意。」

「妳之前還告訴過我，席拉斯·海曼可能是暴力分子。」

莎拉這句話彷彿賞了羅溫娜一記巴掌。

「我不該這麼說的，那並不恰當。」

「但那不是實話嗎？」

「不是，那是傻話，我完全不覺得他是那種人，只是妄下猜測他搞不好有暴力傾向罷了，但我們都可能有暴力傾向，不是嗎？我的意思是，每個人都有能力傷害其他人事物，對吧？」

「妳覺得席拉斯．海曼可能有暴力傾向，為何還喜歡他？」

羅溫娜並未回答。

「他對妳拳腳相向過嗎？」莫辛問道。

「沒有！他根本沒碰過我，我是說，他從沒以暴力對待過我。」

「但他碰過妳。」莎拉說。

羅溫娜點點頭。

「妳和席拉斯．海曼在交往嗎？」莫辛再次提問道。

羅溫娜看著莎拉，神情焦躁不安。

莫辛見了，便強調道：「我現在是以警察的身分在問妳問題，不管妳許過什麼承諾都必須講實話。」

「我們在交往。」羅溫娜表示。

「可是，妳不是才說他眼中不會有妳？」莎拉溫柔問道。

「一開始的確如此，他當時對珍妮十分迷戀，總是藉機與她調情，無奈珍妮從不回應，甚至因為他的舉止而有些不悅。而我則自始至終等著他，最後他終於注意到我。」

「這件事讓妳覺得如何?」莎拉問道。
「我覺得自己出奇幸運。」
眼前的羅溫娜臉上滿是喜悅與驕傲的神情。
「羅溫娜,我們將對話往回退一些,妳說他不會對妳拳腳相向。」莎拉說道。
她點點頭。
「他曾不小心或者出於其他原因而傷害妳嗎?」
羅溫娜不禁撇開頭。
「羅溫娜?」
她不發一語。
「妳曾告訴我,每個人心中都存在著天使與魔鬼,」莎拉好聲好氣地說:「妳是否得擺脫魔鬼?」
羅溫娜將臉轉回來。
「我知道這聽起來好像中世紀的情節,處於二十一世紀的當下,人們稱之為多重人格,不管選擇何種說法,我認為治療方式都相同,只有愛才能助人痊癒。只要夠愛對方,邪惡便會消失,患者也將恢復理智。」
「席拉斯來醫院探望過妳嗎?」莫辛問道。
「沒有,其實我們的關係前陣子就結束了,然而,即使我們仍在交往,他大概也不希望我母親目睹我們在一起吧。」
「妳母親不喜歡他?」莎拉問羅溫娜。

「嗯，她希望我盡快分手。」

「妳照做了嗎？」

「有，我不想惹母親生氣，所以照做了，可惜他應該無法理解我的心情吧。」

「通知《里其蒙郵報》遊樂場意外的是妳父母嗎？」莫辛問。

「是我母親，父親則認為害他人失去工作實在太不應該，尤其錯還與席拉斯無關。但母親太恨他了，才決定打電話給報社。」

太好了，梅西，她大可依唐納的話做，卻為了羅溫娜挺身而出，我這朋友在必要時仍能展現真實本色。

我不確定梅西是否知曉這通電話將導致破產，但我想她即使清楚，仍會奮不顧身吧。

「你們自去年夏天起開始交往吧？當時妳幾歲？」莎拉問道。

「十六歲，但我生日在八月，所以快十七歲了。」

「分手後妳會想他嗎？」

只見羅溫娜頻點頭，神情頗為煩亂。

「他是否試圖與妳取得聯繫？」

她又點點頭，並哭了起來。

「席拉斯是否曾要求妳為他做些什麼？而且妳很清楚那是件錯事？」

「當然沒有，席拉斯人很好，不可能那樣對我。」

她真不會說謊。

一名護士走了進來。「我來替羅溫娜換藥及施打抗生素。」
莫辛站起身說：「羅溫娜，我們待會兒繼續聊，好嗎？」

＊

莫辛及莎拉接著離開病房。
「跟教科書說得差不多——受虐兒較容易對有暴力傾向的人產生感情？」莫辛問道。
莎拉回答：「下次家暴研討會時可以注記在簡報裡，有些專家認為，遭受虐待的女孩渴望具暴力傾向的伴侶能愛她、善待她，以此補償父親的過失，她尋找的是父愛替代品。」
「聽起來真莫名其妙，我來聯絡局裡，派人帶紀錄設備過來，就依貝克的規矩走吧。」
莎拉點點頭。
「妳認為席拉斯．海曼要求她放火？」莫辛問道。
「這不無可能，只是我還不確定，比較可能的情況是，羅溫娜特地為海曼製造縱火的契機，說到底，海曼不可能不好好利用她的深情。同樣地，唐納．懷特也以此利用羅溫娜。他們都拿她做為達成目的的工具。」
眼前，佩妮從走道另一頭急忙走近。
她急切地對莎拉說：「唐納．懷特未遭起訴便被釋放了，他有不在場證明，委任的律師又很精明，我們根本無法拘留他。」

「妳知道他會去哪裡嗎？」莎拉問。

「不清楚。」

「席拉斯．海曼呢？」

「我們正搜查各處工地，目前尚無下落。」

所以，唐納．懷特及席拉斯．海曼都有可能在醫院裡。

＊

我隨莎拉踏上玻璃走道，一路朝加護病房走。腳底下是暑氣烘人的中庭，我瞥見珍妮的金髮及其身旁的伊佛，他靠近她身邊，她也自然地將身體靠到他身上。

三十二

你和莎拉站在加護病房走道上，隔著玻璃探望珍妮。

「一定有辦法找到他吧？」此際，你對警方是既質疑又憤慨。

「我們連他在哪一處工地都未得知，而且這也可能是他編出來矇騙納塔莉雅的。總之，我們會繼續找他以及唐納．懷特。」

「我只在幾年前和唐納．懷特短暫交談過，話題也僅止於校務，我並不認為他會家暴。」

「任何人都可能施暴。你跟亞當說話了嗎？」

未料你面色凝重並搖頭回道：「找到那兩個人後，我會立刻見亞當。」

莎拉點頭說：「等縱火犯被關起來，亞當的狀況或許會有所改善吧。」

屆時他會開口說話嗎？當然。

伊佛從你身邊經過（只有我看得見珍妮與他同行），進入珍妮病房，來到病床邊。

這是珍妮在火災後第一次面對自己的身體，她的臉此時變得更腫、有更多水泡。儘管日後不會留疤，如此傷痕累累的臉及重重包紮的身體，應該仍令她驚恐萬分吧。
我要親自看顧珍妮。
她的眼淚滴到伊佛臉上，他一把擦掉，彷佛是自己在哭。
珍妮之前大概擔心被伊佛嫌棄，為了保護自己才不願見他吧。然而，如今已沒這必要了，伊佛的愛鼓舞她勇敢面對自己的身體。
莎拉來到伊佛身邊，為他的憂傷而感動。
「她以後不會留疤的。」莎拉解釋道。
「嗯，她爸爸說過了。」
但我心裡清楚，伊佛之所以傷心並非珍妮的外貌，而是她接下來必須承受的苦痛。
你對莎拉及伊佛說要去我的病房一會兒。莎拉則必須離開，追查警方目前偵辦進度。幸好有伊佛，而且我和你一樣，皆認為他值得信任。
珍妮與伊佛一齊待在病床畔。
我來到珍妮身邊。
「爸要伊佛照顧我嗎？」
「對。」
她未抱怨自己不需人保護、大家都太莫名其妙了，還真是第一次，或許是因為伊佛讓她足以面對恐懼、面對自己的身體吧。

你來到我病床旁，握住我的手，我的手指幾乎四天沒照到陽光，看起來好蒼白，連戒指痕都消失了。然而，你那雙毛髮濃密、指甲修剪整齊的手仍是如此強而有力。

你告訴我：「親愛的，伊佛在陪珍妮，這應該是她所期望的吧。」

「是的。」

我臆測的沒有錯，她愛他，而我也的確不完全了解珍妮，往後皆會如此吧，一如她長大後，我抱不動她。

「妳認為她還太年輕，怎麼認真得起來，但……」

「她幾乎是大人了，」我忍不住接著你的話：「而我該意識到這點。」

沒錯，珍妮已成年，雖然她還有成長的空間。

「她在我們心裡永遠都是那個小珍妮。」你說。

「沒錯。」

「但為了她，我們必須藏起這份執念。」

你好體貼。

「我想，為人父母的永遠不可能完全放開自己的子女吧。」我對你說。

「有些家長只是比較會演戲罷了。」你接續道。

我們就這樣進行著只有我聽得到的交談，而你似乎感受得到我的話語，畢竟我們從初相識起，這十九年來日日交談。

每每你外出拍攝，我們便遠距離聯絡，即便過程帶有雜音、偶爾還會斷訊，我仍執意將當天所見所聞說出來分享，猶如在你面前畫出一幅今日之畫，而表框的工作在你，這絕非意味著你不想與我聊天，只是我們的愛不再年輕，彼此不再從視線交纏中尋覓愛意，你所提供的，是另一張畫布，好讓我明日能夠再創作新畫。

不過，這一陣子，只要莎拉或伊佛能夠出力照顧珍妮，你就會來找我，坐在這裡對我說話，我著實感到欣慰。

你記得莎拉在我們婚禮上所朗誦的經文嗎？

當時我未多加留意，畢竟婚禮儀式只是要讓我父親開心（『這對他意義重大』，而且未婚懷孕的我也想藉此做為彌補），而朗誦的還是現成的〈歌林多前書〉。

「愛是恆久忍耐，又有恩慈。」莎拉站在台上大聲朗誦，我卻毫無耐心與恩慈，只因她念太慢了！果然，我母親是對的，我的鞋子太高，以致腳趾好痛，為什麼賓客可以坐著，我們卻得一直站著？

「凡事包容，凡事相信，凡事盼望，凡事忍耐。」

我可忍受不了穿著高跟鞋站在教堂講台上。

「……如今常存的有信，有望，有愛，其中最大的是愛。」

我當時一味認定有信方能愛。

而如今，你必須有愛，才能相信我其實聽得見你在說話。

返回珍妮病房時，我們再次燃起希望，但願院方已在這段時間找到心臟。

她不在病房內。

護士見你神情驚慌，連忙解釋珍妮被送往核磁共振檢查室，她男友及某位加護病房醫師也跟過去了。

你一得知便離開加護病房。

加護病房大門深鎖且醫護人員眾多，然而一旦離開此處，危機便潛伏於走廊、電梯裡，也許兇手正前往目的地，企圖殺害脆弱，他們不會讓珍妮受傷的，更何況，唐納及席拉斯是聰明人，理應不會冒然行事。

我才緩下腳步，你卻快速往前衝。

途經禮拜堂時，裡面傳來一陣低沉的聲音，好似動物在哀號，於是我走進去一探究竟。

她跪在教堂前面嘶吼，絕望地痛哭。

我神經瞬時繃緊，趕忙跑上前抱住她。

「媽，我不想和伊佛在一起。」

「但我看得出他有多愛妳，爸爸去陪我，所以他必須前往核磁共振檢查室，他沒拋棄妳……」

「我知道他愛我，我一直都很清楚。」

她看著我，面露苦痛，我看在眼裡，就好像盯著那張滿是水泡、傷痕累累的臉。

「只是見了他，我就好想活下去。」

「珍妮──」

「我不想死！」她的吶喊在禮拜堂中迴盪，令人痛徹心扉。

「我不想死！」

「珍妮，聽我說——」

剎那間，她的臉散發出光芒，亮到讓人無法直視，上一次發生這種狀況，正是她心臟停止的時候。

不行，拜託，千萬別這樣。

千萬別這樣。

下一幕，我已穿越走廊與自動門，奮力朝檢查室奔去，一路上經過無數人群，所有人的面容在天花板燈光的照射下顯得異常冷峻。

她現在就得移植心臟，現在！執刀醫師必須取出那顆受損的心臟，立刻換上新的，好讓珍妮活下去。

我在電梯門關上的前一刻衝進裡頭。

然而，羅根醫師清清楚楚解釋過了，珍妮的狀況有必要先穩定下來，絕不能惡化。

霎時，我彷彿再次聽見禮拜堂裡那聲慘叫。

珍妮如此怕死，卻一直表現得很堅強，並以幽默感安慰我。

安慰我。

瞬間我發現她真的長大了，但我還沒見到她長出勇氣。

電梯好慢，真他媽的慢。

我想著潑漆攻擊事件，「她說這件事要是讓爸媽知道，鐵定沒完沒了。她不想讓他們擔心……」我從未發現她如此替我們著想，也沒想過有必要聽她解釋。

她保護我們多久了？我還自認為她太不成熟。

我想起莎拉當時視若平常的表情。
電梯赫然停住！所有人禮貌地等著進來，而我則朝樓梯衝去。
接著，我想起珍妮為了回憶火災當下的情況而讓砂石劃傷腳底、讓陽光灼痛肌膚，這些都是為了心愛的亞當，也展現了她的勇氣。
終於抵達一樓，我奔往核磁共振檢查室。
過去我從未注意到珍妮的體貼，甚至經常擺出一副她還小的高姿態，她卻只是一笑置之，真是好寬容的人啊。
快到了，就快到了。
為何我都沒發現？絲毫沒有留意到珍妮成熟的這一面？想不到她如此優秀。
她不再是小孩，而是令人讚許的大人。
「但她永遠都是妳的女兒。」
前面有個小房間，醫護人員全急忙往裡走。
我跟著進去。
醫師圍在珍妮身旁，機器發出不具人性的聲響，你也在場，當下我眼前浮現冥河的景象，珍妮正搭著船前往冥界。然而，醫師仍極力搶救，將繩索套在船尾，使勁拉，竭力將珍妮拉回來，回到生土。
你兩眼直瞅監測器。
有心跳了。

有心跳了！

我欣喜若狂。

羅根醫師在珍妮病床旁對你及莎拉直言道：「她的生理狀況嚴重惡化了，至多只能再撐兩三天。」

「然後呢？」你問道。

「然後便無生機，在此，我想先告訴你們，要在這麼短的時間內找到捐贈者是不可能的。」

你顯得筋疲力盡，一直以來所背負的那沉重的愛，在你攻頂前便滾落山腳下，你像赫丘力士一樣，又得重新執行這項艱辛無比的工作。

亞當說：「媽咪，妳說錯了！推石頭上山的不是赫丘力士，他的事蹟是解決很多恐怖的怪獸，譬如地獄三頭犬，不過他也幫忙清過牛廄啦。」

「這聽起來簡單多了。」

「一點也不，那些牛是神養的，會拉很多大便，赫丘力士最後引來河水才將牛廄清乾淨。推石頭的人叫薛西弗斯。」

「可憐的薛西弗斯。」

「我寧願推石頭也不要和怪獸決鬥。」

莫辛抵達病房。

「不好意思打擾你們了，但我想還是直接通知你們比較好，有人擅自闖入核磁共振檢查室，企圖破壞珍妮的呼吸器。」

我與珍妮安坐在熱烘烘的中庭內。

我安慰她說：「他們會妥善保護妳，貝克大概會將齊喜地區半數警力都派來這裡，佩妮也已著手錄口供了。」

「現在可說是門禁森嚴……」

「是啊。」

接著，我們好好地說了一些話，只有我們兩人。

我不能告訴你這番對話的內容，說與不說取決於珍妮（如果她日後還記得）。但我可以對你說，我向她道歉，而且準備向她描述我的鞋子演變史，她一定會喜歡的。

她神情愉悅地看著我。

「所以我以前穿小小毛線鞋，後來穿上靴子準備離開妳？」

「大概是這個意思。其實我很佩服自己，竟能想出這麼含意深遠的比喻——鞋子尺寸愈來愈大、有無鞋墊、是否獨自上鞋店。」

珍妮朝我微笑。

「真的，不再用鞋墊的那一天，我真的很難過，但那可是個里程碑。」

這番話再次逗她笑了。

「媽，妳不是幫我買了一雙閃閃發亮的涼鞋嗎？」她提起道。

「是啊。」

「我很喜歡那雙鞋。」

也許我不該過度反應，把成長視為一種失去。

隱形保母常在我腦中浮現新想法時出口打斷，這次卻沒有，她十分安靜。

或許我也成長了，終於擺脫這名保母。

「移植手術什麼時候進行？」珍妮問道。

「這是明早第一件事。」

佩妮在貝克之前指控亞當縱火的那間辦公室裡，身旁站著一名臉色蒼白的醫師，而伊佛則在外頭等待。

「你確定自己自始至終都陪在珍妮身邊？」佩妮問道。

「是的，我剛說明過了，我一直在她身邊。」此時，莎拉與莫辛進入辦公室，打斷醫師的說明，但佩妮示意他說下去。

「一定是有人經過時迅速拉出呼吸管，對方動作一定很快，以至於我當下沒有察覺。我不過分神檢查一下圖表及掃描資料，時間根本沒過多久，想不到會有人……隨後我聽見警示聲響，那是心臟衰竭的訊號，我立即搶救，其他人也過來幫忙，我就是在這時驚覺呼吸管被人拔開的。」

佩妮說：「謝謝你。能否請你在走道上稍待，我同事會找你錄完整口供。」

醫師離開後，佩妮改而面向莎拉及莫辛。

「核磁共振檢查室共計四間，旁邊設有等候室、更衣室及置物櫃區。雖然大門一樣有安全管控，但此處比加護病房有更多人進出，行政人員、醫護人員、操作儀器的醫生、護士、帶病人前來檢查的醫療人員、門診病人甚至是這些病人的親友，這些人皆能自由進出檢查室。康納目前正與檢查室櫃檯人員會談，希望珍妮男友能提供些許線索。」

「妳手邊有唐納．懷特和席拉斯．海曼的照片嗎？我想讓人指認。」莫辛表示。

「還在找，我們連他們的下落都不清楚，要提供照片著實不容易。再者，他們的太太全提供不了什麼有用的情報。」

佩妮接著請伊佛進來。

之前我還覺得他一副被事實揍倒在地上的樣子，如今他的態度丕變，表現得堅決昂然。

「她不會死的。」伊佛堅決說道。

他讓我想到你，但這並非因為他同樣樂觀地拒絕屈服於現實腳下，而是因為他同樣擁有站挺身子的氣力。看來珍妮選了個跟自己爸爸一樣的男人。

意會到這麼多事實且一切發生得如此迅速，隱形保母適應不了新環境，於是選擇離開。

「能否描述一下你當時見到的情形？」佩妮提出要求。

「我什麼都沒看見。」

他很氣自己。

「只要告訴我——」

「他們不讓我陪珍妮進去。我知道其他病人都有親友陪同，自己卻不得其門而入。」

伊佛的聲音依舊充滿憤怒，然而這次他氣的是其他人。這些成年人一如我當初的態度，不信任伊佛，只因他是女孩的男友，與成年夫妻這種關係可是天差地遠。

「我告訴珍妮的父親，我會好好照顧她、陪她，讓他能夠安心陪伴妻子。」

「這由我來解釋，他會諒解的。」莎拉說。

「怎麼可能？我就無法諒解自己。」

「你是否在外頭等待檢查結束？」佩妮問道。

「嗯，在檢查室外的走道上。」

「當時看見什麼人了嗎？」

「沒什麼特別引起我注意的人，大多是醫生、護士、服務人員及病人，有些病人身穿便服，大概是不必住院吧。」

而後，伊佛離開辦公室返回珍妮身邊，佩妮則接起電話。

莎拉告訴莫辛：「拜託，她都快死了，快死了啊！對方為何還要再縮短她的生命？目的是什麼？」

「或許唐納．懷特或席拉斯．海曼，不管是哪個，並不知道她快死了。妳之前只提到珍妮需要接受移植手術，而對方也只聽說了這部分。」

「但移植手術根本不可能成真，我們只是想……在她僅剩的時間內……抓住這微乎其微的機率。而如今……」

莫辛握住莎拉的手。

「或許他不曉得，才會擔心珍妮移植手術順利成功。」

「我人就在那裡，完全沒離開過，我他媽的就在那裡，卻沒能保護好她，阻止意外發生。」莎拉情緒崩潰，莫辛只得從旁扶持著。

「親愛的……」

「我是能幫麥克什麼忙啊？」莎拉自責道。

這口氣宛若一名父親，真心想為子女做點事。我從沒想過，莎拉將自己化身為你的父親、你的母親。

她突然退到一邊，用力地擤了擤鼻涕。

「我們得揪出那個混帳。」

「妳確定妳——」

「他的女兒快死了，老婆則跟死了沒兩樣，這些我都幫不上忙，但我至少能以自己的專業為他盡份心力。不過，媽的，他哪會在乎壞人有沒有繩之以法？這對他有何差別？過些時日，也許幾年後，我們或許才會發現，這是唯一能做到好的事，也是我唯一能替他盡的力。」

佩妮掛斷電話，開口道：「貝克要我們等他來再與羅溫娜．懷特談。大概再十五分鐘。這次我們得從她口中問出實情。」

你靜默無語地坐在我床邊，我已然習慣，就好像你感覺得到我在你身邊。

伊佛陪伴著珍妮，很高興你依然願意放手讓他照顧，展現了對他的信任。

我抱著你。

你說，醫生認為珍妮僅剩兩天生命。

「只有兩天啊，格蕾絲。」

在告訴我的同時，你也真切地感受到這句話的真實性。你腦中那片寬闊的綠色大草原上，希望雖在圍牆內，卻為恐懼所淹沒，迫使你無法繼續擁抱希望。

我要你告訴我兇手是誰！我要你報復，像麥克西穆斯．德西穆斯．梅里迪奧斯一樣。

然而，一旦心懷怒意，你就無法察覺。

我想起某部影片，內容是有關聖誕節前夕的海嘯。影片中，有個女人在樹幹上分娩，疼痛萬分的她無心於四周大自然遭到恐怖摧殘，只在乎自己與新生兒的存亡。

你握住我的手，我感覺得到你的顫抖，卻無能為力。

一名護士及院方人員帶我去檢查，許是要我假裝在打球，好讓監測器判讀出我部分大腦仍正常運作吧。

院方人員踢開病床輪子的固定扣，我感覺到自己好像在嬰兒車內。

你說：「格蕾絲，記得要把球打出去，加油。」

我不禁想起曾對母親發誓，我要變成他媽的球王費德勒。

院方人員將我推出病房，護士則隨行在側。

但我寧願選擇握住你的手，陪在你身邊。

我很抱歉。

三十三

羅溫娜及梅西在辦公室內等候，身旁還有位沒見過的警員。

莎拉、莫辛與佩妮則待在走道上。

莫辛說道：「貝克正在講電話，馬上就來。梅西．懷特在場妥當嗎？」

佩妮回應說：「這樣我們才能藉此觀察她的反應，而且質問羅溫娜或許可以逼梅西．懷特吐露實情。同時，雅各斯也正在尋找適合陪羅溫娜接受問訊的社工，萬一情況發展不盡理想，就換社工上場。」

貝克總算現身了，他以眼神向佩妮示意，可惜我不清楚他們之間交流了何種訊息，或許這是貝克對自身過失所能表現的最大歉意了。

「梅西．懷特說出唐納的下落了嗎？」莎拉問道。

佩妮說：「她表示不知情，這蠢女人又在替他說謊了。」

她用這麼粗俗的字眼稱呼梅西實在令我震驚，但說也奇怪，事態發展至此，我的情緒怎麼還會被他人的言語所影響？

他們紛紛進入辦公室內，徒留莎拉在門外。

炙熱的空氣凝滯在辦公室內，塑膠座椅成疊堆在一起，強光中，尼龍方塊地毯閃閃發亮。

羅溫娜身穿睡衣及病人罩袍，兩手仍包著紗布，看起來好柔弱。梅西則在她身邊忙東忙西，眼下正在調整點滴架的位置。

莫辛正式介紹辦公室內所有人的身分，年輕警員則在一旁記錄。

「妳確定沒問題嗎？」莫辛首先探問羅溫娜。

「嗯，我沒事，謝謝你。」

羅溫娜手受傷，梅西索性將手搭在她肩上，梅西仍穿著長袖襯衫，遮掩住底下的瘀青。

「妳父親有火災發生時的不在場證明。」莫辛口氣平鋪直敘，邊陳述邊觀察羅溫娜的反應，佩妮則將目光聚焦在梅西身上。

「嗯，爸星期三在蘇格蘭。」羅溫娜淡然回應。

「妳父親是否曾命令妳點火？」莫辛的口吻依舊沒變。

「當然沒有。」梅西高聲回應，甚至激動到青筋爆露。

「席拉斯．海曼呢？我先前問過——」莫辛口氣變得較為嚴厲了。

「我說過了，沒有，他沒要我做任何事。」羅溫娜沮喪回答。

「一小時前，有人試圖殺害珍妮佛．柯維，我們沒時間看妳保護幕後主凶。」貝克表示。

我聽到一陣急促的深呼吸，梅西臉色慘白，看起來很不舒服。

羅溫娜沉默不語，面露煎熬，而後轉頭面對母親。

「妳離開一下比較好。」

「我有義務陪在妳身邊。」

「我們可以請其他成人陪羅溫娜。」貝克直言。

「這樣好嗎？」莫辛反問羅溫娜。

她點點頭。

梅西無奈離開辦公室。我看不見她的表情，但注意到她步伐蹣跚。

下一瞬間，辦公室大門關起。

佩妮對羅溫娜說：「請稍待，我們這就去找人——」

「為了珍妮，我得說實話。兇手不是爸，他是清白的。」

頓時我想起席拉斯．海曼，他向珍妮調情不果，目標才轉向羅溫娜，他在頒獎典禮上憤怒叫囂，在加護病房門口送花給為他開門的護士。

「是媽。」羅溫娜不期然脫口而出。

梅西？

我眼前浮現她可愛的臉，感覺到她大大的擁抱。

運動會那天，梅西給了我一個小東西，說是要送給亞當，那東西包裝精美，裡面絕對是禮物。

她知道當天是亞當生日。

梅西當然知道！她打從亞當出生就認識這個小男孩，而還有其他三百人知道這天是他生日。

她在火災發生前沒多久來到學校。

為了找羅溫娜，接她回家，因為地鐵出問題，「老媽司機立刻出動！」

我們的友情像團線，打從幾年前相識便牢牢交纏在一起。

羅溫娜靜靜陳述道：「媽不想變窮，她一直有花不完的錢，外公外婆也很富有，她從不需工作。」

可是梅西說過，她不怕貧窮也不在乎得外出工作。「我工作的話是沒差啦。」

「她到學校念故事書給學生聽，好繼續觀察在我畢業之後，學校的營運狀況。莎莉・希莉沒如實向大家坦言新學年不會有新生入學，連爸也被蒙在鼓裡，沒想到，媽從伊莉莎白・費雪口中得知內情。」

梅西念故事書並不是為了監視營運狀況！她是真的很喜歡和小孩子在一起啊。

我感受到與她的友情，如此堅實而穩定，那是幾年來不斷積累而成的。

「她離開過妳的病房嗎？」莫辛問道。

「呃，多少會外出準備一些吃的，有時回家幫我拿乾淨的睡衣及盥洗用具。此外，由於病房內不准使用手機，她也曾幾次離開病房接電話。」

莫辛接續問道：「我們大約一個小時前離開妳的病房，之後她出去過嗎？」

羅溫娜的聲音如絲，我必須仔細聆聽。

「嗯，你們一離開她就跟著出去了。」

不可能，梅西怎麼可能想殺害珍妮，大家都錯了。

「羅溫娜，謝謝妳，我們之後會正式與妳再談一次，屆時會有成人在場陪同。」

辦公室外，貝克對年輕警員交待：「快找社工來，這次可不能又讓辯護律師壞事。」

莫辛說：「梅西．懷特一定目睹了珍妮被推出加護病房，於是尾隨在後。她實在幸運，畢竟核磁共振檢查室戒備較不森嚴。」

莎拉點頭說：「珍妮呼吸器第一次被破壞時是在燒燙傷中心，當時梅西名正言順地在走道另一端的病房內陪羅溫娜。」

「所以，妳認為破壞者是梅西．懷特，而非納塔莉雅．海曼？」莫辛問道。

「沒錯。」

我遠遠地瞥見背影，那絕對不是梅西，不可能。

「珍妮理應是在學校裡撞見梅西吧。」莎拉說。

「而且梅西還曾持有珍妮的手機，如果裡頭真有犯罪簡訊，她可是有充分的時間刪除。」

他們持續推論下去，彷彿在作畫，一次塗上一種顏色。

不幸的是，我極度不願目睹那張勾勒出朋友邪惡面的圖。

梅西自珍妮四歲起就認識她，總是聽我說起她和亞當的點點滴滴，因此很明瞭我有多愛他們。

梅西是我朋友，我信任她。

我無法接受。

沒辦法。

於是我撇開頭，不願正視那張梅西的畫像。

「那家暴問題呢？」莫辛進一步追問。

「天曉得他們家裡有什麼問題。」

貝克督察接著指示佩妮：「把梅西．懷特找出來，依縱火及企圖謀殺珍妮佛．柯維的罪名逮捕她。」

莎拉則說：「她在羅溫娜的病房內，我幾分鐘前才見到。」

原來莎拉一直默默觀察梅西。

佩妮火速前往逮捕梅西，我沒跟去，反而與莎拉待在窒悶的辦公室裡。

「羅溫娜，我們必須等社工到場，現在——」

「媽會被逮捕嗎？」羅溫娜問道。

「我很遺憾，她會被逮捕。」

眼前羅溫娜一語不發地瞅著地板，莎拉耐心等她再次開口。

「她以為我不會把真相告訴其他人。」羅溫娜慚愧地說。

「她選擇對妳吐露實情？」莎拉問道。

羅溫娜沒回答。

「妳什麼都不必說，這不是偵訊，就當成在聊天吧。」

我不認為莎拉是在施展什麼偵訊技巧，她是真心釋出善意，真想偵訊的話，她不會有心思等待社工。

「媽心裡很難受，充滿罪惡感，所以得找人傾訴，再加上我受傷……也可能是她覺得對我有所虧欠。」她哭了起來：「媽很恨我吧。」

莎拉在她身邊坐下來。

「媽做了很糟糕的事，但我很高興她肯告訴我，她大可選擇不吐露實情的。外人總以為我們感情親密，其實根本沒有，我向來是她『小小的失望』。」

但梅西很愛她啊。

「小時候我很漂亮，當時她以我為榮，沒想到我的美貌卻隨年齡增長而逐漸褪色，而她對我的愛也隨之消逝。」

我催促莎拉反駁，告訴她當媽媽的不會那樣，天下沒有不愛子女的母親。

「我知道這聽起來很蠢，但一開始是我的牙齒出問題，我的牙齒又歪又黃，被媽帶去看牙醫，醫生說是嬰兒時期施打某種抗生素造成的。儘管牙醫說我的牙齒太黃，沒救了，媽仍想方設法，每晚用藥劑替我漂白。此外，我的金髮逐漸呈現暗棕色、眉毛變粗、臉變大、眼睛相對小了許多，簡直就跟醜小鴨的成長過程相反，我淪為她不想要的女兒。」

莎拉依舊沒開口，我敢發誓，梅西愛羅溫娜，這是我唯一能百分之百確定的事情。

「妳知道嗎？長相不美真的很難受，在學校裡，受歡迎的總是貌美髮長又精通音樂、英文及藝術的女孩，皮膚糟糕的聰明女孩才沒人愛，這意味著我不會受歡迎。聰明的女孩通常不漂亮，這種連結不是很刻板嗎？回家後，我一樣不受父母疼愛。」

「妳不是上牛津了嗎？」莎拉問道。

「媽沒告訴任何人我主攻自然科學，還佯裝我經常參加初夏舞會及各種派對，遇見許多優秀的大學生，事實上，我整天待在實驗室裡，所屬學院更是清一色女孩子。」

「妳讀過莎士比亞的十四行詩嗎？愛不是愛，若是一遇變節的契機，愛就會改變。我覺得這段話是在描寫母親與成長中的孩子的關係。」

羅溫娜熱愛閱讀，我依稀記得梅西為此曾驕傲地說：「她在準備A-level理科考試時，仍嗜讀莎士比亞的作品，真是書蟲一隻！」

她以羅溫娜為榮、深深愛她，這一切怎麼可能是假的？這是梅西的真實情感，是她的本色。

羅溫娜哀傷地說：「我以為自己和席拉斯交往多少能讓她開心點，畢竟他很帥，不是嗎？我以為，媽就會明白我也是漂亮的女孩。」

我對羅溫娜說：「拜託，他已經結婚了啊，而且都三十了，妳媽當然不希望你們在一起，當然希冀妳能找到更理想的對象。」

她結結巴巴地講下去：「她說想見見他，情人節那天，席拉斯寄了張卡片給我，沒想到，媽竟然衝到他家，要求他和我分手。」

情人節過後，納塔莉雅便不再寄恐嚇信，看來梅西的氣力沒白費。

若是珍妮，十六歲便與席拉斯．海曼交往，我也會有這樣的反應，這和與伊佛談戀愛可是截然不同的狀況。

羅溫娜靜靜地說：「我愛他，至今仍是如此，我本以為他會為我堅持下去，但事與願違。後來，媽為了讓席拉斯被解僱而打電話給報社，卻沒料到那會影響學校名聲，她一心只盤算著要懲罰席拉斯。媽還跟我說，她特地寄出八根亞當生日蛋糕要用的藍色蠟燭給席拉斯，警告他別再接近我，否則她有辦法讓他沒好日子過。」

認識梅西十三年，印象中的她是個熱情有活力的人，每年媽媽賽跑都是最後一名，但從來不在乎！我也了解她脆弱、受暴力對待的一面。這兩種元素組合成我所熟知的梅西。

她絕不可能有此性格。

一名護士敲門進入，是笑容可掬的貝琳達。

「醫生得檢查羅溫娜的傷勢，我來帶她到另一間病房，約二十分鐘後回來。」

莎拉站起身說：「請便。」

我的病房較為涼爽，敞開的窗戶與白色亞麻地板至少讓室溫降低了一些。一名院方人員推了張病床進來，我那昏迷不醒的身體就躺在上頭。許是檢查好了吧。

你在病房內耐心等待。

拜斯特隆姆醫師趿著高跟鞋踏過亞麻地板走向你，今天可是黑色Louboutin紅底鞋，鞋底的紅好似警訊。

她直言掃描結果顯示我毫無意識，除了吞嚥、作嘔及呼吸以外，腦部未見其他活動反應。

我沒有在網球場感受腳下溫暖的草地，伸出球拍將球打過網，而是聆聽著莎拉與羅溫娜交談。

他們做檢查時，我根本不在自己的身體附近。

難怪他們認為我沒意識。

你要求與我獨處。

握住我的手。

你說你懂。

我好驚訝。

你拉上布簾，將頭倚在我身邊，臉對臉，你的臉頰壓在我頭髮上。相愛近二十年、為子女付出十七年，我們宛若一體。

此時此刻，我們婚姻中的本質再次昇華。

珍妮站在走道上。

「珍妮，進來。」

但她搖搖頭說：「我以前都不明白。」說完便離開。

我以前也不明白，想不到我們這舊靴子般又老又韌的婚姻之愛竟包含如此炙熱的情感。

過去十九年來，我們天天交談，一年有三百六十五天，十九年是多少天？日復一日的對話，我們之間有過多少言語？

數不清啊。

我的頭髮依然壓在你的臉頰下，可惜我得離開了。

親愛的，如果你感受到我已然不在，事情可能會簡單點。因此，我想幫你簡化一切。

於是我走出病房。

大家聚在一樓辦公室外，準備再次與羅溫娜談，社工到場後，所有人魚貫進入辦公室。走道更熱了，在場所有人無不汗流滿面，貝克督察的襯衫下襬懸在褲子外，濕黏的手在檔案夾上留下汗漬。

我則在想你。

你何時會發現我不再在你身邊？

走道上只有佩妮及莎拉。

「有件事妳必須知道，」佩妮說話時並未直視莎拉：「或許早有人對你提過。」

「什麼事？」

「目擊亞當手持火柴離開美術教室的證人就是梅西．懷特。」

原來我從未真正認識梅西。

三十四

「我從沒想過梅西．懷特會是縱火者。」儘管大家都在辦公室內等佩妮，她仍堅持如實告訴莎拉，這是佩妮欠她的。

佩妮說出自己的想法：「我以為她對珍妮及格蕾絲的同情是真情流露，而且她一副不願意供出亞當的態度，彷彿是我逼她說的。」

「早知道——」莎拉說。

「嗯，抱歉，我們，其實是妳理出詐領保險金這條線索後，她的證詞便立刻受到質疑，但我們至多推斷她是為了丈夫而說謊，如今想起來，原來我們被耍得團團轉，真的很抱歉。」

莎拉也說：「當我告訴梅西有目擊者看見亞當時，她一副驚訝的樣子，我還以為她完全不知情。」

「演技很好吧？」佩妮如此推論。

莎拉想了想，搖頭說：「我身為警察，梅西會設想我早知她是目擊者，所以她是對我的渾然不知感到驚訝。」

難怪在咖啡廳那晚，梅西一開始是極度忐忑。

隨後佩妮便進入辦公室。

辦公室裡有好多人，羅溫娜顯得格外渺小，她低著頭，直盯閃亮亮的方塊地毯。

「更早之前，妳曾向我的同事坦言，妳母親得知快破產了，對吧？」貝克問道。

「嗯。」

「為何妳母親謊稱在美術教室撞見亞當？」佩妮插嘴詢問，惹得貝克督察面露不悅。

羅溫娜平靜答道：「她希望找個小孩揹黑鍋，這樣才不會有人懷疑這場火是為了詐領保險金，而剛好那天是亞當生日。」

「運動會那天？」

「嗯，她不希望真的燒傷任何人。」

「也不希望火勢被人撲滅，對吧？」

羅溫娜不發一語。

「放火的到底是誰？」

羅溫娜仍不發一語。

「是妳嗎？妳母親命妳放火？」莫辛問道。

她沒回答。

「妳不是說，會據實以告嗎？」莫辛再一次提醒。

「我當時不清楚她的目的是什麼，可惜發現時已經太晚。後來我住進醫院，她才一五一十吐露實情，她以為我值得信賴，天啊。」

「也就是說，縱火的是妳母親？」貝克督察直問道。

她搖頭。

「她叫亞當放火。」

他那麼善良、那麼體貼，沒有人能指使他放火。

「她哄亞當說海曼老師替他準備了生日禮物，就放在美術教室，禮物是三年級時做的火山，就是拿醋及小蘇打模擬火山爆發的小實驗。

「她向亞當表示，這座火山比較不一樣，必須直接用火點燃，並建議亞當用生日火柴引火，她甚至連火柴都準備好了。」

「她還嘲笑這可憐的膽小鬼根本不敢點火。」

這個我不認識的梅西講了我沒聽過的話，此際，我不住將焦點放在她說的話上，因為我還無法正視她的所作所為。

羅溫娜繼續說道：「她說她得加油添醋一番，謊稱海曼老師冒著被校方發現、惹上麻煩的風險，親自把火山帶來學校。」

火山而非火災、為了所景仰的海曼老師，如此駭人的情節讓一切變得理所當然。

「她跟亞當說，海曼老師準備祝他生日快樂，而且隨時會回來，到時要是沒看到亞當在玩火山，必定會很失望。」

這意味著席拉斯．海曼與這場火有關，只是其關聯性很抽象。他的名字驅動亞當縱火，但他本身實為無辜。

「而後亞當點燃火山。」羅溫娜冷冷地說。

「火山裡有什麼？」佩妮問道。

「她說有白精油及其他促燃劑，旁邊還擺了噴霧罐。她說幸好亞當膽小，只敢站得遠遠地丟出火柴，否則當下爆發的火勢勢必炸毀他的臉。」

「她想殺掉亞當嗎？」

「當然不想。」

「可是你說亞當若依常理靠近點火，臉便會被炸毀。」

「她怎麼可能想殺他。」羅溫娜語氣顫抖，毫無說服力。

「後來還發生其他事嗎？」

羅溫娜點點頭，目光不敢移到他人身上，神情既是羞愧又是悲傷。「亞當的母親衝進學校找珍妮時，她來到亞當身邊，並斥喝道：『天啊，亞當，你怎麼會照做！』」

羅溫娜將梅西的語氣模仿得維妙維肖，著實令人不舒服，於是我往後退幾步，而羅溫娜自己似乎也有點不自在。一會兒過後，她繼續說：「她告訴亞當，這是騎士測驗，他並未通過考驗，所以錯全在他。」

而亞當信以為真。

因為他相信測驗勇氣、追尋榮耀這類事情。

因為他是個幻想自己為加文爵士的八歲小孩。

因為人八歲時真的會相信自己是失格騎士。

可惜這次並非有巨人要折斷騎士的脖子，而是騎士的母親與姊姊被困在眼前的火場中，而別人指責你是罪魁禍首。

我現在就得去見亞當，告訴他錯不在他，不是這樣的！

不幸的是，我的聲帶無法再發出聲音。

亞當也一樣，他說不出話來。貝克督察唯一料中的是，亞當的沉默的確來自罪惡感。

羅溫娜平靜坦言道：「聽她那樣責備亞當，我才決定進入火場。」

她就此打住，神情流露出些許煩亂。

「我很想見亞當，告訴他錯不在他，儘管亞當大概不想再看到我，但我很想見他。」

她愈說愈小聲。

「我也有錯，去年夏天，我擔任亞當班上的教學助理，他的火山實驗做得很好，我後來告訴媽，還提起他喜歡騎士故事、喜歡想像自己是騎士，即使沒這麼想，至少也朝此目標邁進。」

我也曾對梅西提過無數次，亞當太善良反而讓我擔心，站在他的立場，我寧願他以善良換取精湛的足球球技。

羅溫娜至此悲傷得說不出話來，真希望辦公室裡有某個人能夠安慰她，這一切不是她的錯，可惜眼下這些人淨是警察，此時此刻，他們只單純地在執行勤務，「感情玩意」（莎拉曾用過這字眼）這些事等辦完正事再說，當下聽到時，我只覺得莎拉真沒同理心。

「妳清楚令堂為何要傷害珍妮嗎？」佩妮問。

「她不是有意的。一直到格蕾絲喊著珍妮的名字衝進火場，我才驚覺她還困在火場，我相信媽也是在那當下才意會到這件事。我很清楚，她絕非有心傷害格蕾絲或珍妮，這是天大的誤會。」

羅溫娜全身不住顫抖，莫辛見了頗為擔心。

「看來她沒辦法說下去了。」莫辛對貝克督察說。

「妳認為令尊是否清楚令堂的意圖？」貝克督察反而進一步追問。

「我不這麼認為。」羅溫娜沉默半晌又說：「但他責備我沒及時出手阻止，畢竟我當時在場，應該制止她才對。」

隨後，佩妮送羅溫娜離開辦公室，返回燒燙傷中心。

我則回到自己的病房，病床被布簾圍住，布簾的另一端，你躺在我身旁，緊緊貼著我哭泣，並不時顫抖，連床都搖晃了起來。

你之所以哭泣是因為知道我不在了。

我想回到你身邊，遺憾的是，這會導致事情更為棘手。

接著，莎拉也來了，她上前抱著你，我好感謝她這麼做。

莎拉提起梅西的事，但你根本心不在此。

她又說亞當被設計縱火，梅西反而指責他是罪魁禍首。

此刻，你才將視線從我身上移開。

「天啊，可憐的亞當。」

「要不要去看看他？」梅西問你。

你點頭說：「我與格蕾絲的主治醫師會面後立刻回去。」

你急呼醫師前來我的病床邊，猶如這番談話非得在我昏迷不醒的身體前進行不可。

我站在病房另一頭，唯恐太靠近會令你有所感應，使你陷入兩難。

一名護士推著藥車按床探視病人，她取藥、發藥的聲響成了你們低聲交談的掩護。

山胡醫師也被你找來了，我實在不忍心面對你，於是將目光聚焦在他那張和藹的面孔上。我幾天前對他所下的評語顯然錯了，山胡醫師能有今日地位，憑藉的不是連續不斷的機緣巧合，而是實實在在地從醫療底層升上來。

推藥車的護士在某張病床前逗留較久的時間，在這段寧靜中，你的聲音傳進我耳裡。

你如實向醫師坦白，自己已清楚我不可能甦醒。

我已經「不在那裡面」。

你同時提到父親的卡勒氏病，說我和珍妮當時皆做過骨髓捐贈分析，想知道是否能幫爸忙。

接著又說我和珍妮具高組織符合抗原相適性。

於是要求他們把我的心臟捐給珍妮。

我愛你。

推車又被嘰嘰嘎嘎地推動，且護士與人聊起天，我聽不到接下來的談話內容，但我了然於胸，畢竟早先我也和珍妮討論過這話題。
我在病房另一端專注傾聽，盼望能夠聽到自己一心等待的關鍵字。
拜斯特隆姆醫師的音調較高，因此傳得比較遠，她提醒我能自主呼吸，依法必須等待一年，甚至更久，院方才會考慮請法官裁示是否該合理停止我的飲食。
你為了珍妮勇敢面對我的生死，天真以為這選擇不會有障礙，眼前卻遭逢另一殘酷的事實打擊。
山胡醫師建議你簽「放棄急救同意書」，我直覺這是醫院的標準程序，拜斯特隆姆醫師卻在一旁提醒道，這只是依規定所填寫的表格，我的狀況不可能惡化到需要急救，我的身體很健康，多麼諷刺啊。
山胡醫師大概是想給你一份小小希望吧，我的身體萬一真的出狀況，院方將不會搶救，只持續提供氧氣，藉此讓我死後能夠捐出器官。

你在山胡醫師的辦公室裡簽下同意書，珍妮也在場。
「媽，妳不能這樣。」
「我當然可以，至於妳——」
「我改變心意了。」
「親愛的，一切都來不及了。」
「拜託，我們不是在討論布丁上要加卡士達醬還是奶油好嗎！」
我笑了，珍妮依舊憤怒。
「我不該答應的，真不敢相信我之前會那麼決定，妳現在讓我很——」

「珍妮，我不可能醒過來了，而妳卻可以復原，所以理所當然——」

「什麼理所當然？妳變成哲學家邊沁了嗎？」

「妳讀過他的作品？」

「媽！」

「我只是很驚訝罷了。」

「才不是，妳是想轉移話題，可惜轉不了的，因為這話題太重大了，一旦妳堅持這麼做，我就絕不回到身體裡。」

「珍妮，妳明明想活下去。妳——」

「但我不想犧牲妳。」

「珍妮——」

「我不要！」

她是認真的。

而她也真真切切地想活下去。

你準備回家面對亞當，於是我與你同行，在走道上，你稍稍靠了過來，彷彿感受到我就在附近。或許你已不需堅持在我的身體裡看到我，而能從其他地方感受到我的存在。

經過中庭時，夜色將影子愈拉愈長，珍妮及伊佛的影子也結合為一。之前，我曾驚訝於伊佛感覺得到珍妮的存在，認為他們之間這種精神上的連結很不可思議。然而，再見到他們，我腦中只有一個念頭，珍妮應該在現實世界中與伊佛在一起，讓他能碰觸到真實的她。

一如我渴望碰觸到你。

在車上，我又再度幻想，短短的一分多鐘裡，我們回到往昔，準備出門吃晚餐，後車廂還放了瓶酒。說來好笑，我真希望開車的是自己。（格蕾絲，後車廂那瓶可是高級勃艮地葡萄酒，轉彎時小心點！）

我甚至幻想我們在吵架，腦中情境變得更貼近現實。

「太常打方向燈了啦。」你說。

「太常？怎麼可能？」

我很喜歡這種互相逗弄、爭辯及調情的紛圍。

「妳要把那根……」

有時，我笑你，說自己不過是隨便講的話你竟然當真，其他時候則因你姿態過高而引發真正的爭執。不過我們面對的幾乎都是第一種狀況：我笑你，你意會過來，而後我繼續開車，五分鐘後甚至違規右轉，但你選擇視而不見。

我的短暫幻想在目睹家門後破滅了。

亞當房間的窗簾拉上，時間是七點三十分，睡覺時間到了。

你轉頭，彷彿瞥見我的身影。我現在變成常在你左右的鬼魂了嗎？

你走進門，我駐足了一會兒才跟上。窗台上的天竺葵全曬枯了，亞當的兩盆紅蘿蔔及那袋番茄藤則澆過水。真奇怪，我竟因此感到欣喜。

鬼魂都這樣嗎？坐在丈夫的車上幻想吵架情節，然後檢查窗台上植物的狀況？

你在廚房裡見到母親，她神情有點憂懼，隨後打起精神說，第一次見醫生時便已讓亞當理解到媽媽不會再醒過來、已經死了。

你很感激母親的安排。

你的心情大概和我一樣，看見母親的勇氣了吧。在我們之中，母親是唯一聽見醫師說明後立刻接受事實的人。

你對母親坦言沒能將我的心臟捐給珍妮。

她說希望會有奇蹟發生。

「我無法承受她活了下來，而她的孩子卻離開人世的結果。」

你抱住她。

「喬志娜，妳呢？」

「噢，不用擔心我，我可是老鳥，不會就此倒下的，我還要親眼見證亞當上大學，再進安養院，最後倒下去。」

「倒下去」是我二十幾歲時的口頭禪之一，母親索性學以致用，而「老鳥」則是我從母親的言談中聽來的。我真愛這般語言的傳承，不知道珍妮和亞當從我身上學會多少用字遣詞？他們每說一次就會想起我一次，語言因為我而更具深度。

「亞當最近老提起世界創立之初的大雨。」母親說。

你為此動容。「他想到這件事？」

「沒錯，麥克，她沒離開，格蕾絲的一切不可能就此消逝。」

「是啊。」

你上樓來到亞當房間。

從走廊窺探我們的臥房，床鋪整理過了，其他東西仍原封不動地在各自的位置，床頭櫃好似我人生的一張靜物畫。珍妮出生前，床頭櫃總安放著經典小說、萬寶路淡菸及一杯紅酒。你見了十分訝異，責備我太不健康，可惜我總是視為耳邊風。珍妮出生後，小說、淡菸及紅酒為奶嘴及布質故事書所取代。而如今，上面放著的是老花眼鏡，小說雖也重新出現，但已是最新出版、封面閃亮、書皮字樣醒目的作品。

你站在亞當房門外。

「是爹地。」

門沒開。

「亞當？」

你耐心等待，而另一頭悄然無聲。

開門啊，我心想，媽的，快開門！

我的天啊，我的口氣變成保母了，真是不好意思。或許在門外等待亞當主動見你才是正確的選擇，畢竟這表示你尊重他。換作是我，絕對立刻破門而入，但這並非唯一作法。

「親愛的小伙子，我理解你很自責，但錯不在你。」

你從不叫他親愛的小伙子，這是我的慣用語，而如今你脫口說出，我好開心。

「讓我進去，好嗎？」

你們之間的門依舊緊閉。

要是我，這一刻早抱住他了，我還會——

「好吧，事情是這樣的，我愛你，不管你覺得自己做了什麼事我都愛你，沒有任何事情能夠改變我對你的愛。」

「爹地，都是我的錯。」

這是亞當在火災後首次開口。這一字一句過於沉重，致使亞當之前無法將之化為言語。

「亞當，不是的——」

「那看起來根本不像火山，只是個桶子，上面有些橘色衛生紙，裡頭好像有其他東西。她說我應該點燃它，後來才告訴我那是騎士測驗，我不該點火。」

「亞當——」

「火柴好恐怖，我不喜歡，我知道不能玩火柴，你、媽咪和珍妮常常提醒我，點火是你的工作，我不准動手，我要等到十二歲才可以點火，所以我知道點火柴是錯的。」

「拜託，聽我說——」

「海曼老師說，柯維爵士絕對能在測驗中有優異表現，我就是柯維爵士，他說我是騎士，我卻沒有資格。」

「海曼老師當時根本沒去學校，亞當，他很在乎你，絕對不可能要你做那種事情，你現在還是柯維爵士。」

「不，你不懂——」

「海曼老師的事情全是她捏造的，什麼生日禮物都是假的，目的是要你替她做點事罷了。現在她已經被警察逮捕，大家都知道你是無辜的。」

「可是我有錯啊，爹地，無論她對我說了什麼話，我都不該點火啊！塞倫斯及綠巨人的美麗妻子都知道要怎麼誘惑人類，只有好人能抵抗誘惑，堅強的騎士不會受到引誘，我卻聽她的話。」

「亞當，他們是大人，你才八歲，還是勇敢的八歲小孩，這樣已是騎士了啊。」

門另一頭並未傳來回應。

「比方說，你站出來為海曼老師說話，這很勇敢，大人也不見得有此勇氣。對不起，我到現在才跟你說，但我真的以你為榮。」

亞當房間依舊悄然，而你還能說什麼？

「不止那樣。」他再次開口。

你等候著亞當說下去，此時的沉默令人不耐。

「爹地，我沒有去幫忙。」

他語氣慚愧，但這番話讓我們都放心了。

「感謝老天。」你如此回應。

亞當打開門，你們之間的隔閡消失了。

「如果連你也離開我，我真的會承受不了。」你說。

你緊緊抱住亞當，他體內突然湧現某種東西，促使他四肢不再僵硬、面容不再驚懼。

「喬奶奶說媽媽不會醒過來了。」

「嗯。」你說。

「她死了。」

「對，她……」

你看起來似乎想多說些什麼，或許是想解釋無認知能力及死亡之間的差異，可惜亞當才八歲，實在無法對他詳細解釋媽媽不會回來的原因。

亞當哭了起來，而你緊緊環抱他。

你們之間的沉默彷彿不斷膨脹的情緒泡泡，最終驟然破裂。

「你還有我。」你說。

這一刻，你不再是抱著亞當，而是與他相互依偎。

「而我也還有你。」

三十五

五個小時過去了，時近午夜，珍妮的童話故事將在今晚十二點劃下句點，馬車會變回南瓜，舞會中的公主得回床上休息。如果是亞當喜歡的故事，情節會往好的方向發展：神祕子夜，月光皎潔、萬籟俱寂，當所有人盡皆進入夢鄉時，唯有一個小女孩及吹夢巨人還醒著，巨人忙著將瓶子裡的夢吹進孩子們的夢境中。

《追夢巨人》這本故事書在第二個書架上，你睡在雙層床的上鋪，亞當抱著亞斯蘭睡在下鋪。若我有雙舞鞋，上頭想必沾滿消毒水味，因為我從醫院回來不久，很想告訴你發生了什麼事。

你坐在亞當身旁握住他的手，我很慶幸忍受了離開醫院所引發的痛楚回家來，得以見到亞當熟睡臉龐。

孩子們稱母親「喬奶奶」還滿不錯的，藉此與你母親安娜貝爾奶奶有所區隔。雖然你母親太早離開人世，但無論如何，依舊是他們的祖母。

你找到亞當的夜燈，爬進上鋪，但手往下懸，好讓亞當需要時輕易叫醒你。

母親一進來，提議趁你照顧亞當之際到醫院探望珍妮。

我便與母親一同離開。

不知道我是否曾經告訴過你，母親一得知我失去意識後，一有機會便不停對我說話。「格蕾絲乖乖，這叫亂槍打鳥，我相信，妳有時會剛好在場，聽到我說的話。」

老舊的雷諾Clio在黑漆漆、空蕩蕩的馬路上奔馳，朝醫院而去。

「亞當的紅蘿蔔和番茄有我幫忙澆水。」她說。

「謝謝。」

「我真該順便照顧好妳那幾盆花的，天氣一熱它們就枯萎得好快。」

「如果妳重新栽種，我會很開心的。」

母親沉默了一會兒，她看起來蒼老了許多。車子闖過紅燈，所幸路上沒人、沒車，也就沒什麼好小心的。

「我會改種些不必常澆水的花，薰衣草就滿賞心悅目的。」

「薰衣草很適合喔。」

抵達醫院時，金魚缸造型的中庭零零落落僅有幾名病人，他們的腳步聲迴盪在靜寂的空氣中。一位醫師匆匆忙忙不知要去哪裡。外頭黑漆漆的馬路上，車輛來來往往，車頭燈光穿透玻璃，朝醫院內部閃射。

霎時我想起海曼老師，想到之前在醫院裡見到他時有多憂慮。「離我孩子遠一點！」駭人的刑案發生後是否皆如此？其醜惡波及所有人，一如海上的髒汙浮油，往哪裡漂便朝哪裡沾。沒錯，他人格有問題，但還不到犯罪傷人，亞當相信他的清白，這決定正確無誤。此外，很高興你親口告訴亞當，海曼老師很在乎他、不可能傷害他，我也很高興你重新以海曼老師稱呼對方。

母親直接前往珍妮病床畔，我則在走道上遇見珍妮，她正在等我。

「我想釐清自己為何回學校、為何回頂樓、手機為何弄丟。我得找出原因。」

雖然真相的大致輪廓已勾勒出來，細節仍待進一步探索。

「待警方明天偵訊梅西後，就會真相大白了。」我說。

「我說不定活不到那時候。」我們的著眼點不同。

「妳當然沒問題啊。」

「不可能的。媽，我說過了，這次我下定決心，不會順著妳的計畫。」

我從未苟同她的固執，但我們的女兒除了勇敢也跟你一樣頑固。「那叫有獨立意志、有個性！」你聽了會這麼糾正我。呃，我只記得托兒所裡其他女孩都很乖、很聽話，只有珍妮既頑固又任性，這全拜你所賜。

沒錯，其實我很驕傲。

我一直如此，只是沒有表現出來。

但我不若珍妮，執意釐清真相，能夠證明亞當無罪對我來說便已足夠。此外，有我幫忙，珍妮怎會沒時間，只要是她的事，我絕對傾力相助。

「媽，我有必要記起所有細節，否則我的人生好像就缺了塊拼圖，而且還是引起重大改變的那塊。」

我這才明瞭她為何如此堅持，於是我選擇尊重珍妮的決定，但我也準備隨時將她從火場救走。

我們選擇前往羅溫娜的病房，因為珍妮待在裡面的時候，感覺自己好像「精神病患在耳鳴」，當時還以為造成耳鳴的是唐納身上的氣味，而非梅西。

我們邊走邊拼湊珍妮星期三下午的記憶，目前已知的部分為：她從學校廚房汲了兩大桶水，再穿越側門出口離開學校。此時警鈴大作，她以為系統出問題或者只是在演習，由於擔心安涅特無法應付，珍妮便將水擱在廚房入口並返回學校。然而，煙味使她意識到真的有火災發生。

抵達羅溫娜的病房時，珍妮閉上雙眼，不知道上次觸發她記憶的是哪種氣味，或許是梅西身上的香水味，先前倒沒特別留意。梅西的羊毛衫依然披在椅子上，被逮捕時並未帶走。

我在珍妮身旁等待，大概過了三、四分鐘。

眼前事物屬於梅西，那個曾是朋友的陌生人。

「我將水帶出廚房，來到外頭，警鈴大作，由於擔心安涅特不曉得怎麼處理，於是放下水便返回學校，天啊，真的是火災。」

珍妮突然沉默，之前曾回憶至此，當時還推斷，手機是擱水桶時一不留神而掉的。

珍妮握住我的手。

「接下來的回憶我不敢自己面對。」她說。

我懂，若非如此，她也毋需等我回到醫院了。

珍妮再次閉上眼睛。

「聞得到煙味，感覺彷彿有東西烤焦了，煙還不是太濃，所以我並未感到驚慌，仍能思考接下來該怎麼做。我當時想，安涅特八成開心得要命！因為她終於找到舞台了。」

珍妮在我眼前，吃力地穿越記憶走廊上的最後幾道門。

頓時，我想起莎拉提過的「逆行性記憶喪失」，於是我想像著厚重的防火門保護珍妮，將傷人的真相擋在後面。

珍妮之所以有勇氣推開這幾扇門、重回那駭人的午後，或許是因為有伊佛，當然還有我、你、亞當及莎拉的愛吧。

「然後我看見梅西。」珍妮說。

她四肢變得好僵硬。

母親回到客房，亞當熟睡著，我坐在床緣，握住他的柔軟小手。珍妮的記憶如電影般在我腦中反覆上演，關也關不掉，真希望對你說完後一切便能告終。

那個夏日午後，警鈴聲響徹雲霄。珍妮放下手邊的水桶，穿越廚房走道重返學校。她聞到煙味，卻不驚慌，心裡只想著，安涅特八成雀躍不已。

她來到一樓，遇見梅西，依舊穿著可笑的長袖襯衫。

梅西在哭。

「我撞見亞當從美術教室出來，天啊，羅溫娜，妳做了什麼？」

穿著簡樸長褲的羅溫娜極為惱火地對梅西說：「妳明明看到亞當，卻反而責怪我？」

「不是的，當然不是這樣，抱歉，我——」

羅溫娜重重地甩了梅西一個耳光，手掌碰擊淚濕臉頰的聲響好驚人，猝地震毀一切虛構假象。

「閉嘴！母豬。」

「我收到妳的簡訊，還以為——」梅西表示。

「以為我原諒妳了？」

「我只是想為妳做最好的——」

「媽，妳趕走我男友、害我們破產，真他媽的有本事啊。」

梅西花了一些時間穩定情緒，才開口道：「他對妳而言年紀太大了，而且還利用妳——」

「他根本是沒骨氣的廢物，而妳是從中作梗的賤人。」

羅溫娜朝梅西咆哮，還不斷出言羞辱。

「我得去幫忙了。」語畢，梅西鼓起勇氣問羅溫娜：「是妳逼亞當點火的嗎？」

「妳自己判斷嘍。」

她拭去梅西臉上的淚水，方才那巴掌留下鮮紅印痕。

「記得洗把臉。」羅溫娜說完，立刻扯開梅西的長褲拉鍊：「還有，穿著體面點！媽的。」

梅西趕忙去拯救學前班的孩子，完全沒注意到珍妮的存在。

而羅溫娜不但發現了，還知道剛才那一幕珍妮全看在眼裡。

當時，珍妮知道校內沒什麼人，所有人也都能輕易逃離火場，因此火災對她來說並非當務之急，腦中反覆浮現的，是羅溫娜傷害梅西的畫面。

「亞當到醫務室找妳了。」羅溫娜告訴珍妮。

而這句話改變了一切。

學校發生火災，亞當卻在頂樓。

珍妮當即衝去找他。

那麼亞當呢？到底在哪裡？我有必要倒帶一下，讓大家目睹他在這部驚悚片裡的身影。

羅溫娜主動說要陪亞當去拿蛋糕，於是我看著他們離開運動會會場。她的計畫真是縝密，事前應該已將頂樓窗戶打開，一切準備就緒了吧。

和珍妮比起來，羅溫娜穿著樸素，看起來好成熟。

他們走到遊樂場邊，在齊胸高的杜鵑花叢旁短暫停留了一分鐘左右，羅溫娜大概是在此時告知亞當，海曼老師要送他生日禮物吧，這讓亞當更是雀躍。

之所以如此推斷，是因為我意識到遊樂場邊那抹靜立的身影或許是羅溫娜，站在一旁的亞當太矮小，被花叢擋住了。

之後，他們繼續朝學校走。

羅溫娜陪亞當到教室拿蛋糕，同時取出梅登老師櫃子裡的火柴，然後謊騙他，海曼老師的禮物在美術教室。那是座不一樣的火山，必須用火點燃，生日蛋糕的火柴剛好可以拿來用。

亞當不願意，令羅溫娜很意外。她錯估形勢，以為他性格懦弱、沒主見。為了達到目的，羅溫娜對亞當說，海曼老師不畏麻煩、親自將火山帶來學校，如果他來美術教室時得知亞當沒有在玩火山，一定會很失望。亞當不甘不願地妥協了。

事後，羅溫娜離開亞當，來到樓下辦公室。

亞當則前往美術教室。他對海曼老師充滿信任與愛，但從未點過火柴，不知如何使用，遑論他心中充滿恐懼。

羅溫娜利用這段時間與安涅特瞎扯，製造不在場證明。

亞當怕火，小火花對他來說都很恐怖。他小心翼翼地點燃火柴，站得遠遠地朝火山丟。一眨眼，那桶促燃劑爆炸，火花四射，亞當嚇得拔腿就跑。

親愛的，我知道，我也想陪在那時的亞當身邊安撫他。

梅西走出女廁，聽到警鈴聲響，並撞見亞當從美術教室跑出來。

亞當往樓下衝，經過祕書室、穿越大門出口。

隨後而來的梅西遇見羅溫娜，兩部電影的劇情於此交會。

梅西率先開口：「我撞見亞當從美術教室出來，天啊，羅溫娜，妳做了什麼？」

珍妮便是在此時聽見她們的爭執，並目睹羅溫娜摑梅西。

因此羅溫娜才騙珍妮說亞當到醫務室找她。

一句話毀了我們這個家。

因為珍妮衝上四樓找亞當。

她聞到煙味，周圍情況還不算太糟，或許聽得見火燒聲響，但至少還沒燒至眼前。

珍妮不可能會知道，火舌自牆壁及天花板的空隙以及通風口蔓延開來了。

火場之外，羅溫娜抱著亞當，矗立於一旁的是以她為模型所鑄造的銅像。

我推測她就是在這時傳簡訊給珍妮，告訴她亞當還在學校，藉此將她困在火場裡。我彷彿看見羅溫娜手指快速地在手機按鍵上游移。

學校旁，擱置的水桶邊，珍妮的手機發出嗶嗶聲響，顯示收到了訊息。

但沒人聽見。

因為火勢猛地爆發，火舌及熱氣朝四面八方蔓延，無孔不入、無洞不侵，整間學校籠罩在濃煙裡。

我在遊樂場上看見那股又濃又黑的煙霧，未加惴想便拔腿狂奔。

於此同時，在銅像旁，羅溫娜將錯全推給亞當。

珍妮終於推開那扇防火門，最後的記憶想來駭人，嚇得她狂顫抖。

「我在火場內，亞當一定也在這裡，到處都是火……」

我抱住珍妮，安撫她如今沒事了，希望她回到現實世界。

羅溫娜依舊熟睡著。

我們離開羅溫娜的病房，任誰也不想接近她。隔著玻璃仍可清楚看見她，那張臉好純真，想不到……

珍妮問道：「亞當一直都在火場外，對吧？安涅特及羅溫娜的證詞都這麼說。」

「嗯。」

他們都在外面，應是火災發生後一兩分鐘便安然脫身了。

至於珍妮，她本在學校側邊的廚房出口，之後卻折返。

我們後方的燒燙傷中心大門倏地被打開，一群醫護人員護著病床上的患者進入，頓時紛紛嚷嚷。四周燈火通明，已分不清是黑夜或白天，我想起珍妮被送至此處的那個驚恐下午。

聲響吵醒羅溫娜。

珍妮直言道：「她計畫謀殺亞當，絕對是。」

羅溫娜曾提過，「火山」裡有白精油及促燃劑，四周還堆放噴霧罐，精通科學知識的她自然知道哪些化學製品會爆炸、燃燒及產生毒氣。

「她企圖炸毀亞當的臉，他的安然無恙或許令她驚恐萬分吧。但事後她發現亞當變成啞巴，絕對是竊喜聖誕節禮物提早送到。」

「沒錯。」

「羅溫娜只被熨斗燙傷過一次，那大概真的是意外。」

我想把頭轉開，珍妮卻試圖探清全貌，我只得陪她一起推論下去。

「我不認為唐納傷害過她，他上次在病房內粗魯地對待羅溫娜，是因為知道她的所作所為。」

我記起當時的情景，唐納清楚來龍去脈，於是死抓著她的手。

「他很清楚，羅溫娜衝進火場不過是想為自己營造好形象。」珍妮說。

我記起羅溫娜當時走向唐納，後者卻憤怒異常地罵道：「妳這噁心的傢伙。」

「安涅特說過，消防人員已經在路上，知情的羅溫娜或許只是跑到學校前廳，躺在那裡等人前來搭救。她只想避免遭人懷疑。」珍妮如此推斷。

「妳真是個小小女英雄嘛。」想不到唐納會如此憤怒。

我又回憶起梅西某次哀傷之餘所說的話：「這種事怪不得別人，對吧？一旦喜歡一個人，對方又是你家人，我們也只能往好的方面看。我是說，愛一個人就是這樣，要相信對方本性良善，不是嗎？」

她指的是女兒，而非丈夫，梅西保護的一直是羅溫娜。

羅溫娜是否一開始便計畫將所有過失推到梅西身上？

「她剛傳手機簡訊給我，說地鐵出狀況，所以老媽司機立刻出動！」

我不認為地鐵出了什麼狀況。

玻璃那頭，羅溫娜離開病床。

「珍妮，妳得復原，才能告訴所有人妳所聽、所見的一切。」

她對我淺淺一笑。

「媽，這理由不錯，但何需我出面？亞當也能告訴大家，是羅溫娜逼他點火啊。」

「可是——」

「爸雖然還認定梅西是兇手，但這只是暫時的，亞當一定會說出真相。」

「沒錯，而且爸爸及莎拉姑姑會相信亞當，其他人可就未必了，畢竟梅西現在可能已經向警方認罪了。」

梅西曾靜靜地說：「我會為羅溫娜做任何事。格蕾絲，妳不也是如此愛護珍妮？」

「此外，若唐納想挺身而出，他早這麼做了。」

「警方還是有可能相信亞當啊。」

「他們怎麼可能會相信八歲小孩的話？如果亞當一開始便供出真相，他們或許會相信，但時機已經過去。」

「但還是有可能吧。」她固執地強調道。

「天啊。」

「怎麼了？」

我赫然驚覺某件可怕的事，雖然我試圖逃開，它卻朝我步步逼近。

「羅溫娜大概也料得到，警察可能採信亞當的證詞。」

這念頭不斷擴展，勾起一段回憶。

羅溫娜曾說：「我很想見亞當，告訴他錯不在他，儘管亞當大概不想再見到我，但我很想見他。」

我連忙向珍妮提起這件事，她不覺搖頭，但願能把這層隱憂甩掉，可惜還是會就此發展吧。

「妳必須好起來，保護亞當。」我告訴珍妮。

我討厭恐嚇珍妮，卻別無選擇，畢竟孩子的生命比什麼都重要。

「妳也可以保護亞當啊。」珍妮如此回答。

「不行，因為——」

「媽——」

「拜託，讓我把話說完。好吧，假設我奇蹟似地能夠再次開口說話，我該說些什麼？火災發生當下，我在運動會會場，對梅西及羅溫娜的對話一無所知，我總不能解釋說是妳告訴我的吧？法官怎麼可能會相信？我根本沒有立場指證羅溫娜才是兇手。」

「但是天底下沒有奇蹟啊！什麼妖精、鬼魂、天使，以前我才不相信，現在倒認為他們存在於天地間。儘管如此，我還是無法相信自己會康復。」

「珍妮，我已喪失認知能力，永遠不可能復原了。」

我一直不知道這算不算善意的謊言。

「我沒辦法保護亞當，但是妳可以，妳能活下去，幫助他成為男子漢。」

病房內的羅溫娜拔掉點滴針頭。

「天使……」珍妮勉強微笑反問：「媽，妳覺得我們現在是天使嗎？」

「或許吧，可能天使其實沒特別善良或厲害，只是如我們一般的平凡。」

「那翅膀呢？」

「翅膀怎樣？」

「翅膀和光環啊，天使的基本配備。」

「最早期的基督教天使畫像繪於西元三世紀，見於羅馬的百基拉地下墓穴，當時的天使可沒翅膀。」

「這種時候只有妳才說得出這些話。」

然後，她的語氣轉為平靜、羞愧。

「我好想活下去。」

「我知道。」

「我永遠不可能像妳愛我這般愛著別人。」
「妳在火場中尋找亞當，即使沒看到那通簡訊，仍堅持、不放棄。」

羅溫娜離開病房，朝出口走，一名護士撞見她。
「我出去抽根菸。」羅溫娜說。
「想不到妳會抽菸。」
「是啊。」羅溫娜朝她微微一笑。
珍妮與我隨羅溫娜離開燒燙傷中心。
深夜的走道委實安靜。

*

我們跟著羅溫娜前往加護病房。
加護病房內燈火通明，並如往常般繁忙，這裡實在毫無日夜之分。
她摁了摁門鈴，一名護士前來應門。
羅溫娜語氣輕弱。緊接著，她套上深藍色連帽大衣。
「我是珍妮的朋友，她還好嗎？我好擔心，睡也睡不好。」
「她情況很不好。」

「會不會死？」

護士沒有回應，神情哀傷。

羅溫娜淚水盈眶地表示：「妳怎麼不說她會沒事。」

她是前來確認的。

我不願面對羅溫娜，珍妮則是兩眼直視她的臉。

珍妮充滿希望地大聲說道：「我要活下去。」如同一份承諾。

羅溫娜轉過身，彷彿感受到後方傳來的威脅。

我隨母親一同離開醫院，路的對面是成排公寓，此時的夜仍帶著濃重暑氣，有些人便直接睡在小陽台上。星期三午後這段影片不斷反覆上演，而我卻無力改變既成事實。

觀看那段影片，我認為自己當初該留心警方所描繪出來的梅西畫像。要是當初我有這份勇氣，絕對能一眼看出他們所疏忽遺漏的情節，察覺那塊塊瘀青背後的玄機。

接著，我便能以自己這幾年對這位朋友的認識來洗清她的嫌疑。

然而，真相實在令人震驚。首先，我從未懷疑過羅溫娜，畢竟她只是個十幾歲的少女，再者，真相大白的速度之快，我一時還無法接受。以「羅溫娜」這個關鍵字取代「梅西」，如此便能得知邪惡卻明確的實情。羅溫娜的演技其實不算出色，但她明瞭如何扮演好受害者的角色。觀察梅西的反應幾年後，她更學會如何假扮受虐者。

如果是羅溫娜，一切就都說得通了，席拉斯、學校、詐領保險金及家暴，這些人事物皆與她有所關聯，而我之前卻不斷忽略。

但我不認為她十惡不赦，甚至壞到骨子裡。

畢竟她還是衝進火場救我和珍妮啊。

在珍妮看來，羅溫娜這麼做不過是想展現勇氣、擺脫嫌疑，我可不這麼認為，我不想朝這方向解釋。

我寧願相信羅溫娜的確是個有勇氣、高尚可敬的人，無論她在火災前後做了哪些壞事，我仍相信她當下真心想彌補自己的罪過，我秉持如此信念，視其為刺鼻濃煙中的一線曙光。

羅溫娜曾提過，人心中有天使、魔鬼，我們當時以為她指的是席拉斯．海曼或唐納，她理應是在形容自己吧。

我從此不相信灰色地帶這種概念，黑與白、善與惡雖共存但不可能交纏混雜。隱居在人心的，非隱形保母，而是天使及魔鬼。

影片再次播放，我見證羅溫娜衝進火場，想像她心中的天使壓制魔鬼、聲嘶力竭地鼓舞她往前進。這名天使的形象與聖誕樹上的截然不同，衣服沒有摺邊、背上沒有銀翼，他來自《舊約》，如拉斐爾和米迦爾般英勇、強壯。善之天使凝聚力量，最終得以感化羅溫娜。

我將撒手人寰，腦中怎能盤旋著少女怙惡不改的形象？我不願懷恨而死啊。

回到家，筋疲力竭的母親便上床休息，只有我還醒著。時近午夜，大家皆已入眠，屋內靜悄悄的。猶記上次家裡只有我醒著時，是亞當仍在襁褓中的日子。

我走進珍妮臥房，憶起自己留她和伊佛在醫院中庭，還保證隔天早晨會再見面，現在還不到永別的時刻。

「有個十幾歲的女兒是什麼感覺？」有一次，某位家長這麼問我，她最大的小孩只到亞當的年紀。「男孩子老在家，總把鞋子扔在玄關。」我常被鞋子絆倒，於是這麼說：「他們怎麼樣都吃不飽，冰箱一有食物便被吃光。女生反而什麼都不吃，讓人擔心會不會是罹患厭食症，不過，一旦她們飲食正常，妳又會怕她們吃太多。」

「她會借妳的衣服穿嗎？」

我笑了，怎麼可能。「我們差太多了啦，珍妮的皮膚緊實有光澤，我的都皺巴巴了。站在她旁邊，我腿上的皺紋好明顯。」

這名家長板著臉，心中暗忖自己不會遭逢這種狀況，卻不知這事實說不定早已在她身上發生，只是她沒有女兒，無從比較罷了。

我接著進入正題：「但我們最常碰到的話題是性，子女一到青春期就隨時得面對這件事。」

「妳是說他們在家裡……？」她似乎嚇到了。

「不是的。」我邊回答邊想著該如何向她解釋，性議題成為屋裡討論焦點，盤旋在走廊、樓梯之間，荷爾蒙的氣味飄蕩在珍妮房內，還從窗口滿溢而出。

我後來意識到，重點並非性或荷爾蒙，而是尚待揮灑的長久未來。

珍妮書桌上沒半本書，只有一書櫃的全國地形測量圖，供登山健行之用。就我觀察，她至多在書桌前塗指甲油，以至於桌面上有些紅漬。

我告訴過你嗎？珍妮在A-level測驗前幾個星期直說「寧願活在當下也不要為了將來而複習」。她的個性與我南轅北轍，當初，我為了上大學可是費盡心力。

我本以為珍妮會愛上大學生活，那三年的分分秒秒都將令她懷念不已。而我的任務則是確保她不會在二年級近尾聲時懷孕。

我並不是要求珍妮完成我所未完成的人生，僅單純認為我喜歡的事珍妮也會樂在其中。

你從未要求珍妮留在家裡準備考試，反而答應讓她去凱恩戈姆國家公園爬山。還有一次，她寧願和伊佛去泛舟，也不願當交換學生前往法國一趟。我很生氣，她實在太幼稚，沒為將來著想，我卻沒意識到，珍妮只是選擇了她想要的人生，她和親愛的你一樣奔放外向，不貪戀德萊登及喬叟的文學作品，只愛泛舟登山。

我真該以珍妮的角度看待她的生活，陪她攀爬高山、俯瞰四周景色，從中獲得成就感及快樂。又或者進來她房裡，看看周圍，感受珍妮。

我和你並肩躺在上鋪，從這裡以全新的角度觀察亞當的房間，我注意到繪有世界地圖的球形燈罩頂端積滿灰塵，必須清一清了，冰島看起來只是塊汙漬。「屋子乾淨表示有人的生命被浪費了。」梅西了解我討厭做家事，所以曾提出此見解，這話說得真好，從這角度往下看，我想我的人生沒有白白浪費。

如果我有能力將人塑造成不同的樣貌，珍妮及亞當真是我值得驕傲的作品。

我從不對自己所做的決定感到後悔（即使是無從選擇的決定），有人寫出傑作，有人繪出名畫，但我不需留下任何足以代表自己的身後物，因為家人就是我最好的代言人。我的空缺不需找東西填補，愛將能充滿一切。

我來到亞當床邊。

我知道你有多愛他，但火災讓我明瞭珍妮、母親及莎拉也對亞當懷有滿滿的愛，你們的愛足以為他吹出一艘救生艇。

看看你，走出父母雙亡的陰影，而且活得更好，並長成充滿自信的傑出人士，相信亞當也將如此。

我緊握他的手。

走進亞當夢裡，我訴說著他有多特別。

「你是全世界最特別的男孩。」我說。

「是全銀河系嗎？」

「全宇宙。」

「如果宇宙真的有生命存在。」

「我相信有。」

「可能宇宙中有另一個我，長相個性完全一樣。」

「沒有人能與你一模一樣的。」

「這是誇獎嗎？」

「嗯。」

三十六

又是個炎熱夏日，天空藍得好過分。

我回到自己的病房。

窗戶敞開，吹進來的卻不是風，而是暑氣。護士們熱得汗水直流，劉海都黏在額頭上了。

沒聽見拜斯特隆姆醫師的紅色高跟鞋聲，真是萬幸，如此莊嚴的時刻，怎能被那喀嗒聲響驚擾。

我對著那閃亮的亞麻地板、骯髒的金屬置物櫃以及俗氣的布簾進行最後的巡禮。二十一世紀的人實在不懂如何面對死亡。我想起一部關於彼得潘作者巴瑞爵士的電影，他偷偷在院子裡搭建彼得潘的夢幻場景，再帶瀕死的愛人進入。雖然兩人四周並無印有幾何圖形的咖啡色布簾，仍極其恩愛地互動著。

我奮力鑽回身體，穿越層層肌肉、骨頭直至內部。

一如所料，我又被困在海底的巨大船艙下。

我的眼皮依然黏得死緊、耳膜仍然受創、聲帶依舊斷裂受損。

昏暗，闃寂，沉重。我在一哩深的漆黑水底。

我能做的只有呼吸。

我記得在拉丁文裡，呼吸及靈魂是同一個字。

屏住呼吸。

珍妮在禮拜堂中面對死亡、仰望天堂之際，我也正面臨同一件事，且方式恰如其分並有始有終。我說過了，我不會讓珍妮死的。

孩子能活下去比什麼都重要，即使亞當和你會傷心，儘管我很恐懼，這全無關緊要。

我不能呼吸。

但我仍期待會有誰，某人的母親、女兒或妻子，捐贈出生命。

我如此熱切期望，真是醜陋而徒勞，因為不可能會有那個人存在。以我的生命換取自己的孩子，或許這樣才公平。

我不能呼吸。

她是大人，不是小孩了，如今我已然清楚。

在心深處，我早就明白了，只是會擔心，擔心她長大後不再需要我。

唯恐她不再愛我。

因而渾然沒察覺她的成長。

毫不知她仍愛我。

我不能呼吸。

生物本能作用著，強烈而自私的求生欲望削弱我的力量，過去幾天的經歷卻促使我擁有無比堅強的意志。儘管我離開醫院並非為了尋死，但那意志成了此時此刻的助力。

我不能呼吸。

懷珍妮二十週時，我得知她的卵巢成型了，這未出世的女嬰已有孕育孫輩的潛能（孫子們理所當然會繼承我們的部分基因），未來就蜷縮在我體內，我覺得自己彷彿俄羅斯娃娃。

我不能呼吸。

我想像著亞當安坐在大家吹好的救生艇中，浮在我上方、想著珍妮成為大人、想著自己為了不讓孩子溺水而奮不顧身。

肺部沒剩多少空氣了。

你會念《小美人魚》給亞當聽嗎？那本故事書就放在書櫃底層，是六歲小孩在看的。亞當會說，他怕自己變成女生，已經好幾年不讀這類故事了，但你仍堅持念給他聽。你一手抱著亞當念故事，好讓他翻頁。

你告訴他，小美人魚離開水裡時有多痛苦，走在陸地上有如刀割，這一切全為了王子。透過這故事，我想讓亞當曉得，當我的身體在醫院接受檢查、靈魂卻在遠方時，我也一樣走路宛如刀割，那是因為我不忍心他被無端指控、因為我信任他、因為我愛他。我希望你告訴亞當，世界上最困難的事，是離開他。

毋需再刻意屏住呼吸了。

我離開破船般的身體，游進一哩深的黑色海水中。

你曾說，意識喪失的過程中，聽覺最晚停止運作。你錯了，最後停止運作的是愛。

我輕易離開自己的身體，浮上水面。

警鈴大作，震動四周空氣，一名醫師朝我狂奔而來。

亞麻地板上，驚慌失措的護士迅速推來一台裝滿各類器材的手推車。

我的心跳停止了。

遠方傳來紅色高跟鞋敲擊地面的聲響。

拜斯特隆姆醫師當下表示，家屬已簽放棄急救同意書。

他們在討論移植事宜，準備維持體內器官的運作，待適當時機取出心臟。

氧氣透過外力灌進我體內，我在一旁盯著機器運轉。醫護人員匆忙帶你前往辦公室內簽下同意書。

我實在不該留在這裡，我必須往下個目的地移動了吧？主人都去廚房洗碗盤了，賓客卻還坐在餐桌前。

而且我竟然還在對你說話！

上週末，在那段往昔生活中，我坐在廚房閱讀一篇關於「空氣傳訊」的文章。一位未來學專家預測，以後的人類將可在空氣中留下訊息，因此，或許哪天你會聽見我現在對你說的話，畢竟我開口時身邊的分子便起變化，充滿我的語言。

待心臟被取出、供氧機器停止運轉，便是我離開的時刻。

我腦中浮現《小美人魚》的結局，她沒能與王子結連理，只得幻化成一抹幽魂。

來到加護病房，醫護人員正在為珍妮準備手術事宜，她直瞅著自己的身體，莎拉亦傾身端詳她。我曾嫉妒莎拉與珍妮的親密關係，此時卻感到無比慶幸。

珍妮看到我，我握住她的手。

我說：「成長高飛的代價很大吧，但我從此將永遠與你同在。」

「媽，妳這樣說好可怕。」

「一同感受心跳。」

「夠了！」

「說真的，那也不過是個泵浦。」

「是妳的泵浦。」

「對妳來說用處較大。」

我們已不知該說什麼，誰也沒提是否會記住這一切、記住我。

莎拉打破沉默說道：「妳會復原的，還會盡責地照顧亞當，不過，其他人也會好好照顧他就是了。」

我瞥見你從辦公室走出來。

「珍妮，當個女孩就好，別太早成為女人。」莎拉繼續說道。

「妳真他媽的棒。」我這麼稱讚莎拉，她當然聽不見，但至少珍妮笑了。

我告訴珍妮，是時候回到身體裡了。

她上前擁抱，雖然我希望能抱久一點，但我仍強迫自己打消念頭。

「伊佛、妳爸、莎拉和亞當都在等妳。」語畢，珍妮便回到她的身體裡。

此時應該來場風暴、下場大雷雨，將過去四天所積累的熱氣一併沖散。

可惜病房外的天空依舊藍得過分，熱氣仍然蒸騰，我卻備覺舒爽。

我看見你來到珍妮病床畔。

我回想起在火場奮力拉珍妮下樓梯時，心中油然而生的靜謐、雪白的愛。

你看著我，這一刻你真的看見我了。

這就是無以數計的言語所建構出來的愛。

我上前親了你一下。

珍妮被推往手術室時你也跟著離開了，我腦中浮現天使的形象，這次的天使不若《舊約》裡的強勢，反而如安基利軻畫中的模樣，身穿寶石色長袍、背後還有長長的翅膀；如喬托筆下雲雀般盤旋在空中的天使，頭頂閃爍金黃光環；如夏卡爾畫中的藍色天使，掛著悲傷而蒼白的臉。此外，我還聯想起拉斐爾、米開朗基羅、波希及克利所繪的天使。

我暗忖，每位天使身後（在圖畫中看不見）總有不得不拋下的子女。

但我還未前往天堂經歷死後的生活，時候還未到。

我坐在樓梯下為亞當將制服塞進背包裡，運動會後才能換穿。我幫他把領帶打好了，到時他只要套進去，再拉拉比較短的那一邊即可，亞當還不會打領帶，希望你知道要幫他處理。

在客廳裡，我在沙發後面找一塊樂高積木，你走過來抱著我，說：「真是漂亮的太太。」我聽見珍妮在樓上與伊佛講電話、亞當趴在地毯上念書。為了你們，我奉獻犧牲。

他們取出我的心臟。

我體內的光芒、色彩與溫暖全往外發散，灌入目前這個不知該說是靈魂還是什麼的我之中。

我的靈魂即將誕生。

珍妮說得沒錯，這真漂亮，此美景卻令我惱怒，因為我還想見見孫子、想再觸碰你、想再打一次電話給珍妮，告訴她：「晚餐時間快到了。」想告訴亞當：「我來了。」大家在車子裡等我時，我想說：「再兩分鐘就好。」

我只想要再多活一下。

然而，憤怒雲散煙消，我不再感到恐懼或後悔。

我如薄光一片、似尖針一根，能穿梭在世上大小縫隙之中，每當你想起，我便會親臨夢境、傾訴柔言軟語。

並非所有人從此過著幸福快樂的日子，但至少我們擁有往後的日子。

我們的故事尚未告終。

讀書會討論重點

1. 故事中，格蕾絲及珍妮大部分時間皆為靈魂狀態，你能否接受這種情節？
2. 作者特別提及某些概念、主題，試述你的看法。
3. 試述珍妮與格蕾絲的關係及其變化。
4. 試述麥克與亞當的關係及其變化。
5. 你是否猜到縱火真凶？真相大白前，是否為作者所布的疑陣所騙？
6. 本書想傳達的概念有哪些？是否與故事切合？
7. 格蕾絲及莎拉的關係耐人尋味，且隨著故事發展產生重大改變，試論之。
8. 本書針對家暴有所著墨，試論讀後感想。
9. 試論格蕾絲及麥克的婚姻關係。即使無法交談，他們之間有何連結？
10. 此故事是否能有不一樣的結局？
11. 羅莎蒙．盧普頓在故事中使用水之意象，如亞當需要手臂救生圈、珍妮在海洋中孤獨溺死，試論之。
12. 你對結局有何感想？

Hit
暢／小說
035

昏迷指數3

原著書名：Afterwards • 作者：羅莎蒙．盧普頓（Rosamund Lupton）• 翻譯：陳柑樵 • 特約編輯：李佑峰 • 副總編輯：陳瀅如 • 編輯總監：劉麗真 • 總經理：陳逸瑛 • 發行人：凃玉雲 • 出版社：麥田出版／城邦文化事業股份有限公司／104台北市中山區民生東路二段141號5樓／電話：(02) 25007696／傳真：(02) 25001966 • 發行：英屬蓋曼群島商家庭傳媒股份有限公司城邦分公司／台北市中山區民生東路二段141號11樓／書虫客戶服務專線：(02) 25007718；25007719／24小時傳真服務：(02) 25001990；25001991／讀者服務信箱：service@readingclub.com.tw／劃撥帳號：19863813／戶名：書虫股份有限公司 • 香港發行所：城邦（香港）出版集團有限公司／香港灣仔駱克道東超商業中心1樓／電話：(852) 25086231／傳真：(852) 25789337／E-mail：hkcite@biznetvigator.com • 馬新發行所／城邦(馬新)出版集團【Cite (M) Sdn Bhd／41, Jalan Radin Anum, Bandar Baru Sri Petaling, 57000 Kuala Lumpur, Malaysia.／電話：(603) 90578822／傳真：(603) 90576622 • 印刷：前進彩藝有限公司 • 2012年（民101）10月初版 • 定價360元

國家圖書館出版品預行編目資料

昏迷指數3／羅莎蒙．盧普頓（Rosamund Lupton）作；陳柑樵翻譯. -- 初版. --
臺北市：麥田, 城邦文化出版：家庭傳媒城邦分公司發行, 民101.10
面；　公分. --（Hit暢小說；35）
譯自：Afterwards
ISBN 978-986-173-816-1（平裝）

873.57　　101016134

cite城邦媒體 麥田出版
Rye Field Publications
A division of Cité Publishing Ltd.

廣　告　回　函
北區郵政管理局登記證
台北廣字第000791號
免　貼　郵　票

英屬蓋曼群島商
家庭傳媒股份有限公司城邦分公司
104 台北市民生東路二段141號5樓

▼
請沿虛線折下裝訂，謝謝！

讀者回函卡

cite城邦媒體

謝謝您購買我們出版的書。請將讀者回函卡填好寄回，我們將不定期寄上城邦集團最新的出版資訊。

姓名：＿＿＿＿＿＿＿＿＿＿ 電子信箱：＿＿＿＿＿＿＿＿＿＿

聯絡地址：□□□ ＿＿＿＿＿＿＿＿＿＿＿＿＿＿＿＿＿＿

電話：（公）＿＿＿＿＿＿＿＿ 分機＿＿（宅）＿＿＿＿＿＿＿＿

身分證字號：＿＿＿＿＿＿＿＿＿＿＿＿＿＿＿＿（此即您的讀者編號）

生日：＿＿年＿＿月＿＿日 性別：□男 □女

職業：□軍警 □公教 □學生 □傳播業 □製造業 □金融業 □資訊業 □銷售業

□其他 ＿＿＿＿＿＿＿＿＿＿＿＿＿＿＿＿＿＿

教育程度：□碩士及以上 □大學 □專科 □高中 □國中及以下

購買方式：□書店 □郵購 □其他 ＿＿＿＿＿＿＿＿＿＿＿＿

喜歡閱讀的種類：（可複選）

□文學 □商業 □軍事 □歷史 □旅遊 □藝術 □科學 □推理 □傳記

□生活、勵志 □教育、心理 □其他 ＿＿＿＿＿＿＿＿＿＿＿＿

您從何處得知本書的消息？（可複選）

□書店 □報章雜誌 □廣播 □電視 □書訊 □親友 □其他 ＿＿＿＿＿＿＿

本書優點：（可複選）

□內容符合期待 □文筆流暢 □具實用性 □版面、圖片、字體安排適當

□其他 ＿＿＿＿＿＿＿＿＿＿＿＿＿＿＿＿＿＿＿＿＿＿

本書缺點：（可複選）

□內容不符合期待 □文筆欠佳 □內容保守 □版面、圖片、字體安排不易閱讀

□價格偏高 □其他 ＿＿＿＿＿＿＿＿＿＿＿＿＿＿＿＿＿＿

您對我們的建議：＿＿＿＿＿＿＿＿＿＿＿＿＿＿＿＿＿＿＿＿

＿＿＿＿＿＿＿＿＿＿＿＿＿＿＿＿＿＿＿＿＿＿＿＿＿＿＿＿

＿＿＿＿＿＿＿＿＿＿＿＿＿＿＿＿＿＿＿＿＿＿＿＿＿＿＿＿